Anna Tell

NÄCHTE DES ZORNS

Die Unterhändlerin

Thriller

Aus dem Schwedischen von
Ulla Ackermann

Rowohlt Polaris

Die Originalausgabe erschien 2019 unter dem Titel
«Med ont fördrivas» bei Wahlström & Widstrand, Stockholm.

Deutsche Erstausgabe
Veröffentlicht im Rowohlt Taschenbuch Verlag,
Hamburg, November 2019
Copyright © 2019 by Rowohlt Verlag GmbH, Hamburg
«Med ont fördrivas» Copyright © Anna Tell 2019
Redaktion Leena Flegler
Covergestaltung HAUPTMANN & KOMPANIE Werbeagentur, Zürich,
nach der Originalausgabe von Wahlström & Widstrand;
Design Nils Olsson, OINK
Coverabbildung iStock, John Fedele / Getty Images
Satz aus der Dolly bei Dörlemann Satz, Lemförde
Druck und Bindung CPI books GmbH, Leck, Germany
ISBN 978-3-499-27385-8

Für Alice, Sigrid, Miryam, Selma und Astrid.
When you are writing the story of your life,
don't let anyone else hold the pen.

PROLOG

Auf der Sergelgatan herrschte das übliche Gedränge. Er bahnte sich einen Weg zwischen shoppenden Stockholmern und Touristen hindurch. Je näher er der Platte kam, wie der Sergels torg im Volksmund genannt wurde, umso mehr Drogenabhängige sah er. Das Foto war einige Jahre alt, aber er wusste, dass sich die blonden Haare und die Lachgrübchen nicht verändert hatten.

Schon auf der Rolltreppe schlug ihm Uringestank entgegen. Eine Gruppe Jugendlicher starrte ihn finster an, als er auf sie zutrat. Er zückte das Foto und suchte Blickkontakt. Ein paar schüttelten den Kopf, andere drehten sich wortlos um und verschwanden. Wahrscheinlich hielten sie ihn für einen Zivilbullen. Ein paar Afrikaner – er nahm an, dass sie aus Gambia stammten – ließen ihn nicht aus den Augen, als er die Tickethalle des Hauptbahnhofs durchquerte. Er sei auf der Suche nach einer vermissten Person, erklärte er. Keiner der Männer hatte die Person auf dem Bild gesehen.

Jedenfalls behaupteten sie das.

Zwei patrouillierende Polizeibeamte näherten sich, aber auf die Hilfe der Ordnungshüter konnte er verzichten. Sie hatten ihm in all den Jahren nicht geholfen. Doch im Gegensatz zu der Gesellschaft, die schon vor langer Zeit den Mut verloren zu haben schien, gab er die Hoffnung nicht auf. Er setzte seine übliche Runde in Richtung Åhléns fort und fuhr mit der Rolltreppe zum Klarabergsviadukt hinauf. Vor den Schaufenstern des Kaufhauses standen zahlreiche Passanten. Er hielt das Foto in die Höhe. Eine Bettlerin winkte ihn heran, doch nachdem sie das Bild betrachtet hatte, schüttelte auch sie den Kopf und hielt ihm ihren Pappbecher hin, in dem ein paar Münzen lagen. Er steckte einen Zwanzigkronenschein hinein und wandte sich in Richtung Systembolaget.

Dort zog er zum letzten Mal das Foto aus der Tasche und zeigte es ein paar Männern in Malermontur mit Dosenbier in der Hand. Jemand erkundigte sich nach dem Namen, doch kein Zeichen des Wiedererkennens.

Auch heute nicht.

1

So lautlos, wie sie sich genähert hatten, nahmen sie aufs Knie gestützt die Sturmgewehre in den Anschlag. Mit dem Blick suchten sie die Umgebung ab. Bald würde die Sonne aufgehen. Der Hubschrauber hatte sie vor zwei Stunden in der Dunkelheit abgesetzt. Die Riemen des Rucksacks scheuerten an ihren Schultern. Jede Faser ihres Körpers schmerzte und schrie nach Erholung.

«Das Gebäude liegt zweihundert Meter vor uns, wir gehen weiter», befahl der Einsatzleiter leise über Funk. In lang gezogener Formation setzten sie sich wieder in Bewegung. Nur das Knirschen des Sandes unter ihren Stiefeln unterbrach die Stille. Kurz darauf hob jemand die Hand und zeigte auf ein Gebüsch. Dort sollten sie ihre Rucksäcke ablegen. Die bevorstehende Kampfhandlung erforderte Beweglichkeit.

Sie löste die kleine Ausrüstungstasche von ihrem großen Rucksack. Ihre kältestarren Finger arbeiteten langsam; mechanisch nahm sie ein Paket Sprengstoff heraus und bereitete die Sprengkapsel vor. Ein zehn Zentimeter dicker Plastiksprengstoffstreifen sollte die Holztür zerstören und ihnen das nötige Überraschungsmoment verschaffen. Und das war ihre Aufgabe.

Der Trupp näherte sich dem Gebäude. Umrisse nahmen Kontur an. In wenigen Augenblicken würden die Einsatzbeamten an der Hauswand in Position gehen und auf das Zeichen zum Zugriff warten. Amanda spürte, wie ihr jemand dreimal auf die Schulter tippte.

Es war so weit.

Das hier konnte sie.

Sie hatte es trainiert, bei Dunkelheit und auf Zeit. Unzählige Male.

Der Rest der Einheit machte sich bereit, das Gebäude zu stürmen. Die Männer richteten ihre Waffen nach oben und zur Seite, um die Fenster und das Nachbarhaus zu sichern.

Rasch rannte sie die letzten Meter zur Tür. Der Ablauf – jede Bewegung, jeder einzelne Handgriff – war ihr blind vertraut. Sie schob ihre Sig Sauer, die sie bis zu diesem Moment zu ihrem Schutz in der Hand gehalten hatte, ins Beinholster. Für ihre Aufgabe benötigte sie beide Hände.

Amanda hielt den Sprengsatz in der linken Hand und tastete mit der rechten nach einer Stelle an der Tür, um ihn anzubringen.

Die Tür war kalt und glatt.

Verdammt!

Eine Eisentür mit einem modernen Schloss, vermutlich eine Sicherheitstür. Ohne sichtbare Scharniere, an denen sie die Sprengladung hätte befestigen können.

Amanda schluckte, atmete durch die Nase ein und ließ die Luft langsam entweichen. Ihr Atem dampfte in der Kälte.

Das hier würde nicht funktionieren. Die Tür war zu massiv. Ihren Informationen zufolge hätte sie aus Holz sein müssen.

In Windeseile kalkulierte sie die erforderliche Sprengstoffmenge. Ihr war klar, was auf dem Spiel stand, wenn sie die Tür nicht aufbekam.

Kostbare Sekunden verstrichen.

In der kleinen Ausrüstungstasche auf ihrem Rücken befanden sich weitere vorbereitete Sprengstoffpakete. Sie hatten Pentylzünder, waren sehr viel stärker als der weiche, formbare Plastiksprengstoff. Amanda zerrte die Tasche vom Rücken, und einen Moment später hielt sie einen neuen Sprengsatz in der Hand.

Sie musste die Tür aufbekommen, eine andere Möglichkeit gab es nicht.

Ihr Puls raste. Das hier durfte nicht schiefgehen.

Routiniert befestigte Amanda die Sprengladung mit doppelseitigem Klebeband an der Stelle, an der sie das oberste Türscharnier vermutete. Dann kniete sie sich hin und wiederholte den Vorgang auf Höhe des unteren Scharniers. Ihr Knieschutz verrutschte, und die kalte Steintreppe drückte gegen ihre Kniescheibe.

Ihre Finger arbeiteten schnell und präzise. Als sie den unteren Teil der Tür präpariert hatte, verlagerte sie ihr Körpergewicht in Richtung Klinke und montierte die letzte Sprengladung am Schloss. Sie spürte die fragenden Blicke der anderen im Nacken.

Sie hatte lange gebraucht, und aus Sekunden waren Minuten geworden. Sie befestigte noch eine Sprengkapsel am freien Ende des Zünders. Dann gab sie dem Trupp das Zeichen zurückzuweichen und zischte in ihr Funkgerät: «Wir müssen den Sicherheitsabstand erhöhen, die Ladung ist stärker als geplant.»

Amanda zog den Zünddraht aus einer Tasche ihrer Kampfweste, brachte sich hinter einem Betonpfeiler in Deckung und verband den Draht mit dem Zünder.

Sie signalisierte den anderen, dass sie so weit war, und wartete angespannt, den Blick fest auf die Tür geheftet.

Hoffentlich hatte sie alles richtig gemacht. Der Erfolg der Operation lag in ihren Händen. Dies war der einzige Weg ins Haus.

Der Truppenchef befahl einem zweiten Einsatzleiter, der mit seiner Einheit in einiger Entfernung auf Anweisungen wartete, sich bereitzuhalten. Die Bestätigung folgte sofort.

Als Amanda den Zünder drückte, nahm sie in einem der Fenster des Nachbarhauses eine Bewegung wahr. Sie riss ihre Sig Sauer aus dem Holster und schrie so laut sie konnte: «Feind auf drei Uhr!» Ihre Stimme ging im Lärm der Explosion unter. Der Boden bebte, und der ohrenbetäubende Knall hallte zwischen den Gebäuden wider.

Amanda feuerte mehrere Schüsse auf das Fenster ab und suchte erneut Deckung. Dann folgte ein Schusswechsel, und Stimmen waren zu hören.

Falls sich der Feind in den Nachbarhäusern verschanzt hatte, würde er sie aus mehreren Richtungen unter Beschuss nehmen.

Sie musste die Gefahrenzone verlassen.

Wenn sie es bis zur nächsten Hauswand schaffen würde, wäre sie in Sicherheit und ihr Schusswinkel besser. Aber dafür brauchte sie Feuerschutz. Amanda funkte den Einsatzleiter an und machte sich bereit. Ihre Hände waren schweißnass. Sie hatte Mühe, die Waffe festzuhalten. Sie verfluchte die unhandliche Größe der Sig Sauer. Niemand hatte daran gedacht, ein kleineres Modell für sie zu bestellen.

Wie oft hatte sie überhaupt gerade geschossen? Sie hatte nicht mitgezählt. So einen Fehler machten nur Anfänger, keine erfahrenen Beamten wie sie. Sicherheitshalber ging sie hinter dem Betonpfeiler in Deckung und wechselte das Magazin.

Ein neuerlicher Schuss in ihre Richtung.

Sie musste weg. Auf der Stelle.

Sie hatte keine Wahl. Sie konnte nicht länger auf Unterstützung warten.

Amanda schob die Sig Sauer ins Beinholster zurück und umklammerte ihr Sturmgewehr. Nur fünf, sechs Schritte, dann würde sie im Schutz der Mauer stehen, könnte sich neu positionieren und die Situation unter Kontrolle bringen.

Feuer und Bewegung.

So gewann man im Gefecht die Oberhand.

Amanda strich mit der freien Hand über die Kampfweste.

Sämtliche Taschen waren verschlossen. Sie nahm alle Kraft zusammen, stieß sich ab und rannte los. Als sie sich ins nasse gelbe Laub auf die Erde warf, spürte sie einen brennenden Schmerz im Oberschenkel.

Amanda nahm gerade noch wahr, dass sich ihr Hosenbein dunkel verfärbte. Dann tauchte am Rand ihres Blickfelds ein undeutlicher Gegenstand auf und schlug mit voller Wucht gegen ihren Kopf.

2

Ich glaube, du warst kurz bewusstlos, Amanda. Bist du in Ordnung?», fragte Per, einer der Übungseinsatzleiter. Er reichte ihr eine Wasserflasche und half ihr, sich an der Hauswand aufzusetzen.

«Mhm», murmelte Amanda und tastete ihre Schläfe ab. Ihr Kopf dröhnte, als wollte er jeden Moment zerspringen.

«Lasse hat dir einen ziemlichen Schlag verpasst. Er hat wohl geglaubt, du wärst vorbereitet.»

Ein Nahkampfszenario mit einem Angreifer im Vollschutzanzug war eigentlich nichts, wovor Amanda sonst zurückschreckte. Doch diesmal hatte sie ihn nicht einmal kommen sehen.

«Ich hätte ihn bemerken müssen.»

«Dein Trefferbild ist akzeptabel. Allerdings reagierst du zu langsam. Man merkt, dass du eine Weile weg warst. Wann bist du noch mal in den Mutterschaftsurlaub gegangen?»

«Vor achtzehn Monaten – und es heißt Elternzeit», erwiderte sie. Sie betrachtete den blauen Farbfleck, den die FX-Munition auf ihrem Oberschenkel hinterlassen hatte.

Bei FX-Munition handelte es sich um Farbprojektile, wie sie auch beim Paintball eingesetzt wurden, nur dass sie bei den Trainingseinheiten ihre eigenen Waffen und ihre eigene Ausrüstung benutzten. Dort wo sie den Treffer kassiert hatte, würde sich garantiert ein stattlicher Bluterguss bilden. Doch ihr steifer, schmerzender Nacken bereitete ihr größere Probleme.

«Eine lange Zeit, aber bei Zwillingen ist das wahrscheinlich notwendig?»

«Ja, vermutlich», erwiderte sie und hoffte, dass sie nicht wieder mit Fragen zu Mirjams und Linneas Vater gelöchert würde.

Außer ihrem engsten Kollegen Bill Ekman hatte niemand von ihrer Beziehung mit André gewusst. Weil sie inzwischen ohnehin keinen Kontakt mehr hatten, sah sie keinen Grund, warum sie ihn erwähnen sollte. Sie nahm an, die übrigen Kollegen im Torpet mutmaßten, sie hätte in Dänemark eine In-vitro-Fertilisation durchführen lassen.

«Trink einen Schluck Wasser und ruh dich aus. Dann machen wir eine kurze Auswertung. Ich sehe mal in meinem Kalender nach, wann wir den nächsten Termin vereinbaren können. Noch ein paar Einsatzübungen, und du bist wieder in Topform.»

«Danke. Wann findet eigentlich der Konditionstest statt?», fragte Amanda. Bei ihren gegenwärtigen Kampf- und Schießfertigkeiten war Per gewiss nicht der einzige Übungsleiter, der Termine in seinem Kalender für sie freihalten musste.

«Mitte Dezember. Aber da mach dir mal keine Gedanken.»

Amanda nickte und lächelte schief. In acht Wochen. Wäre sie ein Mann und hätte ihre Elternzeit wie die ihrer ausschließlich männlichen Kollegen beim Sondereinsatzkommando nur sechs Monate gedauert, würde ihr der Konditionstest jetzt keine schlaflosen Nächte bereiten. Aber nach der Schwangerschaft und der achtzehnmonatigen Auszeit konnte von Topform keine Rede sein. Und sie fühlte sich auch nicht mehr unbedingt wie eine der kompetentesten Unterhändlerinnen Schwedens.

«Übrigens soll ich dir von Bill ausrichten, dass ihr heute Nachmittag eine Besprechung im Torpet habt.»

Der Torpet war das Hauptquartier des Nationalen Sondereinsatzkommandos in Sörentorp.

«Mit wem?»

Was hatte Bill sich dabei gedacht? Er sollte sie inzwischen gut genug kennen, um zu wissen, dass ihr derzeit nicht der Sinn nach einer Besprechung stand. Sie brauchte Zeit für sich, um sich wieder einzugewöhnen, um ihre Ausrüstung durchzugehen und auf Stand zu bringen, damit sie jederzeit einsatzbereit wäre. Außerdem hatte sie noch allein auf dem Schießstand trainieren wollen. Sie musste endlich wieder auf der Linie stehen – ohne einen Ausbilder im Nacken, der ihr Trefferbild und ihr Reaktionsvermögen auswertete.

«Da musst du ihn fragen. Ich nehme an, er hätte es mir gesagt, wenn er gewollt hätte, dass ich es weiß.»

Amanda nickte. Das war das übliche Prozedere. Informationen über laufende oder bevorstehende Einsätze erhielten nur diejenigen, die damit betraut wurden.

Sie griff nach ihrem Handy, und auf dem Display leuchtete das Hintergrundbild auf: die Zwillinge, wie sie ihren ersten Geburtstag mit einer Schokoladentorte feierten. Zwei lachende Blondschöpfe mit Pausbäckchen.

Amanda warf einen Blick auf die Uhr. Alva würde sie bald wecken und ihnen die Fläschchen machen. In ein paar Stunden wäre sie wieder bei ihnen zu Hause, und sie würden an ihrem Hals hängen, *Mama* rufen und ihr abwechselnd feuchte Babyküsse aufdrücken. Sie war froh, dass die beiden einen Platz in der Kita am Kronobergspark bekommen hatten – keine hundert Meter von ihrer Wohnung entfernt.

Amanda schluckte und versuchte, das Zittern in ihrer Stimme zu unterdrücken, als Bill sich meldete.

«Seid ihr immer noch in Kungsängen?»

«Ja, auf der Trainingsanlage. Ich lecke meine Wunden und warte auf die Auswertung», antwortete sie und schob sich die Stöpsel ihres Headsets in die Ohren.

«Wie ist es gelaufen?»

«Insgesamt okay, glaube ich. Nur meine Leistung … war leider alles andere als gut.»

Kalte Luft drang in ihren Halsausschnitt und unter ihre Schutzweste. Sie fröstelte und bereute, nicht ihre neue Funktionsunterwäsche aus Merinowolle angezogen zu haben, die besser isolierte und Feuchtigkeit ableitete.

«Sei nicht so hart zu dir. Du bist gerade mal knapp eine Woche wieder dabei. Was hast du erwartet?»

«Bill, ich glaube, du verstehst nicht, was für eine Herkulesaufgabe das ist. Ich habe seit dem Entführungsfall in Kabul keine Waffe mehr in der Hand gehalten, und meine Kondition ist absolut im Keller.»

«Ich war nach meiner Elternzeit mit Elvira und Emanuel auch ein bisschen eingerostet. Das ist ganz normal.»

Amanda holte tief Luft und seufzte. Bills Frau Sofia war eine Ewigkeit mit den Kindern zu Hause geblieben und hatte danach nur noch Teilzeit gearbeitet. Wenn nicht einmal Bill verstand, dass ihr Selbstvertrauen auf dem Tiefpunkt war, würde es auch niemand anders in der Truppe tun.

Mit der freien Hand tastete sie nach den Voltaren-Tabletten, die in einer Tasche ihrer Kampfweste steckten. Vor der Übung hatte sie in weiser Voraussicht zwei genommen. Ihr Körper war stundenlanges Marschieren in voller Einsatzausrüstung inklusive Rucksack nicht mehr gewohnt. Sie hatte geahnt, dass sie Schmerzen haben würde, aber sie hatte nicht damit gerechnet, in Ohnmacht zu fallen und sich obendrein um ein Haar eine Gehirnerschütterung zuzuziehen.

«Kommst du bitte auf dem schnellsten Weg in den Torpet? Tore hat einen merkwürdigen Fall reingekriegt, den er mit uns besprechen will.»

«Tore?»

«Ja, Tore. Lass die Auswertung sausen und komm hierher.»

Verlockend, dachte Amanda; auf diese Weise würde sie sich die Kommentare ihrer Kollegen ersparen, dass die erhöhte Sprengladung zwar gut gewesen sei, aber ihr mangelndes Reaktionsvermögen im Anschluss dem ganzen Team Probleme bereitet hatte.

«Es geht also um einen Fall, bei dem ein Unterhändler benötigt wird?»

Wenn Tore die Sache anstieß, war ziemlich klar, um welche Art Auftrag es sich handelte. Zum Glück gab es pro Jahr nur eine Handvoll Fälle, in denen schwedische Staatsbürger als Geiseln genommen wurden, aber die waren zeitaufwendig, und nur ein sehr kleiner Personenkreis wurde damit betraut. Tore arbeitete, solange Amanda denken konnte, in der Abteilung für Kapitalverbrechen innerhalb der NOA und schien nicht die geringste Absicht zu haben, in Rente zu gehen.

«Sieht ganz danach aus.»

«Warum ich?», fragte Amanda, drückte zwei gelbe Tabletten aus dem Blister und schluckte sie mit etwas Wasser hinunter.

«Weil du unsere beste Unterhändlerin bist und den Balkan am besten kennst.»

Amanda holte tief Luft. Augenblicklich verspürte sie das ambivalente Gefühl der Hassliebe. Als Offizierin der aus Schweden entsandten Streitkräfte auf gemeinsamen Auslandsmissionen hatte sie vor einigen Jahren jedes noch so kleine Dorf in Bosnien und Herzegowina sowie im Kosovo besucht. Sie hatte die Arbeit geliebt, und tatsächlich kannte niemand den Balkan besser als sie. Deshalb hatte man ihr vor sechs Jahren auch die Verhandlungsführung in Pristina übertragen, obwohl sie damals gerade erst ihre Ausbildung beendet und über keine nennenswerte Einsatzerfahrung verfügt hatte.

«Möglicherweise, aber das ist inzwischen einige Jahre her», antwortete sie zögernd.

«Denkst du ... Ich meine ... Denkst du noch oft daran, was damals passiert ist?»

«Jeden Tag. Jede Nacht. Du nicht?»

«Nicht mehr. Vielleicht würde es dir guttun, dorthin zurückzukehren. Meinst du, du könntest dich für ein paar Tage von den Zwillingen trennen?»

Amanda betrachtete das Handybild von Mirjam und Linnea. Ihr schnürte sich der Hals zu. Erst nach einer Weile fragte sie: «Es wird also jemand vermisst?»

Sie hörte, wie Bill am anderen Ende seufzte.

«Einer von uns.»

«Was meinst du damit?»

«Ein Polizist.»

3

Amanda betrat den Umkleideraum und ließ ihre Tasche auf den gekachelten Fußboden fallen. Das Reinigungspersonal musste gerade erst da gewesen sein. Es roch nach Putzmitteln und Desinfektionsspray; nirgends ein verschwitztes Kleidungsstück. Man hatte fast den Eindruck, in der Umkleide eines Fitnessstudios zu stehen. Doch sobald ihre Kollegen zurückkämen, würde der Zitronenduft innerhalb weniger Minuten durch den Geruch von Schweiß und getragenen Kampfwesten ersetzt – vermischt mit dem Duft von Laub, Tannennadeln und Moos. Und vor den hohen Spinden würden sich Uniformen, Thermounterwäsche und Stiefel türmen.

Amanda ging in den abgetrennten Bereich der Umkleide, der eigens für sie eingerichtet worden war – für die einzige Frau bei der Sondereinsatztruppe. Sie sprang unter die Dusche und betrachtete den faustgroßen blauen Fleck auf ihrem Oberschenkel, der bereits dunkelviolett schillerte. Sie hätte ihn mit einem Eisbeutel kühlen sollen.

Anschließend schickte sie Bill eine SMS: «Machst du Kaffee? Bin in fünf Minuten da.»

Noch ehe sie das Telefon aus der Hand gelegt hatte, kam seine Antwort: «Schon fertig.»

Amanda lächelte. Das hatte sie vermisst. Die Umkleide. Den Muskelkater. Bei einer Tasse Kaffee über einen möglichen neuen Fall zu diskutieren – einen Fall, der ihre Hilfe erforderte. Jemand zu sein, der einen Beitrag leistete.

Als sie am Fitnessraum vorbeikam, warf sie einen Blick durch die Glasscheibe. Zwei Kollegen machten mit Gewichtswesten bekleidet Klimmzüge an der Stange. Das Bild wiederholte sich jeden Herbst, wenn der alljährliche Konditionstest näher rückte. Pull-ups und Chin-ups wurden mit zusätzlichen Gewichten am Körper trainiert, genau wie die Dips für die Brust- und Trizepsmuskulatur – um für den Ernstfall gerüstet zu sein, bei dem man sich in schwerer Kampfausrüstung bewegen musste.

Das Kletterseil hing einsatzbereit von der Decke. Daneben stand eine Dose Magnesium auf dem Boden. Je später die Kletterübungen am Tag des Konditionstests stattfanden, umso schwieriger wurde die Aufgabe. Da konnte man sich die Handflächen noch so sehr mit Magnesium einreiben; wenn man bei den anderen Disziplinen sein Bestes gegeben hatte, war die Milchsäure bereits zwangsläufig in die Armmuskulatur geschossen.

Vor der Anschlagtafel im Flur blieb Amanda stehen und ging die einzelnen Disziplinen Punkt für Punkt durch. Der Cooper-Test sollte ihr keine Probleme bereiten. Sie war gelenkig und schnell. Hindernisse überwand sie rascher als die meisten anderen, ganz gleich, ob sie sie übersprang oder unter ihnen hindurchkroch. Das Laufen in voller Einsatzausrüstung würde dieses Jahr eine größere Herausforderung darstellen. Ihre Joggingrunden mit dem Kinderwagen um Kungsholmen in allen Ehren, aber ein Dreikilometerlauf mitsamt Kampfweste, Stiefeln und Waffe erforderte wesentlich mehr Kraft und Ausdauer.

Als sie sich der Treppe näherte, hörte sie Tores monotone Stimme aus der Küche. Bill klapperte mit Bechern und schenkte Kaffee ein. Bei ihrem letzten gemeinsamen Auftrag hatte Amanda auf der Suche nach zwei entführten schwedischen Diplomaten ganz Afghanistan durchkämmt, während Bill und Tore parallel in einem Mordfall in Stockholm ermittelt hatten. Dabei hatten sie dem Außenministerium nahezu täglich über Amandas Fortschritte in Kabul Bericht erstatten müssen. Obwohl ihre Arbeit sowohl in Afghanistan als auch in Schweden von höchsten Regierungskreisen behindert worden war, hatten sie die beiden Diplomaten am Ende lebend befreien können. Die Aufklärung des Falls hatte weitreichende politische Folgen gehabt: Ein Staatssekretär war von seinem Amt zurückgetreten, und ein geplanter Staatsbesuch des afghanischen Präsidenten war abgesagt worden.

«Amanda, du hast mir gefehlt!», rief Tore überschwänglich, als sie den Pausenraum betrat.

«Du mir auch», erwiderte sie und schloss ihn in die Arme.

Tore sah noch durchtrainierter aus, als sie ihn in Erinnerung gehabt hatte. Er war gerade aus einem Florida-Urlaub zurückgekehrt und schien die freien Tage mit seiner Frau Lena für Trainingseinheiten am Strand genutzt zu haben.

«Achtzig Prozent Kaffee und zwanzig Prozent Milch für dich», sagte Bill und reichte ihr einen granitgrauen Becher mit dem Emblem des Sondereinsatzkommandos: drei goldgelben Kronen über einem sich aufbäumenden, feuerspeienden Panther. Bill trank wie immer aus seinem eigenen Becher, dem mit dem Foto seiner beiden Kinder. Obwohl er ihn grundsätzlich mit der Hand spülte, war das Bild inzwischen verblasst.

«Wir kommen besser sofort zur Sache, möglicherweise muss es schnell gehen», sagte Tore und zog eine dicke rote Mappe aus seiner Tasche, auf der der Name Åke Jönsson stand.

Typisch Tore, dachte Amanda. Organisiert und vorbereitet wie immer, um Bill und ihr die Arbeit zu erleichtern. Ganz bestimmt hatten seine Mappen je nach Art des Falls auch unterschiedliche Farben.

«Wer hat Jönsson als vermisst gemeldet?», fragte Bill, kratzte sich am Bart und setzte sich aufs Pausensofa.

«Seine Frau Magdalena», antwortete Tore, zog eine Vermisstenanzeige aus der Mappe und legte sie so auf den Tisch, dass sie sie zu dritt einsehen konnten.

Amanda überflog den knappen Bericht, der lediglich geschrieben worden war, um den Formalanforderungen für die Voruntersuchung zu genügen. Er enthielt Personalien und Meldeadresse sowie Zeitpunkt und Ort des Tatbestands. Die wesentlichen Informationen würde sie den Befragungsprotokollen entnehmen.

Aus der Anzeige ging hervor, dass Åke Jönsson sechsundfünfzig Jahre alt war, in der Nähe von Ella gård in Täby wohnte und zum Zeitpunkt seines Verschwindens als entsandter schwedischer Polizist Dienst in Pristina geleistet hatte.

«Was sagt die Ehefrau?», fragte Amanda.

«Sie ist außer sich vor Sorge. Wir müssen zu ihr fahren und mit ihr sprechen. So etwas sei noch nie vorgekommen, sagt sie, aber in letzter Zeit seien in der Nähe ihres Hauses merkwürdige Dinge vor sich gegangen.»

«Zum Beispiel?»

«Sie hat sich beobachtet gefühlt und glaubt, fremde Männer in ihrem Garten gesehen zu haben … Ich weiß nicht, es klang ziemlich wirr.»

«Warum hat sie ihren Mann denn erst nach drei Tagen vermisst gemeldet?» Amanda tippte auf den Anfang des Berichts.

«Wenn ich sie richtig verstanden habe, kommt Jönsson jedes zweite oder dritte Wochenende auf Heimatbesuch nach Stockholm. Er war erst in der vergangenen Woche hier, und da war alles wie immer. Wenn Jönsson in Pristina ist, telefonieren sie abends. Als er sich nicht gemeldet hat, schob sie es zunächst auf die Arbeitsbelastung», antwortete Tore und krempelte die Hemdsärmel hoch, sodass seine gebräunten Arme zum Vorschein kamen.

«Das erklärt immer noch nicht, warum sie drei Tage gewartet hat», erwiderte Amanda und las weiter.

«Vielleicht hielt sie es für ein bisschen zu dramatisch, sofort die Polizei einzuschalten, solange sie sich nicht ganz sicher war, dass er tatsächlich verschwunden ist», mutmaßte Tore.

«Wie lautet deine Hypothese?», fragte Bill.

«Ich habe mit Martin Blom gesprochen, Jönssons Vorgesetzten in Pristina, und denke, wir sollten ihn so schnell wie möglich vor Ort befragen», gab Tore zurück und nahm einen Becher Blaubeerquark aus dem Seitenfach seines Rucksacks. Er löste den Plastiklöffel vom Rand und zog den Deckel ab. Amanda musste gar nicht erst auf die Uhr sehen, um zu wissen, dass es Punkt neun war – die übliche Zeit für Tores zweites Frühstück.

«Weshalb?», fragte Bill.

«Weil seine Geschichte unwahrscheinlich klingt. Wenn Jönsson zwei, drei Tage nicht zur Arbeit erscheint, sollte man doch erwarten, dass Blom in irgendeiner Form hellhörig wird. Blom ist Jönssons direkter Vorgesetzter und außerdem Kontingentchef für sämtliche schwedischen Kräfte im Rahmen der EULEX-Mission», erklärte Tore in seinem typisch monotonen Tonfall.

Die nach der Unabhängigkeitserklärung des Kosovo im Jahr 2008 von der EU ins Leben gerufene EULEX-Mission unterstützte die kosovarischen Behörden beim Aufbau eines rechtsstaatlichen Polizei-, Justiz- und Zollwesens. Außerdem befassten sich die Mitarbeiter mit Dingen, mit denen man die örtlichen Behörden nicht betrauen wollte, wie der Aufklärung von Kriegsverbrechen und der Bekämpfung der Korruption.

«Könnte Jönsson aus freien Stücken verschwunden, also untergetaucht sein?», fragte Amanda.

Tore zuckte mit den Schultern und löffelte seinen Quark. «Wir sollten erst mal ganz unvoreingenommen an die Sache herangehen. Die NOA will, dass so wenige Informationen wie möglich nach außen dringen. Sollte sich das Ganze als Bagatelle erweisen, wäre das für das Vertrauen der Öffentlichkeit in die schwedische Polizei nicht gerade förderlich. Und falls wir es mit einer Entführung zu tun haben, ist die Angelegenheit ohnehin unter Verschluss.»

«Warum sollte jemand auf dem Balkan einen schwedischen Polizisten entführen? Jeder weiß, dass nach einem Polizeibeamten mit Hochdruck gesucht wird», wandte Amanda ein.

«Vielleicht hatten die Entführer keine Ahnung, dass Jönsson Polizist ist. Er sieht nicht unbedingt wie ein Vertreter der Ordnungsmacht aus», erwiderte Bill und zeigte auf ein Foto von Jönsson.

Vielleicht nicht von Bills Warte aus, dachte Amanda und schmunzelte. Der Mann auf dem Foto hatte große blaue Augen und eine beginnende Glatze. Er lachte in die Kamera und wirkte eher wie ein Dorfpolizist, der Kindern und alten Leuten über die Straße half, als wie ein Ermittler, der auf dem Balkan die Organisierte Kriminalität bekämpft.

«Das Wahrscheinlichste ist, dass er einen Unfall hatte. Oder dass er in irgendeiner Spelunke in einen Streit geraten ist und weggesperrt wurde», sagte Amanda und blätterte durch die Unterlagen in Tores Mappe.

Sie überflog ein EULEX-Dokument, das den Auftrag der Mission in Pristina skizzierte. Jönsson arbeitete seit dem 1. März 2016 als Berater eines albanischen Polizeichefs und war für zwölf Monate entsandt.

«Wie lange soll die EULEX im Kosovo denn noch tätig sein? Ich dachte, der Auslandseinsatz neigt sich allmählich dem Ende zu?», fragte Bill.

«Das Mandat läuft noch bis 2018. Momentan sind ungefähr achthundert Mitarbeiter aus sämtlichen EU-Mitgliedsstaaten vor Ort», antwortete Tore.

«Und wie viele Schweden?», erkundigte sich Amanda, während sie weiterlas.

Der vermisste Åke Jönsson wohnte wie die meisten entsandten Polizisten im oberhalb von Pristina gelegenen Stadtteil Dragodan, in dem Botschaften und Luxusvillen das Straßenbild beherrschten. Dort lebten die, die Geld hatten.

«Zurzeit zwölf – zwei davon in leitender Position», erklärte Tore.

«Ich habe mich erst heute Morgen auf den letzten Stand bringen lassen.»

«Wo stehen wir insgesamt?» Bill schenkte ihnen Kaffee nach. «Ich nehme an, die Sache hat Priorität?»

«Allerdings. Das Letzte, was die schwedische Polizei angesichts all der Kritik an der Neuorganisation gebrauchen kann, ist ein entführter Kollege. Der NOA-Chef hat heute Morgen angeordnet, dass umgehend geeignete Beamte nach Pristina geschickt werden sollen.»

«Welche Konstellation schwebt dir vor?», fragte Bill. Er sah zu Amanda, als wäre er gespannt, wie sie reagieren würde.

«Amanda und ich fliegen nach Pristina», sagte Tore. «Falls sich herausstellt, dass wir es mit einem Entführungsfall zu tun haben und ein Verhandlungsführer gebraucht wird, ist sie bereits vor Ort. Bill, kannst du mit Jönssons Frau sprechen und unser Ansprechpartner in Stockholm sein? Wäre das in Ordnung für euch?»

Balkan. Kosovo. Pristina.

Der Ort, den sie mit einem beruflichen Versagen verknüpfte, das sie bis heute in ihren Träumen heimsuchte.

Amanda griff nach ihrem Handy. Alva, das Kindermädchen der Zwillinge, das inzwischen bei ihnen in der Parkgatan im Gästezimmer wohnte, hatte ihr eine SMS geschrieben: «Der Morgen lief gut. Nur als ich sie zur Kita gebracht habe, gab es kurz Tränen. Soll ich sie um 15 Uhr abholen?» Amanda lächelte, als sie das Foto sah, das Alva angehängt hatte: Mirjam und Linnea auf dem Weg zur Kita, dick eingemummelt in ihrem Kinderwagen. Inzwischen waren sie keine Babys mehr und würden ein paar Nächte ohne sie auskommen, das wusste sie. Alva war keine Partygängerin und kümmerte sich gern um Kinder, während ihre Kommilitonen das Studentenleben auskosteten. Sie schrieb zurück: «Ich bräuchte für ein paar Tage Vollzeit-Hilfe mit den Zwillingen. Kannst du?»

Unterdessen hatte Bill seinen Kalender konsultiert. «Von meiner Seite gibt es keine Einwände. Sofia veranstaltet am kommenden Wochenende bei uns zu Hause ein Yoga-Retreat für ihre Freundinnen. Ich bleibe also im trauten Heim, kümmere mich um die Kinder und spiele Mädchen für alles.»

Amanda warf einen Blick auf Bills Kalender. Fast allabendlich Treffen der Anonymen Alkoholiker. Tagsüber Freizeitaktivitäten von Elvira und Emanuel. Dann Sofias Yoga-Kurse. Familie Ekman schien inzwischen ein geregeltes Leben zu führen. Und sie lebten es gemeinsam.

«Und, kannst du fliegen?» Bill musterte Amanda.

Amanda nickte langsam und hörte sich sagen: «Ich muss nur vorher für ein paar Stunden nach Hause.»

«Schaffst du es bis sechzehn Uhr heute Nachmittag? Da ginge ein SAS-Direktflug nach Pristina», erwiderte Tore, der die Flugverbindungen schon gegoogelt hatte.

«Dann landen wir um kurz nach sieben, oder?», fragte Amanda, als im selben Moment ihr Handy summte.

Alva. «Kein Problem, ich muss nicht mal zur Uni, sondern für eine Prüfung lernen.»

«Gut, dann können wir Blom noch heute Abend befragen und uns einen Überblick verschaffen. Ist das für dich machbar?», hakte Tore nach.

Amanda nickte. Sie würde Alva zum Dank ein Geschenk mitbringen.

«Ich sage Blom Bescheid, damit er uns am Flughafen abholt.» Tore schob seine Unterlagen zusammen und stand auf.

Amanda begann umgehend, eine Packliste zu schreiben. Das hatte sie früher nie gemacht. Beim Sondereinsatzkommando wusste man genau, welche Dinge man mitnehmen und an welcher Stelle jeder einzelne Gegenstand liegen musste. Aber nach achtzehn Monaten Auszeit wollte sie kein Risiko eingehen.

4

Als sie aus dem Flugzeug stiegen, schlug Amanda der gleiche Geruch wie sechs Jahre zuvor entgegen. Aus den Schloten des Kohlekraftwerks vor der Stadt stieg dichter schwarzer Rauch – die schlimmste Umweltsünde im ganzen Kosovo, wenn nicht in ganz Europa.

«Stinkt es hier immer so?» Tore rümpfte die Nase.

«Warte, bis dir der Dreck in den Poren sitzt und dein Taschentuch schwarz wird, wenn du dir die Nase putzt», entgegnete Amanda lächelnd.

In der Ankunftshalle hing Zigarettenrauch wie Nebelschwaden in der Luft. Überquellende Aschenbecher auf sämtlichen Tischen und entlang der Gepäckbänder. Überall schwelten Kippen vor sich hin. In keiner anderen Gegend der Welt schien es so viele Raucher zu geben wie auf dem Balkan.

«Das muss Blom sein», sagte Tore und deutete auf ein paar Wartende hinter der Glasscheibe.

Nur eine Person trug ein hellblaues Popelinehemd und eine schwarze Lederjacke mit der schwedischen Fahne auf dem Oberarm. Bis auf seine zu langen Koteletten schien der Mann Wert auf sein Äußeres zu legen. Er hatte sich frisch rasiert und einen akkuraten Seitenscheitel gezogen. Tore nickte dem Mann zu, der grüßend die Hand hob.

«Wo befragen wir ihn?», wollte Amanda wissen und nahm ihre schwarze Reisetasche vom Gepäckband.

«Das Büro liegt in der Nähe des Krankenhauses an der Ernest Koliqi Street. Blom soll uns direkt dort hinfahren.» Tore angelte seinen Pass hervor.

Amandas Augen brannten vom Zigarettenrauch, und sie sehnte sich danach, an die frische Luft zu kommen. Sie schaltete ihr Handy an und wurde von einem Mobilfunkanbieter in der Republik Kosovo willkommen geheißen. Für manche war der Kosovo nur eine kleine Provinz, für andere eine autonome Republik, von der Fläche nicht größer als das südschwedische Schonen.

In der Ankunftshalle bot sich ihnen das übliche Bild: ein Gewimmel von Menschen, die ohne ersichtlichen Grund am Flughafen zu sein schienen. Cafés, die Cappuccino mit Kakaodekor auf dem Milchschaum servierten, in einer weißen Tasse mit Untertasse, auf der ein Tütchen Zucker und ein Plastikstäbchen zum Umrühren lagen.

«Willkommen in Pristina.»

Martin Blom gab ihnen die Hand. Er hatte tiefe Falten um die Augen. Amanda schätzte ihn auf Anfang, Mitte fünfzig. Er trug eine protzige Armbanduhr, und an seinem Mittelfinger funkelte der goldene UN-Missionsring. Das Schmuckstück wurde auch Puzzlering genannt und bestand aus mehreren dünneren Ringen, die zu einem breiteren zusammengefügt wurden – je breiter, umso mehr UN-Missionen hatte sein Träger absolviert. Bloms Ring reichte bis übers Mittelgelenk.

«Haben Sie etwas gehört?», fragte Amanda, justierte die Schultergurte ihrer Tasche und schwang sie sich auf den Rücken.

«Keinen Mucks. Aber ich habe ein paar Köder ausgelegt.»

«Köder?» Amanda sah ihn entgeistert an.

Hatte dieser UN-Veteran vollends den Verstand verloren? Welcher Polizist «legte Köder aus», wenn ein Kollege vermisst wurde?

«Ich meine ... Ich habe mich ein bisschen umgehört, ob jemandem etwas zu Ohren gekommen ist», erwiderte Blom und drückte einen eingehenden Anruf auf seinem Handy weg.

«Ich denke, es wäre besser, wenn niemand erfährt, dass ein schwedischer Polizist vermisst wird», entgegnete Amanda und steuerte den Ausgang an.

Ein riesiges Ölgemälde des kosovarischen Präsidenten Hashim Thaçi hing an der ansonsten kahlen Wand. Er hatte dichtes, grau meliertes Haar, und in seinem Gesicht zeichneten sich die charakteristischen tiefen Augenringe ab. Vom Guerillakämpfer zum Staatsmann – kein übler Werdegang, dachte Amanda.

Draußen war die Dunkelheit hereingebrochen, doch anders als sechs Jahre zuvor funktionierte die Außenbeleuchtung am Flughafen.

«Ja, natürlich. Ich meinte eher ... allgemein.»

«Was ist Ihrer Meinung nach passiert? Haben wir es mit einem Verbrechen oder mit einem Unfall zu tun?», fragte Tore, als sie den Flughafen verlassen hatten.

Trotz des Gestanks vom Kohlekraftwerk war es eine Erleichterung, ins Freie zu kommen. Die Mülltonnen quollen noch immer von bunten Plastiktüten über. Amanda musste an ihren allerersten Landeanflug in Mazedonien denken – in einer Hercules. Damals hatte sie die bunten Plastiktüten für im Wind wehende Blumen gehalten. Erst nach der Landung war ihr klargeworden, dass es sich schlichtweg um Müll handelte. Ein solcher Anblick bot sich in der gesamten Region. Die sogenannten Balkanblumen blühten überall.

«Weiß der Himmel. Es ist mir ein Rätsel, wie er einfach so verschwinden konnte. Bei ihm zu Hause findet sich nicht die geringste Spur.» Blom schloss einen weißen Mitsubishi Pajero auf.

Die Lederausstattung schien gerade erst frisch poliert worden zu sein. Selbst der Fußraum war makellos sauber.

«Der Wagen riecht, als käme er direkt vom Werk», bemerkte Amanda und rutschte auf den Rücksitz.

«Autopflege ist so billig, dass hier jeder seinen Wagen regelmäßig in die Waschanlage bringt – vor allem, wenn man ihn auch privat benutzt, so wie ich», erklärte Blom.

«Wann und wo haben Sie Jönsson zuletzt gesehen?», erkundigte sich Tore.

«Am Samstagabend. Wir … Wir waren in einer Bar an der Birdshit Avenue. Als ich aufgebrochen bin … habe ich ihn nicht mehr gesehen.»

«Wo liegt diese Straße?», fragte Amanda.

Neben Bloms Mitsubishi stand ein weißer Bus mit einem Schild hinter der Windschutzscheibe – «Transfer Sightseeing Gračanica Monastery». Jemand hatte handschriftlich den Vermerk «Unesco» hinzugefügt, damit auch der Letzte begriff, dass es sich dabei um eine Touristenattraktion handelte. Amanda hatte die serbische Enklave unzählige Male durchquert, aber das serbisch-orthodoxe Kloster selbst nie besichtigt, obwohl es nur wenige Kilometer südlich von Pristina lag. Die Bewachung des mittelalterlichen Klosters hatte während des KFOR-Einsatzes im Kosovo zu den festen Aufgaben der schwedischen Soldaten gehört. In der kleinen Ortschaft gab es lediglich einen Supermarkt, ein Stoffgeschäft, etliche Autowaschanlagen und die eine oder andere Tankstelle. Sobald man den mit Abwasser und Müll verunreinigten «Yellow River» überquert hatte, war der Ort zu Ende. Aber das Kloster sicherte Gračanica einen Platz auf der Landkarte.

«Entschuldigung … Der offizielle Name der Straße lautet Fehmi Agani Street. Sie wird bloß Birdshit Avenue genannt, weil in den Bäumen am Straßenrand Hunderte Vögel sitzen und alles vollkacken.»

«Sind die Beamten hier nicht immer mindestens zu zweit im Einsatz?», fragte Tore.

«Doch … jedenfalls meistens.» Blom ließ den Motor an und rollte vom Parkplatz.

Der Zustand der Straßen hatte sich erheblich verbessert. Der mit Schlaglöchern und Fahrrinnen durchsiebte Asphalt war durch eine glatte schwarze Teerdecke mit weißen Markierungen ersetzt worden, die leuchteten wie überdimensionierte Reflektorstreifen.

«Wann haben Sie gemerkt, dass etwas nicht stimmt?», erkundigte sich Amanda, während sie gleichzeitig eine SMS an Alva und eine an ihre Mutter Eva schickte.

Eigentlich spielte es keine Rolle, ob ihre Mutter die Nachricht direkt nach der Landung oder ein, zwei Stunden später bekam. Nach mehreren Schlaganfällen war Zeit für sie nicht mehr so wichtig. Doch es gab Regeln, und die hielt Amanda ein.

«Als er am Montag nicht zur Arbeit erschien.»

«Trotzdem haben Sie zunächst nichts unternommen», hakte Amanda nach.

«Ich weiß, es klingt unverantwortlich, aber ich wollte zu diesem Zeitpunkt nicht gleich Alarm schlagen.»

«Warum nicht?»

Blom seufzte schwer und schaltete einen Gang höher. «Tja, also ... In dieser Bar arbeiten Prostituierte.»

«Mit denen Sie sich ... getroffen haben?», fragte Tore mit seiner üblichen monotonen Stimme.

«So kann man es nennen», antwortete Blom leise.

Für einen Augenblick herrschte Schweigen. Amanda fehlten die Worte. Sie hatte das Gefühl, als wäre im Auto nicht genügend Sauerstoff für drei Personen. Vor ihr saß die abstoßendste Version eines schwedischen Polizeibeamten – ein Polizist, der seine Machtstellung missbrauchte, um jene auszunutzen, die Schutz bedurften, die Schwächsten der Gesellschaft.

Amanda zog ihr Diktiergerät aus der Tasche und drückte auf Record. Dieses Geständnis würde sie aufnehmen und vor Gericht als Beweismittel vorlegen, so viel stand fest.

«Wenn ich Sie richtig verstehe, haben Sie also ein Bordell in Pristina aufgesucht und dort gegen Bezahlung sexuelle Dienste in Anspruch genommen?»

«Ja, aber ... Das klingt schlimmer, als es tatsächlich war.»

Amanda schloss die Augen und holte ein paarmal tief Luft. Dann fuhr sie fort: «Wie kommt Jönsson ins Bild?»

«Er sollte eigentlich auf mich warten, ist aber verschwunden, als ich zur Toilette musste. Ich bin ohne ihn nach Hause gefahren. Und nach dem Wochenende kam er nicht zur Arbeit.»

«Sie haben also nichts unternommen, um Ihren kleinen Ausflug nicht publik zu machen.»

«Nichts unternommen ... Ich weiß nicht ... Es hat ja keiner gefragt ..., aber ...»

«Aber Sie sind nicht vielleicht von selbst auf die Idee gekommen, dass es für unsere Ermittlung durchaus relevant sein könnte, dass Ihr vermisster Kollege zuletzt ausgerechnet in einem Bordell in Pristina gesehen wurde?», fragte Amanda.

«Mir ist schon klar, dass das furchtbar klingt. Aber Sie können sich vorstellen, was passiert, wenn das herauskommt! Ich würde auf der Stelle meinen Job verlieren, nicht nur hier im Kosovo. Die Stockholmer Polizei würde mich hochkant vor die Tür setzen.»

Und anschließend würdest du für einige Jahre hinter Gitter wandern, dachte Amanda, fuhr aber fort: «Und deshalb hielten Sie es für besser, gar nicht zu reagieren, als Jönsson nicht zur Arbeit erschien?»

«Erst nahm ich an, er wäre krank und hätte nur vergessen, Bescheid zu sagen. Aber nach einer Weile habe ich mir natürlich Sorgen gemacht. Im Nachhinein wünschte ich mir, ich hätte Alarm geschlagen, als er am Montag nicht zum Morgenmeeting kam.»

«Was ist Ihrer Meinung nach geschehen? Halten Sie es für möglich, dass Jönsson aus freien Stücken verschwunden ist?», fragte Tore.

Blom hob schulterzuckend beide Hände.

«Fahren Sie uns zu dem Bordell», verlangte Amanda.

«Gut. Allerdings glaube ich nicht, dass Sie das weiterbringt, wenn

Sie nicht vorhaben, die Angestellten zu befragen», erwiderte Blom und nahm die nächste Ausfahrt in Richtung Stadtzentrum.

An der nächsten Kreuzung stand ein Grüppchen junger Männer in bunten Sweatshirts mit Adidas- und Tommy-Hilfiger-Aufdrucken und rot gestreiften Fußballtrikots mit der Nummer zehn und dem Namen Messi auf dem Rücken.

«Machen Sie sich keine Sorgen. Wir gehen nicht rein, wir werfen nur einen Blick von außen auf das Gebäude.»

Die Mother Teresa Street ähnelte der Drottninggatan in Stockholm: eine breite Einkaufsstraße mit zahlreichen Souvenirläden, Restaurants und Cafés. Als Blom vom Gas ging und auf eine Bar mit Glasveranda deutete, vibrierte es auf der Mittelkonsole zwischen den Vordersitzen, und ein Handy mit schlichtem Kunststoffgehäuse leuchtete auf.

Ohne einen Blick auf das Display zu werfen, drückte Blom auch diesen Anruf weg und ließ das Handy in seiner Jackentasche verschwinden.

«Hier ist es.»

Er hielt am Straßenrand.

Über dem Eingang blinkte ein rotes Neonschild mit dem Schriftzug «Paradise».

«Könntet ihr im Café nebenan drei Kaffee zum Mitnehmen besorgen? Ich muss kurz privat telefonieren», sagte Amanda und hoffte, dass ihre Bitte nicht zu offensichtlich war.

«Natürlich», erwiderte Blom und stieg mit Tore aus dem Auto.

Als die beiden in der Menschenmenge verschwunden waren, hob Amanda die Fußmatten an. Nichts. Alles blitzblank und sauber. Sie griff in die Taschen der Vordersitzlehnen. Ebenfalls leer. Als sie den Deckel über der Mittelkonsole anhob, blinkte in dem Fach ein iPhone auf. Das dritte Handy, das Blom zu benutzen schien. Amanda leuchtete mit Hilfe ihres Handydisplays in das Fach.

Verschlossene Briefumschläge. Ordentlich gestapelt. Sie überflog die Aufschrift auf dem obersten Umschlag und tastete vorsichtig darüber.

Schwedische Prepaid-Karten.

Unter den Umschlägen lagen weiße SIM-Kartenhalter mit rechteckigen Ausstanzungen, in denen die SIM-Karten gesessen hatten. Rasch zählte Amanda die Umschläge durch und spähte dann über die Straße. Jetzt bloß keine Überraschungen. Acht ungeöffnete Kuverts und mindestens genauso viele verbrauchte SIM-Karten ...

Kein Polizist der Welt benötigte so viele Prepaid-Nummern. Jedenfalls nicht für seine offizielle Arbeit.

5

Noch bevor Bill in Ella gård aus dem Auto stieg, hatte er Magdalena Jönsson am Küchenfenster entdeckt, die ihm mit einem Becher Tee in der Hand entgegenblickte. Auf dem Küchentisch brannten Kerzen. Weiße Gardinen umrahmten das Fenster, und auf der Fensterbank blühten weiße Orchideen in hohen Vasen. Unwillkürlich fühlte Bill sich an eine Reportage aus einem «Schöner Wohnen»-Magazin erinnert. Einen Augenblick später kam Magdalena Jönsson an die Tür und öffnete sie einen Spaltbreit.

«Woher weiß ich, dass Sie wirklich Polizist sind?»

«Hier, mein Dienstausweis», sagte Bill, klappte das Lederetui mit seiner Dienstmarke auf und hielt sie ihr hin.

Magdalena Jönsson musterte ihn und seinen Ausweis durch den Türspalt. Sie war barfuß, trug lediglich ein weißes Nachthemd. Ein struppiger Zopf hing ihr über die Schulter. Selbst Bill konnte sehen, dass er nicht heute geflochten worden war, wahrscheinlich nicht einmal gestern.

«Darf ich reinkommen?»

«Sind Sie ... Sind Sie allein?», fragte Magdalena. Ihr Blick flackerte.

«Sie wissen doch, dass ich alleine bin, Sie haben mich beobachtet, seit ich vor Ihrem Haus geparkt habe.»

«Entschuldigen Sie ... Ich bin nur so ...»

Sie verstummte, drehte sich um und kehrte in die Küche zurück. Bill deutete dies als Zeichen, dass er hereinkommen durfte.

«Ist außer Ihnen jemand zu Hause?»

Magdalena schüttelte den Kopf und stellte den Wasserkocher an. Ohne zu fragen, hängte sie Teebeutel in zwei Becher. Sie kramte in den Schränken, und kurz darauf hatte sie Mandelplätzchen auf einen Glasteller gelegt und mitsamt den Bechern auf ein Tablett gestellt.

«Entschuldigen Sie, aber könnten Sie bitte ...» Mit zitternden Händen zeigte sie auf die Becher.

Bill nahm das Tablett, während er Magdalenas zarte Hände musterte. Die roten Nagellackreste an ihren Fingern leuchteten neben ihrer bleichen Haut fast neonfarben.

«Hier gehen merkwürdige Dinge vor», murmelte sie und führte ihn ins Wohnzimmer.

«Können Sie das näher erläutern?»

Magdalena legte sich eine Decke um die Schultern und setzte sich aufs Sofa, auf dem mehrere Decken und Kissen lagen. Offensichtlich hatte sie in den vergangenen Nächten im Wohnzimmer geschlafen.

«Fremde Autos, die niemandem aus der Nachbarschaft gehören, fahren langsam an unserem Haus vorbei.»

«Die Straße ist lang. Wie kommen Sie darauf, dass das Ihnen gelten könnte?»

«Vor ein paar Tagen stand nachts ein Mann im Garten. Mehrere Minuten lang, völlig reglos.»

«Was ist dann passiert?»

«Er ist durch die Hecke verschwunden, in Richtung Gemeindewiese.»

Magdalena Jönsson deutete zur Terrassentür, die in den Garten hinter dem Haus hinausführte. Der Garten war größer, als Bill angenommen hatte. Im Lichtschein der Außenbeleuchtung konnte er ein fast fertiges Gewächshaus und ein altes Spielhäuschen mitsamt Schaukel erkennen. Ein Anbau schien sich bis hinunter zum Gewächshaus zu erstrecken. Um das Grundstück verlief eine hohe, dichte Hecke, die bis auf einen Durchgang in der Mitte ringsum vor Einblicken schützte.

«Ist der Anbau ein separater Teil des Hauses?»

«Ja, das ist unser Gästehaus. Es hat einen eigenen Eingang zur Giebelseite.»

«In Richtung Gemeindewiese?»

Magdalena nickte.

«Ich würde mich gerne ein wenig im Haus und im Garten umsehen und anschließend mit Ihnen über Ihren vermissten Ehemann reden. Ist das in Ordnung?», fragte Bill, der erst sicherstellen wollte, dass Magdalena Jönsson wirklich allein war.

Magdalena nickte erneut und zupfte ein paarmal an ihrem Teebeutel. Bill machte einen Rundgang durchs Haus. Wie die meisten Häuser aus den siebziger Jahren hatte es einige Renovierungsmaßnahmen hinter sich. Er schätzte, die Einrichtung war Magdalenas Metier. Helle Farben, Marmortischplatten, helle Eichenmöbel und sorgfältig ausgewählte Dekoarrangements schufen eine gemütliche Atmosphäre

An der Wand neben der Treppe ins Obergeschoss hingen Familien- und Urlaubsfotos. Ein Junge und ein Mädchen, die sich nicht besonders ähnlich sahen. Die meisten Zimmer im oberen Stock schienen unbenutzt zu sein. Bill nahm an, dass die Kinder ausgezogen waren. Die Betten waren gemacht, kein einziges Kleidungsstück lag herum. Sieht nicht gerade nach trubeligem Familienleben aus, dachte er und sah die Zimmer von Emanuel und Elvira vor sich: mehr Klamotten im Zimmer verstreut, als im Schrank lagen, Perlen und anderer Bastelkram in den Betten und eine Autorennbahn, die den ganzen Fußboden einnahm.

Nachdem er im Haus selbst nichts Auffälliges bemerkt hatte, ging Bill in den Garten hinaus und zog die Terrassentür hinter sich zu, damit Magdalena in ihrem dünnen Nachthemd nicht fror. Im Schein der Außenbeleuchtung steuerte er die Öffnung in der Hecke an, stellte sich mit dem Rücken zum Fußballplatz auf der Gemeindewiese und blickte zum Haus zurück.

Wenn tatsächlich ein Mann hier gestanden hatte – was hatte er beobachtet?

Und weshalb?

Durch die Terrassentür und die Fenster hatte man freie Sicht ins Haus. Aber bildeten sich unter Druck stehende Menschen nicht schnell etwas ein? Ein verdächtig erscheinender Pkw erwies sich oftmals als vollkommen harmlos – jemand, der sich verfahren hatte, fuhr eben langsam, um sich zu orientieren.

Mit der Taschenlampe seines Handys leuchtete Bill die Frontseite des Gästehauses an. Eine schmucklose Eingangstür ohne Sichtfenster, ein kleines Vordertreppchen mit zwei Stufen. Mehr konnte er nicht erkennen. Er drückte die Klinke nach unten. Verschlossen. Was hatte er erwartet?

Er lief zum Spielhäuschen weiter und leuchtete hinein. Übereinandergestapelte Puppenwagen und andere Spielsachen. Nichts, was seine Neugier weckte.

Er kehrte zu Magdalena Jönsson ins Wohnzimmer zurück.

Warum trug sie nur ein Nachthemd, wenn es kalt vom Fußboden zog und die Fensterbänke unter einer Frostschicht glitzerten? Noch dazu aus einem so dünnen Stoff, dass Bill gar nicht wusste, wo er hinsehen sollte.

«Wann waren Sie das letzte Mal im Gästehaus?»

«Ich? Ich kann mich nicht erinnern. Warum fragen Sie?»

«Wer hat es denn benutzt?»

«Im vergangenen Jahr war es eine Zeitlang vermietet. Seitdem steht es leer. Wir dachten, die Kinder würden im Sommer dort wohnen, deshalb haben wir keine neuen Mieter gesucht.»

«Also hält sich dort gerade niemand auf?»

«Nein», erwiderte Marianne mit leerem Blick. Mit einem bestickten Stofftaschentuch putzte sie sich die Nase.

Bill biss in ein Mandelplätzchen und spülte es mit kaltem Tee hinunter. Er betrachtete die feuchten Flecken, die seine Schuhe auf dem Teppich hinterlassen hatten.

«Wann ist Ihr Mann nach Pristina zurückgeflogen?»

«Vor einer Woche.»

«Und wann haben Sie den Mann in Ihrem Garten gesehen?»

«Vor zwei, drei Tagen, glaube ich. Die Tage verschwimmen ineinander ...»

«Haben Sie in der Zeit, während Åke zu Hause war, irgendetwas Auffälliges bemerkt?»

«Nein, aber da war ich tagsüber bei der Arbeit. Ich wollte keinen Urlaub nehmen. Abends ist nichts Merkwürdiges vorgefallen.»

Magdalenas Unterlippe begann zu zittern. Sie schloss die Augen, und ihr Gesicht nahm einen gequälten Ausdruck an.

«Ich halte das nicht mehr aus. Wo ist er? Åke ...»

«Egal, was passiert ist – Sie brauchen jemanden, der sich um Sie kümmert. Kann ich Sie irgendwo hinfahren? Haben Sie Geschwister?»

«Meine Schwester Irene wohnt auf ... auf Lidingö.»

«Dann bringe ich Sie dorthin. In einer solchen Situation sollten Sie nicht alleine sein.»

Magdalena nickte.

«Aber bevor wir fahren, möchte ich mir noch das Gästehaus ansehen. Wo bewahren Sie den Schlüssel auf?»

«Er hängt in dem Schränkchen im Flur. Am Schlüsselring ist ein blauer Schlumpf.»

Bill zog das weiße Schränkchen auf. Darin hing lediglich ein Schlüssel mit einem Namensanhänger.

Kein weiterer Schlüssel.

Bill drehte den Anhänger um. Magdalena.

Irrte sie sich, oder war der Schlüssel zum Anbau verschwunden?

«Wann haben Sie den Schlüssel zuletzt gesehen?», rief er über die Schulter.

Es blieb eine Weile still.

«Vorgestern, glaube ich. Warum?»

«Wer ist seitdem hier gewesen?»

«Niemand. Nur ... ich. Weshalb fragen Sie?»

6

Ellen Engwall hielt dem Rezeptionsmitarbeiter ihren Pass hin und bekam einen Umschlag mit einer Schlüsselkarte ausgehändigt. Das Hotellogo war dilettantisch designt; der grasgrüne Schriftzug *Holiday Inn Belgrade* neigte sich zu stark nach rechts, und der erste Buchstabe fiel im Vergleich zu den anderen überproportional groß aus. Darunter prangten vier goldene Sterne, gefolgt von der Anschrift: Novi Beograd, Serbien.

Im Taxi vom Nikola-Tesla-Flughafen hatte sie den Stadtteil gegoogelt und gelesen, dass er nach dem Zweiten Weltkrieg inmitten eines Sumpfgebiets errichtet worden war. Damals hatte man in kürzester Zeit so viel Wohnraum wie möglich schaffen wollen, was die hässlichen, kantigen Betonklötze erklärte, die die Straßen säumten und Ellen an sowjetische Plattenbauten erinnerten, obwohl sie noch nie in der Sowjetunion gewesen war. Sie griff nach ihrem Batik-Stoffbeutel und wandte sich zum Fahrstuhl.

«Bagage?», fragte der Rezeptionist auf Englisch und streckte die Hand aus, um ihr behilflich zu sein.

«Nein, nur Handgepäck. Ich bleibe nur eine Nacht», antwortete Ellen und betrat den Fahrstuhl.

Wie auf der Webseite des Hotels beschrieben, war das Zimmer in hellen Farben eingerichtet. Nicht sonderlich elegant, aber für 890 Kronen konnte man nicht mehr erwarten. Das Bett war akkurat gemacht – weiße Bettwäsche und aufgeschüttelte Kopfkissen in Beige- und Goldtönen, die zu den beiden Sesseln am Fenster passten.

Ellen zog ihre Converse aus und versank in dem grünen Teppich. Ihre verschwitzten Füße hinterließen feuchte Abdrücke, als sie ans Fenster trat. Die weißen Gardinen waren fast durchsichtig; die würden das Licht vom Parkplatz draußen vor dem Fenster niemals aussperren. Sie ließ sich in einen Sessel fallen und legte die Füße auf den kleinen Tisch. Die Polsterung war kaum der Rede wert; sie saß so unbequem wie in ihrem Flugzeugsitz.

Aus der Obstschale fischte sie drei Mozartkugeln, die zwischen Orangen und glänzenden grünen Äpfeln ganz nach unten gerutscht waren. Sie zupfte das Alupapier mit den Fingernägeln auf und kaute bedächtig. Nicht die allerbeste Schokolade – aber sie hatte Hunger. Das Essen im Flugzeug war nicht gerade eine Gourmetmahlzeit gewesen.

Obwohl der Flug von Stockholm keine drei Stunden gedauert hatte, war Ellen froh, endlich die Zimmertür hinter sich schließen zu können. Flughäfen gehörten nicht zu ihren Lieblingsplätzen: zu laut und zu viele Menschen. Sie zog Orte vor, an denen niemand sie sah. Während des Bewerbungsgesprächs an der Polizeihochschule hatte sie wie alle anderen Kandidaten behauptet, die Arbeit mit Menschen zu lieben.

Aber das stimmte nicht.

Die Beamtin, die das Vorstellungsgespräch geführt hatte, hatte wohlwollend genickt und sich Notizen gemacht, als Ellen ihr erzählte, sie wolle sich als Streifenpolizistin mit Delikten der Alltagskriminalität befassen. Insgeheim hatte sie gedacht, dass eine solche Lüge gerade an der Polizeihochschule sofort durchschaut werden müsste. Es hatte einfach absurd geklungen – wessen berufliches Ziel war es, Diebstähle und Einbrüche aufzuklären und täglich Streife zu fahren? Doch dann hatte eines Tages der Aufnahmebescheid in ihrem Briefkasten gelegen, und zwei Monate später war sie durch den nördlichen Eingang der Polizeihochschule in Sörentorp gegangen.

Die Kunstledermappe mit den Hotelinfos und einer Roomservice-

Speisekarte hatte den gleichen Braunton wie das Kunststoffkopfteil des Betts und die Nachttischchen. Bestell dir Essen aufs Zimmer, geh nicht ins Restaurant, hatte Malkolm ihr eingeschärft. Und falls sich irgendwer nach dem Grund für ihren Belgrad-Aufenthalt erkundigte, sollte sie sagen, sie nehme an einer Konferenz zum Thema Online-Sicherheit für europäische Kleinunternehmer teil. Eine zweitägige Konferenz, die hier im Hotel stattfand und morgen beginnen sollte.

Ellen überflog das Menü; sämtliche Gerichte schienen Fleisch zu enthalten. Sie rief den Roomservice an und bestellte ein Club-Sandwich ohne Speck mit extra Ei und Pommes. Damit konnte man nichts falsch machen.

Sie warf einen Blick auf die Uhr. In vierzig Minuten sollte sie Malkolm anrufen und sich neue Instruktionen geben lassen. Wenn sie Glück hatte, schaffte sie es, vorher zu duschen und zu essen.

Ellen nahm ihren durchsichtigen Kulturbeutel mit den praktischen Reisepröbchen aus der Stofftasche, klickte auf Spotify das aktuelle Album von Laleh an und drehte den kleinen Lautsprecher auf, den sie sich am Flughafen Arlanda gekauft hatte. Die Klangqualität war überraschend gut. Sie tänzelte durchs Zimmer und sang mit.

Eine halbe Stunde später hockte sie mit frisch gewaschenen Haaren auf dem harten Doppelbett und tunkte Pommes in Ketchup und Mayonnaise. Neben ihr lagen ein Briefbogen des Hotels und ein Stift. Erst am Morgen hatte sie erfahren, dass ihr Auftrag ein, zwei Tage dauern würde; dass die Reise aber nach Serbien ging, hatte sie erst am Flughafen herausgefunden. Die dürftigen Informationen, die Malkolm ihr nach und nach zukommen ließ, waren frustrierend und spannend zugleich – denn das hier war etwas anderes, als eine Kneipenschlägerei zu schlichten oder einen Autofahrer, der auf der Busspur gefahren war, wegen Ordnungswidrigkeit zu belangen. Eine sinnlosere Tätigkeit musste man erst einmal finden.

Als der Minutenzeiger ihrer Armbanduhr auf die volle Stunde

rückte, wählte sie die Nummer, die Malkolm ihr eigens für diesen Auftrag genannt nannte.

«Bist du im Holiday Inn in der Španskih boraca 74?»

Ellen sprang vom Bett und blätterte durch die Informationsbroschüren des Hotels, bis sie die Adresse fand.

«Ja, fünfzehn Kilometer vom Flughafen entfernt. Ich habe vor gut einer Stunde eingecheckt.»

«Hast du Bargeld dabei? Und rufst du von dem Handy an, das ich dir gegeben habe?»

«Ja. Ich habe bei Forex am Schalter tausend Euro in verschiedene Währungen gewechselt», antwortete Ellen und kam sich vor wie ein Schulmädchen, das fleißig ihre Hausaufgaben gemacht hatte.

«Gut. Ruf mich ausschließlich von diesem Telefon an und nur unter dieser Nummer. Hast du mit jemandem gesprochen?»

«Nur beim Einchecken. Seitdem bin ich im Zimmer.»

«Gut. Folgende Regeln.»

«Schieß los, ich schreibe mit», erwiderte Ellen, der Malkolm noch einsilbiger vorkam als sonst. Ganz offensichtlich wollte er ihr nur die allerwesentlichsten Informationen für die nächste Etappe des Auftrags mitteilen.

«Nicht nötig. Die Anweisung lautet: Sei ausgeschlafen und ruf mich morgen Vormittag um elf wieder an.»

«Ist das alles?»

«Stell dich darauf ein, zu einer Zeit, die ich dir nennen werde, weiterzureisen.»

7

Der Schraubenzieher, der neben einer Handvoll Schrauben in der dunkelgrünen Kunststofftasche lag, war so gut wie unbenutzt. Er maß das Fenster aus, kniete sich neben die Gehrungssäge, setzte den Gehörschutz auf und kippte das Sägeblatt nach unten. In zwei Sekunden hatte er die Sperrholzplatte in zwei gleich große Teile zerlegt.

Mit vier Schrauben zwischen den Lippen und dem Schraubenzieher in der Hand kletterte er auf einen Hocker. Das Fenster war so verdreckt, dass er kaum hindurchsehen konnte. Die Scheiben schienen seit Jahren nicht mehr geputzt worden zu sein; vor dem Fenster wucherte ein ausladender Rhododendron. Er presste die Sperrholzplatte mit der Schulter gegen die Wand und setzte den Schraubenzieher auf den Kopf der ersten Schraube. Als er alle vier Schrauben durch die Platte gebohrt und in der Wand befestigt hatte, stieg er vom Hocker und trat ein paar Schritte zurück. Ein bisschen schief vielleicht, aber niemand würde den Sichtschutz mit einer Wasserwaage kontrollieren. Er verkleidete das zweite Fenster mit der anderen Hälfte der Sperrholzplatte.

Jetzt konnte niemand mehr hereinsehen.

Vor allem aber kam niemand mehr hinaus.

Das Zimmer war spartanisch möbliert. An den Wänden standen zwei Metallbetten und ein Kellerregal. In Kunststoffkisten lagerten gefriergetrocknete Lebensmittel, daneben Kanister mit Wasser, Diesel und Benzin.

Das Stromaggregat hatte er für zehntausend Kronen im Internet gekauft. Der hohe Preis hatte ihn überrascht, aber es kümmerte ihn schon lange nicht mehr, wie viel Dinge kosteten.

Er packte die beiden Matratzen aus, die er tags zuvor bei IKEA besorgt hatte, und breitete Papierlaken darüber aus. So würde man hier eine ganze Weile leben können, stellte er fest. Besonders zufrieden war er mit der Campingtoilette – für zweihundertfünfzig Kronen ebenfalls im Internet erstanden. Ein Kunststoffsitz und ein klappbares Stahlgestell, an dem ein Müllbeutel befestigt wurde.

Das Kellerregal füllte sich allmählich. Wenn man den Deckel des weißen Schmuckkästchens öffnete, erklang eine Melodie, und eine Ballerina fing an, sich zu drehen. Der Deckel stand offen, aber die Spieldose war nicht aufgezogen. Das Ganze erinnerte ihn an ein Stillleben. Er nahm die Seile aus der Tüte und legte sie daneben. Sie waren alle gleich lang, wenn auch unterschiedlich dick. Die Kabelbinder besaß er schon länger; die lagen jetzt ordentlich neben den Seilen.

Er ging die Treppe hoch und schnupperte an seinem Jackett. In der kurzen Zeit, die er in dem Zimmer gewesen war, hatte sich ein muffiger Geruch in seiner Kleidung festgesetzt. Auf der Bank im Flur lagen das Stativ und die kürzlich erworbene Kamera. Er hatte sich noch nicht entschieden, ob sie zum Einsatz kommen würde. Aber er wollte zumindest die Möglichkeit haben. Und wenn er den Kauf der Ausrüstung zu lange hinausgezögert hätte, wäre es vielleicht irgendwann zu spät gewesen.

Er löste die Drehklemmen des Aluminium-Dreibeins, um die Höhe einzustellen. Voll ausgezogen betrug die Höhe einhundertdreißig Zentimeter. Die Gummifüße garantierten einen festen Stand.

Es war höchste Zeit, dass er wieder zur Arbeit fuhr. Einen Außentermin und eine Privatangelegenheit hatte er vorgeschoben, damit sich niemand wunderte, wo er blieb. In den vergangenen Tagen hatte er mit den Kollegen zudem wiederholt über einen bevorstehenden

Spanienurlaub geplaudert, um für seinen Plan die bestmöglichen Voraussetzungen zu schaffen.

Er nahm das Foto aus der Brieftasche. Er betrachtete es jeden Tag und wünschte sich den Moment zurück, in dem es aufgenommen worden war.

Noch ein letztes Mal.

8

Das Büro war zweckmäßig eingerichtet. Raumteiler schirmten die einzelnen Arbeitsplätze voneinander ab. An den Wänden stapelten sich Wasserflaschen, und auf jeder verfügbaren Fläche standen die obligatorischen Tischventilatoren.

«Zeit, die Sommerausrüstung einzumotten», sagte Amanda und strich mit dem Finger über die Staubschicht auf einem der Gehäuse.

«Im Sommer kann es hier unerträglich heiß werden. Ohne Ventilatoren würde man eingehen», erwiderte Blom und deponierte den Inhalt seiner Taschen in einer Schreibtischschublade.

Eins der Telefone vibrierte. Diesmal sah Blom aufs Display und schien zu zögern.

«Gehen Sie ruhig ran, uns macht das nichts aus.» Amanda ließ ihn nicht aus den Augen.

Eine leichte Röte kroch Bloms Hals hinauf. Er fuhr sich mit der Zunge über die Lippen und wischte sich Speichel aus den Mundwinkeln.

«Ja, als Chef muss man schließlich erreichbar sein», erwiderte er und verließ mit dem Telefon in der Hand den Raum.

Im selben Moment, als die Tür hinter Blom ins Schloss fiel, zog Amanda seine Schreibtischschublade auf. Auf dem Display des iPhones signalisierten mehrere Apps den Eingang neuer Nachrichten.

«Warum kommuniziert ein Mitte Fünfzigjähriger über Chat-Apps wie Telegram und Threema?», murmelte Amanda und fuhr mit dem

Zeigefinger übers Display. Keiner der User war in der Telefonliste des Handys gespeichert.

«Und warum hat er sich einen Vorrat an Nokia-Handys angelegt? Die sind sogar noch versiegelt», fügte Tore hinzu, der den Schrank neben dem Schreibtisch geöffnet hatte.

Amanda kannte das Modell; es war bei Clas Ohlson für unter vierhundert Kronen erhältlich. Beliebt bei Kriminellen, die aus Sicherheitsgründen häufiger Telefone und Nummern wechselten.

«Glaubst du, Blom hat bei Jönssons Verschwinden die Finger im Spiel, oder was hat das hier zu bedeuten?», fragte Amanda.

«Irgendetwas muss es …»

Tore verstummte, als Blom die Tür aufzog und ins Büro zurückkehrte.

Inzwischen war die Röte von seinem Hals bis in sein Gesicht gestiegen, und er hatte sein Hemd aufgeknöpft. Schweißperlen standen ihm auf der Stirn.

«Geht es Ihnen nicht gut? Sind Sie krank?», fragte Tore und ließ sich auf dem Schreibtischstuhl nieder.

«Ach … Krank wäre übertrieben … Aber es war alles ein bisschen viel in den letzten Tagen … wenn Sie verstehen.»

«Natürlich. Gegen Geld Sex zu haben und sich dann auch noch mit dem Verschwinden eines Kollegen befassen zu müssen, kommt ja nicht alle Tage vor», erwiderte Amanda und studierte das schwarze Brett an der Wand hinter dem Schreibtisch.

In der Mitte hing ein Ausdruck der EULEX-Webseite mit der Überschrift «Monitoring, Mentoring and Advising». Daneben diverse Zeitungsartikel über Erfolge und Misserfolge der EU-Mission EULEX, die in der *Koha Ditore*, der größten Tageszeitung des Kosovo, erschienen waren. Den Überschriften zufolge ging es um Korruption, Waffen-, Drogen- und Menschenhandel.

«Danke für … Ihr Verständnis», antwortete Blom und seufzte schwer.

Amanda starrte ihn mit offenem Mund an. Was hatte er an ihrer vor Sarkasmus triefenden Bemerkung nicht verstanden?

Im nächsten Moment klingelte wieder eins von Bloms Telefonen.

«Gehen Sie ran», forderte Amanda ihn auf.

«Das kann ... warten.»

«Das ist eine Dienstanweisung. Gehen Sie ran.»

Blom schluckte, fuhr sich über die Lippen und kam ihrer Aufforderung nach. In holprigem Englisch teilte er dem Anrufer einsilbig mit, dass er sein Bestes tue, aber mehr Zeit benötige. Als er wieder aufgelegt hatte, atmete er schwer. Amanda fiel auf, dass seine Hände zitterten.

«Möchten Sie ein Glas Wasser trinken, bevor Sie uns erzählen, was *wirklich* geschehen ist?», fragte sie.

Ohne eine Antwort abzuwarten, füllte sie einen Plastikbecher und drückte ihn Blom in die Hand. Dann tastete sie in ihrer Hosentasche nach dem Diktiergerät und strich mit dem Zeigefinger über die Record-Taste.

«Wir würden die Situation gerne verstehen. Also hören wir Ihnen zu und werden alles in unserer Macht Stehende tun, um Ihnen zu helfen», sagte sie leise und setzte sich Blom gegenüber auf einen Stuhl. Sie hatte schon häufiger Menschen, die sich unter Druck gesetzt fühlten, zum Reden gebracht. Irgendwann durchbrach sie jede Mauer, die ihr Gegenüber errichtet hatte. Sie zweifelte nicht daran, dass sie auch Blom früher oder später in die Knie zwingen würde, sodass er endlich mit der Wahrheit herausrückte.

Doch zunächst herrschte Schweigen. Amanda nutzte die Gelegenheit, Blom ausgiebig zu mustern. Er schien mit sich zu ringen, knetete die Hände und betrachtete die raue, rissige Haut an seinen Fingern. Einige Stellen waren gerötet, andere schorfig. Nach einer Weile hob er den Blick, sah aus dem Fenster und seufzte tief. Er atmete unregelmäßig, sein Brustkorb hob und senkte sich ruckartig. Amanda hätte den Mann am liebsten geschüttelt und ihn zum Reden gezwungen, doch sie wusste, dass das sinnlos gewesen wäre; im Augenblick half nur Geduld. Sie musste einen Draht zu ihm kriegen. Nur so konnte sie ihn dazu bringen, sich zu öffnen und zu reden.

Aus dem Augenwinkel sah sie, dass Tore es sich auf einem alten IKEA-Sofa bequem gemacht hatte. Er würde einfach nur zuhören.

Blom holte tief Luft. «Er ... Heute Morgen war Åke noch am Leben.»

Amanda wechselte einen flüchtigen Blick mit Tore, der den Daumen hob. Die Mauer war durchbrochen – und das sehr viel schneller, als sie erwartet hätten.

«Mit wem haben Sie gesprochen?»

«Mit den Leuten, die Åke entführt haben.»

«Wie lief das Gespräch?»

«Sie wollen Geld. Wenn sie es haben, lassen sie Åke frei. Sonst erschießen sie erst ihn, dann seine Frau in Stockholm und dann mich.»

Amanda sah zu Tore hinüber, der sich Notizen machte. Wenn Angehörige bedroht wurden, könnte dieser Fall größere Ausmaße annehmen als gedacht. Bill würde zu Hause alle Hände voll zu tun bekommen.

«Was haben die Entführer noch gesagt?»

«Dass ich ihnen Geld schulde ... viel Geld.»

«Wissen Sie in etwa, wie Åkes Entführung abgelaufen ist?»

«Nur, was ich bereits gesagt habe ...»

Amanda schüttelte den Kopf. «Wann haben sich die Kidnapper bei Ihnen gemeldet?»

«Am Morgen nach der Entführung.»

«Möchten Sie mir von dem Gespräch erzählen?»

«Na ja ... also ... Die Männer haben mich angerufen, und dann konnte ich kurz mit Åke sprechen ...» Bloms Stimme versagte, und er begann zu schluchzen.

Obwohl Amanda eine starke Abneigung gegen den Mann empfand, griff sie nach seiner Hand und hielt sie einen Moment lang. Aktives Zuhören und taktische Empathie führten in der Regel zum Ziel. «Wir werden alles tun, um diesen Fall zu lösen. Aber dazu benötigen wir mehr Informationen von Ihnen. Haben Sie eine Ahnung, wer Åke entführt haben könnte?»

Er nickte langsam.

Das Kratzen von Tores Stift verstummte.

Blom leerte seinen Wasserbecher. Amanda wechselte einen Blick mit Tore, um sich zu vergewissern, dass er Bloms Nicken auf ihre Frage mitbekommen hatte. Dann sah sie wieder Blom an. Nachdem er den letzten Schluck getrunken hatte, schob er den Zeigefinger unter seine Oberlippe, beförderte eine Portion Snus in den Becher und stellte ihn beiseite. Anschließend wischte er sich die Hand am Hosenbein ab.

«Ein albanisches Netzwerk, von dem ich ... Drogen bezogen habe. Das Heroin wurde auf dem Weg nach Schweden beschlagnahmt, und jetzt ... Jetzt hab ich kein Geld, um die Lieferung zu bezahlen.»

Amanda schwieg einen Moment. Sie starrte auf Bloms Daumen und Zeigefinger. An den rissigen Hautpartien hatte sich brauner Tabak abgelagert, und an den offenen Stellen in seiner Nagelhaut vermischte er sich mit Blut.

Mit dieser Entwicklung hatten sie nicht gerechnet.

«Woher wissen Sie, dass Åke von denselben Albanern entführt wurde, von denen Sie Heroin bezogen haben?»

«Åke hat so was am Telefon angedeutet.»

«Falls es sich um ein bekanntes Kartell handelt, sollten Sie in Ihrer Datenbank Informationen über das Netzwerk haben», hakte Amanda nach und nickte in Richtung des Computers, der auf Bloms Schreibtisch stand. Wenn sie darüber eine Spur weiterverfolgen könnten, müssten sie keine wertvolle Zeit damit vergeuden, auf den nächsten Anruf der Kidnapper zu warten. Sofern sie einen Namen hätten, wäre es sogar möglich, dass in ihren heimischen Datenbanken Informationen vorlagen. Ein Name oder eine Telefonnummer würde sie einen großen Schritt voranbringen.

«Ja, einer der Männer ist in der Datenbank gespeichert.»

«Gibt es ein Foto?»

Blom nickte.

«Worauf warten wir dann noch? Drucken Sie das Foto und sämtliche Zusatzinformationen aus. Sofort.»

«Was haben Sie vor? Was, wenn der Typ dahinterkommt, dass ich Ihnen einen Tipp gegeben habe?», fragte Blom, steckte aber im nächsten Moment eine Chipkarte in das Lesegerät seines Rechners. Dann gab er einen achtstelligen Code ein, klickte ein Icon auf dem Bildschirm an und tippte den Namen Krasniqi in die Suchmaske.

«Wo befindet sich dieser Krasniqi?», erwiderte Amanda, ohne auf Bloms Frage einzugehen.

«Also ... Ich hab mich mit ihm in der Nähe eines Hotels in Hajvalia getroffen.»

Bloms Suche lieferte mehrere Treffer. Er scrollte kurz hin und her und vergrößerte ein Bild, vermutlich ein Passfoto. Der Mann hatte eine niedrige Stirn und dichtes, kurzes, dunkles Haar, einen Dreitagebart und markante Augenbrauen. Über Bloms Schulter überflog Amanda den knappen Vermerk zu dem Bild: «Besart Krasniqi. Date of birth: 1961. Ist das der Mann?»

«Das ist der Mann, den ich getroffen habe, als ich ... als wir Dienstleistungen ausgetauscht haben, um es mal so zu formulieren. Ich habe versucht, ihm zu erklären, was mit dem Heroin passiert ist, aber das interessiert diese Leute nicht ... Sie wollen ihr Geld. Geschäft ist Geschäft.»

«Was nicht gerade verwunderlich ist ... Um welche Summe geht es?», fragte Amanda und befestigte ein Waffen- und Magazinholster am Gürtel. Dann zog sie den Saum ihres Blazers nach unten, damit das Holster nicht zu sehen war, und schob die Hand in die Tasche. Der Stein lag an seinem Platz. Amanda strich über die Einkerbungen und umschloss ihn fest. Der Stein begleitete sie, seit sie Polizistin war, und nicht nur als praktisches Gewicht. Sie hatte ihn am Tag ihres Examens an der Polizeihochschule bekommen, ihre Mutter hatte ihn ihr mit den Worten überreicht: «So bin ich immer bei dir, egal wo du bist.» Und so war es gekommen. Bei jedem Auftrag, bei jeder Reise trug sie den Stein in ihrer Tasche bei sich.

«Zweieinhalb Millionen Kronen ... Aber ich habe ja kein Geld bekommen. Es ist alles weg.»

«Wie wollen Sie das Geld beschaffen, damit die Albaner Åke freilassen? Ich nehme mal an, dass Sie am Telefon gerade mit den Entführern gesprochen haben?»

Noch während sie redete, schrieb Amanda eine SMS, in der sie Bill mitteilte, dass Jönssons Frau möglicherweise in Gefahr war. Ehe sie die Nachricht abschickte, fügte sie noch hinzu: «Blom redet, wollte Entführung nicht melden, um eigenen Drogendeal zu vertuschen. Habe erste Informationen erhalten, fahre gleich los und sondiere die Lage. Könntest du dich über Lösegeldbeschaffung schlaumachen? Es eilt.»

Wie zur Antwort auf Amandas letzte Frage nickte Blom, stützte die Ellbogen auf die Knie und schlug die Hände vors Gesicht.

«Ich wollte die Entführung vertuschen und versuchen, das Geld auf andere Weise zu beschaffen, es leihen oder ... Ich weiß auch nicht ... Wenn diese Leute spitzkriegen, dass ermittelt wird, werden sie Åke erschießen ... und dann ... und dann mich.»

«Wann rufen die Entführer wieder an?»

«Keine Ahnung. Aber bislang haben sie sich immer morgens und abends gemeldet.»

«Dann wieder morgen früh?»

Blom nickte.

Amandas Handy summte. Bill hatte geantwortet: «Habe Jönssons Frau anderweitig untergebracht, fahre jetzt zu Blom und sehe mich bei ihm zu Hause um. Lösegeld wird nicht einfach. Sei vorsichtig.»

«Wenn die Entführer das nächste Mal anrufen, stehe ich neben Ihnen und diktiere Ihnen, was Sie sagen sollen.»

«Aber diese Leute haben mir klar zu verstehen gegeben, was sie tun, wenn ich jemanden hinzuziehe. Sie ...»

«Wie ich gerade sagte – ich bin bei dem Gespräch dabei. Ich höre über Lautsprecher mit, und Sie sagen exakt das, was ich vorgebe.»

«Gut, ich verstehe.»

«Besorgen Sie mir eine Dienstwaffe und einen Wagen mit kosovarischem Nummernschild.»

«Bis wann ...»

«Sofort.»

9

Amanda stellte die Sitzheizung an und fuhr vom Schotterparkplatz. Das Auto war ein rostiger Passat. Die altersschwache Federung quietschte. Auf dem Beifahrersitz lag eine kaputte CD-Hülle mit der Aufschrift «More Power Ballads». Noch war die Straßenbeleuchtung nicht eingeschaltet, obwohl kompakte Dunkelheit herrschte – genau wie früher, dachte Amanda. Sie hatte mit der gleichen Selbstverständlichkeit eine Taschenlampe in die rechte Gesäßtasche geschoben wie den Tape-Verband in die linke.

Es war ein sonderbares Gefühl, wieder hier zu sein. Sie kannte die Geschichte dieses Landes, fand sich in allen Städten zurecht, wusste, was sich wo zugetragen hatte und welche Menschen auf die eine oder andere Weise im Kosovo-Konflikt eine exponierte Rolle gespielt hatten. Gleichzeitig befand sie sich an jenem Ort, den sie mit dem größten Misserfolg ihres Lebens verband.

In den Sommermonaten wimmelte es in der Region von balkanstämmigen Schweden. Auf den Straßen sah man überall Pkws mit schwedischen Nummernschildern. Doch jetzt, im Oktober, waren die meisten Urlauber nach Hause zurückgekehrt. Bloms Pajero wäre garantiert mit Drogengeschäften in Verbindung gebracht worden – auch wenn er selbst zu dumm war, um das zu begreifen. Nur deshalb hatte sie sich den Passat seines einheimischen Kollegen geliehen.

Amanda hielt vor einer roten Ampel, verriegelte von innen die Türen und justierte die Seitenspiegel. Eigentlich war sie zu erschöpft für eine Erkundungstour, aber möglicherweise blieb Åke Jönsson nicht mehr viel Zeit, und im Schutz der Dunkelheit konnte sie sich den besten Eindruck von jenem Hotel verschaffen, das Blom erwähnt hatte. Außerdem wollte sie mit Bill reden, ohne dass Blom danebensaß und zuhörte.

Bill meldete sich nach dem ersten Klingeln.

«Sitzt du im Auto?», fragte er leise.

«Ja. Habe ich dich geweckt?»

«Ich war noch wach, aber die anderen schlafen schon. Sofias neues Leben – du weißt. Sie geht um neun ins Bett, macht vorher Yoga-Übungen für Ruhe und Entspannung. Und trinkt Guten-Abend-Tee.»

«Besser das, als ...»

«Oh ja, die Zeiten von leeren Weinflaschen und Bag-in-Boxen im Keller sind vorbei. Also, warum seid ihr jetzt unterwegs?»

«Ich will die Dunkelheit nutzen, um mich umzusehen.»

«Bist du alleine?»

Bills Tonfall veränderte sich. Es war nicht das erste Mal, dass sie auf eigene Faust die Lage auskundschaftete und Bill sich deshalb Sorgen machte.

«Keine Angst, ich steige nicht aus. Außerdem bin ich im Kosovo, nicht in Afghanistan.»

«Ich finde es trotzdem nicht gut, dass du so kurz nach deiner Rückkehr in den Job alleine durch die Gegend fährst.»

«Eine Alternative gab es nicht. Tore spielt Kindermädchen für Blom, und ich bin auf den Weg in ein Dorf südöstlich von Pristina», erklärte Amanda und berichtete dann, was Blom ihnen erzählt hatte.

Sie fuhr an mehreren Statuen vorbei, die zu Ehren von Kriegshelden errichtet worden waren. Der einzige Name, den sie sich hatte merken können, war Skanderbeg – einer der größten Nationalhelden der albanischen Geschichte, dessen Reiterdenkmal am Ende der Mother Teresa Street stand. Die Scheinwerfer, die auf das Pferd

und Skanderbegs Rüstung gerichtet waren, verliehen dem Freiheits-
kämpfer ein furchteinflößendes Antlitz.

«Wie bitte? Und dieser Mann soll Polizeichef mit beratender
Funktion sein – ausgerechnet in Sachen rechtssicherer Polizeiarbeit?
Wie weit ist es überhaupt bis zu diesem Dorf?»

«Nur ein paar Kilometer. Der Ort heißt Hajvalia. In der Gegend
war Schweden während des KFOR-Einsatzes stationiert.» Amanda
gähnte laut.

Inzwischen war sie seit Stunden auf den Beinen; nicht die beste
Art, einen neuen Auftrag zu beginnen, aber auch nicht ungewöhnlich. Kampftraining und Übungseinsätze konnten von einer Sekunde
zur nächsten in den Ernstfall übergehen.

«Was willst du mit dem Geld, nach dem du gefragt hast?»

«Die Entführer fordern zweieinhalb Millionen Kronen Lösegeld.
Wenn wir bezahlen, könnte diese Angelegenheit zu einem schnellen,
ressourceneffizienten Ende kommen, und Jönsson, der nur aufgrund
seines Vorgesetzten in die Sache mit hineingezogen wurde, wird freigelassen.»

«Allerdings wäre es prinzipiell falsch ...»

«Ja, aber im Unterschied zu anderen Entführungsfällen, mit denen wir es weltweit zu tun haben, geht es diesmal nicht um eine
astronomische Summe. Die Kidnapper wollen einfach nur das Geld
für die Drogenlieferung an Blom, die ihm durch die Lappen gegangen ist, nichts weiter.»

Erleuchtete Schaufensterauslagen erhellten die Bürgersteige.
Handy-Shops und Modeboutiquen wechselten sich mit Cafés und
Restaurants ab, in deren Außenbereichen immer noch Gäste saßen.
Jugendliche hatten sich in Decken gehüllt, hielten dampfende Becher
in den Händen und wärmten sich unter Heizpilzen, die zwischen den
Tischen aufgestellt worden waren. Pristina hieß nicht ohne Grund
«City of Coffee Bars».

«Ich verstehe schon – mich musst du nicht überzeugen. Aber es verstößt gegen unser Reglement, ganz egal um welche Summe es geht. Trotzdem werde ich es versuchen.»

«Das Beste wäre, wenn wir öffentliche Peinlichkeiten für die Polizei vermeiden könnten und Jönsson schnell befreit bekämen – womöglich morgen schon, wenn du grünes Licht kriegst und mit dem Geld herfliegen könntest.»

Amanda folgte den neu schimmernden Straßenschildern in Richtung Hajvalia, Gračanica und Çagllavica, die nach wie vor sowohl die serbische als auch die albanische Schreibweise aufwiesen. Obwohl die Ortschaften nur wenige Kilometer auseinanderlagen, waren sie im Lauf der Jahre zum Sinnbild der Kluft zwischen Serben und Kosovo-Albanern geworden.

«Ich spreche die Frage morgen früh an, sobald ich noch mal in Jönssons Haus gewesen bin. Ich muss mich dort noch mal ohne Magdalena umsehen.»

«Sei du bitte auch vorsichtig», bat Amanda, legte auf und hielt an einer Straßenkreuzung im südöstlichen Teil von Pristina.

Aufgrund von Straßenarbeiten war nur eine Spur befahrbar. Amanda wartete darauf, dass die Ampel auf Grün sprang, und versuchte, ein paar zerrissene Plakate zu entziffern, die an einer Steinmauer im Wind flatterten. Es schienen Bilder vom Park of Martyrs zu sein; wahrscheinlich hatten hier im Herbst etliche Gedenkzeremonien zu Ehren von Kriegshelden und -opfern stattgefunden.

Bis Hajvalia brauchte sie nur wenige Minuten. Es war ein kleines Dorf mit ein paar vereinzelten Restaurants, Autowaschanlagen und einer Handvoll Tankstellen. Am oberen Ende der Hauptstraße saß ein Mann auf einem Stuhl, an dem ein handgeschriebenes Schild mit den Wörtern «benzine» und «petrol» lehnte. Daneben standen PET-Flaschen mit einer gelblichen Flüssigkeit. Der Mann war dürr und leicht bucklig. Er trug die traditionelle weiße albanische Kopfbedeckung, die aussah wie eine halbe Eierschale. Als Amanda an ihm vorüberfuhr, hob der Mann grüßend die Hand. Es war nicht zu übersehen, dass sich die Dinge nach dem Wiederaufbau des Landes nicht für alle Kosovaren zum Besseren gewendet hatten.

Das Hotel lag östlich der Hauptstraße. Der Schriftzug mit dem Ortsnamen in der albanischen Schreibweise «Lyon in Hajvalia» an der Fassade ließ keinen Zweifel daran, dass dies ein Hotel für Kosovo-Albaner war und nicht für Serben. Vor dem Eingang stand eine Familie mit Kindern, die auf jemanden zu warten schien, und direkt neben der Tür lehnten zwei rauchende Männer mit Baseballkappen auf dem Kopf.

Amanda warf einen Blick auf das Foto in ihrem Schoß, doch aus der Entfernung konnte sie niemanden wiedererkennen, erst recht nicht unter einer Baseballkappe. Hätte sie den Haaransatz sehen können, wäre es eventuell möglich gewesen.

Langsam umrundete sie das Gebäude. Auf der Rückseite parkten ein dunkler Chrysler Voyager ohne Nummernschild, ein Lastwagen, der aussah, als sei er reif für die Schrottpresse, und dazwischen ein frisch gewaschener BMW X5. Amanda notierte sich die Kennzeichen des BMWs und des Lastwagens und fuhr zurück zur Vorderseite. Die Familie stieg gerade in ein Taxi ein, und die beiden Männer verschwanden im Hotel. Amanda ließ den Parkplatz hinter sich. In diesem Dorf konnte sie sich nicht unbemerkt aufhalten.

Sie bog wieder auf die Hauptstraße ein und schrieb Tore, dass sie in zehn Minuten zurück wäre.

Im selben Moment, als sie an der Kreuzung links blinken wollte, entdeckte sie zwei Autos, die sich auf der linken Fahrbahn von hinten näherten. Das vordere war der X5, der eben noch auf dem Hotelparkplatz gestanden hatte. Amanda starrte in den Rückspiegel. Der BMW fuhr zu schnell. Sie nahm den Fuß vom Gas. Auf keinen Fall wollte sie bremsen und durch die aufleuchtenden Bremslichter signalisieren, dass sie verunsichert war. Hatten die Fahrer sie bemerkt?

Amanda schob ihren Blazer zurück, damit sie leichter nach der Waffe greifen konnte, und wischte mit dem Finger über das Display ihres Handys, um jederzeit Tore anrufen zu können, falls diese Erkundungstour nicht so verlaufen sollte wie gedacht.

Im nächsten Moment fuhr der BMW an ihr vorbei, dicht gefolgt von dem Chrysler ohne Nummernschild. Nichts deutete darauf hin, dass die Fahrer sich für sie interessierten. Gott sei Dank, dachte Amanda, und ihre Schultern sackten vor Erleichterung nach unten. Ihre Brust hob und senkte sich wieder gleichmäßig.

Statt in Richtung Pristina abzubiegen, fuhr sie geradeaus hinter den beiden Wagen her. Wenn Krasniqi oder irgendwer anderes, der mit ihrem Fall in Verbindung stand, in einem der Autos saß, wollte sie zumindest wissen, welche Richtung sie genommen hatten.

Amanda ließ sich ein Stück zurückfallen und folgte dem Chrysler. Auf der dreispurigen Straße waren keine anderen Fahrzeuge zu sehen. An der nächsten größeren Kreuzung stand die Ampel auf Rot. Sowohl der Chrysler als auch der BMW ordneten sich in die linke Spur ein.

Amanda fluchte.

Keine der Alternativen war gut. Ob sie sich hinter den Chrysler stellte oder die mittlere oder rechte Spur wählte, spielte keine Rolle, sie würde den Fahrern in jedem Fall auffallen. Amanda zögerte einen Moment, entschied sich dann für die rechte Spur und blinkte. Sie blickte starr geradeaus, um so wenig Aufmerksamkeit wie möglich zu erregen, und drückte sich im Sitz nach hinten, damit ihr Gesicht, so gut es ging, vor neugierigen Blicken verborgen war.

Sie vergewisserte sich, dass die Türen verriegelt waren. Endlich sprang die Ampel um. Amanda bog nach rechts in Richtung Pristina ab. Im Rückspiegel sah sie, wie der BMW und der Chrysler langsam nach Westen weiterfuhren.

10

Um kurz vor sechs Uhr morgens parkte Bill seinen Volvo zum zweiten Mal innerhalb von zwölf Stunden vor Åke Jönssons Haus. In einer Stunde ging die Sonne auf, es würde ein schöner Tag werden. Garantiert machte Sofia den Kindern gerade Frühstück und trank selbst eine Tasse frischen Ingwertee. Die meisten Mahlzeiten und Getränke, die Sofia zurzeit zu sich nahm, enthielten Ingwer.

Oder Rote Bete.

In ihren Kellerregalen, in denen sich früher Weinflaschen und Zigarettenstangen gestapelt hatten, standen inzwischen ordentlich aufgereihte Körbe mit Zitronen, Gemüse, Gojibeeren und anderen Obst- und Gemüsesorten, die Bill kaum dem Namen nach kannte. Ihr Zuhause hatte sich von einer Anlaufstelle für feuchtfröhliche Feste in ein Detox-Resort für Yogis verwandelt.

Ehe er ausstieg, ließ er den Blick über den Vorgarten zum Hauseingang schweifen. Unbemerkt die Umgebung zu beobachten war in diesem Viertel so gut wie unmöglich. Sofern Magdalena Jönsson die Wahrheit gesagt hatte und seit einigen Tagen wirklich nicht mehr aus dem Haus gegangen war, musste irgendjemand, während sie geschlafen hatte, ins Haus eingedrungen sein und die Schlüssel für den Anbau entwendet haben. Eine andere Erklärung gab es nicht.

Bill schloss sein Auto ab, ging den Gartenweg entlang und sperrte die Haustür mit Magdalenas Schlüssel auf. Sie hatte sein Angebot, sie am Vorabend zu ihrer Schwester zu bringen, dankbar angenommen. Anschließend war er zu Bloms Haus in Ursvik gefahren, hatte aber nicht angeklopft. Bill hoffte, dass es die richtige Entscheidung gewesen war. In der Auffahrt hatte kein Wagen gestanden, und die Fenster waren dunkel gewesen. Blom lebte allein und hatte sein Haus für die Zeit, die er im Kosovo Dienst tat, untervermietet.

Bill blickte sich im Flur und in der Küche um. Alles sah noch genauso aus wie vor ein paar Stunden. Er sichtete einen Papierstapel auf der Arbeitsplatte, ohne zu wissen, wonach er suchte. Zwischen den Unterlagen rutschte eine Visitenkarte der Firma Aberdeen heraus. Magdalena Jönsson «HR Senior Assistent». Bill war überrascht. Das hatte er der labilen, zartgliedrigen, blassen Frau, mit der er sich gestern Abend unterhalten hatte, gar nicht zugetraut.

Er öffnete die Terrassentür und ging denselben Weg durch den Garten zu der Lücke in der Hecke wie am Tag zuvor. Erneut stellte er sich mit dem Rücken zur Gemeindewiese und blickte zum Haus zurück. Bei Tageslicht wirkte der Anbau nicht gerade ästhetisch. Ein länglicher Flachbau, der nicht zum idyllischen Gesamtbild passte.

Hatte hier tatsächlich jemand gestanden, oder existierte der Mann nur in Magdalena Jönssons Phantasie? War sie womöglich verwirrt? Ohne Haus und Anbau aus den Augen zu lassen, machte Bill fünf Schritte bis zu einem Ahorn. Vorsichtig strich er über den rauen Stamm. Ruhig und systematisch, nur keine ausholenden Bewegungen, die die Nachbarn aufmerksam machen könnten. Er bewegte sich zehn Zentimeter weiter nach rechts und wiederholte die Prozedur. Zurück in die Ausgangsposition. Dann zehn Zentimeter weiter links. Vorsichtig tastete er den Stamm ab.

Und plötzlich spürte er sie.

Die kalte, glatte Oberfläche einer Kameralinse.

Sie war nicht größer als eine Einkronenmünze und auf die Eingangstür des Gästehauses gerichtet. Bill inspizierte die Montagevorrichtung von der Seite, achtete aber darauf, selbst nicht in den Weitwinkelbereich der Kamera zu geraten. Nirgends rostige oder oxidierte Stellen – nichts deutete daraufhin, dass die Kamera schon seit Jahren dort saß. Jemand hatte den- oder diejenigen, die das Gästehaus nutzten, ganz offensichtlich überwachen wollen.

Einen kurzen Moment erwog er, die Kamera zu entfernen, beschloss dann aber, sie hängen zu lassen. Besser, die Person, die sie angebracht hatte, erfuhr nicht, dass sie entdeckt worden war. Stattdessen zog er die Kapuze seiner Sweatshirtjacke über den Kopf, sprang mit einem Satz die zwei Treppenstufen zum Anbau hinauf, griff nach dem kleinen Brecheisen, das in seiner Tasche steckte, und klemmte es zwischen Schloss und Türrahmen. Zwei Hebelbewegungen, und der Schließzylinder gab nach. Bill schlüpfte hinein.

Die Einrichtung war spartanisch, die Wände kahl. Es gab eine Kochnische, ein Bett, einen Fernseher und einen Schreibtisch, doch Bill bezweifelte, dass hier in letzter Zeit jemand gewohnt hatte. Die Bettwäsche sah zwar zerknittert aus, aber auf den ersten Blick unbenutzt. Er hob Decke und Kissen an, ohne etwas Auffälliges zu entdecken.

Das Bad war ein typisches Stockholmer Badezimmer – winzig. die Dusche direkt neben dem WC, sodass man sich auf den Toilettendeckel setzen musste, wenn man ein bisschen Armfreiheit wollte. Der Deckel war hochgeklappt. Bill warf einen Blick in das Becken.

Oberhalb des Wasserrands klebte ein transparenter Gegenstand an der Emaille.

Er angelte ihn mit dem Brecheisen heraus.

Ein Kondom.

Bill warf einen Blick in den Kühlschrank. Dann in die zwei Schränke und die drei Schubladen der Küchenzeile. Geschirr und Gläser. Eine Handvoll Plastikbecher. Er nahm sich einen und ließ das Kondom hineinfallen. Ansonsten nichts Außergewöhnliches. Enttäuscht ging er auf der grau gesprenkelten Türmatte in die Hocke und ließ ein letztes Mal den Blick durch den Raum schweifen.

Warum beobachtete jemand diesen Gebäudeteil?

Hier gab es nichts zu sehen.

Bei einem seiner Schuhe war der Schnürsenkel aufgegangen. Als er ihn neu band, blieb sein Blick an einem schimmernden Gegenstand in den Rillen des Fußabtreters hängen. Er pulte ihn mit einem Stift heraus. Es war eine Silberkette mit einem kleinen herzförmigen Anhänger. Der Verschluss der Kette war kaputtgegangen. Die Kette selbst sah nicht besonders teuer aus, aber der Anhänger war filigran gearbeitet.

Bill kehrte zur Küchenzeile zurück und nahm sich aus dem Schrank einen zweiten Plastikbecher für die Kette. Mehr hatte er nicht zur Hand, um eventuell vorhandene DNA-Spuren nicht zu vernichten. Er sah auf die Uhr. Er hatte sich gerade einmal neunzig Sekunden in dem Anbau aufgehalten.

Er zog den Kopf ein, damit die Kamera sein Gesicht nicht einfing, und drückte die Tür hinter sich zu. Dann eilte er zurück ins Haupthaus, zog die Terrassentür zu, und nur Sekunden später stand er auf der Vordertreppe und schloss die Eingangstür ab. Ihm behagte die Vorstellung nicht, dass es in dem Haus möglicherweise noch mehr versteckte Kameras gab. Er wollte so schnell wie möglich weg. Vor allem musste er mit Amanda und Tore reden.

Sobald er im Auto saß, wählte er Amandas Nummer. Nach nur einem Freizeichen meldete sich Tore.

«Amanda erteilt Blom gerade Anweisungen. Wir hoffen, dass die Entführer in Kürze anrufen.»

«Ich war in Jönssons Haus.»

«Und?»

Bill ließ das Wohnviertel hinter sich und erstattete Tore Bericht. Kaum hatte er den Zubringer zur Innenstadt erreicht, musste er sich in den dichten Berufsverkehr einreihen. Er fluchte in sich hinein. Bis zum Torpet würde er bestimmt fünfundvierzig Minuten brauchen.

«Glaubst du, die Entführer könnten die Kamera installiert und das Haus beobachtet haben, um ihre Drohung wahr zu machen und sich Jönssons Frau zu schnappen?», fragte Tore.

«Ich kann mir nicht vorstellen, dass sie so schnell sind. Könnte Blom das Ganze inszeniert haben? Bisher ist er der Einzige, der mit den Entführern gesprochen hat. Jedenfalls behauptet er das», erwiderte Bill.

«Es würde mich wundern, wenn er zu so etwas fähig wäre. Du hast ein Kondom gefunden, das jemand im Klo runterspülen wollte, und eine kaputte Halskette. Manchmal ist es einfacher, als man denkt», entgegnete Tore.

«Du meinst, wir haben es mit einem klassischen Eifersuchtsdrama zu tun? Und entweder Magdalena oder Åke selbst hat die Kamera dort angebracht?»

11

Amanda hatte sich schon um fünf Uhr morgens wieder von ihrem provisorischen Feldbett hochgerappelt. Ihr Schlafsack war für Minusgrade geeignet, und der Stoff der natogrünen Klappliege speicherte die Wärme so effektiv, dass sie unerträglich geschwitzt hatte. Sie hatte unzählige Nächte auf diese Weise verbracht. Die Liege ließ sich leicht aufstellen und wog so gut wie nichts. Über die Bequemlichkeit hatte sie sich nie Gedanken gemacht; trotzdem konnte sie sich nicht daran erinnern, nach ein paar Stunden Schlaf jemals so gerädert gewesen zu sein.

Als sie aus Hajvalia zurückgekommen war, hatten sie ein leeres Büro bezogen und es als vorübergehenden Arbeits- und Schlafplatz eingerichtet.

Für sie drei.

Sie und Tore wollten Blom und sämtliche Telefone, die er benutzte, im Auge behalten. Blom hatte die ganze Nacht friedlich vor sich hin geschnarcht, während Tore und sie abwechselnd Wache gehalten hatten. Eine umgedrehte Holzkiste in der Mitte des Raums diente als Tisch für das Telefon, auf dem die Entführer anrufen sollten. Sie hatten sich ein kleines Whiteboard besorgt und einen Lautsprecher, der mit dem Telefon verbunden war. Sie würden das Gespräch aufzeichnen. Wenn es Bill gelang, den Leiter der NOA zu überzeugen, auf die Bedingungen der Entführer einzugehen und die geforderte Summe zu zahlen, könnte der Fall in Kürze gelöst sein. Immerhin hatten sie es nicht mit einer Geiselnahme zu tun, bei der die Kidnapper ein Exempel statuieren oder einen Staat erpressen wollten, ein horrendes Lösegeld zu zahlen.

Im Grunde handelte es sich um eine Vergeltungstat innerhalb des Organisierten Verbrechens – nur mit dem Unterschied, dass auf der anderen Seite ein krimineller Polizist stand.

Amanda fragte sich, ob Blom wirklich begriffen hatte, wie sehr er ihre Lage durch sein Handeln verschlechtert hatte. Was hatte er den Entführern eigentlich gesagt? Dass er zweieinhalb Millionen Kronen beschaffen würde, wenn sie ihm nur ein paar Tage Zeit gäben? Hatte er ihnen versprochen, im Anschluss so zu tun, als wäre nichts geschehen?

Bisher hatten die Entführer immer morgens zwischen halb sieben und neun Uhr angerufen. Jetzt war es kurz nach sechs, und die ersten Frühaufsteher aus der Belegschaft waren bereits eingetrudelt. Amanda konnte aus den angrenzenden Büros Stimmen hören und hoffte inständig, dass das Bitte-nicht-stören-Schild an der Tür genügte. Nach dem Gespräch mit den Kidnappern würden sie sich als Kollegen auf Fortbildung bei einem schwedisch-internationalen Polizeieinsatz vorstellen – was im Grunde nicht allzu weit von der Wahrheit entfernt war.

«Müssen wir noch einmal durchgehen, was Sie sagen?», fragte Amanda und testete, ob der Stift am Whiteboard schrieb.

«Nein … ich denke nicht», erwiderte Blom, der mit seinem Tabak beschäftigt war. Nachdem er sich das braune Klümpchen unter der Oberlippe zurechtgeschoben hatte, rieb er sich die Hände und wischte Daumen und Zeigefinger anschließend wieder am Hosenbein ab.

«Denken Sie daran, mich während des gesamten Gesprächs anzusehen. Ich nicke oder schüttele den Kopf oder schreibe die Antwort auf das Whiteboard.»

«Verstanden. Aber die Entführer dürfen … dürfen nicht hören, dass Sie mit im Raum sind, und sie dürfen auf gar keinen Fall erfahren, dass … dass ich die Polizei eingeschaltet habe.»

«Uns liegt ebenso viel daran wie Ihnen, Jönsson lebend aus der Sache rauszubekommen», mischte sich Tore ein und drückte Zahnpasta auf seine Reisezahnbürste.

Es gab etliche Beamte, die aus den unterschiedlichsten Gründen nicht in die Reihen der Polizei gehörten, dachte Amanda. Aber Blom war mit Abstand der schlimmste, der ihr je begegnet war.

Trotzdem mussten sie vorerst mit ihm zusammenarbeiten.

Und vielleicht Geld lockermachen, um einen Kollegen zu retten.

Sie schüttete den abgestandenen, verbrannten Kaffee aus der Kanne in den Ausguss und setzte frischen auf. Es würde ein langer Morgen werden. Im Regal unter der Kaffeemaschine lagerten zehn Packungen Löfbergs Lila – vermutlich von hiesigen schwedischen Kräften, die sich zumindest ein bisschen wie zu Hause fühlen wollten und von jedem Heimaturlaub pfundweise Kaffee, Tabak, Knäckebrot und Kalles Kaviar aus der Tube mitbrachten.

Im selben Moment, in dem Amanda die Kaffeemaschine anstellte, klingelte Bloms Telefon – allerdings nicht das auf der Holzkiste.

«Wer ist das?», fragte Amanda.

«Keine Ahnung», murmelte Blom.

Amanda nahm ihm das Handy aus der Hand. Im Display wurde eine schwedische Nummer angezeigt, die nicht im Telefonbuch gespeichert war. Sie legte das Handy beiseite, Blom musste bei der Sache bleiben. Sie zog ihr eigenes aus der Tasche und schrieb Alva eine kurze SMS. Wahrscheinlich saßen ihre beiden kleinen Engel gerade vor dem Kinderfernsehen und nuckelten auf dem Sofa an ihren Fläschchen. Amanda bereute, dass sie noch nicht mit ihnen über Facetime telefoniert hatte, aber wenn sie es jetzt probierte, würde sie Mirjam und Linnea nur daran erinnern, dass sie nicht bei ihnen war.

Die Kaffeemaschine gurgelte; gleich war der Kaffee durchgelaufen. In einem kleinen Kühlschrank in der Küchenzeile stand eine Milchtüte mit einem verdächtig langen Haltbarkeitsdatum – vermutlich H-Milch, aber besser als nichts.

Amanda sah erneut auf die Uhr.

Sie ließ sich auf dem Fußboden nieder, lehnte sich an die Wand und nippte an ihrem Kaffee. Mit der freien Hand massierte sie ihren Nacken und die Schultern. Sie war verspannt, und der Bluterguss an ihrem Oberschenkel pochte schmerzhaft. Vielleicht hätte sie doch zum Arzt gehen sollen. Aber der Schmerz kam nicht nur von dem Treffer am Vortag. Sie war die Bewegungsabläufe in voller Einsatzausrüstung nicht mehr gewohnt – da halfen weder die Joggingrunden mit dem Kinderwagen noch ihre regelmäßigen Trainingseinheiten im Fitnessstudio an der Sankt Eriksbron. Für die Arbeit benötigte sie eine andere Art von Training.

Nach einer gefühlten Ewigkeit klingelte endlich das richtige Telefon. Tore atmete hörbar auf und rückte näher.

Amanda nickte Blom zu. Seine Stimme zitterte leicht, als er sich mit Nachnamen meldete. Danach schwieg er, während eine klare, deutliche Stimme auf Englisch fragte: «Hast du das Geld?»

Blom sah Amanda an, die nickte.

«Ja, zumindest einen Teil.»

«Wir wollen die ganze Summe.»

«Dafür brauche ich mehr Zeit. So was dauert einige Tage, ich darf keinen Verdacht erregen! Wir wollen doch keine Aufmerksamkeit, oder ...»

Blom suchte Amandas Blick, um sich durch ein Nicken bestätigen zu lassen, dass er das Richtige sagte. Mit einer Teilzahlung Zeit zu schinden war das einzig Vernünftige.

«Wir sind mit unserer Geduld allmählich am Ende.»

«Das verstehe ich, und ich tue, was in meiner Macht steht. Kann ich seine Stimme hören, damit ich weiß, dass er lebt?»

Irgendwer bewegte sich im Hintergrund – eine Person? mehrere? –, dann ein Poltern, gefolgt von einem Schmerzensschrei. Jemand stöhnte. Der Mann mit dem Telefon schien auf die stöhnende Person zuzugehen: Das Stöhnen wurde lauter und ging dann in einen

Laut über, den nur ein Mensch in höchster Not hervorbrachte. Ein Schrei, der die hohen Töne nicht erreichte, sondern abebbte, erstickte und dann mit jedem Atemzug, den die Person tat, erneut anstieg. Unmöglich zu sagen, ob es tatsächlich Jönsson war.

Blom schluckte und starrte Amanda an. Sie schrieb ihm eine Anweisung auf das Whiteboard und drehte es zu ihm um. Blom fuhr sich mit der Zunge über die Lippen.

«Ich will ihn reden hören, damit ich weiß, dass er es ist.»

Niemand antwortete. Stattdessen hörten sie Schritte und ein schepperndes Geräusch, als stieße Metall gegen Metall. Ein Gegenstand, der wiederholt auf eine Metalloberfläche schlug. Jemand sagte etwas auf Albanisch, und kurz darauf erklang am anderen Ende der Leitung ein Keuchen: «Martin, Martin … sie wollen … nein, neeee-ein …»

Weiter kam der Mann nicht. Er schrie so laut, dass Tore zum Lautsprecher stürzte und den Ton leiser drehte. Der Schrei kam von einem Mann, der um sein Leben fürchtete. Blom nickte zum Zeichen, dass es sich um Jönsson handelte. Sein Blick war starr vor Entsetzen, und er atmete durch den offenen Mund. Der Schrei wurde lauter und erstarb im nächsten Moment. Amanda hätte nicht sagen können, ob der Mann am Telefon den Raum verlassen hatte, in dem sich Jönsson befand, oder ob Jönsson verstummt war.

«Hast du gehört? Er lebt», sagte der Mann am anderen Ende ruhig und gelassen.

«Was … Was habt ihr mit ihm gemacht?», fragte Blom.

«Wir haben ihm nur mit einer Gartenschere den Finger abgeknipst, mehr nicht.»

Blom schnappte nach Luft und starrte Amanda an. «Gebt mir … Gebt mir zwei Tage. Dann hab ich das Geld, Ehrenwort.»

Amanda warf Tore einen Blick zu und verdrehte die Augen. Das war nicht Teil ihrer Anweisungen. Selbst wenn es Bill wider Erwarten gelingen sollte, die schwedische Polizei davon zu überzeugen, zweieinhalb Millionen Kronen Lösegeld bereitzustellen, hätten sie keine Garantie, dass das Geld innerhalb von achtundvierzig Stunden bar zur Verfügung stand.

«Für jeden Tag, den du uns warten lässt, schneiden wir ihm einen weiteren Finger ab. Wir rufen morgens und abends an. Du hast also genügend Gelegenheiten, uns mitzuteilen, wann das Geld übergeben werden soll.»

Damit war das Gespräch beendet. Der Mann hatte aufgelegt. Blom verzog das Gesicht. Seine Unterlippe zitterte.

«Warum sollte ich ihm sa… sagen, dass ich nur einen Teil der Summe habe?»

«Was wäre Ihrer Meinung nach die bessere Alternative gewesen?», entgegnete Amanda.

«Jetzt haben sie ihm deswegen einen F… einen Finger abgeschnitten. Wenn ich g… gesagt hätte, dass ich … dass ich das Geld habe, hätten sie das nicht gemacht!»

Blom schluchzte.

«Dass Sie aus eigener Kraft zweieinhalb Millionen Kronen aufgetrieben haben, wäre unglaubwürdig gewesen. Ein Teil der Summe ist realistischer», erklärte Tore säuerlich.

«Trotzdem haben Sie ihm jetzt versprochen, die Gesamtsumme in zwei Tagen zu zahlen. Wie soll das Ihrer Meinung nach gehen?», fragte Amanda.

«Ich könnte Geld aus dem Safe nehmen – da liegen hohe Eurobeträge … beschlagnahmte Gelder … Es ist vielleicht nicht die komplette Summe, aber …»

Tore griff nach dem Telefon, auf dem die Entführer angerufen hatten, und schrieb «1 min 39» aufs Whiteboard. Länger hatte das Gespräch nicht gedauert.

«Ich höre mir die Aufnahme später noch einmal an. Vielleicht gibt es Hintergrundgeräusche, die uns einen Hinweis liefern, wo Jönsson sich befindet.»

«Was sollte ... sollte das sein?», schluchzte Blom.

Vermutlich hatten die Entführer Jönsson an einen abgelegenen Ort gebracht, weit weg von anderen Menschen, dachte Amanda. Schließlich hatten sie davon ausgehen können, dass er schreien würde. Andernfalls waren es Amateure.

«Das Rauschen einer Autobahn, Geräusche von einem Markt oder ein Flugzeug – was auch immer. Es ist bloß ein Schuss ins Blaue, aber einen Versuch ist es wert. Aber jetzt nehmen wir uns erst einmal Jönssons Haus vor», sagte Tore.

«Was haben Sie uns eigentlich über das zweite Handy zu erzählen, das eben geklingelt hat?», fragte Amanda.

«Gar nichts ...» Blum starrte mit einem Schulterzucken auf den Boden.

«Könnte es sein», fuhr Amanda fort, «dass jemand in Schweden auf eine Heroinlieferung wartet und Sie deshalb anruft und Ihnen Nachrichten hinterlässt?»

Blom antwortete nicht.

«Das dachte ich mir. Sie haben bestimmt nichts dagegen, wenn ich das Telefon an mich nehme?»

12

Kurz nach Mitternacht stand Ellen auf, holte sämtliche zusätzlichen Kissen aus dem Schrank und polsterte damit die Matratze auf. Von der Parkplatzbeleuchtung des Hotels fiel gelbliches Licht ins Zimmer. Am liebsten hätte sie eine Schlaftablette genommen, traute sich aber nicht. Wenn sie richtig fest schlief, würde sie den Wecker nicht hören, und heute zu verschlafen würde sich auf ihre Karriere nicht gerade positiv auswirken. Mit einem Handtuch über den Augen nickte sie schließlich ein. Trotzdem wachte sie fast stündlich wieder auf, wälzte sich unruhig im Bett hin und her und sah zu den blinkenden roten Ziffern des Radioweckers hinüber. Die schweißnasse Decke klebte an ihrem Körper.

Um halb acht gab sie auf, bestellte Frühstück aufs Zimmer und ließ sich ein Bad ein. Sie rollte ein dickes Frottéhandtuch mit dem Schriftzug *Belgrade* zusammen, das sie als Wannenkissen benutzen würde.

Sie fühlte sich wie gerädert. Von der harten Matratze hatte sie Rückenschmerzen. Sie goss ein Fläschchen Badezusatz ins Wasser, und kurz darauf war die Wanne randvoll mit Schaum. Ellen hoffte bloß, dass sich der Schmutz aus den Kratzern in der Emaille nicht löste, und glitt ins Wasser.

Malkolm hatte gesagt, der Auftrag werde sich für sie bezahlt machen. Sie nahm an, dass er eine Bonuszahlung meinte, war sich aber nicht sicher. Und sie hatte nicht fragen wollen. Die Atmosphäre war nicht dementsprechend gewesen. Außerdem hatte sie nicht naiv erscheinen wollen oder schlimmer noch: neugierig.

Aber wenn dieser Auftrag nur ein, zwei Tage dauerte, spielte es vielleicht keine so große Rolle, worin genau er bestand. Malkolm hatte ihr nicht einmal Instruktionen zur Kleidung erteilt. Ihr ganzes Gepäck passte in den Stoffbeutel. Falls der Auftrag eine andere Garderobe als Jeans und Kapuzenjacke erforderte, würde sie einkaufen gehen müssen. Aber es sollte sie wundern, wenn sie das Geld, das sie mitbekommen hatte, für Kleidung ausgeben müsste. Sie nahm eher an, dass es für den Notfall gedacht war.

Als der Zimmerservice ein Tablett mit Rührei und Toastbrotscheiben brachte, setzte sie sich in den ausgewaschenen Hotelbademantel gehüllt in einen der Sessel. Der frisch gepresste Orangensaft war mit Kohlensäure versetzt und ein bisschen zu orange, und der Kaffee hatte eher die Konsistenz von Tee. Ellen riss eine Portionspackung Instant-Kaffee auf, die in einer Schale neben einem Wasserkocher lag, schüttete das Pulver in die Tasse und rührte um.

Sie sah auf den Parkplatz hinaus. Nach den geparkten Autos zu urteilen, schien das Hotel voll belegt zu sein. An den weißen Fahnenstangen, die die Einfahrt flankierten, baumelten schlaffe Flaggen. Der Asphalt war trocken, doch am Himmel hingen bereits schwere Regenwolken. Es versprach einer dieser Tage zu werden, an denen es nicht richtig hell wurde. Ellen stellte den Kaffee auf den Nachttisch und legte sich mit der Fernbedienung in der Hand aufs Bett. Lokale Nachrichtensendungen, Dokusoaps und alte «Friends»-Folgen trafen im Angebot der Hotel-Fernsehkanäle noch am ehesten ihren Geschmack. Drei Stunden lang zappte sie zwischen den Sendern hin und her, dann rief sie Malkolm an. Eine Minute vor elf.

«Bist du so weit?»

«Ich ... Ich denke schon.»

Ellen setzte sich kerzengerade auf. Sie hatte gefrühstückt, ihr Stoffbeutel war gepackt. Sie war mehr als bereit.

«Dein Auftrag besteht darin, ein Auto, das jetzt auf dem Parkplatz vor deinem Fenster steht, nach Schweden zu bringen. In fünfzehn Minuten brichst du auf.»

Ellen ließ den Blick über die Pkws schweifen. Sie erkannte den Wagen sofort. Es war ein grauer Chrysler, der schon ein paar Jahre auf dem Buckel hatte. Vor ein paar Minuten war die Parklücke noch leer gewesen.

«Wo sind die Autoschlüssel?», fragte sie. Eigentlich hätte sie fragen wollen, wer den Chrysler dort abgestellt hatte, traute sich aber nicht.

«Ich sag dir jetzt, welche Route du nimmst, und nenne dir ein paar praktische Details. Hör genau zu. Ich will mich nicht wiederholen.»

«Natürlich», erwiderte sie enthusiastischer, als sie sich fühlte.

Sie tastete in der Tasche ihres grünen Anoraks nach der Streichholzschachtel. Das Verbotsschild, dem zufolge Rauchen und Waffen auf dem Zimmer untersagt waren, kümmerte sie nicht.

«Errege so wenig Aufmerksamkeit wie möglich. Bei dem Wagen handelt es sich um einen in Schweden zugelassenen Chrysler Voyager. Der Schlüssel liegt auf dem linken Vorderreifen. Fahr nach Norden in Richtung Ungarn und an Budapest vorbei, dann weiter durch die westliche Slowakei und Tschechien. Überquere die deutsche Grenze, fahr über Dresden bis Berlin. Hast du verstanden?»

Ellen nahm ein paar tiefe Züge von ihrer Zigarette und schrieb mit, so schnell sie konnte. Hinterher würde sie nur noch einen kurzen Blick auf ihre Notizen werfen, dann konnte sie den Zettel vernichten. So ging sie kein Risiko ein, dass die Informationen in falsche Hände gerieten. Sie machte aus ihrem fotografischen Gedächtnis – oder dem eidetischen, wie es in der Psychologie hieß – keine große Sache, aber in Situationen wie dieser kam ihr die Gabe zugute.

«Klar hab ich verstanden, aber ... aber ich frage mich ...»

«Deine Fragen kannst du stellen, sobald der Auftrag erledigt ist. Im Auto liegt Proviant und alles andere, was du brauchst.»

«Das ist nett, aber ich kauf die Sachen, die ich brauche, einfach unterwegs», erwiderte Ellen und aschte über einem Carlsberg-Bierglas ab.

Sie überlegte, ob *alles andere* Straßenkarten und ein Navi bedeutete. Was sollte es sonst sein? Und warum hatte jemand Proviant für sie besorgt – und wer war dieser Jemand? Ellen spürte ein wohlbekanntes Kribbeln auf der Oberlippe und griff in die Innentasche ihres Stoffbeutels. Sie zog einen Blisterstreifen heraus. Leer. Auch in ihrer Kulturtasche waren keine Tabletten mehr. Sie hatte vergessen, Nachschub einzupacken.

«Du verlässt das Auto nicht. Du steigst nur aus, um zu tanken. Schreibst du mit?»

«Ja», antwortete sie und schob sich die Zigarette in den Mundwinkel.

Strikte Anweisungen, aber kaum Informationen. Was zum Teufel war das für ein Auftrag?

«Budapest, Prag, Berlin. Ruf mich auf dieser Nummer an, wenn du in Berlin bist. Dann erhältst du weitere Instruktionen.»

«Wie weit ist es bis Berlin?», fragte Ellen.

«1250 Kilometer. Mit dem Auto solltest du etwas mehr als zwölf Stunden benötigen.»

«Und in welchem Hotel soll ich übernachten?»

«In gar keinem.»

13

Als er das erste Mal in dem Tagebuch mit den Glitzersternen auf dem Samteinband geblättert hatte, war ihm, als täte er etwas Unverzeihliches. Er hatte im Einbauschrank der Kinder auf dem Boden gesessen und eine Ewigkeit an dem kleinen Hängeschloss herumgefummelt. Ins Innerste einer anderen Person vorzudringen war tabu.

Seit Jahren nahm er sich vor, den Schrank auszuräumen, doch jedes Mal, wenn er damit begann, hörte er wieder auf. Die Kleider waren Teil ihrer Kindheit und mussten bleiben. Inzwischen war er froh, dass er sie nicht weggeworfen hatte. Die Sachen waren das Einzige, was ihm geblieben war. Wenn er sie in die Hand nahm und ihren Duft einatmete, waren sie bei ihm. Dann erinnerte er sich an Phasen in ihrem Leben, in denen sie verschlissene Jeans und Pullover mit fröhlich bunten Motiven getragen hatten.

Er hatte nie nach dem Tagebuch gesucht, hatte nicht mal gewusst, dass es existierte. In dem Regal im Wandschrank hatten ordentlich aufgereihte Schuhkartons gestanden: randvoll mit Radiergummis, Briefen, Fotos und Lesezeichen. Das Tagebuch hatte ganz unten unter einem Stapel Fotos gelegen. Das oberste war abgegriffen, stammte aus dem Krankenhaus. Darauf war die Gesichtshaut bläulich verfärbt. Unter den Augen grauschwarze Schatten. Der kahle Kopf wirkte im Vergleich zum übrigen Körper überproportional groß. Nichts auf dem Bild erinnerte an ein zehnjähriges Kind.

Am Ende hatte er eine Gabel aus der Küchenschublade geholt und das Schloss an dem Büchlein aufgebogen. Das Papier war vergilbt, die Seitenränder wellig. Schon nach der ersten Seite hatte er begriffen, dass Tränen das Papier aufgeweicht hatten.

Jetzt saß er wieder im Schrank, das Tagebuch auf dem Schoß, ein schmutziges, verfilztes Kuscheltier neben sich. Früher war noch zu erkennen gewesen, dass es einen Plüsch-Snoopy darstellen sollte, aber das war, bevor die Füllung aus dem Stoffhund herausgequollen war. Als er noch eine schwarze Schnauze und zwei Schlappohren gehabt hatte.

Er blätterte in der Mitte des Tagebuchs, folgte den Enttäuschungen und Glücksmomenten eines jungen Lebens. Wer die guten und wer die schlechten Freunde waren. Wer als Retter in der Not beschrieben wurde. Dieser spezielle Eintrag stammte aus der Zeit, als sie noch Kontakt zueinander gehabt hatten. Als er noch die Anlaufstelle für einen sicheren Schlafplatz gewesen war oder als Geldquelle hergehalten hatte. Das war lange her. Sie waren inzwischen alle erwachsen und trafen ihre eigenen Entscheidungen. Er konnte niemanden zwingen.

Irgendwann warf er das Tagebuch gegen die Wand. Seiten rutschten heraus, und der Einband löste sich. Er ließ das Buch auf dem Boden liegen und stand auf. Trat an den Wäscheschrank, nahm ein altes Laken heraus und lief in die Garage.

Die Glasflasche lag sorgfältig umwickelt in einer Kiste an der Wand. Auf dem Etikett standen etliche Warnhinweise und Symbole. Der Inhalt brannte im Hals, und zu den Nebenwirkungen zählte ein Gefühl von Atemnot, das Panikattacken hervorrufen konnte, ehe man das Bewusstsein verlor.

Als er den Drehverschluss öffnete, stieg ihm der beißende Geruch in die Nase.

Es war ohne Zweifel das richtige Mittel.

Er schraubte die Flasche wieder zu, legte sie in die Kiste zurück und drehte das Etikett mit der Aufschrift «Äther» nach vorne.

14

Die Aussicht von Dragodan auf Pristina unten im Tal war wie immer bescheiden; der dichte Qualm des Kohlekraftwerks wetteiferte mit schweren Regenwolken. Dazu Autoabgase, die die Luft verpesteten. Dächer und Gebäude verschmolzen zu einer grauen Kulisse.

Jönssons Haus unterschied sich nicht von den übrigen Wohnhäusern entlang der Straße. Saubere Fassaden, saubere Gehwegplatten ohne Unkraut in den Ritzen, und in den Gärten standen Skulpturen und Vogeltränken aus Marmor. Vor jedem einzelnen Haus parkten Cityjeeps oder Sportwagen, jeder davon im Wert von mindestens einer Million Kronen.

«Wissen Sie, wer Jönssons Vermieter ist?», fragte Amanda, als sie die Eingangstür aufschloss.

«Irgendein reicher Albaner», antwortete Blom.

«Nicht übel», stellte Tore fest und betrachtete ein Sideboard und ein paar farblich abgestimmte Goldbrokatsessel.

«Haben Sie den Besitzer mal getroffen?», hakte Amanda nach.

«Nein», erwiderte Blom.

Seine Antworten waren nicht gerade erschöpfend.

Die Serben stellten inzwischen weniger als zehn Prozent der Bevölkerung im Kosovo; der überwiegende Anteil waren Albaner. Die wohlhabenderen Serben waren schon vor Jahren nach Serbien gezogen.

Amanda zog die Haustür hinter ihnen ins Schloss. «Sie setzen sich da hin, während wir uns im Haus umsehen. Haben wir uns verstanden?»

Blom zog seine Hose zurecht und machte es sich in einem Sessel bequem. Er hatte zuletzt sämtliche ihrer Anweisungen befolgt, sogar die Telefone hatte er abgegeben und seinen Kollegen mitgeteilt, dass eine Delegation aus Schweden seine ganze Aufmerksamkeit erfordere.

Tore ging ins Obergeschoss hinauf, und Amanda nahm sich die Küche vor, aus der sie Blom weiter im Blick behalten konnte. Auch wenn er nicht in allen Punkten die Wahrheit sagte, gingen sie nicht davon aus, dass er in Jönssons Entführung verstrickt war. Seine Reaktion auf das makabre Telefongespräch hatte für ihn gesprochen.

In der Küche herrschte makellose Ordnung. Nur ein paar Pizzareste in einem Karton auf dem Tisch verrieten, dass jemand hier eine Mahlzeit zu sich genommen hatte – und in der Spüle stand eine schmutzige Espresso-Tasse mit dem rot-schwarzen Emblem der UÇK und dem verblassten Schriftzug «Ushtria Çlirimtare e Kosovës». Als Amanda Anfang der Zweitausenderjahre ihren ersten Einsatz im Kosovo absolviert hatte, war die Befreiungsarmee des Kosovo in aller Munde gewesen. Heute, mehr als zehn Jahre später, saßen einige ehemalige UÇK-Führer in Pristina in der Regierung.

«Wonach suchen Sie überhaupt?», fragte Blom.

«Das wissen wir, wenn wir es finden», erwiderte Amanda und schob den Pizzakarton zur Seite.

Auf dem Küchentisch lagen ein paar fleckige Notizzettel und Lohnbescheinigungen. Zusätzlich zu seiner monatlichen Besoldung erhielt Jönsson zwanzigtausend Kronen Auslandszulage sowie eine sogenannte Missionszulage in Höhe von sechstausend Kronen. Amanda las aus reiner Neugier weiter. Dazu kamen neunzig Euro Tagesgeld, allem Anschein nach steuerfrei. Zuunterst fand sie einen Kalender mit schwedischen Jahreszeitmotiven. Sie blätterte ihn durch. Bei mehreren Einträgen schien es sich um Flüge von Pristina nach Stockholm zu handeln.

Amanda warf einen Blick in den Ofen. Blitzblank, vermutlich nie benutzt. Ihre letzte Hausdurchsuchung war zwar etliche Jahre her, aber sie nahm an, dass sich die beliebtesten Verstecke nicht verändert hatten. Sie sah in den Kühlschrank. Gähnende Leere. Selbst den Gefrierschrank zog sie auf – ein exklusives Modell mit Abtau-Automatik und Eiswürfelbereiter. Abgesehen von einem Beutel Tiefkühl-Piroggen und einer Tiefkühl-Pizza war der Gefrierschrank leer.

«Wie läuft das so, wenn Sie Heroin nach Schweden schmuggeln?», fragte sie Blom, während sie die Verpackungen inspizierte.

«Na ja ... Ich bin nicht in alle Details eingeweiht. Aber der Stoff kommt aus Afghanistan und wird in Lastwagen über Bulgarien in die europäischen Länder verteilt. Ich habe hier im Kosovo ein paar Lieferungen angenommen und sie dann sozusagen delegiert.»

«Und wie geht es weiter?»

«Unterschiedlich ... Es wird in die nordischen Länder geschleust ... Ich selbst hab die Brücke genommen.»

«Und wo ist das Heroin beschlagnahmt worden?»

«An der Brücke.» Blom seufzte tief.

«Wer sind Ihre Abnehmer?»

Mit einem Mal ging das Licht im Haus aus. An den Stromausfällen hat sich also nichts geändert, dachte Amanda und knipste ihre Taschenlampe an. Vor allem in ländlichen Gebieten waren Stromausfälle keine Seltenheit, aber offenbar blieb man auch in der Hauptstadt noch immer nicht davon verschont.

«Ich habe ein paar Kunden in den Großstädten, Zwischenhändler, die sich um den Transport kümmern. Ich stehe nicht mit allen Gliedern der Kette in Kontakt, wenn Sie verstehen, was ich meine.»

Amanda seufzte. Sie schrieb an Bill, dass Redebedarf bestand. Dieser durch und durch korrupte Polizist musste für alle Zeiten hinter Gitter. Außerdem war ein Kollege seinetwegen entführt worden. Doch momentan war Blom ihre einzige Verbindung zu den Kidnappern. In was für einen kranken Fall war sie da nur hineingeraten.

Tore kam mit einem Handy in der Hand die Treppe hinunter. Im selben Moment rief Bill zurück. Mit einer Geste bedeutete sie Tore, Blom im Auge zu behalten. Sie glaubte zwar nicht, dass er imstande wäre zu fliehen oder sie und Tore zu verletzen, aber womöglich tat er sich nach allem, was vorgefallen war, selbst etwas an.

Sie ging in den gepflegten Garten hinaus, entwirrte das weiße Kabel ihres Headsets und schob sich die Stöpsel in die Ohren.

«Wir sollten uns allmählich Gedanken darüber machen, was mit Blom passiert, und in Stockholm ein Einsatzkommando in Bereitschaft versetzen, das hierherfliegt und Jönsson befreit», sagte Amanda, nachdem sie Bill erzählt hatte, wie das Telefonat mit den Entführern verlaufen war.

«Sollen wir die Einheit jetzt gleich einfliegen?», hakte Bill nach.

«Nein. Solange wir noch nicht wissen, wann und wie die Geldübergabe stattfinden soll, wäre das sinnlos. Wenn wir mit Jönssons Haus fertig sind, hören wir uns die Aufnahme des Telefonats noch mal an, und ich fahre noch einmal zu dem Hotel in Hajvalia. Ich muss es mir bei Tageslicht ansehen. Außerdem könnte jemand Wind davon bekommen, dass Schweden einen SEK-Einsatz im Kosovo plant. Das würde Jönssons Lage garantiert nicht verbessern.»

«Und angesichts der Tatsache, dass die Entführer ihm, ohne mit der Wimper zu zucken, einen Finger abgeschnitten haben, traust du ihnen alles zu ...»

Amanda ließ den Blick über die frisch beschnittenen Rosenbüsche im Garten schweifen. Obwohl der Herbst Einzug gehalten hatte, blühten sie immer noch rot und weiß. Auf der Rückseite des Hauses stand ein kleiner Marmorspringbrunnen. Amanda setzte sich auf den Rand und tauchte die Hand ins Wasser.

«Ja, ganz genau. Wie sieht es mit dem Geld aus? Wenn du die Summe herbringen lassen könntest und wir mit den Entführern am Telefon eine Einigung erzielen, könnte die Sache vielleicht schon heute Abend beendet sein.»

«Leider hab ich ein kategorisches Nein bekommen», antwortete Bill.

«Ich weiß, es hätte einen bitteren Beigeschmack, das Geld zu zahlen – aber hier geht es um Peanuts. Zumindest im Vergleich zu den Summen, die Entführer normalerweise fordern.»

«Ich habe noch nicht aufgegeben, aber …»

«Wir riskieren, dass Jönsson weitere Verletzungen zugefügt werden und die Sache jeden Moment an die Medien gelangt. Hat unser Chef daran schon mal gedacht? Lass mich raten – nein.»

«Genau da liegt das Problem, denke ich. Wenn in der Presse breitgetreten wird, dass die Polizei in einem Fall, in dem es um Prostitution und Drogenhandel geht, Lösegeld gezahlt hat, will wohl kaum ein Chef den Kopf dafür hinhalten. Aber ich versuche es weiter, glaub mir.»

Das Wasser war sauber und klar. Weder Laub noch Grashalme schwammen an der Oberfläche. Offenbar leistete Jönsson sich eine Putzfrau und einen Gärtner. Vielleicht wollte er, dass das Anwesen in Pristina seinem Haus in Schweden ähnelte, das laut Bill einen sehr gepflegten Eindruck gemacht hatte.

15

In der Lobby stieg Ellen der Geruch von frisch gebrühtem Kaffee in die Nase. Malkolm hatte ihr nicht ausdrücklich untersagt, sich einen Kaffee aus dem Hotelrestaurant zu holen. Da er alles so akribisch geplant hatte, hätte er diesbezüglich etwas gesagt. Und nach dieser Nacht war sie ohne zusätzliches Koffein nicht in der Lage, zwölf Stunden am Stück Auto zu fahren.

Über dem Eingang des Restaurants hing ein Neonschild: Singidunum.

Ellen wählte die größte Variante der zur Verfügung stehenden Pappbecher und goss ihn bis zum Rand voll. Abgesehen von ein paar vereinzelten Frühstücksgästen, die ihre Teller mit Rührei und Speck beluden, war das Restaurant leer. Sollte sie im Hotel von irgendwelchen Leuten nicht gesehen werden, oder wollte Malkolm Überwachungskameras vermeiden? Und wenn ja, warum hatte er ihr das nicht gesagt?

Ellen legte ihre Schlüsselkarte neben die Klingel auf den Tresen der unbesetzten Rezeption und verließ das Hotel. Je weniger Leuten sie begegnete, umso besser. Außerdem hatte sie sich aus der Minibar nichts genommen, und die Rechnung für das bestellte Essen hatte sie bar bei der Servicekraft beglichen, die es gebracht hatte.

Draußen nieselte es leicht. Sie zog sich die Kapuze ihrer Sweatshirtjacke über den Kopf und lief quer über den menschenleeren Parkplatz auf den Chrysler zu. Mit einer raschen Handbewegung nahm sie den Schlüssel vom Vorderreifen und entriegelte per Funkknopf die Fahrertür. Als sie sich ans Steuer gesetzt hatte, streifte ihr Blick eine braune Papiertüte, die im Fußraum vor dem Beifahrersitz stand. Ein Fünf-Liter-Wasserkanister, eine Rolle Toilettenpapier, zwei Proteinriegel und fünf Tütchen mit gefriergetrockneten Fertiggerichten. Sie schraubte den Deckel von einer Edelstahl-Thermoskanne, die neben einer Dose Instant-Kaffee stand. Das Wasser dampfte noch.

Auf dem Beifahrersitz lag eine kleinere Plastiktüte mit weichem Inhalt. Ellen ließ den Motor an und kippte nebenher die Tüte aus. Eine Schachtel kam daraus zum Vorschein – «Pipinette», stand da, und: «Flüssigkeit wird in einer Minute zu Gel. Mit Papierserviette. Als Dreierpack erhältlich.»

Ellen riss eins der Beutelchen auf, und ein kleines, weiches Kissen fiel heraus. Dass sie nur zum Tanken aussteigen sollte, hatte Malkolm offenbar ernst gemeint.

Zwischen den Vordersitzen und der Rückbank war eine Trennscheibe aus blickdichtem Plexiglas montiert, die seitlich mit Silikon verklebt war. Unter normalen Umständen hätte sie die Vorrichtung für einen Aufprallschutz gehalten. Doch hier und jetzt wusste sie nicht, was sie davon halten sollte. Sie wollte schon wieder aussteigen und einen Blick hinter die Plexiglasscheibe werfen, als ihr auffiel, dass es bereits Viertel nach elf war, und Ellen traute sich nicht, die Abfahrt hinauszuzögern.

Sie stellte Fahrersitz und Rückspiegel ein. Auf ihrer Oberlippe hatte sich eine rötliche Schwellung gebildet. Der Schlafmangel und die innere Unruhe forderten den üblichen Tribut. Herpesbläschen kämen wie ein Brief mit der Post, sagte ihre Mutter immer. Zusätzlich schwollen Ellens Lymphknoten auf die Größe von Golfbällen an. Ohne die verschreibungspflichtigen Tabletten würden Mund und Kinn in Kürze mit schmerzhaften roten Pusteln übersät sein.

Sie fuhr auf direktem Weg auf die Autobahn. Die Scheibenwischer quietschten über die Windschutzscheibe. Der Asphalt glänzte dunkel und feucht. Laut Navi-App ihres Handys waren es bis Budapest gut dreihundertsiebzig Kilometer. Dort sollte sie das erste Mal tanken.

Ellen beugte sich auf der Suche nach einem Fahrzeugschein oder anderen Kfz-Papieren zum Handschuhfach hinüber, aber bis auf einen Erste-Hilfe-Kasten war es leer. Wem gehörte dieser mindestens zehn Jahre alte, in Schweden zugelassene Chrysler? Und warum lagen in diesem verdammten Auto nirgends Papiere? Für sie persönlich spielte es keine Rolle, aber was sollte sie sagen, wenn sie in eine Kontrolle geriet?

Ellen ging vom Gas, rief im Browser ihres Handys die Webseite der Kfz-Zulassungsstelle auf und gab das Kennzeichen des Wagens, UBA 292, in das Suchfeld ein.

Sie starrte auf den Text, las ihn wieder und wieder.

In der Spalte «Fahrzeugmodell» stand: «Volvo XC90». Unter «Fahrzeugstatus» die Vermerke «zugelassen», «importiert» und «Baujahr 2007».

Wenn jemand in den kommenden Stunden das Nummernschild des Chryslers überprüfte, würde sie augenblicklich angehalten. Einen Chrysler mit einem Kennzeichen, das zu einem Volvo XC90 gehörte, würde niemand weiterfahren lassen. Und sie hatte keine Ahnung, wie sie all das erklären sollte.

Ellen überprüfte, ob sie das Kennzeichen korrekt eingetippt hatte. An ihrem Gedächtnis zweifelte sie keine Sekunde. Sie war weder autistisch noch hochbegabt, sie hatte einfach nur ein Auge für Details, das war immer schon so gewesen. An der Polizeihochschule hatte sie sich den Inhalt einer Buchseite in weniger als einer halben Minute merken können. Anschließend war er für alle Zeiten in ihrem Gedächtnis gespeichert gewesen.

Sie drosselte die Geschwindigkeit und schrieb eine Nachricht an den SMS-Service der Kfz-Zulassungsstelle, um den Namen des

Volvo-Besitzers in Erfahrung zu bringen. Kurz darauf piepte ihr Handy. Der Volvo war auf einen Göran Larsson, wohnhaft in Spånga, Stockholm, zugelassen.

16

Amanda war froh, für eine Weile von Blom wegzukommen. Als sie ihr kleines Büro verließ, grüßte sie im Vorbeigehen die EULEX-Angestellten, die in den benachbarten Büros an ihren Schreibtischen saßen. Eine Handvoll von ihnen trug Uniform. Amanda vermutete, dass sie als Berater tätig waren. Blom hatte erwähnt, dass sich einige dieser Leute mit der Aufklärung von Kriegsverbrechen und mit Zeugenschutz befassten, formal aber einer anderen Abteilung angehörten; das waren die Kollegen in Zivil, nahm sie an, die sich ein Großraumbüro teilten und sich mit jenen Dingen beschäftigten, die man den Kosovo-Albanern aufgrund der tief verwurzelten Korruption in ihrem noch jungen Rechtsstaat fürs Erste nicht selbst übertragen wollte.

Amanda hatte Blom angewiesen, unter Tores Aufsicht in ihrem kleinen Büro zu bleiben. Sie selbst lieh sich ein Auto, um etwas zu essen zu besorgen. Damit sie nicht im selben Wagen wie gestern gesehen wurde, fiel ihre Wahl diesmal auf einen Audi. Mit dem würde sie außerdem an einen Ort fahren, an den sie noch immer fast täglich dachte.

Manchmal gelang es ihr, die Bilder tagsüber zu verdrängen.

Doch dann kamen sie nachts.

Und die Träume waren noch immer genauso real wie die Ereignisse an jenem Tag – trotz allem, was in der Zwischenzeit geschehen war, sogar trotz Linneas und Mirjams Geburt.

In diesen Träumen befand sie sich in der Mitte eines Zimmers und redete, ohne dass jemand sie sah oder hörte. Irgendwann tauchte aus dem Nichts die mahnende Stimme des Psychologen auf: Es sei nicht ihre Schuld gewesen. Dann rissen sie die gellenden Hilfeschreie der Kinder um sie herum aus dem Schlaf.

In diesen Momenten stand sie immer auf und setzte sich zwischen Linneas und Mirjams Betten auf den Boden, horchte auf ihre Atemzüge, strich ihnen übers Haar. Nach einer Weile kochte sie sich einen Kaffee und bereitete die Fläschchen vor. In ihr Schlafzimmer ging sie nie zurück; das kam ihr einsam und verlassen vor. Außer mit dem Psychologen hatte sie nur mit André über den Vorfall gesprochen; in seine Arme hatte sie sich flüchten wollen, wenn sie aus ihren Albträumen hochgeschreckt war – in die Arme des unglücklich verheirateten Staatsanwalts, von dem sie geglaubt hatte, er werde ihr Partner fürs Leben werden. Doch dann hatte er sich gegen sie und die Kinder entschieden, war bei seiner Familie geblieben und schlief vermutlich an der Seite seiner Ehefrau.

Amanda verließ die Stadt und fuhr Richtung Germiapark. Sie fragte sich, wie man sich als Elternteil entscheiden konnte, keinen Anteil am Leben seiner Kinder zu nehmen. Auch wenn André keinen Gedanken mehr an sie verschwendete, wusste er ganz genau, dass Linnea und Mirjam mittlerweile achtzehn Monate alt waren.

Der Anhänger am Autoschlüssel mit der Gravur «Dardania» in schwarzen Lettern klapperte während der Fahrt wiederholt gegen das Armaturenbrett. Es war lange her, seit Amanda den historischen Namen des Kosovo gehört oder gesehen hatte. Doch für die Bevölkerung, die mit Stolz auf die Geschichte ihres Landes zurückblickte, war diese Bezeichnung noch immer selbstverständlich.

Das Freibad, im Sommer Tummelplatz für badebegeisterte Kosovaren, war mittlerweile verwaist. Müll und Laub schwammen im Wasser. Oben auf dem Hügel waren etliche neue Restaurants hinzugekommen. Einige erinnerten an Alpenhütten aus glänzend lackierten Bohlen.

Amanda hielt vor dem Restaurant Liburnia und bestellte drei Portionen Lamm und Hühnchen, die sie in fünfzehn Minuten abholen konnte. Also setzte sie sich wieder ins Auto, bog in einen kleinen Schotterweg ein und stellte den Motor ab.

Von einer Seite wucherten Büsche über das Fundament. Der Rest der Fläche war deutlich zu erkennen. Herd und Schornstein standen immer noch unverändert an Ort und Stelle.

Das letzte Mal war sie vor fünf Jahren hier gewesen. Vor sechs war es passiert.

Der bislang größte Misserfolg des Sondereinsatzkommandos.

Und sie hatte dabei eine der Hauptrollen gespielt.

Ein psychisch kranker Mann aus Skogås, dem das Umgangsrecht mit seinen Kindern entzogen worden war, hatte die beiden aus der Obhut seiner Exfrau entführt und sie in seine Heimatstadt Pristina verschleppt. In diesem Haus hatte er sich mit den Kindern als Geiseln verbarrikadiert. Anfangs war die Situation unter Kontrolle gewesen; Amanda hatte mit dem Mann Telefonkontakt hergestellt und die Ursache für sein Handeln ausgelotet. Sie war ruhig und methodisch vorgegangen. Langsam, aber sicher hatte sie Vertrauen aufgebaut – um Zeit zu gewinnen. Solange sie miteinander kommunizierten, hatte sie geglaubt, würde nichts passieren.

Amanda nahm den kleinen Blumenstrauß, stieg aus dem Auto und setzte sich auf die Mauer. Auf dem verrosteten Herd lagen verwelkte Rosen. Offensichtlich war sie nicht die Einzige, die immer noch an die Familie dachte. Die Brust schnürte sich ihr zu, und Tränen stiegen ihr in die Augen. Ihr Strauß war in Zellophan eingewickelt; so wären die Blumen wenigstens ein bisschen vor dem Regen geschützt.

Der Mann hatte mitten in der Küche gestanden, nur wenige Meter vom Herd entfernt; ihr größter Fehler war gewesen, darauf zu achten, *was* er sagte, nicht *wie* er es sagte. Dann hatte er mit einem Mal geschrien, wenn er seine Kinder nicht sehen dürfe, dürfe es auch niemand anderes. Zu spät hatten sie begriffen, dass er die Kinder angezündet hatte. Der Mann war am Ende von Amandas Kollegen erschossen worden, während die Kinder verzweifelt geschrien und geweint und versucht hatten, aus dem Haus zu entkommen – doch die Türen waren verriegelt gewesen. Als das Einsatzkommando endlich ins Haus vorgedrungen war, hatten sie die Kinder nicht mehr retten können.

Im folgenden Jahr waren sie für eine Gedenkstunde hierher zurückgekehrt.

Der Psychologe hatte das als notwendigen Schritt im Bewältigungsprozess bezeichnet. Amanda hatte es eher als die aufgezwungene Erinnerung an ihr Scheitern empfunden.

Inzwischen fühlte es sich anders an.

Ihr Telefon klingelte. Es war Bill. Amanda schluckte und fuhr sich mit dem Jackenärmel übers Gesicht, bevor sie sich meldete.

«Warst du schon dort?»

«Ich bin jetzt gerade da.»

«Wie ... Wie fühlt es sich an?»

Bill war einer der Scharfschützen gewesen und hatte mit eingestelltem Zielfernrohr auf einer Anhöhe gelegen.

«Einerseits schön, andererseits ist es die Bestätigung, dass man Misserfolge nie ungeschehen machen kann.»

«Ich zitiere mal den Psychologen: Blick nach vorne, Amanda.»

«Du hast nicht jede Nacht Albträume und schreckst hoch, weil Kinder um Hilfe schreien, oder riechst den Geruch von verbranntem Fleisch, sobald jemand einen Grill anzündet», fauchte sie und bereute es im selben Atemzug.

Sie schwiegen eine Weile, bis Bill erneut das Wort ergriff. «Es ist sechs Jahre her.»

«Ich weiß. Es ist nur ... das Leben kommt mir so verletzlich vor, seit ich Mutter bin.»

Amanda sah auf die Uhr. Es war inzwischen höchste Zeit, das Essen abzuholen. Trotzdem wollte sie noch bei Tageslicht einen Blick auf das Hotel werfen. Wenn sie jetzt nach Hajvalia fuhr, würde das Essen kalt werden, doch es war nicht mehr lange hell. Andererseits musste sie ins Büro zurück und auf den Anruf der Entführer warten.

«Ich weiß, dieses Gefühl haben wohl alle Eltern.»

Amanda hätte am liebsten erwidert, dass nicht alle Eltern beim Sondereinsatzkommando arbeiteten und darauf trainiert wurden, ihr Land zu beschützen.

«Wolltest du etwas Bestimmtes? Das Essen vom Take-away, das ich abholen muss, wird kalt. Ich stehe ein bisschen unter Zeitdruck.»

«Ich habe Magdalena Jönsson wiederholt angerufen und ihr mehrere SMS geschrieben. Sie meldet sich nicht.»

«Hast du mit ihrer Schwester gesprochen?», fragte Amanda, stieg ins Auto und fuhr den knappen Kilometer zurück zum Restaurant.

«In ihrem Haus auf Lidingö ist es komplett dunkel. Ich habe geklingelt, aber es hat niemand aufgemacht.»

«Wofür es eine natürliche Erklärung geben kann», erwiderte Amanda und nahm eine weiße Plastiktüte mit mehreren Menüboxen in Empfang.

Als sich der Essensgeruch im Auto ausbreitete, knurrte ihr Magen. Vielleicht keine Luxus-Mahlzeit – aber wenn die Balkanküche etwas zu bieten hatte, dann gegrilltes Lamm und Hühnchen mit verschiedenen Soßen.

«Aber wenn du zu Tode verängstigt bist und dem Anschein nach dankbar, dass sich die Polizei der Sache annimmt, würdest du dann nicht erreichbar sein und ...»

«... und mich nicht an die Anweisungen der Polizei halten? Du hast recht.»

«Wenn wir nur Bloms Aussage über die Drohung der Entführer hätten, lägen die Dinge ein wenig anders, aber angesichts der Kamera im Garten mache ich mir Sorgen.»

«Lass uns den Anruf der Kidnapper heute Abend abwarten, danach entscheiden wir, wie wir in Bezug auf Magdalena Jönssons ... Abwesenheit vorgehen.»

Amanda fuhr die Anhöhe hinunter und erreichte kurz darauf den Stadtrand von Pristina.

«Klingt vernünftig», pflichtete Bill ihr bei, und sie verabschiedeten sich voneinander.

Sie zögerte einen Moment, nahm dann aber doch die Abzweigung in Richtung Hajvalia. Nur ein kurzer Blick. Sie wollte sich bloß einen Eindruck von dem Hotel verschaffen und nachsehen, ob die beiden Autos auch heute dort standen. Krasniqis Foto hatte sie nicht dabei, aber das spielte keine Rolle. Sie hatte sein Gesicht noch deutlich vor Augen.

Als sie auf den Hotelparkplatz einbiegen wollte, sah sie, wie ein Mann in den X5 stieg, der ihr gestern schon aufgefallen war. Er schien sie nicht bemerkt zu haben. Spontan fuhr Amanda am Parkplatz vorbei, folgte ein Stück dem Straßenverlauf und wendete. Als sie zurückkam, verschwand der BMW gerade hinter der nächsten Kurve.

Diese Gelegenheit durfte sie nicht verstreichen lassen.

Sie folgte dem Wagen, achtete aber darauf, dass sich ein anderes Auto zwischen ihren Audi und den X5 schob. Wenn der Mann in den Rückspiegel blickte, würde er sie nicht hinter sich sehen.

Sie näherten sich derselben Kreuzung wie am Vorabend. Wieder blinkte der BMW links und fuhr nach Westen. Diesmal tat Amanda es ihm gleich.

17

Amanda ließ einen weiteren Pkw zwischen ihren Audi und den X5 einfädeln. Sie hoffte, dass sie nicht weit fahren müsste. Allein konnte man eine Zielperson nicht lange observieren, ohne Gefahr zu laufen, entdeckt zu werden. Womöglich handelte es sich ohnehin um eine falsche Fährte, die nichts mit ihrem Fall zu tun hatte, aber sie hatten keine andere Spur, der sie nachgehen konnten, um zu verhindern, dass Jönsson einen weiteren Finger verlor.

Als sie auf die kürzlich fertiggestellte E 851 fuhren, die sogenannte Albanien-Kosovo-Autobahn, blieb der X5 auf der linken Seite. Vier Spuren erstreckten sich vor ihnen, und der BMW beschleunigte. Amanda griff nach ihrem Handy und rief Google Maps auf. Wenn der Fahrer des X5 in eine größere Stadt wollte, dann vermutlich entweder ins achtzig Kilometer westlich gelegene Peja oder nach Prizren im Süden.

Dichtbelaubte Bäume säumten die Autobahn, und verblasste Absperrbänder flatterten im Wind. Die Clusterbomben, die die Amerikaner Ende der neunziger Jahre über dem Kosovo abgeworfen hatten, hatten den USA aus Sicht der Kosovo-Albaner einen Heldenstatus beschert. Die Dankbarkeit kannte keine Grenzen; Bill Clinton hatte im Stadtzentrum von Pristina sogar ein Denkmal bekommen. Aber selbst fünfzehn Jahre später lagen noch immer Bombenreste und Blindgänger in den Wäldern am Stadtrand. Die Sprengkraft einer Clusterbombe war enorm und mit der Entschärfung ein hohes Risiko verbunden.

Den Straßenschildern zufolge verlief die E 851 weiter nach Prizren, während der X5 in Richtung Peja abfuhr. Bei dieser Geschwindigkeit wären sie in weniger als zwanzig Minuten dort. Amanda beschloss, dem BMW bis an sein Ziel zu folgen, es sei denn, es ginge nach Montenegro oder Albanien. Sie wechselte auf die rechte Spur für den Fall, dass der X5 eine Ausfahrt ansteuerte. So klebte sie ihm weniger offensichtlich an der Stoßstange.

Amanda hielt ihr Handy griffbereit, um Tore anzurufen, sobald sie die Verfolgung des BMWs abbrach.

Vor der nächsten Ausfahrt blieb der X5 unverändert auf der linken Spur. Na dann, dachte Amanda und hielt auf die Ausfahrt zu; hier würde sie sich nicht lange aufhalten können; in Pristina fiel sie mit ihrem skandinavischen Aussehen nicht weiter auf, aber in Peja wäre das anders. Obwohl die Bezirkshauptstadt fast 50 000 Einwohner hatte, waren *internationals* hier noch immer kein alltäglicher Anblick.

Plötzlich tauchte der X5 in ihrem Rückspiegel auf. Amanda zog den Kopf ein, presste sich in den Sitz und spürte, wie ihr Puls beschleunigte. Entweder war der Fahrer in Gedanken gewesen und hatte fast die Ausfahrt verpasst – oder aber er hatte sie testen wollen. In letzterem Fall dürfte er keinen Verdacht geschöpft haben – immerhin war sie zuerst abgefahren. Würde sie den BMW doch bis an sein Ziel verfolgen können, ohne Aufmerksamkeit zu erregen?

Sie warf das Handy auf den Beifahrersitz.

Der X5 zog an ihr vorbei. Amanda hielt die Luft an und blickte starr nach vorne. Vor ihnen sprang eine Ampel auf Grün, und der BMW bog rechts in ein Wohnviertel ab.

Wenn mehr Autos unterwegs gewesen wären, hätte sie es vielleicht gewagt, ihm zu folgen; doch kurz entschlossen fuhr sie geradeaus. An einem Kiosk hielt sie an und kaufte sich eine Dose Pfirsichsaft. Als sie wieder im Auto saß, rief sie Tore an.

«Hast du dir die Aufnahme schon angehört?»

«Ja, warum?»

«Ich bin demselben Wagen wie gestern Abend begegnet und habe ihn bis nach Peja verfolgt. Ich erzähle dir alles, sobald ich zurück bin. Konntest du im Hintergrund irgendwas hören?»

«Komm bitte so schnell wie möglich her. Was, wenn die Entführer früher anrufen?»

«Kein Sorge, ich bin in einer Stunde zurück. Konntest du etwas hören?», wiederholte sie.

«Da ist ein dumpfes Rauschen, das ich nicht identifizieren kann ...»

«Okay.» Amanda ließ den Motor an.

Sie war enttäuscht. Aber was hatten sie erwartet? Es war ein Schuss ins Blaue gewesen.

«Das Gespräch hat nicht mal zwei Minuten gedauert – kein besonders langer Zeitraum, um einen Hinweis herauszuhören. An einer Stelle klingt es allerdings, als würde jemand eine Lautsprecherdurchsage machen ... oder singen»

«Spiel es mir bitte vor. Das könnte wichtig sein.»

Amanda hörte Tore im Hintergrund rascheln. Kurz darauf war er zurück. «Okay, hier kommt es.»

Amanda stellte die Lautstärke ihres Handys auf die höchste Stufe. Am liebsten hätte sie die Augen geschlossen, um ihre Umgebung auszublenden.

Dann erklang die Stimme des Entführers. Die Tonqualität war überraschend gut. Das dumpfe Hintergrundgeräusch war durchgängig da, aber nach einer Minute hatte auch Amanda gehört, was Tore meinte. Und sie hatte das Geräusch auf Anhieb wiedererkannt. Sie spürte, wie ihre Energie zurückkehrte. Das konnte der Durchbruch sein.

«Tore, das ist ein Gebetsaufruf!»

«Bist du sicher? Ich spiele es noch einmal ab. Bist du bereit?»

Da war es wieder. Eine monotone Männerstimme rief etwas und verstummte nach einem Moment. Dann waren erneut nur noch die

Stimme des Entführers und das rauschende Hintergrundgeräusch zu hören.

«Leider bricht es abrupt ab», sagte Tore.

«Vielleicht haben die Kidnapper eine Tür oder ein Fenster geschlossen. Kurz darauf haben sie Jönsson den Finger abgeschnitten. Sie wussten, dass er laut schreien würde», sagte Amanda.

«Bist du auf dem Rückweg?»

«In zehn Minuten, ich will mich nur noch kurz in dem Wohngebiet umsehen, in das der BMW abgebogen ist.»

«Schick mir eine SMS, wenn du Peja verlässt, damit ich weiß, dass bei dir alles in Ordnung ist.»

«Natürlich», versprach Amanda und bog in die Straße ab, die zuvor auch der BMW genommen hatte.

Sie entdeckte ihn sofort. Er stand vor einem kleinen Hotel oder einer Pension. Ein vielleicht dreißigjähriger Mann ging mit entschlossenen Schritten auf ein Nebengebäude zu und verschwand durch den Eingang. Amanda ließ den Blick systematisch über die anderen geparkten Autos schweifen.

Nirgends ein Chrysler Voyager.

Langsam fuhr sie an einem kleinen Waldstück vorbei, um über die nächste Stichstraße wieder in Richtung Autobahn zu gelangen. Hinter einem flachen Bungalow ragte etwas empor, das wie ein zu lang geratener Baumstamm aussah.

Amandas Puls schnellte in die Höhe, und ihre Handflächen wurden so feucht, dass sie fast vom Lenkrad abrutschten. Bei Dunkelheit hätte sie sofort angehalten, aber bei Tageslicht würde sie zu viel Aufmerksamkeit erregen, wenn sie jetzt aus dem Auto stieg.

Also fuhr sie weiter geradeaus.

Ein Stück entfernt erhob sich eine weiß getünchte Moschee.

18

Bis Budapest war auf den Straßen erstaunlich wenig los. Ellen sah die rot-gelbe Tankstellenmuschel schon weit vor der Ausfahrt. Die Muskeln in ihrem rechten Bein krampften nach vier Stunden Fahrt, und sie sehnte sich danach, auszusteigen und die Glieder zu strecken.

Sobald sie ihr Elin-Wägner-Hörbuch ausgestellt hatte, war das Quietschen der Scheibenwischer zurück. Wenn sie den Wagen im Auge behielt, könnte sie vielleicht kurz in den Shell-Shop gehen und neue kaufen? Doch als sie an der Zapfsäule hielt, sah sie, dass der Eingang des Shops um die Ecke auf der nördlichen Seite lag. Sie würde das Geräusch weiter ertragen müssen, aber entlang der Strecke würde es bestimmt noch andere Situationen geben, in denen Sie Malkolms Regeln lockern musste.

Ellen schaltete den Motor ab und wand sich ungelenk vom Fahrersitz. Ehe sie tankte, stellte sie den rechten Fuß auf den Vorderreifen und dehnte die Wade, anschließend wiederholte sie das Ganze links. Dann ließ sie den Hebel einrasten, damit sie den Zapfhahn nicht gedrückt halten musste.

Endlich hatte sie kurz Zeit, um einen Blick auf die Rückbank hinter der Plexiglasscheibe zu werfen. Sie zog am Griff der hinteren Wagentür.

Verschlossen.

Ellen lief um den Wagen herum zum Kofferraum.

Ebenfalls verschlossen.

Sie drückte auf die Taste des Funkschlüssels. Die Vordertüren verriegelten mit einem Klicken. Die hinteren Türen blieben stumm.

Ellen drückte ein zweites Mal auf den Schlüssel und legte ein Ohr an die Hintertür. Stille. Nur die vorderen Schlösser klickten, als sie sich entriegelten. Sie versuchte, durch die getönte Scheibe einen Blick ins Wageninnere zu werfen, konnte jedoch nichts erkennen.

Warum hatte ihr Malkolm nichts über den Transport erzählt? Warum hatte sie nicht die geringste Ahnung, worum es hier eigentlich ging?

Der Zähler der Zapfsäule tickte vor sich hin; der Tank war gleich voll. Ellen warf das benutzte Pipinette-Kissen in einen Mülleimer und löffelte frisches Instant-Kaffeepulver in ihren Becher. Das Wasser aus der Thermoskanne war immer noch erstaunlich warm. Sie stellte den Becher neben ihre Zigarettenschachtel auf die Mittelkonsole und legte einen Müsliriegel dazu.

Ihre Lippen waren jetzt vollends trocken, und die Herpesbläschen am Kinn juckten. Zum Glück hatte sie eine Tube Helosan-Salbe in der Anoraktasche. Sie verteilte die Salbe fast über ihr ganzes Gesicht und zog eine Grimasse, als sie ihr Kinn berührte.

Nachdem sie getankt hatte, fuhr sie zurück auf die Autobahn. Sie wollte weg. Ihr schwirrte der Kopf. Ihr war, als würde es sekündlich wichtiger, keine Aufmerksamkeit zu erregen – aber sie hatte eine ordentliche Strecke vor sich. Ihr nächster Stopp war Prag.

Noch fünfhundertzwanzig Kilometer. Wenn sie unterwegs in eine Kontrolle geriet, bekäme sie größere Schwierigkeiten, als sie angenommen hatte. Sie war nicht nur in einem Wagen mit gestohlenen Nummernschildern unterwegs; sie würde auch den Kofferraum nicht für den Zoll öffnen können.

19

Obwohl es allmählich dunkel wurde, waren die Straßenlaternen noch immer nicht angegangen. Amanda schaltete das Fernlicht ein und gab Gas. Ein paar Straßenköter liefen über die Fahrbahn; die Lichtkegel schienen sie nicht zu schrecken.

Amanda parkte den Audi an derselben Stelle, wo sie ihn vorgefunden hatte, und nickte einigen Bediensteten zu, die gerade das Gebäude verließen.

Blom und Tore saßen einander gegenüber auf dem Fußboden. Tore hatte Pappteller und Plastikbesteck verteilt. Amanda schrieb in ihr Notizbuch, dass Bill Magdalena Jönsson nicht erreichen konnte, und hielt es so, dass nur Tore es lesen konnte. Er nickte. Dann begannen sie schweigend zu essen.

Das Brot war in Alufolie gewickelt gewesen und immer noch warm, als sie es in das Paprikamus dippte. Dazu gab es in Öl und Knoblauch eingelegte grüne Oliven und zentimeterdicke Schafskäsescheiben. Das Fleisch war butterzart und schmeckte vorzüglich, auch wenn es inzwischen kalt geworden war; genau so hatte sie es all die Jahre in Erinnerung gehabt.

Blom pulte mit dem Fingernagel in den Zahnzwischenräumen, öffnete eine Dose Cola, trank ein paar große Schlucke, ließ dann die Dose kreisen und kippte den Rest hinunter.

Das Telefon mitsamt Lautsprecher stand vor ihnen auf dem Boden. Tores Laptop stand aufgeklappt daneben. Vor dem Whiteboard lagen verschiedenfarbige Stifte bereit.

Nach dem Essen warf Amanda die Verpackungen in den Müll und setzte sich auf den Fußboden. Je früher die Entführer anriefen, umso besser. Sie und Tore hätten anschließend einiges zu besprechen.

«Was, wenn sie … wenn sie ihm noch einen Finger abschneiden?», fragte Blom nach einer Weile und vergrub das Gesicht in den Händen.

«Wenn wir unsere Karten richtig ausspielen und Sie genau das sagen, was ich Ihnen vorgebe, werden sie das nicht tun», erwiderte Amanda.

Eine geschlagene Stunde später setzte sie Kaffee auf. Sie tranken ihn, ohne ein Wort miteinander zu wechseln.

Amanda kontrollierte wiederholt den Handyempfang. Machte sogar einen Testanruf.

Das Telefon funktionierte.

Sie zückte erneut ihr Notizbuch. Wenig später war Seite um Seite mit Anmerkungen, Fragezeichen und Pfeilen versehen. Sie hatte sich vergegenwärtigen wollen, was bislang geschehen war; und solange Blom ebenfalls anwesend war, kam Tore als Sparringspartner nun mal nicht in Frage.

«Gehen wir allmählich davon aus, dass die Entführer heute Abend nicht mehr anrufen?», fragte Tore, nachdem eine weitere Stunde verstrichen war.

«Vermutlich ja», gab Amanda schulterzuckend zurück.

«Aber das müssen sie … Sie haben doch gesagt, dass sie jeden …» Blom beendete den Satz nicht.

«Dass sie es gesagt haben, bedeutet noch lange nicht, dass sie es auch tun», erwiderte Amanda und wärmte sich eine Tasse kalten Kaffee in der Mikrowelle auf.

Sie steckten in einer Sackgasse. Was hatte es zu bedeuten, falls Magdalena Jönsson tatsächlich verschwunden war und die Entführer sich nicht meldeten? Hatten die Kidnapper herausgefunden, dass Blom die schwedische Polizei eingeschaltet hatte? Oder hatte gestern

Abend jemand Verdacht geschöpft, als sie an diesem Hotel in Hajvalia vorbeigefahren war?

Aber weshalb sollten die Entführer ihre Drohung wahr machen, ehe Blom überhaupt die Chance gehabt hatte, das Lösegeld zu übergeben? Welchen Nutzen hätte es für sie, Jönsson und seine Frau in Stockholm zu töten?

Irgendwann nickte Blom ein, und Tore klickte auf seinem Laptop eine Satellitenkarte von Peja an.

«Wie heißt die Moschee?»

«Bajrakli.»

«Hast du dir den Namen des Hotels oder der Pension gemerkt?»

«Mergimi», antwortete Amanda und suchte die Aufnahme des Telefongesprächs mit den Entführern heraus, um sie sich noch einmal anzuhören.

Tores Finger flogen über die Tastatur. Dann hielt er inne, setzte seine Brille auf und zoomte einen Kartenausschnitt heran.

«Guck mal, ich glaube, du warst am richtigen Ort», sagte er triumphierend und drehte den Monitor zu Amanda um, die sich gespannt darüberbeugte. «Das hier ist die Bajrakli-Moschee.» Er tippte mit einem Stift auf ein weißes Gebäude.

Amanda nickte. Tore zoomte den Ausschnitt näher heran.

«Und hinter dem Hotel verlaufen Bahngleise. Das Hintergrundgeräusch auf der Aufnahme – das waren Züge.»

«Ich fahre noch einmal hin», beschloss Amanda und kramte in ihrer Reisetasche nach Kapuzenjacke und Baseballkappe. Dann kontrollierte sie die Taschenlampe, drückte die Waffe fest ins Holster und steckte ein Nachtsichtgerät und einen kleinen Schlagstock in ihren Rucksack.

20

Der Grabstein auf dem Waldfriedhof war fast einen Meter hoch und aus schwarzem Granit gemeißelt. Inger hatte ihn ausgesucht; es war der teuerste gewesen. Trotzdem glaubte er nicht, dass der Preis den Ausschlag für ihre Wahl gegeben hatte. Der Stein war besonders, ähnelte keinem anderen auf dem ganzen Friedhof. Vermutlich hatte sie einen Stein haben wollen, der aus der Menge hervorstach. Vielleicht um zu zeigen, dass ihr Junge nicht auf einen Friedhof gehörte.

«Braucht so gut wie keine Pflege», hatte der Bestatter die polierte Oberfläche angepriesen.

Er zeichnete die weiße Gravur mit dem Finger nach und entfernte ein paar Blätter. Gebückt umrundete er den Grabstein und bürstete die grob gehauene Rückseite ab, an der immer Laub hängen blieb.

Hinter dem Grabstein stand eine kleine grüne Laterne mit einem ausgebrannten Teelicht. Er nahm die Aluminiumschale heraus und untersuchte die Leuchte. Am Boden klebte ein Supermarkt-Preisschild. Er hatte die Laterne nicht aufgestellt; sein Geschmack war exklusiver. Und warum stand sie hinter dem Grabstein? Er ließ den Blick schweifen, doch weit und breit war niemand zu sehen.

Hatte sich jemand in der Grabstelle geirrt?

Oder war sie hier gewesen?

Vor einem Jahr hatte er einen verwelkten Tankstellen-Blumenstrauß am Grab gefunden. Rosen. Danach hatte er jeden einzelnen Vorort und die Stockholmer Innenstadt nach ihr abgesucht.

Ohne Erfolg.

Als Inger und er noch zusammengelebt hatten, hatte er versucht, sie in den Kampf mit einzubeziehen – vergebens. Inger hatte das Problem nicht wahrhaben wollen.

Am Ende war die Scheidung unvermeidlich gewesen. Sie hatten nach wie vor unter einem Dach gelebt, aber nicht mehr zusammen. Was immer er tat, erinnerte Inger an ihre zwei Kinder, die nicht mehr bei ihnen waren. Sie hängte die Fotos und Zeichnungen ab, die am Kühlschrank gepinnt hatten; er hängte sie wieder auf. Er wollte ihre Kleidung, ihre Spielsachen aufbewahren, als würde die Familie eines Samstagmorgens gemeinsam aufwachen. Als wäre keiner der Schicksalsschläge ihnen je widerfahren.

Mit jeder Meinungsverschiedenheit entfernten sie sich weiter voneinander. Schlaftabletten und Sertralin wurden zu Ingers ständigen Begleitern.

Er musste tatenlos zusehen, wie Inger verwelkte und sich zunehmend von der Umwelt abkapselte; er hatte nur noch Kraft für seine eigene Machtlosigkeit und Schuld. Für jemand anderen hatten seine Reserven nicht ausgereicht.

Erst als er zu seinem Bruder nach Kopenhagen fuhr und dort eine Weile bei einem Psychologen in Therapie ging, fühlte er sich wieder besser. Er musste ihren Anblick nicht mehr ertragen und wurde auch nicht an ihr gemeinsames Scheitern erinnert. Eine Anwältin kümmerte sich um die Scheidungsformalitäten, und irgendwann kam eine Umzugsfirma und packte Ingers Kleidung und die wenigen Habseligkeiten, die sie vor ihrer Heirat besessen hatte, in Kartons. Von den Dingen, die sie gemeinsam angeschafft hatten, wollte sie nichts haben.

Der einzige Gegenstand, den sie seines Wissens mitgenommen hatte, war das Holzkästchen mit dem blauen Traktor auf dem Deckel. Der Deckel sprang beim geringsten Druck aufs Schloss auf. Die blonde Haarlocke mit der blauen Schleife war fast weiß gewesen. Er hatte sich immer gefragt, woher ihr Sohn die hellen Haare gehabt hatte. Weder er noch Inger waren blond.

Er erinnerte sich noch gut an die weißblonden Locken, die um sein Gesicht gewippt hatten. Wildfremde Menschen hatten ihn gefragt, ob sie seine Haare anfassen dürften.

Er zündete eine Stumpenkerze an und drückte sie vorsichtig zwischen die weißen Steine. Daneben stellte er ein batteriebetriebenes Grablicht mit Dämmerungssensor. Es schaltete sich automatisch an und aus und hatte eine Leuchtdauer von vierhundert Stunden.

Auch wenn er länger nicht mehr herkommen würde, brannte hier von nun an ein Licht.

21

Der Asphalt glänzte pechschwarz. Die breiten weißen Fahrbahnmarkierungen auf dem Ibrahim Rugova Motorway reflektierten das Fernlicht der anderen Fahrzeuge. Abgesehen von vereinzelten Lastwagen, die vermutlich aus Albanien kamen, herrschte auf der Strecke von Pristina nach Peja wenig Verkehr.

Ein Schild warnte vor Wildwechsel, aber Absperrungen oder Zäune suchte man vergeblich. Zu beiden Seiten der Autobahn erstreckten sich Felder. Auf der südlichen Seite grasten Ziegen auf einer eingezäunten Weide, auf der Nordseite schienen die Äcker bestellt worden zu sein. An einem alten Holzkarren lehnten Kartoffelhacken. Angesichts der fruchtbaren Böden besaß der Kosovo die besten Voraussetzungen für eine ertragreiche Landwirtschaft, doch die Produktionsmethoden waren immer noch genauso ineffektiv wie vor dem Krieg.

Der Sitz wurde allmählich warm, und die die Klimaanlage schien nur halbe Leistung zu geben. Dass sie mit demselben Auto nach Peja zurückkehrte wie vor gut zwei Stunden, war nicht optimal, aber da sie sofort hatte aufbrechen wollen, war es die einzige Möglichkeit gewesen. Bloms Pajero kam nicht in Frage, und ein glänzender Mietwagen war in Peja kein alltäglicher Anblick.

Sie würde ein Stück vom Hotel entfernt parken und das letzte Stück zu Fuß gehen, damit der Audi nicht noch einmal im Viertel gesehen würde. Außerdem war sie bewaffnet und hatte ihr Handy dabei. Sie musste einfach das Beste aus den Gegebenheiten machen. Sich den Kopf über Ausrüstung zu zerbrechen, die sie gut hätte brauchen können, oder darüber, dass ihr der Back-up fehlte, wäre die reinste Zeitverschwendung. Negative Gedanken hatten in der mentalen Vorbereitung keinen Platz.

Sie hoffte, dass Tore in ihrer Abwesenheit nicht mit Bill sprach; der hieß ihre Alleingänge selten gut. Aber eine Person erregte weniger Aufmerksamkeit als zwei, und einer hatte im Büro bleiben müssen, um Blom zu bewachen und sicherzustellen, dass das Telefonat nach Wunsch verlief, falls die Entführer wider Erwarten im Lauf der Nacht doch noch anrufen sollten.

Amanda nahm dieselbe Ausfahrt wie zuvor, fuhr diesmal aber durch den Stadtkern zum Bahnhof. Die Straßen waren verwaist, die Jalousien an den Geschäften heruntergelassen.

Auf dem Parkplatz vor dem großen Backsteingebäude standen kaum Autos. Eine elektronische Anzeigetafel neben dem Eingang kündigte die Abfahrtszeiten der ersten Züge nach Prizren, Mitrovica und Ferizaj am kommenden Morgen an. Bis dahin wäre sie längst zurück in Pristina.

Ihre Erkundungstour würde nicht lange dauern. Amanda legte ihre Ausweispapiere ins Handschuhfach und tastete mit der rechten Hand über ihren Jeansgürtel.

Das Holster mit ihrer Waffe saß an Ort und Stelle.

Wie immer mit einer Kugel im Lauf.

Sie fuhr mit dem Zeigefinger über das Magazin und drückte es sicherheitshalber noch einmal fest. Das war eher ein Ritual als ein erforderlicher Check, Teil der Vorbereitungen auf eine bevorstehende Aufgabe. Trotzdem wäre eine Ladehemmung aufgrund von Schludrigkeit im Ernstfall verheerend.

Ihre Hand glitt nach links. Ein zusätzliches Magazin, nichts weiter als die Standardausrüstung für einen normalen Polizeibeamten. Amanda zog am Trageriemen ihres Nachtsichtgeräts, vergewisserte sich, dass er intakt war, und streifte ihn über den Kopf, damit das Nachtsichtgerät frei vor ihrer Brust hing. Sie befestigte die Taschenlampe in der Stoffschlaufe und steckte den kleinen Teleskop-schlagstock in ihren Hosenbund. Dann schlüpfte sie in die Kapu-zenjacke und zog den Saum nach unten, um die Waffe zu verbergen, stopfte ein Paar dünne Lederhandschuhe in ihre Gesäßtasche und teilte Tore per SMS mit, dass sie jetzt zu Fuß auf das Zielobjekt zu-gehen würde.

Für Oktober war die Luft immer noch erstaunlich warm. Obwohl das Laub schon von den Bäumen fiel, zirpten Zikaden oder Grillen. Amanda überquerte die Gleisüberführung und lief in Richtung Wohnviertel. Das Mergimi lag nur zweihundert Meter entfernt, und wenn die Satellitenbilder stimmten, musste sie sechs Grundstücke durchqueren.

Zwischen den Häusern waren Wäscheleinen gespannt, an denen Kleidung zum Trocknen hing. Sie bückte sich unter einem flattern-den Laken hindurch und schlich durch einen Garten zum angren-zenden Grundstück. Aus einem verrosteten Ölfass, neben dem sich alte Autoreifen stapelten, stieg dichter Qualm empor. Der beißende Gestank von verbranntem Müll stieg ihr in die Nase.

Die Rückseite des Hotels sah aus wie ein Schrottplatz: Autoteile, ausgediente Küchengeräte und kaputtes Geschirr lagen dort wild durcheinander. Ein undefinierbarer Haufen in der Ecke verströmte einen noch abstoßenderen Geruch als der schwelende Abfall. Als Amanda näher heranging, stellte sie fest, dass es sich um einen Kom-posthaufen handelte, auf dem alle möglichen Lebensmittel verfaul-ten. Mülltrennung schien im Hotel nicht oberste Priorität zu haben.

An der Gebäudeecke blieb sie kurz stehen und suchte mit dem Blick die Umgebung ab.

Schritt eins wäre geschafft. Sie hatte das Zielobjekt erreicht.

Doch jetzt fing die Arbeit erst richtig an.

Bis auf die Außenbeleuchtung am Eingang und einen schwachen Lichtschein, der vermutlich aus der Rezeption stammte, brannte nirgends im Gebäude Licht. Am Straßenrand parkten ein paar Pkws und zwei Transporter; Menschen waren keine zu sehen. An Orten wie diesem blühte die Organisierte Kriminalität im Kosovo, schoss es Amanda durch den Kopf: Lkws, die ungehindert zwischen Albanien und dem Kosovo hin- und herfuhren – denn irgendein Grenzposten ließ sich immer bestechen. Ob Hehlerware, Drogen oder Menschen – irgendwo wurde alles umgeladen und dann in andere Länder geschleust.

Amanda schob sich an der Hauswand entlang zum Hoteleingang. An der Innenseite der Tür klebte ein weißes DIN-A4-Blatt mit der Telefonnummer des Nachtdienstes.

Vorsichtig zog sie an der Tür.

Verschlossen.

Sie lief weiter auf den flachen Anbau zu, in dem früher am Tag der BMW-Fahrer verschwunden war. Von außen ähnelte das Gebäude eher einer Baracke als einem Hotel; Amanda mutmaßte, dass dies der Trakt war, der als «Guesthouse» bezeichnet wurde. Sie fuhr mit den Fingerspitzen an den Fenstern entlang. Sie waren fest verschlossen. Die Eingangstür zur Frontseite bestand aus Holz mit einem Milchglaseinsatz. Mit dem Schlagstock würde sie die Scheibe einfach einschlagen und die Tür von innen öffnen können, aber das Geräusch splitternden Glases würde womöglich Hotelgäste wecken, die einen Einbruch vermuteten.

Zwei Meter über ihr befand sich eine schmale Feuerleiter. Amanda griff nach der untersten Sprosse und zog die Leiter heran. Sie war verrostet, wirkte wacklig und würde wohl kaum eine Brandschutzinspektion überstehen. Aber ihren Zwecken genügte sie.

Amanda kletterte nach oben und gelangte über ein Geländer auf einen kleinen Balkon im ersten Stock. Unwillkürlich schmunzelte sie, als sie sah, dass eins der Fenster einen Spaltbreit offen stand.

Vorsichtig schob sie die Gardinen ein Stückchen zur Seite und lauschte.

Im Zimmer war es still.

Sie löste den Haken, stieß das Fenster auf und schob die Gardine beiseite. Auf dem Bett direkt dahinter lag ein Häkelkissen auf einem gemusterten Überwurf.

Amanda kletterte ins Zimmer, duckte sich und zog das Fenster hinter sich zu. Den Haken ließ sie lose baumeln; ihr Rückzugsweg musste so wenig Hindernisse wie möglich aufweisen.

Rasch kramte sie ihr Multiwerkzeug hervor und klappte den breitesten Schraubenzieher auf. Er würde als Dietrich genügen; in diesem Gebäude waren die Schlösser bestimmt nicht besonders hochwertig. Amanda öffnete die Zimmertür und steckte den Schraubenzieher von außen ins Schloss. Nach einer einzigen kleinen Drehung klickte es, und der Riegel glitt zur Seite. Wenn alle Türen mit einem Schloss dieser Bauart ausgestattet waren, wäre sie in zehn Minuten fertig.

Die eiserne Regel, sich nie länger als zwanzig Minuten an ein und demselben Ort aufzuhalten, galt auch im Balkan. Dies war die Zeitspanne, die jemand mit unlauteren Absichten benötigte, um sie zu entdecken, Verstärkung zu rufen und einen Angriff vorzubereiten.

In dem schmalen Hotelflur brannte kein Licht. Amanda setzte ihr Nachtsichtgerät auf und verharrte reglos, bis sich ihre Augen an den grünen Schein gewöhnt hatten. Die Auflösung war passabel, sie konnte sogar das Persermuster auf dem dunklen Teppich erkennen. An den Wänden hingen Bilder bewaffneter Männer – ganz bestimmt albanische Kriegshelden.

Im Zimmer nebenan schnarchte jemand. Sonst war es still. Sie schlich auf die Treppe nach unten zu. Die Stufen waren wie der Flur mit Teppich ausgelegt. Amanda zählte siebzehn Treppenstufen. Dahinter verlief ein kurzer Flur zur Rezeption im Hauptgebäude. Vermutlich hatte der Fahrer des X5 den Eingang zum Nebengebäude gewählt, weil es der kürzeste Weg zu seinem Zimmer gewesen war.

Zu beiden Seiten des Flurs gingen je sechs Türen ab. Nach der Audioaufnahme zu urteilen musste es eines der Zimmer sein, die zur Bahnhofsseite und zur Moschee statt zur Straße hinaus lagen.

Amanda begann mit dem Zimmer direkt am Fuß der Treppe. Mit dem Ohr an der Tür schob sie den Schraubenzieher ins Schloss und drehte ihn herum. Das Klicken war laut genug, um jemanden zu wecken, aber das musste sie in Kauf nehmen.

Behutsam drückte sie die Klinke nach unten, betrat das Zimmer und zog die Tür leise hinter sich zu.

Dann hielt sie den Atem an und horchte.

Ein schwacher Duft von Damenparfüm hing in der Luft, und aus einer Ecke erklangen die gleichmäßigen Atemzüge einer schlafenden Person. Amandas Mund war trocken. Sie rührte sich nicht, ließ nur den Blick durch das kleine Zimmer schweifen. Die Einrichtung unterschied sich nicht im Geringsten von dem Zimmer, durch das sie eingestiegen war: ein Bett, ein Nachttisch, ein Stuhl.

Sie ging in die Hocke und hob ein Paar Schuhe hoch. Pfennigabsätze.

Leise schlüpfte sie wieder hinaus und schloss von außen ab. Das Ganze hatte nicht länger als ein, zwei Minuten gedauert. An der nächsten Tür hing ein Schild mit der Aufschrift «Pastrim shtepie» und einem Symbol, das wie ein Putzeimer aussah. Sie presste das Ohr an die Tür und machte die Augen zu.

Nichts.

Im Handumdrehen hatte Amanda die Tür geöffnet.

Der Gestank von Fäkalien, Alkohol und Schweiß schlug ihr entgegen, aber es war kein Laut zu hören. Langsam zog sie die Tür hinter sich zu, griff nach ihrer Waffe und hielt sie mit beiden Händen vor der Brust.

Auf dem Bett lag eine blanke Matratze ohne Bettwäsche; auf dem Nachttisch standen eine leere Flasche Sliwowitz und ein überquellender Aschenbecher. Jemand hatte einen Stuhl in die Mitte des Zimmers gerückt.

Die Badezimmertür war geöffnet.

Amandas Puls schnellte in die Höhe.

Sie schluckte, machte einen Schritt in den Raum hinein und sah sich methodisch um. Zimmer und Bad waren leer.

Aber offensichtlich nicht geputzt.

Amanda steckte das Nachtsichtgerät unter ihre Kapuzenjacke und ging ins Badezimmer. Als sie die Tür hinter sich zugemacht hatte, knipste sie ihre Taschenlampe an. Der Gestank raubte ihr den Atem. Der Uringeruch saß in den Wänden, aber da war noch etwas anderes. Unter dem gesprungenen Waschbecken stand ein Plastikeimer mit einem grauen Müllbeutel. Amanda hielt die Luft an und schob die Take-away-Verpackung zur Seite, die zuoberst lag. Darunter – zwischen Zigarettenkippen und Asche – entdeckte sie Stofffetzen mit rostroten Flecken. Amanda war froh, dass sie an ihre Handschuhe gedacht hatte, und zog vorsichtig an dem Stofffetzen.

Ein Knäuel fiel auf den Boden, und etwas Blasses rutschte daraus hervor.

Amanda starrte auf den weißen Finger. Der Nagel war dick und verfärbt. Aus der Haut über den Gelenken sprossen dunkle Haare. Sie schluckte krampfhaft, um den aufsteigenden Brechreiz zu unterdrücken. Sie durfte jetzt keine Spuren hinterlassen, das wäre weder in ihrem noch in Jönssons Interesse ... sofern er noch am Leben war.

Amanda griff nach ihrem Handy. Eine Nachricht von Tore: «Melde dich in zwanzig Minuten.»

Sie sah auf die Uhr.

Er hatte die Nachricht vor exakt sechzehn Minuten geschrieben. Wenn sie in den nächsten vier Minuten nicht reagierte, würde er davon ausgehen, dass ihr etwas zugestoßen war.

Amanda fuhr mit dem Zeigefinger über das Display, öffnete die Kamerafunktion, fotografierte den Finger und schickte Tore das Bild mitsamt Nachricht: «Richtiges Zimmer, niemand da, gehe jetzt zum Auto zurück. Schreibe, wenn ich unterwegs bin.»

Anschließend wickelte sie den Finger wieder in die Stofffetzen, legte das Bündel zurück in den Mülleimer, knipste die Taschenlampe aus und schlüpfte aus dem Bad.

Im Zimmer zog sie die Gardine vor und schaltete die Nachttischlampe an. Falls jemand von draußen einen Blick auf das Fenster warf, erregte der Schein der Glühbirne weniger Aufmerksamkeit als der tanzende Lichtkegel einer Taschenlampe. Sie sah unters Bett, zog dann die Nachttischschublade auf; aus dem Augenwinkel sah sie, dass neben den Stuhlbeinen im Teppich Flecken schimmerten. Schwer zu sagen, ob sie von Blut, Farbe oder Kaffee stammten. Amanda fotografierte die Stelle aus der Nähe und der Totalen. Die leere Flasche Pflaumenobstler sowie den Aschenbecher fotografierte sie ebenfalls. Tatortuntersuchung für Anfänger, schoss ihr durch den Kopf. Dann schaltete sie das Licht aus, schob die Gardine wieder zur Seite und schlich auf den Flur hinaus.

Nachdem sie die Tür abgeschlossen hatte, ging sie mit raschen Schritten auf den vorderen Ausgang zu. Jetzt kam es darauf an, so schnell wie möglich zu verschwinden. Wenn sie das Hotel durch die Tür statt über die Feuerleiter verließ, würde ein neugieriger Beobachter sie hoffentlich für einen Gast halten.

Amanda stellte sicher, dass die Waffe unter dem Saum ihrer Kapuzenjacke und das Nachtsichtgerät um ihren Hals verborgen waren.

Schritt zwei war geschafft. Und zwar mit einem Ergebnis, das ihre Vermutungen bestätigte.

Und leider nahelegte, dass sie zu spät gekommen waren.

Sie stieß die Eingangstür auf und trat in die Dunkelheit hinaus. Im selben Moment traf sie das gleißende Licht einer Taschenlampe. Eine Männerstimme rief auf Albanisch:

«Polizei, keine Bewegung!»

Amanda kniff die Augen zusammen. Ein Mann in Uniform ließ den Lichtkegel langsam an ihr hinabwandern. Sie versuchte zu erkennen, ob der Mann allein war, doch im nächsten Moment leuchtete er ihr wieder in die Augen. Falls jetzt etwas passierte, würde ihr niemand helfen, und wenn sie sich als schwedische Polizeibeamtin zu erkennen gab, würde das eine Reihe von Problemen nach sich ziehen. Ohne offizielles Gesuch durfte die Polizei nicht ohne weiteres im Ausland ermitteln.

«Ich wohne hier im Hotel», sagte sie auf Englisch und hielt dem Polizisten ihre geöffneten Handflächen hin.

«Ausweis!», erwiderte der Mann in gebrochenem Englisch.

«Natürlich», antwortete sie mit nach wie vor erhobenen Armen.

«Ein Zeuge hat gesehen, wie jemand durch ein Fenster im oberen Stockwerk gestiegen ist.»

Endlich ließ der Polizist seine Taschenlampe sinken.

Auf seiner linken Brusttasche prangte ein blau-gelber Stern mit der Aufschrift «Kosovo Police». In der Schlaufe daneben steckte ein Funkgerät. Er schien tatsächlich allein zu sein.

«Das war ich – ich hab meinen Zimmerschlüssel verloren. Das Fenster war nicht geschlossen. Ich hatte es zum Lüften einen Spaltbreit offen gelassen», erwiderte Amanda mit einem Lächeln.

Der Mann war inzwischen nur noch einen Meter von ihr entfernt.

«Um diese Uhrzeit ist die Rezeption nicht mehr besetzt, und ich wollte nicht extra den Nachtdienst rufen», fügte sie hinzu.

Offenbar sah der Polizist sie nicht länger als Bedrohung an. Langsam nahm Amanda die Arme runter, griff hinter sich und murmelte etwas von Ausweis und Gesäßtasche.

Ihre schweißnasse Hand umschloss den Schlagstock in ihrem Hosenbund. Dann riss sie den Arm nach vorn, schlug dem Mann mit voller Wucht auf den Oberarm und trat ihm die Beine weg. Laut stöhnend sackte er zu Boden und hielt sich schützend den unverletzten Arm über den Kopf.

Amanda hoffte inständig, dass sie ihm nichts gebrochen hatte, und sprintete los. Es war nur eine Frage der Zeit, bis der Polizist über Funk Verstärkung angefordert hätte.

Sie nahm denselben Weg zum Bahnhof, den sie gekommen war.

Jetzt begann Schritt drei – zurück zum Auto und so schnell wie möglich aus der Stadt verschwinden.

Auf Höhe des Ölfasses stolperte Amanda in einer Mulde, fiel hin und stieß mit dem Knie gegen einen scharfkantigen Gegenstand. Etwas Warmes lief an ihrem Bein hinab, aber Schmerzen spürte sie nicht. Zwei kläffende Hunde stürzten auf sie zu; vermutlich wollten sie eher spielen als angreifen, dachte Amanda und versuchte, sie zu verscheuchen – ohne Erfolg. Als sie sich wieder aufgerappelt hatte, zerrte der kleinere Hund an ihrem Hosenbein. Sie griff ihm ins Nackenfell, der Hund jaulte auf, duckte sich und sah sie von unten herauf an. Eins seiner Augen war entzündet und das Lid geschwollen. Amanda flüsterte eine Entschuldigung und rannte weiter.

Der Bahnsteig lag verlassen vor ihr. Sie sprang die Stufen zum Übergang hinauf und überquerte das Gleis in Richtung Parkplatz. Obwohl ihr Wagen unbeaufsichtigt gewesen war, sparte sie sich den Sicherheitscheck, ließ den Motor an und gab Gas. Falls sie in eine Verkehrskontrolle geriet und der KPS-Polizist bereits ihre Personenbeschreibung durchgegeben hatte, würde sie Probleme bekommen. Wenn sie es bis zur Autobahn schaffte, erhöhten sich ihre Chancen davonzukommen beträchtlich.

Sie rief Tore an. «Hast du das Foto bekommen?»

«Ja. Wo bist du?»

«Gleich auf dem Rugova Highway in Richtung Pristina.» Dann berichtete sie ihm von der letzten halben Stunde.

«Hat dich der Polizist durchsucht?»

«Nein, dazu hatte er keine Gelegenheit mehr.» Amanda tastete ihre Kniescheibe ab.

Ihre Hose war zerrissen, die Haut aufgeschürft. Blut lief an ihrem Bein hinab, und allmählich spürte sie auch den Schmerz – ein deutliches Zeichen, dass sich das Adrenalin in ihrem Körper verflüchtigte. Der Schmerz strahlte bis in die Hüfte und in ihren Fuß, ging aber definitiv vom Knie aus.

«Er hat also nicht gesehen, dass du bewaffnet warst?»

«Nein. Aber glaubst du, dass wir Jönssons Lage verschlimmert haben, weil ich gewissermaßen die kosovarische Polizei auf den Plan gerufen habe?»

«Wohl kaum. Du bist einem naiven Polizisten begegnet, der dich für eine Einbrecherin gehalten hat. Aber wir sollten unseren Aufenthalt hier nicht länger als nötig ausdehnen.»

«Vielleicht durchsucht die kosovarische Polizei das Guesthouse des Hotels, um festzustellen, ob etwas fehlt. Das Zimmer, in dem Jönsson gefangen gehalten wurde, wird sie sicherlich interessieren», sagte Amanda und rechnete damit, jeden Moment Blaulicht im Rückspiegel auftauchen zu sehen.

«Möglich. Aber wenn die Entführer bemüht gewesen wären, keine Spuren zu hinterlassen, hätten sie hinter sich aufgeräumt. So wie du Zimmer und Bad geschildert hast, müssen sie eigentlich davon ausgehen, dass das Reinigungspersonal die Polizei alarmiert.»

Um sie herum war es dunkel und still. Trotzdem hatte Tore recht. Sie sollten zusammenpacken. Irgendjemand konnte gesehen haben, wie sie das Hotel verlassen hatte, und womöglich das Auto beschreiben, mit dem sie unterwegs war. Außerdem würde die kosovarische Polizei den tätlichen Angriff gegen einen Kollegen nicht ungeahndet lassen, erst recht nicht, wenn es sich bei der Angreiferin um eine westeuropäische, englischsprechende Frau handelte.

Amanda fuhr auf die Autobahn und beschleunigte.

22

Obwohl das gefriergetrocknete Risotto besser geschmeckt hatte als erwartet, knurrte Ellen der Magen. Die sauber gekratzte Verpackung diente ihr inzwischen als zusätzlicher Aschenbecher. Mit Zigaretten brauchte sie nicht zu geizen. Wenn sie sich an den Plan hielt und die Fahrt einen Tag dauerte, konnte sie pro Stunde drei Zigaretten rauchen.

Als das Hörbuch über Elin Wägners Leben zu Ende gewesen war, hatte sie eine der Novellen der Schriftstellerin angestellt. Mit der Sprecherstimme fühlte sie sich weniger einsam. Außerdem übertönte sie das Quietschen der Scheibenwischer.

An der ungarisch-tschechischen Grenze schnellte ihr Puls in die Höhe, und ihre Hände hinterließen auf dem Lenkrad feuchte Abdrücke. Doch der Zollbeamte hatte gerade drei Lastwagen kontrolliert und sie anstandslos durchgewinkt.

Als sie sich den ersten Prager Vororten näherte, musste Ellen sich konzentrieren, um die Ausfahrt nicht zu verpassen. Sie hatte sich eigenmächtig eine *benzinastation* herausgesucht, an der sie tanken würde. Dort gab es eine McDonald's-Filiale, die rund um die Uhr geöffnet hatte. Tanken musste sie ohnehin, und wenn sie an den Drive-in-Schalter fuhr, brauchte sie nicht auszusteigen.

Vor der Ausfahrt ging Ellen vom Gas und ließ das Fenster runter, um frische Luft hereinzulassen. Ihre Augen brannten, und immer häufiger musste sie ein Gähnen unterdrücken. Die Tankstelle befand sich auf einer kleinen Anhöhe. Es waren kaum Autos zu sehen, und sämtliche Zapfsäulen waren leer. Ellen jubelte innerlich, als sie feststellte, dass die McDonald's-Filiale tatsächlich direkt nebenan lag und am Drive-in-Schalter nur ein einziger Pkw wartete.

Als sie zum Tankdeckel ging, musste sie sich am Auto abstützen. Ihre Knie schmerzten, und trotz der hartnäckigen Versuche, aufrecht zu sitzen, hatte sie das Gefühl, ihr Rücken bräche durch, als sie die Hand ins Kreuz stemmte und sich nach hinten beugte.

Dann steckte sie ihre Kreditkarte in den Kartenleser an der Tanksäule und drückte auf die grüne Taste mit der 95. Ein bisschen Benzin floss aus dem Zapfhahn am Radkasten hinunter. Sie atmete den Geruch ein. Sie hatte nie geschnüffelt, aber den Duft von Malerfarbe, Kleber und Benzin mochte sie seit ihrer Kindheit.

Der Tankvorgang dauerte nur wenige Minuten, gab ihr aber genügend Zeit, um sich erneut dem Nummernschild zu widmen. Unauffällig, wie Malcolm betont hatte. Sie stellte sich hinter den Kofferraum, band die Schnürsenkel ihrer Converse neu und musterte dabei das Kennzeichen. An der Seite wies das Schild eine kleine Delle auf, doch das war es nicht, was ihre Aufmerksamkeit erregte.

Es waren die Schrauben.

Neu und sauber.

Im Gegensatz zu dem verdreckten Nummernschild, an dem stellenweise die Farbe abplatzte.

Ellen ging um den Chrysler herum, stellte sich vor die Motorhaube und machte ein paar Dehnübungen, während sie das vordere Kennzeichen in Augenschein nahm.

Auch hier waren die Schrauben definitiv neueren Datums als das Schild selbst, und die Schraubenköpfe waren kleiner als die am hinteren Kennzeichen. Jemand hatte erst kürzlich die richtigen Nummernschilder des Chryslers entfernt und stattdessen die Kennzeichen eines in Spånga gemeldeten Volvo XC90 angebracht. Wer war dieser Göran Larsson? Hatte er etwas mit der Sache zu tun? Oder waren ihm die Kennzeichen gestohlen worden? Sollte sie ihn überprüfen?

Sobald sie fertig getankt hatte, fuhr Ellen langsam hinüber zum Drive-in. Die Bestellung würde nur ein paar Minuten beanspruchen, und wenn Malkolm der Ansicht war, dass sie sich verspätete, würde sie sich immer noch mit einem Stau oder einem Autounfall auf der Strecke herausreden können. Immerhin hätte er ihr auch erklären können, warum sie derart unter Zeitdruck standen, warum das Ganze so eilig war ...

«Zwanzig Chicken McNuggets mit Gemüse statt Pommes, eine große Cola, einen großen schwarzen Kaffee und drei Apfeltaschen», sagte Ellen auf Englisch ins Mikrophon.

Aus dem Lautsprecher kam eine unverständliche Antwort, doch Ellen kümmerte sich nicht darum. Sie rollte zum Bezahlschalter, und kurz darauf erschien eine junge Frau mit drei fettigen braunen Papiertüten.

«Sie scheinen Hunger zu haben», sagte sie mit einem Lächeln, als sie sah, dass Ellen allein im Auto saß.

«Ist für einen Freund», antwortete Ellen, erwiderte das Lächeln der Frau und ließ den Parkplatz hinter sich.

Als sie eine der Tüten aufnestelte, stieg ihr appetitlicher Essensgeruch in die Nase. Sie steckte sich zwei Chicken McNuggets in den Mund und griff nach ihrem Handy.

Der Sprachcomputer der schwedischen Polizei meldete sich und bat sie, ihr Anliegen zu nennen, um dann mit einem Mitarbeiter verbunden zu werden.

«Ich möchte eine Straftat melden.»

Die Computerstimme bestätigte, dass sie weiterverbunden wurde. Einen Augenblick später meldete sich eine Servicemitarbeiterin: «Herzlich willkommen bei der Polizei, Sie sprechen mit Britta.»

«Hallo, ich hab zwei Nummernschilder gefunden», sagte Ellen, die sich über die kurze Wartezeit fast ein wenig ärgerte. Hätte sie den Notruf statt der Nummer für nicht akute Fälle gewählt, hätte sie sicher eine Ewigkeit warten müssen. Sie hatte nie verstanden, wie die

Polizei ihre Prioritäten setzte – und offenbar ging es dem Rest der Bevölkerung nicht wesentlich anders. Immerhin waren sie täglich mit Schlagzeilen über unaufgeklärte Gewaltverbrechen, Vergewaltigungen und Bandenmorde konfrontiert.

«Wie lautet das Kennzeichen?», fragte die Telefonistin und ließ, wenn Ellen richtig gehört hatte, eine Kaugummiblase platzen, während ihre Finger über eine Tastatur flogen.

«UBA 292.»

«Die hat der Fahrzeughalter vor ein paar Wochen als gestohlen gemeldet und neue Kennzeichen bestellt. Sie können die Nummernschilder einfach bei der nächstgelegenen Polizeidienststelle abgeben. Wo haben Sie sie gefunden?»

«In Stockholm, in Kristineberg … an der U-Bahn Station», antwortete Ellen. Manchmal war es tatsächlich von Vorteil zu wissen, in welchen Situationen man mit einer Lüge davonkam.

Niemand würde sich wirklich für den Fundort zweier gestohlener Nummernschilder interessieren. Und sie hatte auch nicht vor, sie irgendwo abzugeben.

23

Amanda hatte kein Auge zugetan, seit Tore sie bei der Wache abgelöst hatte. Irgendwann gab sie den Versuch zu schlafen auf und stand vom Feldbett auf. «Soll ich übernehmen? Dann kannst du dich noch ein bisschen hinlegen.»

«Nicht nötig, ich bin frühes Aufstehen gewohnt. Aber du solltest noch ein wenig schlafen – du bist doch erst vor drei Stunden zurückgekommen», erwiderte Tore, der aber schon zum Kaffeelöffel griff und Wasser in die Maschine füllte.

Er schien sich über ihre Gesellschaft zu freuen, und da Blom wie ein Stein schlief, konnten sie die Zeit genauso gut für eine Lagebesprechung nutzen.

«Glaubst du, bei den Entführern handelt es sich um dieselben Männer, von denen Blom die Drogen bezogen hat?», fragte Amanda leise und wickelte den Verband von ihrem Knie.

Es war geschwollen und druckempfindlich. Sie beugte das Bein und verzog schmerzhaft das Gesicht. Unterhalb der Kniescheibe verlief ein zentimeterlanger tiefer Schnitt.

«Wer sollte es sonst sein? Irgendwelche Handlanger?», gab Tore zurück und beugte sich über ihr Bein.

Wortlos kramte er seine dunkelgrüne Erste-Hilfe-Tasche heraus. Diese Tasche besaß er schon seit Jahrzehnten, und sie begleitete ihn zu den Einsätzen, solange Amanda denken konnte. In der Mitte der Verschlusslasche war ein rotes Kreuz auf weißem Hintergrund aufgedruckt.

«Keine Ahnung, aber in kriminellen Kreisen ist nun mal alles käuflich und verkäuflich», erwiderte Amanda, stand auf und belastete vorsichtig ihr Bein.

Sie humpelte zur Küchenzeile und drückte prüfend auf zwei Avocados.

«Der Mann, mit dem Blom telefoniert hat, sprach akzentfrei Englisch», bemerkte Tore und reihte isotonische Kochsalzlösung, Pflasterverband sowie ein paar Kompressen auf der Liege auf.

«Wie lange dauert eine Telefonanalyse?», fragte Amanda und teilte eine Avocado in zwei Hälften. Eine davon drückte sie Tore in die Hand. Dann wischte sie mit dem Finger durch zwei grüne Kunststoffbecher. Nicht besonders sauber, aber sie hatte schon Schlimmeres erlebt.

«In einem Fall mit so hoher Prio wie diesem hier vielleicht einen Tag? Aber wer weiß, ob etwas dabei herauskommt.»

«Was machen wir, wenn die Entführer sich heute wieder nicht melden?» Amanda starrte auf den Kaffee, der in die Kanne tröpfelte.

«Darauf hoffen, dass Bill den Anruf der Kidnapper zurückverfolgen kann. Ansonsten weiß ich auch nicht ...»

Selbst wenn es Bill gelang – es würde einige Zeit dauern. Die Entführer hatten mit unterdrückter Nummer angerufen, im Display war nur «Unbekannter Teilnehmer» angezeigt worden. Und höchstwahrscheinlich benutzten sie bei jedem Anruf ein anderes Telefon und eine andere SIM. Wenn das der Fall wäre, würde dies eine Rückverfolgung gewaltig erschweren.

«Glaubst du, dass Jönsson noch lebt?», fragte Amanda.

«Ich gehe davon aus, bis das Gegenteil bewiesen ist», erwiderte Tore und schenkte ihnen Kaffee ein.

Sie frühstückten schweigend. Heute war der dritte Morgen ohne die Zwillinge. Als die Einsatzübung in Kungsängen begonnen hatte, hatte sie ständig auf die Uhr gesehen und ausgerechnet, in wie vielen Stunden sie wieder bei Linnea und Mirjam sein würde. Jetzt saß sie in Pristina und hatte nicht die geringste Ahnung, wann sie wieder nach Hause kam.

Aber eine Übung war nun mal nicht dasselbe wie ein realer Einsatz. Und obwohl sie die Zwillinge jede Sekunde vermisste, war der Umstand, endlich wieder bei einem richtigen Auftrag dabei zu sein, wesentlich befriedigender, als sie es im Vorfeld angenommen hatte. Einen Beitrag zu leisten, damit die Gesellschaft ein klein wenig besser wurde, hatte sich im Lauf der Jahre zu einer regelrechten Sucht entwickelt. Außerhalb der Polizei behielt Amanda diesen Beweggrund allerdings für sich.

«Meinst du», fuhr sie fort, «die Entführer haben gestern Abend nicht angerufen, um zu demonstrieren, dass sie ihre Drohung ernst meinen? Um Blom Angst einzujagen?»

«Entweder das – oder sie waren damit beschäftigt, Jönsson an einen anderen Ort zu verlegen. Hast du in dem Zimmer etwas entdeckt, das uns einen Hinweis darauf geben könnte, wann sie das Hotel verlassen haben?»

«Schwer zu sagen ... Das Zimmer war nicht geputzt. Und der Finger ... Wir wissen ja, um welche Uhrzeit sie ihn abgeschnitten haben. Aber das ist leider auch schon der einzige Zeitpunkt, den wir mit Sicherheit kennen.»

«Wie auch immer. Jedenfalls können wir wohl davon ausgehen, dass sie sich wieder melden. Schließlich hat Blom versprochen, das Lösegeld innerhalb von achtundvierzig Stunden zu zahlen.»

«Und woher sollen wir das Geld nehmen?»

«Ich habe das Geld im Safe nachgezählt, von dem Blom gesprochen hat. Dort liegen fünfzigtausend Euro», erwiderte Tore und rührte seinen Kaffee mit einem Stift um.

Blom atmete hörbar durch den Mund und schien eine Ewigkeit die Luft anzuhalten, ehe er wieder ausatmete. Vielleicht litt er ja unter Schlafapnoe.

«Es ist kurz vor sechs. Sollen wir ihn wecken?»

Tore nickte und stieß Blom an. Es konnte nicht schaden, ihn allmählich wach zu kriegen. Auch wenn die Entführer bislang nie vor halb sieben Uhr morgens angerufen hatten, war ihr Verhalten doch nicht so vorhersagbar, wie sie zunächst angenommen hatten. Falls sie sich heute nicht meldeten, mussten sie sich die Frage stellen, ob ihre Anwesenheit in Pristina überhaupt noch von Nutzen war. Wenn sie das Hotel eher lokalisiert hätten, wären sie vielleicht einen Schritt weitergekommen, doch inzwischen war wieder alles in der Schwebe. Sie wussten lediglich, dass Jönsson sich im Mergimi befunden *hatte*.

Amanda gab Blom fünf Minuten, um wach zu werden. Dann sagte sie: «Sie haben den Entführern die gesamte Lösegeldsumme in Aussicht gestellt – wie wollen Sie die beschaffen?»

«Wie ich schon sagte, sind EULEX-Gelder vorhanden, die ich mir leihen werde», murmelte Blom und malte beim Wort «leihen» mit den Fingern Anführungszeichen in die Luft.

«Und wie wollen Sie Ihrem Chef die fehlende Summe erklären?»

«Ich war verzweifelt, brauchte zweieinhalb Millionen Kronen, um Åkes Leben zu retten. Alles andere kann man später klären.»

«Wir haben das Geld im Safe gezählt. Es sind nur fünfzigtausend Euro», sagte Tore.

«Ja ... äh ... Mehr ist unterwegs», erwiderte Blom.

«Was soll das heißen?», fuhr Amanda ihn an.

«Ich dachte mir schon, dass der schwedische Staat nie im Leben Lösegeld zahlen würde ... und da hab ich ... die Sache selbst in die Hand genommen.»

«Wollen Sie damit sagen, dass Ihnen in diesem Augenblick jemand zwei Millionen Kronen zukommen lässt? Deuten wir Ihre Antwort richtig?»

Blom nickte. Amanda trank den letzten Schluck Kaffee aus und schüttelte den Kopf. Am liebsten hätte sie Blom einen kräftigen Schlag verpasst. Aber das würde ihre Lage auch nicht verbessern. Gute Miene zum bösen Spiel zu machen, damit Blom sich wichtig fühlte, war das einzig Vernünftige, wenn sie einen Fortschritt erzielen wollten.

«Stammt dieses Geld auch aus einem Ihrer Drogendeals?»

«So in etwa.»

«Deswegen haben Sie die Entführer also Tag für Tag hingehalten – weil Sie auf das Geld warten. Aber jetzt, wo wir hier sind, haben wir Ihre Pläne durchkreuzt?»

«Durchkreuzt würde ich nicht sagen ... aber ...»

«Aber Sie wollten die Angelegenheit im Alleingang lösen. Damit wir nichts von Ihren kriminellen Machenschaften erfahren. Ihr Verlust wäre rein finanziell gewesen, aber der Drogenschmuggel hätte wie gehabt weiterlaufen können. Habe ich recht?»

Blom nickte wieder.

«Ab jetzt gelten folgende Regeln», sagte Amanda und fixierte ihn mit dem Blick.

Blom nickte wie ein eifriger Schüler, der sich ein Fleißsternchen verdienen wollte.

«Wenn sich die Entführer wieder melden, sagen Sie ihnen, dass Sie jetzt gleich eine Viertelmillion Euro übergeben können. Sie werden Ort und Zeitpunkt für die Übergabe vereinbaren.»

«Und dann?»

«Dann verlangen Sie ein Lebenszeichen von Jönsson.»

«Und wenn ich das nicht bekomme?»

«Dann erteile ich Ihnen auf dem Whiteboard weitere Anweisungen.»

Amanda hatte die Aufnahmefunktion, den Empfang und die Lautsprecher bereits etliche Male kontrolliert, als Bloms Handy schließlich klingelte.

«Atmen Sie tief durch und gehen Sie ran», forderte Amanda ihn auf.

Sie konnte ein schiefes Lächeln nicht unterdrücken. Der Anruf erschien ihr wie eine Erlösung, während sich Bloms Brust hektisch hob und senkte. Speichel schimmerte auf seinen Lippen. In seinen Mundwinkeln klebten braune Tabakklümpchen.

«Blom», meldete er sich.

«Du hast unsere Forderung nicht erfüllt», sagte dieselbe Stimme wie beim letzten Gespräch.

«Aber ihr ... Ihr habt gestern Abend nicht wie vereinbart angerufen.»

«Wir haben das Geld von anderer Seite bekommen», erwiderte der Mann am anderen Ende.

Blom runzelte die Stirn und wollte etwas entgegnen, doch Amanda schüttelte den Kopf. Eilig griff sie nach einem Stift und schrieb eine Anweisung auf das Whiteboard. Sie hoffte inständig, dass er ihre Handschrift lesen konnte.

«Aber ich hab Åke nicht bekommen», sagte Blom fast ein bisschen trotzig.

«Der Deal ist abgewickelt.»

«Aber wo ist ... ist Åke?», fragte Blom und starrte abwechselnd Amanda und Tore an.

«Wir haben gekriegt, was wir wollten. Der Deal ist abgeschlossen», sagte der Mann und legte auf.

24

Bill war auf dem Weg zu Magdalena Jönssons Schwester Irene. In Richtung Lidingö war der morgendliche Berufsverkehr überschaubar. Er hatte zusehends ein mulmiges Gefühl. Magdalenas Handy war immer noch ausgeschaltet, obwohl er betont hatte, sie möge telefonisch erreichbar bleiben und ihn informieren, sobald sie etwas von ihrem Mann hörte.

Oder von jemand anderem.

Letzteres hatte er nicht laut gesagt, er hatte es als selbstverständlich vorausgesetzt.

Jetzt bereute er es. Er hätte deutlicher sein und sie genau instruieren müssen, wie sie sich verhalten sollte, falls Unbekannte zu ihr Kontakt aufnahmen. Aber er hatte die labile Frau nicht zusätzlich beunruhigen wollen. Sie war auch so schon verängstigt und ihm für seine Hilfe sichtlich dankbar gewesen – und nicht zuletzt dafür, dass er sie zu ihrer Schwester gefahren hatte. Weg von dem Haus, in dem sie sich beobachtet gefühlt hatte.

Zu Recht.

Dabei wusste sie noch nicht einmal, dass jemand eine Kamera in ihrem Garten installiert hatte und in ihr Haus eingedrungen war.

Als Bill die äußerste Spitze von Lidingö erreichte, wurden die botanischen Straßennamen von planetaren abgelöst. Er bog erst in den Jupitervägen und dann in den Tellusvägen ab. Bill parkte ein Stück von Irenes Haus entfernt vor der hohen Steinmauer. Irenes Wagen stand unverändert an derselben Stelle. Gelbe und rote Ahornblätter klebten auf dem Autodach. Weit und breit war niemand zu sehen.

Bill durchquerte das Törchen in der Mauer und lief auf das Haus zu. Die Beete zu beiden Seiten des Gartenwegs waren mit Cortenstahl eingefasst; das gleiche Material hatte auch Sofia in ihre Gartengestaltung in Norra Ängby integriert. Sie hatte von der rostroten Oberfläche geschwärmt, die wunderbar mit den Grüntönen des Gartens harmoniere und mit der Zeit eine herrliche Patina bekomme.

Der Garten und das kürzlich errichtete Gewächshaus waren ein Teil von Sofias neuem Lebenswandel. Sie pflanzte Tomaten, Weintrauben und Kräuter in schnurgeraden Reihen an. Jeden Morgen stand in der Küche ein grüner Smoothie für ihn bereit. Meistens hatte Sofia ihren bereits getrunken und in ihrem neu eingerichteten Yogazimmer eine Stunde Yinyoga absolviert. Laut ihrer Familientherapeutin gehörte Sofia zu jenen Menschen, die in allem, was sie in Angriff nahmen – ganz gleich, was es war –, zur Gänze aufgingen. Der Schritt von einer Alkoholikerin und Partyqueen zur Gesundheitsfanatikerin war dementsprechend ganz natürlich gewesen.

Als Bill die letzte Stufe hinaufstieg, ging die Haustür auf. Irene trat mit einem Autoschlüssel in der einen und einer schwarzen Michael-Kors-Tasche in der anderen Hand auf die Veranda heraus. Sie zuckte zusammen, als Bill auf sich aufmerksam machte.

«Ich wollte Sie nicht erschrecken.» Er streckte ihr die Hand entgegen.

«Ist etwas passiert?» Irene starrte ihn an und gab ihm schlaff die Hand. Sie war ganz in Schwarz gekleidet, trug einen Kaschmirschal und Stiefeletten.

«Ich habe Ihre Schwester mehrfach angerufen, kann sie aber nicht erreichen.»

Bill versuchte, einen Blick in die Diele zu werfen, um zu sehen, ob Magdalenas Sachen an der Garderobe hingen. Im selben Moment zog Irene die Haustür hinter sich zu und wandte sich wieder zu ihm um.

«Magdalena ist im Sankt Görans.»

«Hat sie sich etwas angetan?»

«Noch nicht.»

«Wie meinen Sie das?»

«Ich habe sie in die psychiatrische Notaufnahme gebracht.»

Irene kramte in ihrer Handtasche, zog ein Taschentuch heraus, tupfte sich die Augen und seufzte, als sich das Taschentuch schwarz färbte.

«Hatten Sie den Eindruck, Ihre Schwester sei suizidgefährdet?»

«Nennen Sie es, wie Sie wollen. Sie war instabil, brauchte Beruhigungstabletten und professionelle Betreuung. Ich konnte ihr einfach nicht helfen.»

Nebeneinander blickten sie über den Garten aufs Wasser hinaus. Eine Finnlandfähre war auf dem Weg in Richtung Värtahamnen oder Frihamnen. Das riesige Gefährt sah aus, als steuerte es den Garten an.

«Ist irgendetwas vorgefallen, seit ich Magdalena zu Ihnen gebracht habe?»

«Was meinen Sie?»

«Ich hatte sie gebeten, mich sofort anzurufen, falls ihr Mann sich bei ihr meldet. Hat sie etwas dergleichen gesagt?»

«Nein.»

«Ich muss mit ihr sprechen. Können Sie bitte für mich in der Psychiatrie anrufen?»

Wortlos holte Irene ihr Handy aus der Handtasche und stellte es auf Lautsprecher, damit Bill mithören konnte.

«Wir dürfen keine Informationen über unsere Patienten rausgeben», sagte die Frau am anderen Ende der Leitung freundlich, aber bestimmt. Sie kannte die Spielregeln und hatte nicht vor, gegen das Gesetz zu verstoßen. Vermutlich gab sie die einstudierte Antwort mehrmals am Tag, wenn sich besorgte Angehörige meldeten, dachte Bill.

«Aber sie ist meine *Schwester*. Ich habe sie selbst zu Ihnen gebracht», erwiderte Irene.

«Es tut mir leid, aber diesbezüglich unterliegen wir der Schweigepflicht. Sie müssten schon persönlich vorbeikommen und sich ausweisen.»

Bill nickte und gab Irene zu verstehen, dass sie auflegen sollte. Es hatte keinen Sinn; die Frau hielt sich bloß an die Vorschriften.

«Ich fahre hin. Meinen Dienstausweis habe ich dabei.»

«Ich komme mit», sagte Irene und lief die Treppe hinunter.

«Das ist vielleicht keine so gute Idee», wandte Bill ein und hastete ihr nach. Doch er würde sie nicht daran hindern können. Ohne zu fragen, ging Irene an ihrem Wagen vorbei, wartete, bis Bill sein Auto entriegelte, und setzte sich auf den Beifahrersitz.

«Worüber wollen Sie mit meiner Schwester sprechen?»

«Ich hab vergessen, ihr eine Frage zu stellen.»

«Ich verstehe, dass Sie mit mir nicht über Ihre Ermittlungen reden dürfen, aber … ich … Na ja, Magdalena wird schließlich bei mir wohnen, also … Wenn sie irgendetwas belastet, könnte es … hilfreich sein, wenn ich Bescheid wüsste.»

«Ich werde darüber nachdenken», versprach Bill.

Er ließ den Motor an und fuhr auf den Södra Kungsvägen. Dort drehte er das Radio lauter und hoffte, dass der Land- und Seewetterbericht Irene so weit ablenkte, dass sie keine weiteren Fragen stellte.

Schweigend lauschten sie einem verkopften Dichter, der darüber schwadronierte, wie wichtig es sei, gute Beziehungen zu Familie und Freunden zu pflegen. Als die Ampel an der Kreuzung Lidingövägen und Valhallavägen auf Rot wechselte, nutzte Bill die Gelegenheit, Amanda und Tore per SMS auf den neuesten Stand zu bringen.

Im zügig fließenden Verkehr hatten sie den Odenplan kurz darauf erreicht und bogen in Richtung Sankt Eriksplan ab. Irene hielt ihre Handtasche auf dem Schoß fest umklammert und die Augen geschlossen. Nach dem Morgenecho kamen die Nachrichten. Ein

Wissenschaftler sprach über gesunde körpereigene Bakterien. Bill konnte nicht sagen, ob Irene tatsächlich schlief oder sich nur kurz ausruhte.

Minuten später hatten sie den Parkplatz des Sankt-Görans-Krankenhauses erreicht. In Richtung U-Bahn-Eingang Stadshagen entdeckte er eine Parklücke.

Bill studierte den Lageplan der einzelnen Krankenhausabteilungen. Die psychiatrische Notaufnahme befand sich am Vårdvägen in der Mitte des Areals. Schweigend liefen sie bis zum Wartebereich, wo Irene eine Servicenummer zog und Platz nahm. Bill hatte nicht vor, sich in Geduld zu üben. Da aber die Rezeption hinter der Glasscheibe gerade unbemannt war, setzte er sich neben sie.

Sein Handy vibrierte. Eine Nachricht von Amanda: «Neue Lage, wir müssen asap ungestört reden.»

Die Empfangsmitarbeiterin kehrte an ihren Platz hinter der Glasscheibe zurück und rief die nächste Wartenummer auf. Bill eilte zum Tresen, klappte das Etui mit seiner Dienstmarke auf und zeigte der Frau seinen Ausweis.

«Ich weiß, dass nur die nächsten Angehörigen Informationen über die Patienten erhalten, aber ich ermittele in einem Kapitalverbrechen, und die Schwester der Patientin ist anwesend.» Er deutete auf Irene.

«Eilt es, oder können Sie warten, bis Sie an der Reihe sind?», fragte die Empfangsmitarbeiterin und notierte Bills Personalien.

«Es ist leider dringend. Ich brauche auch nur ein paar Minuten mit der Patientin», antwortete Bill mit sanfter Stimme und lächelte die Frau an.

Die Empfangsmitarbeiterin stellte den Lautsprecher aus und tätigte einen Anruf. Als sie das Gespräch beendet hatte, teilte sie ihm mit: «Gehen Sie in das Zimmer dort drüben. Sagen Sie dem Arzt, mit wem Sie sprechen möchten.»

Bill bedankte sich, doch die Frau hatte bereits die nächste Warte-

nummer aufgerufen. Er hätte lieber ohne Irene mit Magdalena gesprochen, sah aber ein, dass er das auf einen anderen Zeitpunkt ver-
schieben musste.

Irene war bereits in dem Sprechzimmer verschwunden, und im
nächsten Moment betrat ein Arzt den Raum durch eine Verbindungs-
tür. Bill nahm an, dass die Rezeptionistin ihn über sein Anliegen informiert hatte. Er kam ohne Umschweife zur Sache: «Ich muss mit
Magdalena Jönsson sprechen. Sie ist seit gestern Patientin bei Ihnen.»

Der Arzt steckte eine Chipkarte in den Kartenleser seines Computers und tippte etwas ein.

«Jahrgang 1965, lange blonde Haare. Sie hat Depressionen», warf
Irene ein.

«Tut mir leid, aber wir nehmen pro Tag durchschnittlich fünf-
undvierzig Patienten auf. Da kann man nicht alle im Kopf behalten ...
Außerdem hat meine Schicht gerade erst angefangen», erwiderte der
Arzt und bewegte die Maus über das Mousepad.

Er studierte die Angaben auf seinem Monitor, klickte und kritzelte
schließlich etwas auf einen Block.

«Also gut, Magdalena Jönsson ... Das Aufnahmegespräch hat ein
Kollege geführt. Die Patientin hat ihm geschildert, was vorgefallen
ist ... Sie wurde ins Vierundzwanzig-Stunden-Monitoring verlegt ...
bekam Medikamente, machte einen stabilen Eindruck und ... hat
sich auf eigenen Wunsch heute Morgen entlassen», sagte der Arzt
und rückte seine Brille zurecht.

«Sie ist nicht mehr hier?» Irene starrte ihn mit offenem Mund an.

«Nein. So ein stationärer Aufenthalt kann von wenigen Stunden
bis zu mehreren Wochen dauern. Wir haben Magdalena empfohlen,
sich bei Bedarf an eine psychosoziale Beratungsstelle oder einen psy-
chotherapeutischen Dienst zu wenden.»

«Aber sie ... hat doch Hilfe benötigt!»

«Tut mir leid. Sie war freiwillig hier. In Ausnahmefällen erlaubt das

Gesetz eine ärztliche Zwangsunterbringung, ansonsten steht es dem Patienten frei, die Einrichtung auf eigenen Wunsch zu verlassen.»

Bill holte tief Luft. Das mulmige Gefühl in seiner Magengrube war zurück – nicht zuletzt, weil er sich fragte, was Magdalena beim Aufnahmegespräch erzählt hatte. Bisher war noch nicht an die Öffentlichkeit gelangt, dass in Pristina ein schwedischer Polizist vermisst wurde. Aber wenn Magdalena darüber gesprochen hatte, könnte die Meldung morgen die Schlagzeilen bestimmen.

«Um wie viel Uhr wurde sie entlassen?»

«Um 08:10 Uhr.»

«Ich habe sie sowohl davor als auch danach mehrmals auf dem Handy angerufen, konnte sie aber nicht erreichen», sagte Bill, der bereits Magdalenas Nummer wählte.

Auch diesmal klingelte es in der Leitung, doch Magdalena ging nicht ran. Bill war kurz davor, ihr eine Nachricht auf die Mailbox zu sprechen, entschied sich dann aber dagegen. Magdalena kannte seine Nummer, sie würde ihn zurückrufen.

«Während sie hier war, lag ihr Handy mit ihren anderen persönlichen Habseligkeiten eingeschlossen in einem Schrank. Das ist nicht verpflichtend, aber in der Regel empfehlen wir das.»

«Inzwischen ist sie aber schon seit einer ganzen Weile nicht mehr hier und geht immer noch nicht ans Telefon. Wissen Sie, ob Magdalena ihre persönlichen Sachen wieder an sich genommen hat?»

«Sie meinen, ob ihr Handy noch hier sein könnte? Nein, laut Protokoll wurde ihr Schrank um 08:15 Uhr geleert und wieder freigegeben», erwiderte der Arzt und deutete auf den Bildschirm, obwohl nur er selbst sah, was dort stand.

«Aber wo ... Wo kann sie dann sein?», fragte Irene an niemand Speziellen gewandt.

«Unserer Einschätzung nach besteht kein Grund zur Sorge. Magdalena wirkte ausgeglichen, hat sich für unsere Hilfe bedankt und die Klinik in Begleitung von jemandem verlassen.»

Bill durchfuhr es eiskalt. Er vergrub das Gesicht in den Händen. Die Entführer hatten ihre Drohung wahr gemacht. Tore, Amanda und er waren nicht nur zu langsam, sondern auch naiv gewesen.

«Wer ... Wer hat sie abgeholt?», fragte Irene.

«Das geht uns nichts an ... Aber lassen Sie mich kurz nachsehen, ob mein Kollege etwas notiert hat ... Nein, hier steht nur ‹Begleiter›.»

25

Ab Dresden machten sich Kopfschmerzen bemerkbar. Ellen spülte ihre letzte Alvedon-Tablette mit dem letzten Schluck kalten Kaffees hinunter und trat das Gaspedal durch, um so schnell wie möglich nach Berlin zu kommen. Sie setzte ihre Sonnenbrille auf. In ihrer Wohnung im Drottningholmsvägen hätte sie ihr übliches Ritual durchgespielt: Ohrstöpsel, um sämtliche Verkehrsgeräusche von draußen auszublenden, dann die Wohnung verdunkeln. Auf ihren siebenundzwanzig Quadratmetern war das rasch erledigt: ein schwarzes Rollo vors einzige Fenster im Zimmer und die dunkelblaue Samtgardine für den Lichtstreifen an der Seite. Oft lag sie dann ein, zwei Tage in ihrem Hochbett, bis der Migräneanfall vorüber war.

Malkolm hatte sie angewiesen, den Chrysler nach Schweden zu bringen, aber nicht, wohin genau. Wenn sie Glück hatte, konnte sie ihn irgendwo in Südschweden abstellen, dann wäre der Auftrag in ein paar Stunden vorbei, dachte Ellen optimistisch und steuerte eine Esso-Tankstelle an.

Dort stieg sie aus und rief Malkolm an. Er nahm sofort ab. «Läuft alles nach Plan?»

«Ich denke schon. Bin jetzt an einer Tankstelle kurz vor Potsdam», sagte Ellen und griff zum Tankzapfhahn.

Sie nutzte die Gelegenheit, um den zusammengeknoteten «Pipinette»-Plastikbeutel zu entsorgen. Sie hatte diese Kissen jetzt schon zweimal benutzt. Derjenige, der die Beutel gekauft hatte, hatte wohl nicht gewusst, für wie viele Kilometer sie reichen sollten.

«Keine Probleme an den Grenzen?»

«Bis jetzt nicht», antwortete Ellen.

Auch an der tschechisch-deutschen Grenze hatte sich niemand für sie interessiert.

«Gut gemacht. 1250 Kilometer hast du schon geschafft. Jetzt ist es nicht mehr weit. Fahr weiter nach Rostock. Dort nimmst du die Fähre nach Dänemark und fährst dann über die Öresundbrücke nach Malmö. In Malmö tankst du noch einmal, ehe du weiterfährst.»

Das konnte doch nicht wahr sein. Ihre Reise war in Schonen also immer noch nicht zu Ende. Sie vergrub die Stirn in die Hände und massierte ihre Schläfen. Ihre Augenlider waren schwer. Dann würde sich dieser verfluchte Transport noch eine ganze Weile hinziehen ...

Es war kein Zufall, dass Malkolm ihr nicht erzählt hatte, worin genau der Auftrag bestand. Er wusste, dass sie niemals mitgemacht hätte, wenn ihr klar gewesen wäre, auf welchen Höllentrip sie sich einließ. Dass ihr halbes Gesicht außerdem mit Herpesbläschen übersät war und sie den beginnenden Migräneanfall mit normalen Kopfschmerztabletten einzudämmen versuchte, machte die Sache nicht besser. Obwohl Ellen wusste, dass Malkolm Fragen nicht schätzte, nahm sie ihren Mut zusammen. «Was sag ich überhaupt, wenn ich angehalten werde?»

«Dass du ein paar Tage in Berlin Urlaub gemacht hast. Irgendein Konzert oder Kulturevent.»

«Und ... Und der Wagen?»

Ellen presste das Handy ans Ohr, damit sie Malkolms Antwort besser hörte.

«Den hast du dir von einem Freund deines Vaters geliehen. Zeig einfach deine Dienstmarke vor. Dann macht dir niemand Probleme», erwiderte Malkolm überdeutlich, als müsste er eine verängstigte Person beschwichtigen.

Trotzdem hatte Ellen die leichte Veränderung in seinem Tonfall bemerkt und sah regelrecht vor sich, wie er die Stirn runzelte und die Lippen zusammenpresste. Ihr lag auf der Zunge zu sagen, dass sie keinen Vater mehr hatte und das Auto, mit dem sie fuhr, mit gestohlenen Nummernschildern ausgestattet war. Aber sie schwieg. Malkolm sollte nicht wissen, dass sie den Chrysler unter die Lupe genommen hatte. Das würde ihn nur provozieren.

«Und wohin soll ich von Malmö aus fahren?»

«Erst mal in Richtung Helsingborg. Nimm die E 4 nach Jönköping. Das sind nur drei Stunden ab Malmö. In Jönköping tankst du und fährst anschließend dreihundert Kilometer über die E 4 in Richtung Stockholm. In Slagsta nimmst du die Fähre nach Jungfrusund auf Ekerö ... Schreibst du mit?»

«Natürlich.»

«Von Ekerö aus fährst du nach Drottningholm. Stell das Auto auf den Parkplatz auf der rechten Seite ab – ein paar hundert Meter, bevor das Schloss in Sicht kommt. Leg den Schlüssel auf den linken Vorderreifen.»

«Und dann?»

«Ruf mich an und bestätige, dass der Auftrag ausgeführt ist. Dann steigst du in den erstbesten Bus.»

Das war Malkolms Art, Risiken zu minimieren. Falls jemand fragte, sollte sie so wenig wie möglich wissen.

Nur war sie gerade diejenige, die in einem verbarrikadierten Wagen mit gestohlenen Nummernschildern quer durch Europa fuhr ... Und obwohl sie kaum Spuren hinterließ, hatte Ellen Engwall und niemand anderes in diesem Hotel in Belgrad eingecheckt – und ihre eigene Kreditkarte war an den Tankstellen benutzt worden. Nicht Malkolms.

26

Diese Entwicklung kam völlig unerwartet. Wie hatten die Entführer Geld von jemand anderem erhalten können? Oder hatten sie das nur behauptet? War ihnen klargeworden, dass sie einen schwedischen Polizisten entführt hatten und Jönsson getötet, weil sie die Wahrscheinlichkeit, mit der Erpressung davonzukommen, als minimal eingeschätzt hatten? Der Mann, der akzentfrei Englisch sprach, war kurz angebunden gewesen und hatte lediglich gesagt, der Deal sei abgeschlossen. Amanda beschlich das Gefühl, er könnte tatsächlich von einer Handelsware, von einer durchgeführten Transaktion gesprochen haben.

«Weiß sonst noch jemand von der Entführung und könnte das Lösegeld gezahlt haben?», fragte sie.

«Wer sollte das sein? Ich habe jedenfalls mit niemandem darüber gesprochen», erwiderte Blom und zog seinen UN-Ring vom Finger, trennte die acht Ringe auf und puzzelte sie wieder zusammen. Dann steckte er ihn sich an den Finger zurück, drehte ihn ein paarmal hin und her, zog ihn erneut ab und wiederholte das Ganze. Amanda hätte ihn am liebsten angeschrien und ihm den Ring aus der Hand geschlagen.

«Dürfte ich Ihren Pass sehen?», bat sie stattdessen.

Ohne nach dem Grund zu fragen, stand Blom auf und zückte eine dicke schwarze Brieftasche. Zwischen einigen Geldscheinen und einem gelben Impfpass steckte der weinrote Pass. Nonchalant warf Blom ihn auf die umgedrehte Holzkiste und verschwand anschließend in dem winzigen Toilettenraum. Ein handgeschriebener Zettel in Großbuchstaben an der Tür warnte davor, das Leitungswasser zu trinken, und wies darauf hin, dass das Wasser nachts abgestellt sein könnte. Die Wände waren dünn wie Papier, und Tore warf Amanda einen verlegenen Blick zu, ehe er leise sagte: «Falls Jönsson noch lebt, könnte er inzwischen wieder zu Hause in Stockholm sein. Der letzte Telefonkontakt ist immerhin vierundzwanzig Stunden her.»

Tore dehnte den Nacken in beide Richtungen. Anschließend senkte er das Kinn auf die Brust. Nach seinen Stretch-Übungen konnte man die Uhr stellen, dachte Amanda.

«Glaubst du, Jönsson ist tot?»

«Ich glaube gar nichts. Lass uns heute Nachmittag nach Stockholm zurückfliegen. Wenn die kosovarische Polizei Wind von unserer Anwesenheit bekommt, müssen sie nicht Einstein sein, um sich auszurechnen, dass du ihren Kollegen niedergeschlagen hast», murmelte Tore. Dann wurde er von Amandas Handy unterbrochen.

Es war Bill.

«Das hat aber gedauert», meldete sie sich atemlos. «Wir haben eine neue Situation.»

«Ich leider auch», erwiderte Bill und berichtete von den morgendlichen Ereignissen und Magdalena Jönssons Verschwinden.

Amanda notierte die Uhrzeit, die der Arzt Bill genannt hatte. Dann loggte sie sich auf der SAS-Webseite ein, füllte das Buchungsformular aus, gab ihre Personalien und ihre Passnummer an.

«Ich buche jetzt unseren Rückflug. Der Kontakt zu den Entführern ist abgerissen. Jönsson ist und bleibt verschwunden.»

Anschließend brachte sie Bill mit leiser Stimme auf den neuesten Stand und erzählte von ihrem nächtlichen Einbruch in das Hotel in Peja und dem kurzen Telefonat mit den Entführern. Nebenan betätigte Blom die Spülung und drehte einen Moment später den Wasserhahn auf. Das Rauschen übertönte ihre Stimme. Amanda wünschte, Blom hätte es von Anfang an angestellt.

«Ich schlage vor, dass ihr auf der Stelle nach Hause kommt. Wir wollen nicht, dass die kosovarische Polizei dich wegen tätlichen Angriffs auf einen Staatsbediensteten festnimmt.»

Bei dem Gedanken, wieder zu ihren Zwillingen nach Hause zu kommen und mit ihnen Bauklotztürme auf dem Fußboden zu bauen, wurde Amanda ganz warm. Darauf zu beharren, dass ihre Anwesenheit im Kosovo absolut erforderlich sei, war das Letzte, was sie wollte.

«Einverstanden. Falls die Entführer noch einmal Telefonkontakt aufnehmen sollten, können wir das auch von Stockholm aus erledigen oder wieder nach Pristina zurückfliegen. Aber was ist mit Blom?»

«Der fliegt mit euch zurück und wird direkt am Flughafen den Kollegen übergeben. Der Staatsanwalt wird unter Garantie Haftbefehl gegen ihn erlassen.»

«Lassen wir Jönssons Haus inzwischen überwachen?», fragte Amanda und kramte ihre Kreditkarte hervor.

Sie wählte eine Sitzreihe im hinteren Teil des Flugzeugs und platzierte Blom am Fenster, Tore in der Mitte und sich selbst außen am Gang. Sie wollte Blom unter Aufsicht haben, und so konnten Tore und sie sich flüsternd unterhalten, ohne dass Blom mithörte.

«Noch nicht. Ich bin gerade erst wieder im Torpet, aber das Haus steht ganz oben auf meiner To-do-Liste.»

«Und die Telefone? Hat die Auswertung irgendwas ergeben, womit wir weitermachen können?»

«Die eingehenden Anrufe der Entführer auf eurem Handy werden noch analysiert. Mal sehen, ob etwas Konkretes dabei herauskommt. Aber momentan hat die Ortung von Magdalena Jönssons Telefon oberste Priorität, damit wir sie schnellstmöglich finden ... oder zumindest ihr Handy.»

«Wer wusste, dass sie im Sankt Görans war? Können die Entführer das wirklich erfahren haben?» Amanda drückte zwei Alvedon-Tabletten aus einem Blisterstreifen.

Ihr rechtes Knie war inzwischen deutlich angeschwollen. Der Schnitt müsste eigentlich genäht werden, aber bei einem Krankenhausbesuch würden ihre Personalien aufgenommen werden. Verband- und Fixierpflaster funktionierten fast genauso gut.

«Wenn sie sich an meine Anweisungen gehalten hat, dürfte es nur ihre Schwester Irene gewusst haben.»

«Warum sollte sie freiwillig mit einem Fremden mitgehen?»

Sie schwiegen einen Moment. Im Nebenraum lief immer noch der Wasserhahn. Amanda vermutete, dass Blom sein Gesicht mit eiskaltem Wasser wusch, um wach zu werden.

«Was, wenn es jemand war, den sie kennt? Ein Freund?»

«Irgendwas stimmt da nicht. Magdalena war völlig verängstigt und mit den Nerven am Ende, als ich mit ihr gesprochen habe. Sie hielt ihr Telefon im Schoß und zitterte am ganzen Leib. Warum sollte sie plötzlich nicht mehr erreichbar sein wollen und mit einer unbekannten Person vom Erdboden verschwinden?», fragte Bill.

«Könnte Jönsson nach Hause gekommen sein und erfahren haben, dass sie die psychiatrische Notaufnahme aufgesucht hat?», gab Amanda zurück. Neben ihr packte Tore seinen Laptop, den Lautsprecher und diverse Ladegeräte zusammen. Anschließend baute er das natogrüne Feldbett ab und verstaute es in der Tragetasche. In weniger als fünf Minuten war ihr provisorisches Basislager wieder zu einem Büro mit Küchenzeile geworden.

«Meine Anweisungen waren deutlich. Falls sie etwas von ihrem Mann gehört hätte oder etwas Ungewöhnliches geschehen wäre, hätte sie mich umgehend informieren sollen. Ich habe das Gefühl, wir fischen da gerade ziemlich im Trüben», brummte Bill.

«Können wir den Arzt, der Magdalena mit dem Mann gesehen hat, als Zeugen vernehmen? Vielleicht kann er den Mann beschreiben und schildern, wie das Aufeinandertreffen auf ihn gewirkt hat. Ob sie sich zur Begrüßung umarmt oder die Hand gegeben haben. Vielleicht ist ihm irgendwas aufgefallen; jedes noch so kleine Detail könnte wichtig sein», erwiderte Amanda, während sie Blom, Tore und sich selbst online eincheckte.

Wieder ein Schritt näher an Stockholm. Sie schickte die Boardingpässe auf ihr Handy und lehnte die Teilnahme an einer SAS-Kundenbefragung ab.

«Ich spreche noch mal mit ihrer Schwester. Vielleicht gibt es noch andere Personen in Magdalena Jönssons Umfeld, die wir genauer überprüfen sollten. Aber wenn man Irenes Worten Glauben schenken darf, ist es fraglich, ob Magdalena überhaupt imstande war, soziale Kontakte zu pflegen.»

«Trotzdem könnte sie jemanden angerufen und gebeten haben, sie abzuholen. Das ist nicht verboten.»

Blom drehte den Wasserhahn ab und kam aus der Toilette.

Tropfen schimmerten in seinem Haaransatz und auf seiner Nase.

«In zwei Stunden geht unser Flug», teilte Amanda Bill noch mit und beendete dann das Gespräch.

Jetzt wo das laufende Wasser nicht mehr ihre Stimme dämpfte, bekam Blom jedes Wort mit, und das wollte sie nicht riskieren.

«Sie fliegen nach Hause?», fragte Blom prompt.

«Sie kommen mit.»

«Aber ich muss hierbleiben ... Ich muss das Personal ... Und was, wenn Åke ...»

«Sie müssen gar nichts. Sobald wir in Stockholm landen, werden Sie Sie sich wegen Drogenschmuggels vor Gericht verantworten müssen.»

«Aber was ... Was werden meine Leute hier sagen? Ich kann doch nicht ... einfach von heute auf morgen abreisen?»

«Erzählen Sie ihnen, dass Sie nach Hause müssen, weil jemand aus der Familie krank geworden ist», erwiderte Tore und spülte die grünen Becher, aus denen sie getrunken hatten. Er trocknete sie gründlich mit Küchenkrepp ab und nahm sich anschließend die Kaffeemaschine vor. Vermutlich war das kleine Kabuff, in dem sie fast zwei Tage verbracht hatten, noch nie so sauber gewesen, dachte Amanda.

«Brauchen Sie noch etwas, was Sie mit nach Schweden nehmen wollen? Sonst fahren wir direkt zum Flughafen», sagte sie.

«Nein, ich brauche nichts.» Blom presste die Lippen zusammen, schlüpfte bloß in seine schwarzen Stiefel und wickelte die viel zu langen Schnürsenkel zweimal um den Schaft. Anschließend lockerte er seinen Gürtel, steckte sein Hemd ordentlich in den Bund der Uniformhose, zog den Gürtel wieder straff und blickte an sich herab.

«Fertig», sagte er und schraubte seine Tabakdose auf.

Ein paar Krümel, die sich im Deckel festgesetzt hatten, fielen zu Boden. Blom machte keine Anstalten, sie aufzusammeln. Kein Wunder, dass er allein lebt, dachte Amanda.

Sie nahm ihre Elizabeth-Arden-Creme aus der Tasche, cremte sich die Lippen ein und hoffte, dass der Cremeduft den Tabakgeruch überdeckte.

Sie fuhren mit einem Taxi zum Flughafen. Blom hatte erst seinen Pajero nehmen wollen, dann aber widerwillig eingelenkt, als Amanda ihm deutlich zu verstehen gegeben hatte, wie unangemessen das wäre. Sie hatte nicht die geringste Lust, Seite an Seite neben ihm in seinem Wagen zu sitzen; und weshalb er es für eine gute Idee zu halten schien, seinen privaten Pkw am Flughafen abzustellen, wollte sie ebenso wenig kommentieren.

Hinter der Sicherheitskontrolle gingen sie direkt zu ihrem Abfluggate. Amanda setzte sich auf einen wackeligen Bistrostuhl und zog ihr Telefon aus der Tasche. Aus den Lautsprechern plärrte Radio Plus Pristina.

Sie hatte erst in allerletzter Minute zu Hause Bescheid geben wollen, um Alva nicht vorschnell aus der Pflicht zu entlassen. Als Alva sich meldete, presste Amanda das Handy ans Ohr, um über die albanische Top-Ten-Liste hinweg etwas hören zu können. Alva berichtete kurz, wie die vergangene Nacht und der Morgen verlaufen waren. Die Zwillinge hatten so tief geschlafen, dass Alva sie um acht Uhr hatte wecken müssen. Die leichte Erkältung hatten beide überstanden.

Tore bedeutete ihr, dass er Blom zur Toilette begleiten würde. Amanda sah ihnen nach, als sie in Richtung der Waschräume gingen. Sie telefonierte weiter mit Alva. Wenn ihr Flug keine Verspätung hätte, würde sie früh genug zu Hause sein, um noch mit Mirjam und Linnea auf dem Sofa zu kuscheln, bevor sie ins Bett gingen.

Sie verabschiedete sich und schlenderte durch den Flughafenshop neben dem Café. Über Regalen voller Souvenirs und Stofftiere hingen an der Wand Porzellanteller mit Motiven der Schlacht auf dem Amselfeld im Jahr 1389. Dass die entscheidende Schlacht gegen das osmanische Heer vor mehr als sechshundert Jahren stattgefunden hatte, schien ihrer Bedeutung für das Nationalgefühl der Kosovaren keinen Abbruch zu tun.

In der Auslage lagen Löffel mit dem rot-gold-schwarzen Emblem der UÇK. In einem Regal in der Nähe der Kasse standen Miniaturen von Kriegshelden dicht an dicht. Daneben entdeckte Amanda zwei braune Teddybären – die einzigen Kuscheltiere ohne UÇK-Logo, Fahnen oder Schriftzug.

Aus dem Lautsprecher erklang die Durchsage, dass das Boarding für ihren SAS-Flug nach Stockholm in Kürze beginnen würde. Amanda drehte sich in Richtung der Waschräume um, doch von Tore und Blom war nach wie vor nichts zu sehen. So lange dauerte doch kein Toilettengang. Vor dem Gate bildete sich bereits eine Warteschlange. Ein Baby weinte, und zwei ältere Kinder bekämpften einander mit Kunststoffschwertern. Amanda tastete in der Tasche ihres Blazers nach ihren Ohrstöpseln.

Sie bezahlte die Teddybären und bestellte nebenan eilig drei Cappuccino in Pappbechern. Als die Bedienung den Schaum mit Schokoladensoße und Kakaopulver verzieren wollte, schüttelte sie den Kopf. Mit einem Mal entdeckte sie Tore im hinteren Teil der Abflughalle. Er bahnte sich einen Weg durch das Menschengewimmel und sah sich suchend um. Das konnte nur eins bedeuten.

27

Als sie über die Öresundbrücke fuhr, ließ Ellen das Seitenfenster runter und atmete die frische Luft ein. Die Sonne schien vom wolkenlosen Himmel und brachte das Herbstlaub am Fahrbahnrand zum Leuchten. Endlich wieder auf schwedischem Boden zu sein und alle Grenzkontrollen hinter sich gelassen zu haben entspannte sie, und ihre Schultern sackten nach unten.

Ihre Augen brannten noch immer. Und seit ihr Hörbuch zu Ende war, vermisste sie die Stimme des Sprechers. Als Ellen in Lomma an einer Tankstelle hielt, blätterte sie zuerst ihre Hörbuchliste durch und entdeckte einen Titel, den sie noch nicht kannte: *Die Schwalben fliegen hoch*. Wie passend. Schwalben waren zwar keine zu sehen, aber immerhin flogen sie doch für gewöhnlich bei schönem Wetter hoch.

Nachdem sie getankt hatte, fuhr sie nebenan zum Drive-in-Schalter der McDonald's-Filiale und bestellte ein doppeltes Frühstück. Bei der Gelegenheit lüftete sie das Auto und entsorgte die leeren Kaffeebecher, Verpackungen und klebrigen Servietten, die sich auf dem Beifahrersitz angesammelt hatten. Als sie den Arm hob und ihre Achsel roch, verzog sie das Gesicht. Aber was hatte sie erwartet? Seit Belgrad trug sie dieselben Sachen und hatte konstant unter Stress gestanden. Vor jedem einzelnen Grenzübergang war sie ins Schwitzen geraten.

Auf dem Weg nach Helsingborg vertilgte sie die letzten Bissen ihres Frühstücks. Sie hätte sich zu gern die Zähne geputzt. Sie hatte ausgerechnet, dass es von Belgrad bis Stockholm fast 2300 Kilometer waren. Eine so weite Strecke war sie noch nie gefahren – nicht einmal mit Übernachtung. Sie zerbrach sich noch immer den Kopf darüber, weshalb der hintere Teil des Wagens verschlossen war und warum sie diese Wahnsinnsstrecke nonstop hatte zurücklegen müssen – bis ihr mit einem Mal dämmerte, dass womöglich nicht einmal Malkolm über sämtliche Details Bescheid wusste.

Kurz vor Helsingborg stand plötzlich ein Polizist an der Fahrbahn und winkte mit beiden Armen. Ellen kniff die Augen zusammen und setzte sich gerade auf. Ihr Puls schnellte in die Höhe, und ihr Mund war schlagartig staubtrocken.

Sie schluckte krampfhaft. Vergeblich versuchte sie, ein bisschen Speichel zusammenzukriegen.

Das konnte doch nicht wahr sein? Wie konnte die Polizei – angesichts der viel beklagten Ressourcenknappheit – ausgerechnet für eine großangelegte Verkehrskontrolle Kapazitäten haben? Noch dazu auf gerader Strecke? So ein Pech konnte sie doch nicht haben ... Nicht nachdem sie halb Europa durchquert hatte, ohne ein einziges Mal angehalten worden zu sein.

Ellen ging vom Gas, fuhr rechts ran, schaltete den Motor ab, ließ das Seitenfenster runter und legte beide Hände ans Lenkrad – vorschriftsmäßig, genau wie man sich bei einer Verkehrskontrolle verhalten sollte. Ihre schweißnassen Handflächen rutschten vom Lenkrad. Fieberhaft versuchte sie, sich eine plausible Erklärung zurechtzulegen.

Ein Polizist kam von vorn auf den Wagen zu. Er trug eine neongelbe Reflektorweste über der dunkelblauen Uniform. Die Taschen an seinen Beinen beulten aus.

Ellen nahm ihre Sonnenbrille ab und blinzelte ihn an. Der Mann kam ihr vage bekannt vor, das war doch nicht etwa ... Doch, er war es: Magnus, ihr überaus korrekter Kurskamerad von der Polizeihochschule. War das gut oder schlecht? Leicht verunsichert steckte sie den Kopf aus dem Fenster und strahlte ihn an. «Magnus, lange nicht gesehen!»

«Ellen? Was machst du denn hier unten in Schonen?»

Ellen griff nach ihrer Jacke und beeilte sich, aus dem Auto zu steigen, ehe Magnus es erreicht hatte. Sie wollte nicht riskieren, dass er die blickdichte Plexiglasscheibe entdeckte – genauso wenig wie den überquellenden Aschenbecher. Schlimm genug, dass sie stank wie nach einer durchzechten Nacht und aussah wie eine Obdachlose mit Lepra.

«Ich bin auf dem Heimweg nach Stockholm», antwortete Ellen, umarmte ihn und hoffte inständig, dass ihr Anorak den Schweißgeruch abfing. «Ich war in Berlin. Aber was in aller Welt machst *du* hier? Bist du nicht mehr bei der Streife?», fragte Ellen, bevor Magnus weitere Fragen stellen konnte.

«Doch, aber bei Großkontrollen werden wir hinzugezogen. Ist das dein Auto?» Magnus deutete auf den Chrysler.

«Nicht gerade mein Stil ... Den hab ich mir von einem Freund meines Vaters geliehen», erwiderte Ellen und lachte.

Sie vergrub die Hände in den Anoraktaschen, um ihre abgekauten Fingernägel zu verbergen. Die Herpesbläschen und dunklen Augenringe genügten, damit Magnus begriff, dass sie nicht gerade in Topform war.

«Harte Tage in Berlin, was?»

«Ja, so was in der Art.»

«Man lebt nur einmal. Willst du schnell pusten? Dann kannst du weiterfahren.» Magnus hielt ihr das Atemalkohol-Messgerät hin.

Ellen blies in das Mundstück, bis das Gerät piepte. Vielleicht würde Magnus die Kennzeichen ignorieren, wenn sie ihn weiter ins Gespräch verwickelte.

«Wir sollten im Frühjahr ein Klassentreffen auf die Beine stellen, unseren Jahrgang zusammentrommeln und über alte Zeiten reden, was meinst du?»

«Ja, unbedingt», murmelte Magnus, warf einen Blick auf den angezeigten Promillewert und reckte den Daumen in Richtung eines Kollegen, der ein Stück entfernt wartete.

«Vielleicht im Mai, wenn so viele Feiertage sind?», schlug Ellen vor. Sie hatte während ihrer gesamten Ausbildung nicht so viel mit Magnus geredet wie jetzt.

Während der einem Kollegen über Funk mitteilte, dass er gleich fertig sei, ließ sie ihn nicht aus den Augen.

«Besser, ich lasse dich deine Arbeit tun und mache mich wieder auf den Weg – da bildet sich ja schon ein Stau», sagte Ellen und wandte sich zu ihrem Chrysler um. Oder war es zu offensichtlich, dass sie so schnell wie möglich weiterfahren wollte?

«Na klar. Gefällt es dir bei der Stockholmer Polizei?», fragte Magnus, der sie zur Fahrerseite begleitete.

«Äh … Ja, alles super», log Ellen, setzte sich ans Steuer und ließ den Motor an.

28

Das Garagentor quietschte. Er parkte nie in der Einfahrt. Wozu hatte man eine Garage, wenn man sie nicht benutzte? So blieb das Auto trocken und immer angenehm temperiert, unabhängig von der Jahreszeit. Er hatte nicht vor, je wieder die Scheiben freizukratzen oder Schnee vom Dach zu entfernen. Am besten gefiel ihm allerdings, dass niemand sah, womit er sein Auto belud oder was er entlud. Er hasste dieses heuchlerische Getue der Nachbarn, denen es nie gelang, ihre Neugier zu verbergen. Er brauchte weder Sympathie noch Almosen. Und erst recht kein aufgesetztes Verständnis für die zerrüttete Familie.

Er stieg aus, fuhr mit der Hand über die Motorhaube. Protziger Kühlergrill, breite Radkästen. Als er sich beim Händler hinters Steuer gesetzt hatte, war ihm klar gewesen, dass er genau dieses Auto brauchte. Der Wagen signalisierte Kraft. Wenn er die Hände ans Lenkrad legte, fühlte er sich augenblicklich stärker.

Seine Heroin- und Rohypnolvorräte waren schon ein paar Jahre alt. Nicht, dass er die Apothekenschachteln mit den Verfallsdaten noch gehabt hätte, aber falls doch, wie lange wären die Tabletten noch haltbar? Und wenn das Verfallsdatum überschritten war, wovon er ausging, wirkten sie dann überhaupt noch?

Die grünen Pillen bewahrte er in fünf Ziplock-Tüten auf, sogenannten «Red Line»-Beuteln mit rotem Druckverschluss. Zehn Tabletten pro Tütchen. Würde das reichen?

Dieses viel beschriebene Gefühl der Unbesiegbarkeit, das so stark sein sollte, dass Kriminelle vor ihren Einbrüchen Benzos schluckten, faszinierte ihn. Und hätten zu den Nebenwirkungen nicht Halluzinationen und Albträume gezählt, hätte er es glatt selbst ausprobiert. Aber Drogen waren nichts für ihn. Er nahm nicht einmal Paracetamol, wenn er krank war.

Das Heroin befand sich immer noch in den Kapseln. Aus Angst, etwas von dem weißen Pulver zu verschütten, hatte er sich nicht getraut, sie zu öffnen. Er griff nach der Dose und leerte den Inhalt auf die Tischplatte. Die Kapseln waren mit Plastikfolie umwickelt. So wurden sie wahrscheinlich auf der Straße verkauft. Er hatte keine Ahnung, zu welchem Preis.

Vorsichtig entfernte er die erste Plastikfolie. Die Kapsel sah aus wie ein gewöhnliches pflanzliches Präparat. Insgesamt waren es vierzig Stück, allerdings hing die Höhe der Dosis vom Reinheitsgehalt ab, so viel wusste er. Andererseits würde er anfangs bestimmt ein bisschen mit der Menge experimentieren können, sobald das Heroin zum Einsatz kam.

Er legte die Heroinkapseln und die Rohypnoltabletten zusammen mit einem Esslöffel in eine Schublade.

Er hatte so lange gewartet. Jetzt war es endlich so weit.

29

Im Unterschied zu den Büros der meisten Kollegen stand in Bills Regalen im Torpet kein einziges Buch. Zwischen zahlreichen Medaillen, Auszeichnungen und Fotos von diversen Auslandseinsätzen war für Bücher seiner Ansicht nach kein Platz.

Außerdem bestückten die meisten Polizeichefs ihre Büros ohnehin nur des schönen Scheins willen mit Lehrbüchern und juristischen Fachtexten, wie er fand. Wer blätterte in einem verstaubten, längst veralteten Gesetzbuch? Sämtliche relevanten und vor allem aktuellen Informationen beschaffte man sich heutzutage im Internet.

Auf seinem Schreibtisch lagen zwischen leeren Mineralwasserflaschen und Kaffeebechern stapelweise Unterlagen – mitsamt den obligatorischen Kaffeeflecken und Staubflusen. Solange er seinen Schreibtisch nicht aufräumte, machte das Reinigungspersonal einen Bogen darum. Das Aufräumen stand zwar auf seiner To-do-Liste, allerdings ziemlich weit unten.

Mit dem Unterarm wischte er das Whiteboard sauber und notierte: «Ehepaar Jönsson als vermisst melden und zur Fahndung ausschreiben. Gegen Blom Haftbefehl in Abwesenheit erlassen. Observierung von Jönssons Haus und Ortung von Magdalena Jönssons Handy anordnen.»

Sobald sie den Aufenthaltsort des Handys kannten, würden sie Magdalena hoffentlich ebenfalls bald finden.

Darunter schrieb er: «Den Arzt vernehmen, der gesehen hat, wie Magdalena abgeholt wurde. Kameraausrüstung aus Jönssons Garten sicherstellen. Analyse der Telefonate und Audioaufnahmen aus Pristina.»

Bill bat den einzigen noch anwesenden Kollegen im Torpet, die Fahndung rauszugeben, und rief den Arzt an. Nach einer Weile meldete sich eine verschlafene Stimme. Bill trug sein Anliegen vor.

«Da kann ich Ihnen leider keine Auskunft geben. Ich würde mich strafbar machen.»

«Ich bin Polizist, und wir gehen davon aus, dass die Frau in Lebensgefahr ist. Wir glauben, dass Sie etwas gesehen haben könnten, das uns weiterhelfen wird.»

«Wann genau soll das gewesen sein?»

«Heute Morgen. Und es ist eilig!»

Der Arzt seufzte, schien den Ernst der Lage jedoch erfasst zu haben. «Ich hab gerade Pause zwischen zwei Schichten und bin zu Hause. Ich wohne in Helenelund. Können Sie herkommen?»

Bill konnte sein Glück kaum fassen. Helenelund war nur einen Katzensprung vom Torpet entfernt. Er nahm es als gutes Omen.

«Bin schon unterwegs», erwiderte er. Während er bereits zu seinem Auto lief und durch das grüne Gittertor vom Parkplatz fuhr, nannte der Arzt ihm seine Adresse.

Keine fünf Minuten später stand Bill vor dem Haus im Sörentorpsvägen und klingelte. Ein Mann in kariertem Flanellpyjama und dazu passenden Hausschuhen öffnete ihm die Tür. Die Brille hatte er sich ins graue Haar geschoben, das ihm wirr vom Kopf abstand. Er schien tatsächlich gerade erst aufgestanden zu sein.

«Sie haben es ja wirklich eilig», stellte der Arzt fest, nachdem Bill ihm seine Dienstmarke gezeigt hatte.

Sein Name war Anders Berg. Er bat Bill ins Haus und forderte ihn auf, am Küchentisch Platz zunehmen. «Möchten Sie einen Kaffee?» Er reichte Bill seinen Führerschein.

Bill notierte sich Bergs Personalien. Berg und er waren gleichalt. «Nein danke, wie ich schon sagte, die Sache ist dringend.»

Er hatte den Eindruck, dass Bergs Schultern leicht nach unten sackten. Vermutlich war der Mann froh über die Antwort. Wahrscheinlich stand ihm selbst der Sinn ganz und gar nicht nach Kaffee; und er wollte wieder in sein Bett zurück und noch ein paar Stunden schlafen.

«Mit welcher Auskunft kann ich denn Ihrer Meinung nach behilflich sein?», erkundigte sich Berg, setzte sich an den Küchentisch, schlug die Beine übereinander und ließ einen Hausschuh an den Zehen baumeln.

«Wir wüssten gern genau, was passiert ist, als Magdalena Jönsson heute Morgen die Klinik verlassen hat. Was haben Sie gesehen?»

«Die Patientin wirkte ... sehr viel stabiler als bei ihrer Aufnahme tags zuvor. Dass sie unsere Einrichtung auf eigenen Wunsch verließ, war an und für sich nicht ungewöhnlich.»

«Aber?», fragte Bill, der eine Seite seines Notizblocks mit dem Datum überschrieb. Er konnte sich nicht erinnern, wann er zuletzt einen Zeugen vernommen hatte. Als stellvertretender Chef des Sondereinsatzkommandos gehörte das nicht zu seinen alltäglichen Pflichten.

«Tja, ich weiß nicht, ob Ihnen das hilft, aber ... Sie hat erwähnt, dass sie mit einem Taxi zu ihrer Schwester nach Lidingö fahren wollte. Allerdings habe ich gesehen, wie sie mit einem Mann vom Krankenhaus wegging.»

Bill holte tief Luft. Das waren keine guten Neuigkeiten.

«Können Sie den Mann beschreiben?»

«Er war groß, um die fünfzig, sechzig vielleicht. Heller Teint, kurze dunkle Haare und markante Gesichtszüge. Ziemlich attraktiv, würde ich sagen ... ja, ganz sicher.»

«Können Sie sich noch daran erinnern, was er anhatte?», fragte Bill.

Dafür, dass der Arzt vermutlich in sein warmes Bett zurückwollte, ließ er sich mit seinen Antworten ziemlich viel Zeit, fand Bill. Als sein Handy in der Hosentasche vibrierte, ignorierte er es; er wollte das Gespräch mit Berg nicht unterbrechen.

«Einen braunen Wollmantel, glaube ich ... und ich meine, ein weißes Hemd mit einer roten Krawatte gesehen zu haben. Aber ganz sicher bin ich mir nicht.»

«Würden Sie ihn wiedererkennen?»

«Ganz bestimmt, er ging ... sehr zielstrebig. Er hat den Takt vorgegeben, wenn Sie verstehen, was ich meine.»

«Den Takt?»

«Na ja, er hatte sie untergehakt ... hat sie resolut weggeführt. Dann konnte ich die beiden nicht mehr sehen. Ich habe aber auch nicht weiter darüber nachgedacht ... Ich wusste ja nicht, dass es wichtig werden könnte.»

«Haben Sie gesehen, wie sich Magdalena und der Mann begrüßt haben?»

«Nein, die Begrüßung habe ich leider nicht mitbekommen ... Aber ihre Begegnung wirkte entspannt ... harmonisch oder ... wie man es eben nennen soll. Die Situation hatte jedenfalls nichts Erzwungenes an sich, da bin ich ganz sicher.»

«Hatten Sie den Eindruck, dass sie zu einem Auto gingen, oder glauben Sie, dass die beiden zu Fuß verschwunden sind?»

Berg legte die Stirn in Falten und heftete den Blick an die Zimmerdecke, als dächte er angestrengt nach. Nach einer Weile schüttelte er den Kopf.

«Tut mir leid, dazu kann ich nichts sagen.»

«Sie waren mir eine große Hilfe. Noch zwei kurze Fragen, wenn das in Ordnung ist ...»

«Natürlich.»

«Gibt es im Außenbereich des Krankenhauses Kameras, die das Aufeinandertreffen aufgezeichnet haben könnten?»

Sein Handy vibrierte erneut. Bill war drauf und dran nachzusehen, wer es war, überlegte es sich dann aber anders. Er hatte das Gefühl, dass eine Unterbrechung das Gespräch negativ beeinflussen würde, und er war ohnehin gleich fertig.

«Bei uns? Nein. Das würde die Privatsphäre der Patienten verletzen.»

«Verstehe. Und eine letzte Frage ...» Bill zückte ein Foto von Åke Jönsson. «Könnte es dieser Mann hier gewesen sein?»

«Auf keinen Fall.»

«Danke. Falls Magdalena noch einmal bei Ihnen auftauchen sollte, würde ich Sie bitten, uns zu informieren. Wir gehen wie gesagt davon aus, dass sie in Gefahr ist», schloss Bill und gab Anders Berg zum Abschied die Hand.

Als er ins Auto stieg, vibrierte sein Handy zum dritten Mal. Zwei verpasste Anrufe von einer Stockholmer Festnetznummer und eine SMS von Hasse im Torpet. Er googelte die Festnetznummer – die psychiatrische Notaufnahme des Sankt-Görans-Krankenhauses.

Wenn sie ihn anriefen, musste es um Magdalena Jönsson gehen.

Bill überflog eilig die SMS – Hasse bestätigte, dass die Fahndung nach dem Ehepaar Jönsson sowie die Observierung des Hauses laufe und die Kamera aus dem Garten sichergestellt worden sei – und rief anschließend die Klinik an.

«Psychiatrische Notaufnahme im Sankt-Görans-Krankenhaus», meldete sich eine Frauenstimme.

Bill stellte sich vor und wollte gerade erklären, dass er am Morgen in der Notaufnahme gewesen sei, als die Dame ihm ins Wort fiel.

«Ich erinnere mich an Sie. Ich saß am Empfang, als Sie kamen, und ich habe gerade versucht, Sie zu erreichen.»

«Haben Sie etwas von Magdalena gehört?» Bill merkte selbst, wie gestresst er mit einem Mal klang.

«Leider nein. Aber wir haben ihr Handy gefunden. Ich habe mich gefragt, ob Sie es ihr vielleicht zurückgeben könnten. Ich kann sie ja schlecht darauf anrufen ...»

«Wie kommen Sie darauf, dass es Magdalenas Telefon ist?»

«Es war noch an, und man musste nicht mal eine PIN eingeben. Ich habe mich mit dem Handy selbst angerufen und dann die Nummer im Display gegoogelt.»

Zum Glück gab es Menschen, die nicht auf den Kopf gefallen waren, dachte Bill.

«Ich komme sofort zu Ihnen. Wie hat sich das Ganze zugetragen?»

«Was?»

«Wer hat das Handy gefunden, wo lag es?»

«Meine Kollegin ist vor ein paar Minuten zum Rauchen nach draußen gegangen und hat es entdeckt. Es lag im Gras hinter den Holzbänken zwischen unserem Eingang und der Treppe zur U-Bahn-Station.»

30

Amanda warf einen Blick auf die Anzeigetafel und hoffte zum ersten Mal in ihrem Leben auf eine ordentliche Verspätung. Doch sämtliche Abflugzeiten standen auf Grün. Sie hatten vielleicht noch zwanzig Minuten; sie durften keine Zeit mehr verlieren. Tore kontrollierte die Toiletten, Restaurants und Duty-free-Shops, sie selbst lief durch den Verbindungsgang zum Inlandsterminal. Sie zog den Hüftgurt ihres Rucksacks fest und war heilfroh, heute Morgen Turnschuhe angezogen zu haben.

Blom konnte die Abflughalle unmöglich vom Sicherheitspersonal unbemerkt verlassen haben. So etwas tat kein vernünftiger Mensch – und Blom hatte ganz sicher keine Aufmerksamkeit auf sich ziehen wollen. Eine ältere Dame fauchte Amanda ungehalten hinterher, als sie mit dem Rucksack ein paar wartende Fluggäste anrempelte. Ihr Telefon klingelte – «Bill Arbeit». Sie meldete sich, ohne ihr Tempo zu drosseln: «Blom ist weg!»

«Wie konnte das passieren?»

«Er wollte zur Toilette, Tore ist mitgegangen, aber anscheinend konnte er sich im Gewimmel absetzen», antwortete Amanda und ließ den Blick schweifen.

Als sie das Inlandsterminal erreichte, war kein Vorwärtskommen mehr. Reisende standen in dichten Gruppen ungeordnet beieinander; niemand schien sich um die mit Trennbändern gekennzeichneten Bereiche für die Warteschlangen vor den Schaltern zu scheren. Wenn Blom in diesen Teil des Flughafens gelaufen war, hatte sie keine

Chance. In dem Gewühl würde sie ihn niemals finden. Zudem war es ohrenbetäubend laut, und Amanda musste sich das Telefon ans Ohr pressen, um Bill zu verstehen.

«Wann geht euer Flug?»

«Boarding ist in wenigen Minuten – oder wir müssen neu buchen.»

«Wenn Blom nicht auftaucht, fliegt ihr ohne ihn nach Hause. Wir sehen uns morgen früh im Torpet», keuchte Bill.

Wenn sie ohne Blom zurückflögen und er auf freiem Fuß bliebe, würden sie das Heft aus der Hand geben, und der Fall drohte in einem Fiasko zu enden. Amanda presste sich das Handy fester ans Ohr und hielt sich das andere zu, dann fragte sie: «Wo bist du? Du klingst außer Atem. Hat sich was Neues ergeben? Vorhin sagtest du, wir würden im Trüben fischen und hätten keinen Ansatzpunkt ...»

«Ich bin gerade auf dem Weg zurück in die Psychiatrie. Es hat sich einiges getan.»

«Komm zur Sache», bat Amanda und lief denselben Weg zurück, den sie gekommen war. Zielstrebig ging sie an den Gates vorbei und musterte jeden einzelnen Reisenden.

Bill berichtete von seinem Gespräch mit dem Arzt und dem aufgefundenen Telefon.

«Dann wissen wir also mit Sicherheit, dass der Mann, der Magdalena Jönsson abgeholt hat, nicht Åke war», fasste Amanda zusammen, als Bill kurz Luft holte.

«Jönsson kann es nicht gewesen sein, nein. Aber dass Magdalenas Handy im Gras lag, spricht nicht gerade dafür, dass der Mann, mit dem sie mitgegangen ist, freundliche Absichten hatte.»

Aus den Lautsprechern erklang der Boarding-Aufruf für den Flug nach Stockholm. Auf dem Weg zu Gate 39 stellte Amanda fest, dass in der Schlange vor dem Schalter höchstens noch fünfundzwanzig Passagiere mit Pässen in der Hand standen. Das Boarding wäre schneller abgeschlossen, als sie gehofft hatte.

«Die Ortung von Magdalena Jönssons Telefon hilft uns also nicht weiter, und sie verschwindet mit einem Mann, den sie zu kennen scheint», resümierte Amanda, lief weiter an den Gates entlang und ließ den Blick über die Stuhlreihen schweifen.

Am Flughafen gab es unzählige Möglichkeiten für Blom, sich zu verstecken. Trotzdem würden sie ihn finden, davon war sie überzeugt. «Wir können Blom nicht einfach laufen lassen ...»

«Er kommt nicht weit. Wir haben ihn zur Fahndung ausgeschrieben. Sobald er irgendwo in Europa seinen Pass vorzeigt, ist Schluss für ihn.»

Amanda lief zurück und blickte sich suchend nach Tore um. Am Gate war die Stewardess inzwischen dabei, den Schalter hinter den letzten Fluggästen zu schließen.

«Fliegt ohne Blom. Ich brauche euch hier. Die Entführer haben den Kontakt abgebrochen, und du riskierst, von der kosovarischen Polizei festgenommen zu werden, falls sie dich in die Finger kriegen.»

Über Lautsprecher erklang der letzte Aufruf für die noch fehlenden Passagiere des SAS-Fluges nach Stockholm. Amanda winkte, um der Stewardess zu signalisieren, dass sie einer dieser Passagiere war. Im selben Moment kam Tore angehetzt. Als er Amanda entdeckte, schüttelte er den Kopf.

«Was?»

«Blom ist auf und davon.»

«Woher weißt du das?»

«Ich habe mich an der Sicherheitsschleuse als schwedischer Polizist ausgewiesen und die Beamten gefragt, ob gerade jemand den Flughafen verlassen hat.»

«Und was haben sie gesagt?»

«Ein schwedischer EULEX-Mitarbeiter habe ihnen seine Dienstmarke gezeigt und gesagt, es sei eilig. Das war vor einer Viertelstunde.»

«Dann können wir hier nichts mehr ausrichten.»

31

Die Autofähre in Slagsta ging alle zehn Minuten. Wenn sie den Fahrschein am Automaten kaufte, würde sie es auf die nächste Fähre schaffen. Falls Malkolm nicht noch weitere Überraschungen für sie bereithielt, könnte sie das Auto in weniger als einer Stunde abstellen. Länger sollte sie bis Drottningholm nicht brauchen.

Die Rampe schepperte, als Ellen aufs Deck fuhr. Sie ergatterte den letzten Stellplatz und reihte sich hinter einem Golf ein. Dann stellte sie die Lehne des Fahrersitzes zurück und schloss zum ersten Mal seit vierundzwanzig Stunden die Augen. Sofort setzten die typischen Muskelzuckungen vor dem Einschlafen ein, und sie versuchte nicht einmal mehr, dagegen anzukämpfen. Ihr Kopf sackte auf die Brust, und noch ehe sie eingeschlafen war, hörte sie ihr eigenes Schnarchen.

Eine gefühlte Sekunde später klopfte ein Mann ans Seitenfenster. Die Autofähre hatte in Jungfrusund angelegt, und außer dem Chrysler war kein Pkw mehr an Deck. Ihre Kopfschmerzen waren stärker geworden, schienen inzwischen hinter dem Auge zu sitzen und von dort auszustrahlen. Das vertraute Kribbeln in der Hand intensivierte sich. Nicht mehr lange, und sie würde sich übergeben müssen. Sobald das geschah, dauerte es in der Regel einen vollen Tag, bis sie das Rollo wieder hochziehen konnte.

Ellen setzte sich auf und versuchte, den Kopf so wenig wie nur möglich zu bewegen. Der Geruch im Auto widerte sie an, doch frische Luft würde die Symptome jetzt nur noch verschlimmern. Geräusche und Licht waren bei Migräne die reinste Folter.

Das letzte Stück bis Drottningholm fuhr sie ohne Hörbuchbegleitung. Ellen stellte den Chrysler mit der Motorhaube in Richtung Schlosspark ab, griff nach ihrem Stoffbeutel und schloss den Wagen ab. Als sie den Autoschlüssel auf den Vorderreifen gelegt hatte, fotografierte sie den Chrysler mit dem Handy – zum Beweis, dass der Auftrag tatsächlich stattgefunden hatte. Anschließend lief sie schnurstracks zur Bushaltestelle. Dort umklammerte sie den Mülleimer mit beiden Händen und erbrach ihr Frühstück.

Mit zitternden Beinen stieg sie in den 177er Bus, zog den Reißverschluss ihres Anoraks bis zum Hals hoch und neigte den Kopf. Vielleicht würde sie neugierigen Blicken entgehen, wenn die Herpesbläschen nicht zu sehen waren. Dann fischte sie das Handy aus ihrer Jackentasche und rief Malkolm an.

«Es ... ist erledigt.»

«Hat alles geklappt? Steht der Wagen auf dem vereinbarten Parkplatz, und liegt der Schlüssel auf dem Vorderreifen?»

«Abgesehen von Schlafmangel, Migräne und Herpes ist alles in bester Ordnung», erwiderte Ellen.

Der Bus war erstaunlich leer. Trotzdem fühlte sie sich beobachtet. Wahrscheinlich hielten die Leute sie für einen Junkie oder eine Obdachlose.

«Fahr nach Hause und ruh dich aus. Bring mir das Telefon gegen Abend ins Büro. Dann kannst du dir ein paar Tage freinehmen.»

Ellen beendete das Gespräch und starrte unverwandt geradeaus. Aus Angst, ihre Haltestelle zu verpassen, traute sie sich nicht, die Augen zu schließen. Es dauerte eine gefühlte Ewigkeit, bis der Bus endlich am Brommaplan hielt und sie in die U-Bahn steigen konnte. Das Quietschen der Zugbremsen und die automatischen Lautsprecherdurchsagen zerrten an ihren Nerven. Sie schob sich die Ohrstöpsel in die Ohren und behielt ihre Sonnenbrille auf. Dann zog sie die Kapuze über den Kopf und hoffte inständig, niemandem zu begegnen, den sie kannte.

Am Thorildsplan stieg sie aus und blickte zu dem Fenster empor, wo eine blütenlose Orchidee stand. Ihr schnürte sich die Kehle zu.

Ihre Wohnung war genauso dunkel und still, wie sie sie verlassen hatte. Ellen ließ ihre Sachen einfach auf den Boden fallen, nahm sofort zwei Herpestabletten und eine doppelte Dosis Alvedon und kletterte in ihr Hochbett.

Ihr schwirrte der Kopf. Sie hatte nichts dagegen, die Ärmel hochzukrempeln und hart zu arbeiten. Aber die letzten vierundzwanzig Stunden waren ihr ganz und gar nicht geheuer. Sie war nichts als ein nützlicher Idiot gewesen. Malkolm hatte sie hinters Licht geführt. Was glaubte er eigentlich – dass sie nicht begriff, dass mit dem Chrysler irgendetwas faul war? Ellen war sich noch nie so ausgenutzt vorgekommen. Doch am meisten wurmte sie, dass sie jegliches Risiko ganz allein getragen hatte.

32

Amanda wachte erst auf, als die Räder in Arlanda auf der erleuchteten Landebahn aufsetzten. Die Stewardess teilte ihnen mit, dass sie mit einem Bus zum Terminal gebracht würden, und bat sie, sich bis zum Ausstieg noch einen Augenblick zu gedulden. Tore trommelte ungeduldig mit den Fingern auf die Armlehne. Offensichtlich war sie nicht die Einzige, die es kaum abwarten konnte, nach Hause zu kommen.

«Was zum Teufel hat Blom sich gedacht?», fragte sie. Bei diesem Einsatz war wirklich nichts nach Plan gelaufen.

«Kriminelle sind nicht unbedingt für rationales Denken bekannt. Aber er hat wohl begriffen, dass er hinter Schloss und Riegel wandert und eine Zelle in Kronoberg auf ihn wartet. Ich glaube, dass er seine Flucht geplant hat, seit du verkündet hattest, er müsse mit zurückfliegen», erwiderte Tore.

«Wollte er deshalb mit seinem Auto zum Flughafen fahren? Damit er sich so schnell wie möglich aus dem Staub machen konnte, ohne ein Taxi nehmen zu müssen?»

«Wahrscheinlich. Aber die Fahndung nach ihm läuft, und es liegt ein Haftbefehl in Abwesenheit gegen ihn vor. Jetzt schlägt die Sache noch höhere Wellen, als wenn er einfach anstandslos mitgekommen wäre», brummte Tore und holte ihr Handgepäck aus dem Overhead-Fach.

Eine Stunde später betrat Amanda ihre Wohnung in der Parkgatan. Frischer Badeschaumgeruch hing in der Luft. In der Küche stand kein einziger schmutziger Teller, nicht der winzigste Krümel auf den Arbeitsflächen. Stattdessen lagen Kleidung und Windeln für den nächsten Tag bereit. Daneben zwei Stapel mit Post, einer mit Rechnungen, der andere mit Werbesendungen. Alvas Ordnungssinn war vorbildlich; davon könnte sie selbst sich eine ordentliche Scheibe abschneiden.

Amanda hörte, wie Alva den Zwillingen im Wohnzimmer eine Gutenachtgeschichte vorlas. Sie zog die Schuhe aus und rief in die Wohnung, dass sie wieder da sei – und sofort trappelten nackte Füßchen über das Eichenparkett. Eine Sekunde später hing an jedem ihrer Beine ein Kind.

Amanda schloss die Augen und genoss den Moment, den sie so sehr herbeigesehnt hatte. Sie presste die Nase abwechselnd in Mirjams und Linneas blonde Locken und drückte ihnen Küsse auf die feuchten Kindermünder. Dann nahm sie die beiden hoch und verabschiedete Alva, die ins Kino wollte.

Als Amanda die Zwillinge ins Bett brachte, forderte Linnea: «Singen, Mama! Singen!» Es war das erste Mal, dass eine der beiden zwei Wörter hintereinander bildete. Amanda setzte sich ein bisschen ungelenk auf den Boden zwischen ihre Betten und streckte vorsichtig das rechte Bein. Dann sang sie «Idas Sommerlied» aus *Michel aus Lönneberga*. Nach dem letzten Vers, in dem Klein Ida hüpft, rennt und springt, rief Mirjam: «Mehr, mehr!» Amanda nahm beide Töchter an den Händen und machte mit Klein Idas «Katzenlied» weiter. Schon nach der Hälfte waren die Zwillinge eingeschlafen.

Amanda blieb noch einen Moment sitzen und lauschte auf die tiefen, regelmäßigen Atemzüge. Dann verließ sie das Zimmer. Am liebsten wäre sie mit einem Kissen unter dem Kopf zwischen Mirjam und Linnea eingeschlafen, aber das musste warten. Bill und sie wollten ihre nächsten Schritte für den kommenden Tag besprechen. Die Sache war aus dem Ruder gelaufen, sie hatten weder Täter noch Geschädigte aufgespürt – und die Fragezeichen wurden immer zahlreicher.

Amanda öffnete die Kühlschranktür und musste unwillkürlich lächeln, als sie sah, dass Alva für sie eingekauft hatte. Sie wärmte das Hackfleischbällchen-Fertiggericht mit Kartoffelpüree und Soße in der Mikrowelle auf und trank ein paar Schlucke Blaubeersaft direkt aus der Tüte. Auf der Arbeitsfläche vibrierte ihr Handy. Bill. Gut, dann eben erst das Dienstgespräch. Anschließend würde sie in Ruhe essen und duschen.

«Endlich seid ihr zu Hause. Wir stimmen uns auch nur kurz ab, den Rest besprechen wir morgen früh im Torpet», sagte Bill.

«In Ordnung. Hast du dir schon die Kamera aus Jönssons Garten näher ansehen können?»

Die Mikrowelle klingelte. Amanda nahm die Plastikschale heraus. Sie garnierte das Fertiggericht mit Preiselbeersauce und rührte um.

«Es handelt sich um eine 4G-Kamera – nicht besonders hochwertig. Das Modell ist im Internet erhältlich und laientauglich, kann also theoretisch von wem auch immer installiert werden. Allerdings war die Kameralinse mit einem Sender verbunden», erläuterte Bill.

«Und mit welcher Reichweite konnte die Kamera gesteuert werden?», fragte Amanda und häufte Kartoffelpüree mit Preiselbeersoße auf ihre Gabel.

Ihre Mutter Eva hatte im Sommer eimerweise Preiselbeeren gesammelt und Tage damit zugebracht, sie in ihrer kleinen Pantryküche im Pflegeheim am Fridhemsplan einzukochen. In der ganzen Etage hatte es nach Preiselbeersud gerochen. Amandas oberstes Kühlschrankfach quoll über von Gläsern, die ihre Mutter mit ihrer schönen Handschrift säuberlich etikettiert hatte: «Kalt gerührt» oder «gekocht», dann das Herstellungsdatum.

«Unbegrenzt. Der Sender überträgt Daten über das Netz. Der Empfänger könnte theoretisch am anderen Ende der Welt sitzen und sich die Aufnahmen ansehen. Wir haben nur Linse und Sender sichergestellt. Die Aufnahmen sind auf der Festplatte des Besitzers gespeichert.»

«Wie viele waren es insgesamt?», fragte Amanda und aß weiter im Stehen.

«Wir haben nur eine gefunden. Sofern wir keine übersehen haben, die auf den Eingang des Haupthauses gerichtet ist, war die Person, die die Kamera installiert hat, nur am Anbau interessiert.»

«Und der Schlüssel für diesen Anbau ist verschwunden?», hakte Amanda nach und schielte zu den Poststapeln auf dem Küchentisch.

Sie sah die Rechnungen durch und riss einen Brief ohne Absender auf. Solche Umschläge erhielt sie seit der Geburt der Zwillinge monatlich. Sie enthielten sämtliche Details der Überweisungen von Andrés Konto auf das ihre. Und die Summe war jedes Mal identisch: zehntausend Kronen. In ihren eigenen Unterlagen verbuchte sie die Posten als «Unterhalt mit schlechtem Gewissen».

An dieser Kopie heftete ein Briefbogen – eindeutig Andrés Handschrift. Kein anderer Mann, den sie kannte, hatte eine so schöne Schrift.

Amanda löste das Blatt und setzte sich in den Lamino-Sessel, während sie weiter Bills Ausführungen zuhörte.

«Magdalena Jönsson hat bei unserem Gespräch nicht den Eindruck erweckt, als würde sie das Gästehaus oft betreten. Sie war allerdings der Meinung, der Schlüssel hinge im Flurschrank.»

Mit jeder Zeile, die Amanda las, fiel ihr das Atmen schwerer. André wollte ... ihre Engel treffen. Ihm sei klar, schrieb er, dass Amanda ihn hasse, und er erwarte nicht, dass sie ihm Zugang zu ihrem Leben gewähren würde ...

«Bist du noch dran?»

«Ich ... Bin ich. Entschuldige. Was hast du gesagt?»

«Du klingst abgelenkt.»

«Ich habe gerade einen Brief von ... von André bekommen. Nach Schwangerschaft plus achtzehn Monaten will er jetzt auf einmal ... die Kinder sehen.»

Ihr Atem ging flach, und die Brust schnürte sich ihr zu. Wie konnte er nur? Als wäre nichts gewesen?

Er hoffe, las Amanda weiter, dass sie um der Kinder willen darüber nachdenken würde, einem Treffen zuzustimmen. An einem neutralen Ort, auf einem Spielplatz vielleicht.

«Wie bitte? Jetzt auf einmal? Aber ... im Grunde ist es doch gut, wenn die Zwillinge ihren Vater kennenlernen.»

«Er ist nicht mal als ihr leiblicher Vater eingetragen, verflucht!»

«Spielt das eine Rolle? Es reicht doch, dass du weißt, dass er ihr Vater ist. Hast du gehört, was ich über den Schlüssel gesagt habe?»

War das die typisch männliche Einstellung, oder reagierte sie gerade überempfindlich? Aber mit welchem Recht wollte André jetzt plötzlich wieder in ihr Lebens treten? Für ihn war damals eine Abtreibung die einzige Option gewesen; damals hatte er behauptet, seine beiden ehelichen Kinder seien in einem schwierigen Alter, und es sei gerade nicht der richtige Zeitpunkt, seine Frau zu verlassen.

Amanda knüllte den Brief zusammen. «Vielleicht hat Jönsson vergessen, ihn zurückzuhängen?»

«Glaube ich nicht. Magdalena Jönsson hat den Schlüssel noch im Schrank gesehen, nachdem ihr Mann nach Pristina zurückgeflogen war.»

«Aber ganz gleich, wer die Kamera installiert hat – wenn er bekommen hätte, was er gewollt hat, hätte er sie doch wieder entfernt? Oder wollte derjenige nicht riskieren, noch mal in der Nähe von Jönssons Haus gesehen zu werden?» Achtlos warf Amanda den Papierball in die Spüle.

Erst als sie auf ihre Hände blickte, merkte sie, dass sie zitterten. Andrés Brief hatte ihr ebenso wenig gefallen wie Bills lapidarer Kommentar. Am meisten jedoch missfiel ihr ihre eigene Reaktion. Sie schloss die Augen, legte eine Hand flach auf den Oberschenkel und atmete ruhig durch die Nase. Nach ein paar Sekunden fühlte sie sich besser.

«Wenn du mich fragst, hat sich derjenige einfach nicht die Mühe gemacht, die Kamera wieder zu entfernen.»

«Wie kommst du darauf?»

«Wahrscheinlich hat er gesehen, wonach er Ausschau gehalten hat.»

33

Lautes Gepolter im Treppenhaus und das Klappern des Briefschlitzes in der Tür weckten Ellen. Der junge Fahrradkurier, der abends Reklame austrug, verteilte sie immer auf dieselbe Weise: Erst fuhr er mit dem Fahrstuhl in den obersten Stock, polterte dann die Treppe hinunter und steckte den Mietern im Vorbeilaufen die Werbesendungen in den Briefschlitz – ganz gleich, ob ein Schild an der Tür das Einwerfen von Werbung untersagte, oder nicht.

Ihre Ohrstöpsel waren herausgerutscht und lagen auf dem Kissen. Die Kopfschmerzen hatten zwar nachgelassen, aber sie fühlte sich immer noch wie gerädert. Als sie vorsichtig die Beine hob, fühlten sie sich bleischwer und kraftlos an, als hätte sie einen Marathonlauf hinter sich.

Ellen massierte ihren Nacken und kletterte dann langsam die Leiter nach unten. Der Kleiderhaufen auf dem Boden roch so widerlich, dass sie die Sachen direkt in den Mülleimer beförderte und den Beutel zuknotete.

Eine Stunde später hatte sie geduscht, trug bequeme Outdoor-Kleidung und ging zu Fuß in Richtung Hälsingegatan. Sie würde Malkolm das Handy aushändigen und sich ein Auto, ein Fernglas und das Nachtsichtgerät aus dem Ausrüstungsschrank leihen. Dann würde sie in die Svartsjöviken auf Färingsö fahren und in der Dämmerung Raubvögel beobachten.

Malkolm teilte sich den Eingang mit einem Chiropraktiker, hatte aber kein eigenes Türschild. Die Tür knarrte, als Ellen das Wartezimmer betrat. Am liebsten hätte sie einen Termin vereinbart, um sich den Rücken wieder einrenken zu lassen, aber das musste warten.

Sie schloss die Zwischentür links vom Praxiseingang auf, für die sie einen eigenen Schlüssel besaß, und drehte als Erstes das Radio leiser. Malkolm hörte immer P2; gerade lief ein klassisches Konzert.

Die Stimme ihres Chefs drang dumpf durch die geschlossene Tür seines Privatbüros. Ellen füllte den Wasserkocher und nahm Tee und Honig aus dem Schrank. Es herrschte heillose Unordnung; offenbar hatte jemand lange gearbeitet und weder die Zeit gehabt abzuwaschen noch Aktenordner und Papiere beiseitezuräumen. Bei der Polizei wurde so etwas als mangelnde Stabshygiene bezeichnet, dachte Ellen und schabte mit einem Esslöffel Honig aus dem Glas.

Noch während sie darauf wartete, dass das Wasser kochte, tippte sie den Code zum Ausrüstungsschrank ein. Auch dort herrschte Chaos. Im obersten Fach fehlten drei Ferngläser. Im Fach darunter lag ein Wust aus aufgerissenen Verpackungen, Dokumenten und Quittungen. Die Hüllen der Ferngläser lagen in einem unordentlichen Haufen auf dem Boden des Schranks.

Das sah Malkolm ganz und gar nicht ähnlich.

Ellen suchte in dem Chaos nach dem richtigen Futteral und berührte etwas Kaltes, Flaches. Als sie die Fernglashüllen zur Seite schob, erkannte sie auch, was es war.

Nummernschilder.

Insgesamt vier Stück, paarweise mit Gummiband zusammengehalten. Dann waren die gestohlenen Kennzeichen am Chrysler also keine einmalige Sache gewesen.

Ellen griff nach dem schwarzen Canvasfutteral und schloss den Schrank wieder ab. Malkolms Stimme war immer noch aus dem Nebenzimmer zu hören. Der brodelnde Wasserkocher schaltete sich ab, und es wurde still im Raum. Ellen lehnte sich an die Tür und horchte. Ein Autodeal sei abgeschlossen und das Geld überwiesen worden.

Ellen erstarrte.

Sie wagte kaum zu atmen.

Schweiß sammelte sich unter ihren Armen.

Redete Malkolm von dem Chrysler? Konnte die alte Karre wirklich der «Autodeal» sein? Malkolm verstummte. Hatte er sie gehört? Im nächsten Moment sprach er weiter: Das Auto sei übergeben worden, es sehe alles gut aus.

Ellen blickte sich um. Falls Malkolm den Eindruck bekam, dass sie auch nur einen Bruchteil seines Telefonats mit angehört hatte, würde sie Schwierigkeiten kriegen. Rasch schüttete sie das heiße Wasser in die Spüle, füllte den Kocher neu auf und stellte ihn an. Dann steckte sie sich die Stöpsel ihrer Smartphone-Kopfhörer in die Ohren, klickte wahllos ein Hörbuch an und drehte die Lautstärke auf. Sie klapperte mit ein paar Bechern und dem Honigglas. Im nächsten Moment kam Malkolm aus seinem Büro. Er schob das Handy in seine Gesäßtasche.

«Ellen, wie lange bist du schon hier?»

«Was?», erwiderte sie, zog die Stöpsel aus den Ohren und drückte auf ihrem Handy auf Pause.

«Ich hab dich gar nicht kommen hören.»

«Nein? Ich bin gerade gekommen. Willst du auch einen Tee?»

Erneut fuhr sie mit dem Löffel durch das Honigglas und kramte zwischen den verschiedenen Teesorten herum.

«Nein danke. Wir haben keinen Earl Grey mehr. Hast du das Telefon dabei?»

Ellen fischte das Handy aus ihrer Anoraktasche, warf es Malkolm zu und goss das frische heiße Wasser in ihre Thermoskanne.

«Hast du damit irgendwen außer mir angerufen?»

«Nein», erwiderte sie und war heilfroh, dass sie das Fernglas schon in ihre Tasche gesteckt hatte.

Wenn Malkolm es gesehen hätte, wäre ihm klar gewesen, dass sie die Nummernschilder und das Chaos im Schrank bemerkt hatte. Und dann wüsste er auch, dass sie schon länger im Büro war, als sie vorgab.

«Gut, der Auftrag ist beendet. Nimm dir zwei Tage frei und ruh dich aus. Den Bonus kriegst du mit deinem Monatsgehalt überwiesen. In Ordnung?»

«In Ordnung.»

Malkolm nahm die SIM-Karte aus dem Handy und zerbrach sie. Anschließend wiederholte er die Prozedur bei einem anderen Telefon – vermutlich bei dem, auf dem sie ihn von unterwegs angerufen hatte.

«Hast du ein Auto, das ich mir bis morgen leihen kann?»

«Willst du wieder Vögel beobachten?»

«Japp.»

«Wo gibt es diese spannenden Piepmätze denn zu sehen, die um diese Jahreszeit das Interesse von euch Ornithologen erregen?», fragte Malkolm und lachte.

«Ach, überall. Aber ich will zum Ågestasjön oder zum Sjäbysjön in Barkarby», flunkerte Ellen und wandte sich mit der Thermoskanne in der Hand zur Tür.

Nie im Leben würde sie Malkolm erzählen, wo sie hinwollte. Er wüsste sofort, dass sie nicht zufällig Färingsö für ihre Vogelstudien ausgewählt hatte.

Ellen war sich nicht sicher, ob sie diesen sonderbaren Auftrag würde verdrängen können. Es war eine Sache, sich ausgelaugt und bis zu einem gewissen Grad ausgenutzt zu fühlen; aber einzusehen, dass sie als nützlicher Idiot hergehalten hatte, als Werkzeug, mit dem man machen konnte, was man wollte, war etwas völlig anderes.

In Richtung Drottningholm wurde der Verkehr immer dichter. Ellen saß kerzengerade hinterm Lenkrad. Die Haut um ihren Mund spannte; allerdings waren die Herpesbläschen nicht mehr ganz so rot, und selbst die aufgeplatzten Bläschen heilten allmählich ab.

Sie fragte sich, was Malkolm gemeint hatte, als er am Telefon gesagt hatte, dass Auto sei übergeben worden und alles sehe gut aus. Und mit wem hatte er gesprochen?

Ellen hoffte, in der Svartsjöviken allein zu sein; sie brauchte Ruhe, um darüber nachzudenken, was passiert war und wie sie sich verhalten sollte. Malkolm hätte sie, ohne zu zögern, ans Messer geliefert, wenn es die Situation erfordert hätte – aber wofür? Was sprang für ihn dabei raus? Polizistin oder nicht – wenn Malkolm sie opfern konnte, konnte sie das Gleiche mit ihm tun.

Ab Höhe des Schlossparks fuhr sie langsamer und ließ den Blick über den Parkplatz schweifen. Abgesehen von einem Touristenbus voller asiatischer Jugendlicher, der mit laufendem Motor wartete, war der Parkplatz verwaist. Um ganz sicher zu sein, drehte sie noch eine Runde, ehe sie weiter in Richtung Färingsö fuhr.

Jemand hatte den Chrysler abgeholt.

34

Er war bestimmt seit über zehn Jahren nicht mehr in der Gegend gewesen, die der Große Schatten genannt wurde. In seiner Erinnerung waren die Wege und Denkmäler nicht so gut ausgeschildert. Ordentlich zusammengekehrte Laubhaufen säumten die Straßen. Am Wegweiser nach Åttkanten lehnte ein Rechen.

Eigentlich gefiel es ihm nicht, dass die Übergabe hier stattfand, aber die Aussicht, endlich zu bekommen, worauf er so lange gewartet hatte, ließ ihn alle Sicherheitsvorkehrungen in den Wind schlagen.

Mit ihr war es fast ein bisschen zu leicht gewesen. Keine Fragen, deren Beantwortung ihm schwergefallen wäre, keine unvorhergesehenen Zwischenfälle. Aber er hatte es auch minuziös geplant. Er hatte am Marriott geparkt, nur ein paar hundert Meter vom Sankt-Görans-Krankenhaus entfernt. Als sie angerufen und ihm eröffnet hatte, dass sie sich auf eigenen Wunsch entlasse, hatte er bereits in der Krankenhauscafeteria im Gebäudeflügel nebenan gesessen. Zwei Minuten später stand er vor dem Eingangsbereich und wartete auf sie. Er war mit offenen Armen auf sie zugegangen, hatte sie untergehakt und zum Marriott geführt.

Als wäre ihm die Idee spontan gekommen, hatte er ein gemeinsames Frühstück im Hotel vorgeschlagen. Ein ruhiger Tisch für zwei Personen war noch frei gewesen. Dass auf dem Tisch ein Reserviert-Schildchen stand und er dem Servicemitarbeiter diskret zunickte, hatte sie nicht einmal bemerkt.

Er fuhr bis zum hinteren Ende des Parkplatzes, das dem achteckigen zweistöckigen Gebäude Åttkanten am nächsten lag. Dort stand kein weiteres Auto. Verlassen und abgelegen, wie vereinbart. Er stellte den Wagen mit der Heckklappe in Richtung Wald ab und entriegelte den Kofferraum.

In Kürze wäre alles erledigt.

Minuten verstrichen. Weit und breit war niemand zu sehen.

Doch selbst Passanten würden nicht argwöhnisch werden, wenn sie auf diesem abgelegenen Parkplatz im nördlichen Teil von Djurgården ein Auto sähen. Niemand verdächtigte ihn; er war Opfer einer Familientragödie. Und sein Plan war so unwahrscheinlich, dass niemand es glauben würde.

Ein Hausmeister, der eine Schubkarre vor sich herschob, ging auf den Haupteingang des Åttkanten zu. Als er gerade in der Tür verschwunden war, fuhr ein grauer Chrysler Voyager auf den Parkplatz und parkte so dicht links neben seinem Q7, dass zwischen den beiden Wagen keine fünf Zentimeter Platz blieb. Der Fahrer stieg aus und öffnete den Kofferraum. Mehr konnte er im Rückspiegel nicht erkennen, und der Seitenspiegel war eingeklappt, damit das zweite Fahrzeug so nah wie möglich neben ihm parken konnte. Er hörte ein schleifendes Geräusch, und im nächsten Moment schaukelte der Q7 leicht, aber niemand sagte ein Wort. Keine drei Minuten später setzte sich der Mann wieder in den Chrysler und fuhr davon.

Er drückte auf den Funkknopf, um den Kofferraum zu schließen, und die Klappe senkte sich surrend nach unten, blieb dann aber abrupt stehen. Er drückte erneut auf die Taste, um die Klappe wieder zu öffnen und zu schließen. Sie hakte; das konnte nur bedeuten, dass der Sensor ein Hindernis erkannt hatte, das die Kofferraumklappe blockierte.

Er blickte zum Åttkanten. Der Hausmeister war nirgends zu sehen. Er klappte den Kragen nach oben und stieg aus. Schotter knirschte unter seinen Sohlen, als er den Wagen umrundete. Etwas Blaukariertes hing aus dem Kofferraum. Obwohl er wusste, was sich dort hinten befand, wich er unwillkürlich einen Schritt zurück.

Aus dem schmutzigen Hemdsärmel ragte ein Arm. Die Hand steckte in einem zu großen schwarzen Handschuh.

Er legte Zeige- und Mittelfinger auf das Handgelenk und tastete nach dem Puls, übte leicht Druck aus, um ihn zu finden, tastete weiter, schloss die Augen. Erst als er die Finger fest auf die Pulsader presste, spürte er ihn.

35

Der alte Plastikschlitten stand schon bereit. Der Kunststoff war am Boden brüchig geworden, aber das war nicht weiter wichtig, er würde ihn nur kurz und nur dieses eine Mal brauchen.

Als die Kofferraumklappe aufging, schlug ihm der Geruch eines ungewaschenen Menschen entgegen. Die Jeans stank nach Urin, das Hemd verströmte einen fast schon chemischen Geruch. Die Augenlider waren geschlossen, die Fältchen um den Mund sahen geglättet aus, die spröden Lippen waren leicht geöffnet. Er drückte auf den Arm.

Die Muskulatur war weich und schlaff.

Wie lange konnte so ein Zustand überhaupt andauern? Welche Substanzen waren dafür nötig? Die Wirkung des als Vergewaltigungsdroge bekannten Rohypnol, das er Magdalena in den Kaffee gemischt hatte, hatte nur ein paar Stunden angehalten.

Die ersten Anzeichen – Müdigkeit – hatten bei ihr erst eingesetzt, nachdem sie ihr Rührei aufgegessen und zum zweiten Mal Kaffee nachbestellt hatten. Er hatte schon befürchtet, die Tabletten wirkten nicht mehr. Als Magdalena dann plötzlich ihr Handy vermisst hatte, hatte er sie davon überzeugen können, dass die Suche sinnlos sei; ganz bestimmt habe es jemand gestohlen. In Hotelrestaurants seien oft Taschendiebe unterwegs – oder aber jemand habe es ihr draußen im Gedränge aus der Tasche gefischt. Man könne keinem Menschen mehr trauen, und sie sei mit ihren Gedanken ja verständlicherweise auch nicht ganz bei der Sache gewesen.

Stattdessen hatte er angeboten, ihr eins seiner alten Handys zu leihen, bis sie sich ein neues zugelegt hatte. Außerdem erbot er sich, ihr gestohlenes Handy telefonisch sperren zu lassen und eine neue SIM-Karte für sie zu bestellen. In ihrer Verfassung sei es nicht leicht, an alles zu denken. Am besten, sie führen jetzt zu ihm nach Hause, um die praktischen Dinge zu regeln. Anschließend könne sie sich dort ungestört ausruhen.

Magdalena hatte keinen Verdacht geschöpft, und kurz darauf hatte er sie zu seinem Auto gelotst. Kaum dass sie auf dem überdimensionierten Beifahrersitz Platz genommen hatte, war ihr Kinn auf die Brust gesunken, und sie schlief ein. Er klappte die Lehne nach hinten, damit von außen maximal ein paar blonde Haarsträhnen zu sehen waren. Niemand bemerkte die zierliche, blasse Frau in seinem Auto.

Jetzt stellte er den Schlitten so dicht wie möglich vor den Kofferraum und zog den Körper heraus, bis die Beine auf dem Schlitten landeten. Dann umfasste er den Brustkorb und hievte ihn heraus. Er war schwerer, als er gedacht hatte, ganz anders als ihr schmaler Körper, den er mit Leichtigkeit die Treppe hinuntergetragen hatte. Vermutlich wog sie kaum fünfzig Kilo. Er zog den Mann an den Knöcheln so weit nach vorn, dass sein Oberkörper auf dem Schlitten lag und die Beine über den Rand hingen.

Beinahe lautlos zog er den Schlitten zur Treppe. Er hatte mehrere Masonitplatten über die Stufen gelegt und sie so fest miteinander verschraubt, dass die Fugen den Schlitten nicht aus der Bahn werfen konnten. Die kritische Stelle war die Kehre auf halber Höhe der Treppe.

Plötzlich rang der Mann rasselnd nach Luft. Eilig hastete er die Stufen hinauf und musterte ihn.

Er schien immer noch bewusstlos zu sein.

Aber warum waren seine Arme und Beine nicht gefesselt? Schlampige Arbeit.

Er wollte kein unnötiges Risiko eingehen – nicht nach der langen Wartezeit und den ganzen Vorbereitungen. Er hatte keine Lust auf ein Handgemenge, das seinen Plan womöglich gefährdete.

Er musste das Tempo anziehen.

Stufe für Stufe ging er die Treppe voran und stützte den Schlitten von unten ab. Trotz Kehre waren sie eine Minute später unten. Dort steuerte er das zweite Bett mit dem Papierlaken an und hievte den Körper auf die Matratze.

Dann nahm er Kabelbinder aus dem Regal, zwei für die Füße, zwei für die Hände. Vorsichtig legte er die Arme des Mannes auf dessen Brustkorb. Als sein Blick auf die Hand fiel, an der ein Finger fehlte, konnte er einen Anflug von Ekel nicht unterdrücken. Eine fleischige offene Wunde, umgeben von gelblichem Sekret. In der Mitte sah er etwas Weißes; das konnte nur der Knochen sein. Irgendwer hatte zwar eine Kompresse auf die Wunde gedrückt, aber die erfüllte schon lange nicht mehr ihren Zweck.

Er schlang die Kabelbinder um die Handgelenke, zog sie fest und fixierte sie anschließend an den Bettpfosten, genau wie er es bei Magdalena gemacht hatte.

36

Amanda sah, wie Tore in einem nagelneuen Volvo vor der Toreinfahrt des Torpet hielt. Er hatte schon um sechs Uhr morgens angerufen: Sie müssten umgehend einem neuen Hinweis nachgehen. Trotzdem war sie noch ein Weilchen zu Hause geblieben, um Zeit mit den Zwillingen zu verbringen, ehe sie sie in Alvas Obhut gab. In ein paar Tagen würde sie es vielleicht wieder selbst schaffen, die beiden zur Kita zu bringen und abzuholen.

Amanda eilte die Treppe hinunter und verließ das Gebäude. Sie drückte auf den großen roten Knopf, und das Eisentor glitt auf.

«Neues Auto?», fragte sie, als sie sich neben Tore auf den Beifahrersitz fallen ließ.

«Leider nein. Ein Mietwagen. Ich hab ihn gerade erst abgeholt, damit wir uns ein bisschen unauffälliger bewegen können.» Tore deutete vage auf ein paar Ausstattungsdetails. Die hinteren Scheiben waren getönt, der Getränkehalter in der Mitte der Rückbank heruntergeklappt und mit Tores silberfarbener Edelstahl-Thermoskanne und drei Pappbechern bestückt.

«Wir bekommen Gesellschaft?»

«Bei der NOA ist gestern Nacht der Hinweis einer Frau eingegangen, einer ehemaligen Polizistin», berichtete Tore und fuhr in Richtung Autobahnauffahrt.

Der Himmel war strahlend blau, die Luft voller Sauerstoff. Ein wunderbarer Tag für einen Waldspaziergang, dachte Amanda. Sobald dieser Fall aufgeklärt war, würde sie ihre Mutter abholen und mit ihr und den Zwillingen einen Waldausflug machen – oder wenigstens in den Karlberg-Schlosspark. Der war zu Fuß erreichbar, und die Wege dort waren bestens begehbar. Solange Eva lebte, würde sie alles tun, damit Mirjam und Linnea ein gutes Verhältnis zu ihrer Großmutter bekamen. Sie hatte sich ihr Leben als alleinerziehende Mutter eingerichtet …

Amanda gab sich alle Mühe, die Gedanken an den Brief beiseitezuschieben. Trotzdem kreisten sie in einem fort um André. Den letzten direkten Kontakt hatten sie vor gut zwei Jahren gehabt, am Flughafen Arlanda, direkt nach ihrer Ankunft aus Kabul. Er hatte ihr per SMS mitgeteilt, dass seine Frau Annika wieder an Brustkrebs erkrankt sei und seine Kraft nur für seine Familie reiche. In dem Moment hatte sie die Kette mit dem Medaillon abgenommen, die er ihr geschenkt hatte, und jeden weiteren persönlichen Kontakt zu ihm abgebrochen.

Seit jenem Tag hatte sich ihr Leben von Grund auf verändert. Sie hatte tatsächlich daran geglaubt, dass sie als Familie zusammenleben würden und sie die Einzige für ihn wäre. Dass die Scheidung von seiner Frau nur noch eine Formalität sei. Wenn André mit Annika übereingekommen wäre, bei ihr zu bleiben, solange die Krankheit andauerte, hätte Amanda vollstes Verständnis gezeigt; aber dass er sich gegen sie und das heranwachsende Leben in ihr entschieden und so getan hatte, als hätte ihre Beziehung nie existiert, hatte eine unbändige Wut in ihr entfacht. Und mit welchem Recht meldete er sich auf einmal wieder?

«Was macht die Anruferin denn inzwischen, wenn sie nicht mehr bei der Polizei ist?»

«Sie arbeitet für ein privates Sicherheitsunternehmen namens Securus AB.»

«Nie gehört. Hast du es überprüft?»

Hinweise von Exkollegen waren in aller Regel nicht zu vernachlässigen. Aus der übrigen Bevölkerung kamen mal mehr, öfter weniger sachdienliche Tipps und Informationen.

«Nein, aber ich habe sie angerufen und sie um ein Treffen gebeten.»

«Was hat sie für uns?»

«Es klingt ein wenig schwammig ... Sie scheint selbst nicht genau zu wissen, was passiert ist. Aber ihr Arbeitgeber hat sie für einen Auftrag nach Serbien geschickt, und daran scheint irgendetwas suspekt zu sein.»

«Was war das für ein Auftrag?»

Nachdem sie gestern gelandet waren, hatte Tore sämtliche Informationen gesichtet, die irgendwie mit dem Balkan zusammenhingen. Früher oder später würden sie auf etwas stoßen, womit sie weiterarbeiten könnten. Die Zusammenarbeit der europäischen Länder lief inzwischen gut, und ein zur Fahndung ausgeschriebener schwedischer Polizist blieb nicht ewig von der Bildfläche verschwunden ... zumindest nicht, wenn er lebte.

«Anscheinend sollte sie nach Belgrad fliegen, um dort einen Wagen abzuholen und nach Stockholm zu überführen. Sie hat ihn am vereinbarten Ort abgestellt», berichtete Tore, wechselte auf die linke Spur und beschleunigte.

«Wann war das?»

«Gestern, wenn ich sie richtig verstanden habe. Wir sollen sie in einer halben Stunde abholen. Allerdings hat sie darauf bestanden, dass das Treffen diskret abläuft, also habe ich vorgeschlagen, sie mit einem Pkw abzuholen, der nicht bei der Polizei registriert ist.»

«Und wo?», fragte Amanda, während sie bereits den Namen des Sicherheitsunternehmens im Handy googelte.

Das Branchenverzeichnis lieferte nur einen einzigen Treffer. Eine eingetragene Aktiengesellschaft, die seit 2016 existierte. Firmensitz in der Frejgatan 13. Die Anschrift brauchte sie nicht erst zu googeln, die war in Polizeikreisen bestens bekannt. Eine beliebte Postfach-Adresse, nicht zuletzt bei Kriminellen und Menschen ohne festen Wohnsitz.

«Wir treffen uns auf dem Parkplatz an der Lidingöbron in Ropsten, sie kommt mit der U-Bahn.»

Ein guter Treffpunkt, wenn man keine Aufmerksamkeit erregen wollte, dachte Amanda. Unter den Brückenpfeilern und zwischen den zahlreichen Pkws der Lidingö-Pendler konnte man sich ungestört unterhalten. Außerdem war die Strecke, die die Informantin vom Bahnsteig zurücklegen musste, weit genug, damit Tore und sie überprüfen konnten, ob der Frau jemand folgte.

«Warum, glaubst du, hat sie sich bei der NOA gemeldet?»

«Vielleicht weil sie im Herzen immer noch Polizistin ist und ahnt, dass irgendetwas an dem Auftrag faul war», erwiderte Tore und wechselte erneut die Spur.

Oder ihr ist klargeworden, dass sie eine Straftat begangen hat, dachte Amanda und klickte weiter zum Vorstand der Securus AB.

«Diese Firma sollte mal jemand genauer unter die Lupe nehmen», murmelte sie, nachdem sie die Angaben überflogen hatte.

«Hast du etwas gefunden?»

«Geschäftsführer und Vorstandsvorsitzender ist ein gewisser Malkolm Lind. Außer ihm gibt es nur noch einen Stellvertreter.»

«Wie sieht das Geschäftsmodell aus?»

Amanda las die dürftigen Angaben laut vor: «Personenschutz, Gebäudeüberwachung, ganzheitliche Sicherheit und Consulting. Nicht gerade ein Alleinstellungsmerkmal in dieser Branche. Warum will man in so einer Firma arbeiten?»

«Sie hat die Polizei verlassen, weil ihr die Organisationsstruktur missfiel – das Übliche.» Tore fädelte auf die rechte Spur ein.

Kurz darauf nahmen sie die Ausfahrt Ropsten und bogen auf den Parkplatz unter den Brückenpfeilern. Allem Anschein war die Fahrradsaison zu Ende; es waren nur noch vereinzelt ein paar Pendlerparkplätze frei.

«Acht Minuten vor der vereinbarten Zeit», stellte Tore fest und holte eine Packung Quark und zwei Bananen aus seiner Tasche. Eine

Banane gab er Amanda, die andere schälte er selbst. Wie in einem eingeübten Ritual aß er erst einen Löffel Quark, dann ein Stück Banane. Tore ernährte sich grundsätzlich gesund, und Amanda war überzeugt, dass er auch heute sein morgendliches Fitnessprogramm absolviert hatte. Tore nannte es «Knacken», und es bestand aus Brust-, Rücken-, Schulter- und Knieübungen, ein Überbleibsel aus seiner Zeit beim Militär.

«Da kommt die Bahn», sagte Tore, ließ den Abfall in eine Plastiktüte fallen, knotete sie zu und steckte sie in die Tasche.

Amanda kletterte zwischen den Vordersitzen hindurch auf die Rückbank und rutschte nach rechts. Ein Gespräch lief in der Regel besser, wenn man sein Gegenüber ansah.

«Kommt jemand in unsere Richtung?»

«Eine ganze Menge Leute – aber sie wollte eine Baseballkappe tragen ... Ja ... Ich glaube, da ist sie ... die Frau mit der grauen Kapuze. Ich hab ihr das Auto beschrieben und ihr gesagt, dass sie sich nach hinten auf die linke Seite setzen soll.»

Eine halbe Minute später ging die linke Hintertür auf, und eine Frau stieg ein. Kalter Zigarettengeruch breitete sich im Wagen aus. Sie schob Kapuze und Baseballkappe mit einer Bewegung vom Kopf und gab ihnen die Hand. «Ellen Engwall. Vielen Dank, dass Sie mit mir sprechen. Hier, damit Sie wissen, dass ich es wirklich bin.» Sie reichte Amanda ihren Führerschein.

Ihre Fingernägel waren abgekaut und die umliegende Haut wund und entzündet. Sie steckte sich ein Kaugummi in den Mund und kaute nervös. Amanda gab den Führerschein an Tore weiter und zeigte ihren Dienstausweis vor.

Ellen hatte pechschwarze Haare und kein einziges Fältchen im Gesicht. Amanda schätzte sie auf Ende zwanzig und hätte sie eher für ein Mitglied eines linksextremen Netzwerks gehalten als für eine Polizistin.

«Wir haben die kurze Meldung gelesen, die unsere Kollegen aufgenommen haben. Können Sie uns bitte im Detail schildern, was vorgefallen ist?», bat Amanda und schraubte den Deckel von Tores Thermoskanne.

«Tja, also, ich bin nach Belgrad geflogen, um einen gebrauchten Chrysler Voyager nach Stockholm zu überführen. Das Sicherheitsunternehmen, für das ich arbeite, hat mir genaue Instruktionen erteilt, wie die Überführung erfolgen sollte.»

Amanda erstarrte, hätte am liebsten nach der Farbe des Wagens gefragt, beherrschte sich aber. Sie musste Ellen erst besser einschätzen lernen, ehe sie preisgab, dass sie an einem älteren Chrysler brennend interessiert war. Es konnte wohl kaum ein Zufall sein, dass sie ausgerechnet einen Chrysler Voyager vor dem Hotel in Hajvalia gesehen hatte?

Amanda schenkte Kaffee in die Pappbecher.

«Was genau könnte uns Ihrer Meinung nach an der Sache interessieren?»

«Ich weiß, dass mein Arbeitgeber für den Chrysler bezahlt hat.»

«Wie viel?», hakte Amanda nach und hielt ein Fläschchen Milch hoch.

Ellen nickte, und Amanda goss einen Schuss Milch in den Kaffee. Dann öffnete sie eine Tüte Zimtröllchen und stellte sie in die Mitte der Rückbank. Ganz gleich wie viele neue Geschmackssorten auf den Markt kamen – Tore kaufte grundsätzlich Zimt.

«Das weiß ich nicht. Ich hab bloß zufällig gehört, dass eine Überweisung erfolgt und der Autodeal damit beendet sei. Da habe ich dann endgültig beschlossen, die Polizei zu informieren.»

«Haben Sie jemanden in Belgrad getroffen?»

«Nein, niemanden», erwiderte Ellen, schob ihren Ärmel hoch und sah auf die Uhr.

«Wie viel Zeit haben Sie?», erkundigte sich Amanda und nickte Tore zu, der den Motor anließ und rückwärts aus der Parklücke setzte.

«In einer Viertelstunde muss ich am Fältöversten sein.»

«Wir fahren in Richtung Östermalm und lassen Sie am Tessinpark in einer Querstraße raus. Da sind Sie direkt in der Nähe, und niemand sieht, dass sie aus diesem Auto steigen», sagte Amanda.

Ellen nickte und nahm sich drei Zimtröllchen aus der Tüte.

«Woher wussten Sie, welches Fahrzeug es sein sollte, und wie haben Sie den Schlüssel erhalten?»

«Die Angaben waren unmissverständlich. Der Chrysler stand auf dem Parkplatz meines Hotels in Belgrad, der Schlüssel lag auf dem linken Vorderreifen.»

«Und wie lauteten Ihre nächsten Anweisungen?», fragte Tore, der bisher schweigend zugehört hatte.

Amanda wusste, dass er Ellens Personalien notiert und den Parkplatz im Auge behalten hatte. Ellen war nicht auf den Kopf gefallen; es war offensichtlich, dass sie nicht wollte, dass jemand von ihrer Unterredung Wind bekam.

«Von Belgrad aus sollte ich nonstop nach Berlin fahren. Dort habe ich dann die Anweisung bekommen, weiter nach Stockholm zu fahren.»

«Wie bitte?» Amanda sah Ellen entgeistert an.

«Ich sollte nur halten, um an festgelegten Orten zu tanken, ansonsten durfte ich das Auto nicht verlassen.»

«Aber das sind mehr als vierundzwanzig Stunden», erwiderte Amanda.

Sie war selbst mit dem Auto in die Balkanstaaten gefahren, aber nur ein Verrückter legte 2300 Kilometer ohne Übernachtung zurück.

«Ja, so ungefähr …»

«Und wann haben Sie gegessen oder sind zur Toilette gegangen?»

«Ich hatte ausreichend Proviant und Urinbeutel aus der Apotheke. Sie wissen schon – diese Beutel, die Feuchtigkeit absorbieren.»

Amanda wusste genau, was Ellen meinte. Sie nickte. «Und an wen haben Sie den Chrysler übergeben?»

«Keine Ahnung. Ich sollte ihn auf dem Parkplatz vor Schloss

Drottningholm abstellen. Ich habe abgeschlossen, den Schlüssel auf dem linken Vorderreifen hinterlegt und meinem Arbeitgeber mitgeteilt, dass der Auftrag ausgeführt sei.»

«Um wie viel Uhr haben Sie den Chrysler dort abgestellt?», hakte Amanda nach. Vielleicht gab es dort Überwachungskameras, die die Situation aufgezeichnet hatten.

«Gestern gegen Mittag.»

«Der Chrysler könnte also noch dort stehen?»

Ellen schüttelte den Kopf und spülte ein Zimtröllchen mit einem Schluck Kaffee hinunter. «Ich bin ein paar Stunden später noch mal an dem Parkplatz vorbeigefahren. Da war er weg.»

«Wann genau sind Sie in Belgrad aufgebrochen?», fragte Tore.

«Um elf Uhr morgens, vor zwei Tagen.»

Amanda kritzelte «Pristina bis Belgrad?» in ihr Notizbuch. Schätzungsweise eine Strecke von fünf, sechs Autostunden. Es wäre also durchaus möglich, dass jemand den Chrysler aus dem Kosovo nach Serbien gefahren hatte.

«Glauben Sie, dass jemand dort Waren oder irgendeine Art Dienstleistung erstanden hat? Wie sah es im Innern des Chryslers aus?», fragte Tore und bog in die Erik Dahlbergsgatan ab.

«Hinter den Vordersitzen war eine blickdichte Trennscheibe. Ich hab also nur die Fahrerkabine sehen können», erwiderte Ellen und hielt ihren leeren Becher hoch. Amanda griff nach der Thermoskanne.

«Sie haben also keine Ahnung, was sich auf dem Rücksitz befand?»

Warum um alles in der Welt entschied man sich gegen den Polizeiberuf und für ein obskures Sicherheitsunternehmen? Wenn das ein normaler Arbeitstag gewesen war, musste sich Ellens Gehalt auf das Dreifache eines Polizistensolds belaufen. Amanda schenkte ihr Kaffee nach und musterte sie, als sie ein weiteres Zimtröllchen aus der Tüte fischte.

«Nein, und ich hatte auch nicht den Eindruck, dass Fragen erwünscht waren.»

«Was meinen Sie damit?»

Ellen zuckte mit den Schultern und starrte in ihren Kaffee.

«Wir benötigen Ihre Hilfe, Ellen. Können Sie in Erfahrung bringen, was Sie in dem Chrysler transportiert haben, wer der Auftraggeber war und an wen das Geld gezahlt wurde?»

«Und wie hoch die Summe war?», fügte Tore hinzu und fuhr auf der Strindbergsgatan langsam an die Bordsteinkante. Vor ihnen kam die Hedingsgatan in Sicht.

«Ich werde nicht alle Ihre Fragen beantworten können. Mein Arbeitgeber behandelt seine Kunden grundsätzlich mit äußerster Diskretion.»

«Versuchen Sie Ihr Bestes. Von Ihrer Hilfe hängen eventuell Menschenleben ab. Wir treffen uns heute Nachmittag um halb vier in der französischen Bäckerei in der Fridhemsgatan», sagte Amanda und hoffte, dass sie Ellen mit ihrer Betonung auf *Menschenleben* nicht verschreckt hatte.

Als Tore anhielt, stieg Ellen aus – mitsamt der Tüte Zimtröllchen in der Hand. Amanda lehnte sich über die Rückbank zur offenen Tür.

«Haben Sie sich das Kennzeichen gemerkt?»

«UBA 292», erwiderte Ellen noch. Dann war sie verschwunden.

37

Amanda trug Tore an der Rezeption des Torpet in den Besucherordner ein und lief dann mit schnellen Schritten vor ihm her die Treppe hinauf. Sie betraten Bills Büro, und Amanda zog für Tore einen zusätzlichen Stuhl heran.

«Was hat die Frau gesagt?», fragte Bill und trank einen Schluck von Sofias selbstgemachtem grünen Smoothie.

«Ihr Name ist Ellen Engwall. Sie hat einen Chrysler vom Balkan nach Stockholm überführt, ohne zu wissen, was sich in dem Auto befand», antwortete Amanda und berichtete von ihrer Unterredung.

Tore zog auf einem Whiteboard an der Wand eine blaue horizontale Linie. Von der Linie ausgehend malte er nach oben und unten weisende Pfeile, an deren Spitzen er Kästchen zeichnete. In die einzelnen Kästchen schrieb er verschiedene Ereignisse, die für ihre Ermittlungen relevant waren. Entlang der blauen Linie notierte er das jeweilige Datum und die Uhrzeit.

«Wie bitte? Sie ist vierundzwanzig Stunden ohne Pause durchgefahren?», fragte Bill.

Amanda nickte und roch an dem breiigen Smoothie.

«Probier ruhig, der schmeckt besser, als er aussieht. Für meinen Geschmack nur ein bisschen zu viel Ingwer.»

«Ich nehme an, das ist nicht deine Kreation?», erwiderte Amanda und probierte eine Löffelspitze.

«Sofia experimentiert mal wieder mit neuen Zutaten. Sie muss heute schon um fünf Uhr aufgestanden sein. Als ich aus dem Bett gekrochen bin, war ihre Yogamatte schon ausgerollt, und überall brannten Kerzen. Der Smoothie und dieses Sandwich haben im Kühlschrank auf mich gewartet», sagte Bill und wickelte ein mit Eierscheiben belegtes Sauerteig-Sandwich aus der Klarsichtfolie.

«Luxus», erwiderte Amanda. Das Brot war sicher ebenfalls selbst gebacken.

«Was hat sie transportiert?»

«Das weiß sie nicht. Der Autoschlüssel hat nur die Vordertüren entriegelt. Die Schlösser von den Hintertüren und vom Kofferraum müssen ausgetauscht worden sein.»

«Das klingt doch völlig absurd. Haltet ihr diese Ellen für glaubwürdig?»

«Wir gehen davon aus, dass sie die Wahrheit sagt. Sie hat das Gefühl, dass an der Sache etwas faul war, und will jetzt das Richtige tun», erwiderte Amanda und loggte sich ins System ein.

Nachdem sie den zehnstelligen Zugangscode eingegeben hatte, hieß es warten. Wie üblich dauerte der Anmeldevorgang eine Ewigkeit.

«Hast du Ellens Personennummer?», fragte sie Tore und rief das Melderegister auf.

«Sie ist jünger, als ich dachte», erwiderte Tore und legte seinen Notizblock neben Amanda auf den Tisch.

Ellen war Jahrgang 1989. Dann war sie also erst siebenundzwanzig und hatte bereits den Polizeidienst an den Nagel gehängt? Sie tippte die Personennummer in die Suchmaske ein und rief Ellens vollständige Personalien auf.

«Sie ist polizeilich nie aufgefallen. Lebt alleine in einer Wohnung am Thorildsplan. Im vergangenen Jahr ist sie bei zwei Rechtsstreitigkeiten als Klägerin aufgetreten: Nötigung eines Polizeibeamten und tätlicher Angriff gegen einen Polizeibeamten. Wahrscheinlich war sie bei der Streife und ist im Einsatz bei irgendwelchen Kneipenschlägereien angegriffen worden.»

«Was schlussfolgern wir daraus?», fragte Bill und biss in sein Sandwich. Sonnenblumenkerne und Leinsamen rieselten auf seine Hose.

«Nachdem Ellen den Chrysler von Belgrad nach Stockholm gefahren hat, wurde im Gegenzug für die Überführung eine Überweisung getätigt. Bei dem Chrysler könnte es sich um denselben Wagen handeln, den ich in Pristina gesehen habe», sagte Amanda und gab das Kennzeichen, das Ellen ihr genannt hatte, in die Suchmaske ein.

Es gehörte zu einem Volvo XC90, der Fahrzeughalter hatte die Nummernschilder als gestohlen gemeldet. Wenn sich Ellen das Kennzeichen richtig gemerkt hatte, war der Chrysler definitiv mit falschen Nummernschildern ausgestattet gewesen.

«Oder Ellens Aussage war vielleicht doch nicht ganz wahrheitsgetreu», kommentierte Bill, der sich hinter Amanda gestellt hatte und die Angaben auf dem Monitor überflog.

«Oder aber sie hatte keine Ahnung», murmelte Amanda, notierte den Namen des Fahrzeughalters auf einem Post-it-Zettel und steckte ihn in die Tasche. Bei ihrem Treffen heute Nachmittag würde sie Ellen einige Fragen stellen.

«Gut, aber ganz gleich, ob sie davon wusste oder nicht – wie lautet unsere Einschätzung?», hakte Bill nach.

«Es kann doch kein Zufall sein, dass mir im Kosovo ausgerechnet ein grauer Chrysler auffällt und zwei Tage später ein ebenfalls grauer Chrysler mit gestohlenen Kennzeichen in Stockholm auftaucht», sagte Amanda.

«Okay. Spielen wir den Hergang durch. Wie könnte das Ganze abgelaufen sein?» Bill setzte sich wieder auf seinen Schreibtischstuhl und fuhr sich mit der Hand über den kahlen Schädel.

«Wir gehen zunächst einmal davon aus, dass Jönsson sich in diesem Hotel in Peja befunden hat, als die Entführer ihm den Finger abgeschnitten haben. Sowohl die Zuggeräusche als auch der Gebetsruf während des Telefonats sprechen dafür – und vor allem der Finger, den ich im Hotel entdeckt habe.» Ohne ihrem Chef die Möglichkeit zur Nachfrage zu geben, fuhr Amanda fort: «Wir können mit einiger Wahrscheinlichkeit zwei Fahrzeuge mit dem Drogenhändler Krasniqi in Zusammenhang bringen. Eins davon war ein grauer Chrysler – ohne Kennzeichen.» Amanda trommelte mit einem Stift auf Bills Schreibtischplatte.

In der Zwischenzeit hatte Tore auf dem Whiteboard über der blauen Linie eine zweite, rote Linie gezogen. Darüber notierte er «Ellen» und erklärte dann: «Nur ein paar Stunden später erhält Ellen von einem obskuren Stockholmer Sicherheitsunternehmen den Auftrag, einen grauen Chrysler von Belgrad nach Stockholm zu überführen. Sie muss die Strecke nonstop zurücklegen und darf unterwegs nur zum Tanken aussteigen. Sie darf weder Pausen machen noch eine Übernachtung einlegen.»

«Wie weit ist es von Peja oder Pristina bis Belgrad?», fragte Bill.

«Gut fünfhundert Kilometer von Pristina. Länger als sieben Stunden braucht man für die Strecke nicht», erwiderte Tore und vervollständigte die beiden Linien mit den bekannten Zeitangaben.

«Jemand könnte also mit dem Chrysler, den Amanda gesehen hat, von Pristina nach Belgrad gefahren sein und ihn dort auf einem Hotelparkplatz abgestellt haben», schlussfolgerte Bill und studierte die Zeitleisten auf dem Whiteboard.

«Und bevor Ellen den Wagen übernahm, hat jemand gestohlene schwedische Kennzeichen eines Volvo XC90 angeschraubt, der hier in Stockholm auf einen … Göran Larsson zugelassen ist. Die Nummernschilder müssen zudem irgendwie in den Balkan gelangt sein», ergänzte Tore.

«Worauf läuft das alles hinaus?», fragte Bill.

«Ich vermute mal, dass im Heck des Chryslers Åke Jönsson gelegen hat», sagte Amanda.

«Aber hätte Ellen ihn nicht bemerkt, wenn er sich im Auto befunden hätte? Immerhin hat die Fahrt einen kompletten Tag gedauert», wandte Bill ein, schluckte den letzten Bissen seines Sandwiches hinunter, stand auf und verließ das Büro. Kurz darauf war das Gurgeln der Kaffeemaschine aus dem leeren Pausenraum zu hören. Einen Moment später kehrte Bill mit der Kaffeekanne, drei Bechern und einer Milchpackung zurück.

Amanda schenkte ihnen Kaffee ein. Dann ergriff sie wieder das Wort: «Derzeit können wir nicht beurteilen, ob Ellen etwas gehört haben müsste oder nicht. Dafür müssen wir erst den Chrysler finden. Aber es kann einfach kein Zufall sein, dass die Entführer behaupten, ihr Geld erhalten zu haben, den Deal für abgeschlossen erklären, Jönsson vom Erdboden verschwindet – und zur selben Zeit ein Chrysler unter verdächtigen Umständen vom Balkan nach Schweden gefahren wird.»

«Außerdem bestätigt die Firma Securus, für die Ellen arbeitet, dass ein ‹Autodeal abgeschlossen› und das Geld überwiesen worden sei», fügte Tore hinzu und goss Milch in seinen Kaffee.

«Wo befindet sich Jönsson jetzt? Ist er noch am Leben?» Bill rührte seinen Kaffee um.

«Vermutlich bei der Person, die Securus beauftragt hat.» Amanda zuckte mit den Schultern.

«Also gut», sagte Bill. «Wie gehen wir weiter vor?»

«Ich treffe mich heute Nachmittag um halb vier noch einmal mit Ellen. Ich habe sie gebeten herauszufinden, wer den Auftrag erteilt hat, wie viel Geld überwiesen wurde und an wen.»

«Setzen wir sie damit nicht unnötigen Risiken aus?»

«Wir haben keine andere Wahl. Sie ist der Schlüssel, ohne sie kommen wir nicht weiter.»

Amanda leerte ihren Rucksack auf Bills Schreibtisch aus. Sie streifte sich ein Paar Latexhandschuhe über und reihte dann sämtliche Telefone auf, die sie Blom im Kosovo abgenommen hatten. Daneben legte sie den Kalender und das Handy, die sie in Jönssons Haus in Pristina gefunden hatten.

«Wie passt Jönssons Frau ins Bild – abgesehen von der Drohung der Entführer, ihr etwas anzutun?», fragte Bill, drehte seinen Schreibtischstuhl in Richtung Whiteboard und studierte den dritten Zeitstrahl, den Tore mit einem grünen Marker gezogen und mit «Magdalena» überschrieben hatte.

«Da gibt es sicher eine Verbindung, wir sehen sie nur noch nicht», murmelte Amanda, überprüfte den Akkustand der Handys und nahm ein paar Asservatentüten zur Hand.

Das Telefon, auf dem die Entführer angerufen hatten, lag direkt vor ihr auf Bills Schreibtisch. In der vergangenen Nacht hatte es neben ihrem Bett gelegen, neben Andrés Brief. Sie hatte sicherstellen wollen, dass sie mitbekam, wenn jemand anrief.

«Hat die Auswertung von Magdalena Jönssons Telefon irgendetwas ergeben?», fragte Tore.

«Die Kollegen sind noch dabei, sie melden sich in Kürze.» Bill sah auf die Uhr.

«Und alle Gegenstände, die in Jönssons Haus und Garten sichergestellt wurden, sind ebenfalls im Labor?», hakte Amanda nach und steckte ein Handy nach dem anderen in die Asservatentüten.

«Die DNA-Analysen des Kondoms und der Kette dauern möglicherweise länger, als ich gedacht habe, sofern überhaupt irgendwelche Spuren gefunden werden. Auf der Kamera gab es leider keine Fingerabdrücke. Wer immer sie angebracht hat, war äußerst vorsichtig.»

«Aber das Kondom muss doch ein eindeutiges DNA-Material liefern?», fragte Amanda, nahm einen Filzstift und beschriftete die Beweismitteltüten sorgfältig mit der Art des Fundstücks sowie Ort und Zeitpunkt der Beschlagnahme.

«Na ja, nach Auskunft des Forensischen Zentrums dauert die Analyse länger, weil der Gegenstand DNA mehrerer Personen aufweist – die DNA des Mannes innen, die DNA der Frau außen ...»

«Von welchem Zeitraum sprechen wir? Im Haus sollte doch genügend DNA-Material von Jönsson vorhanden sein, um die DNA aus dem Kondom abzugleichen?», warf Tore ein.

«Es wird ein paar Tage dauern. Vor einer DNA-Extraktion müssen erst sämtliche Verunreinigungen aus der Probe entfernt werden. Die Kriminaltechniker durchkämmen das Gästehaus nach Spuren ...»

Bills Telefon klingelte. Amanda schenkte Kaffee nach und hörte mit halbem Ohr, wie einsilbig Bill antwortete. Dann klickte er sein E-Mail-Programm auf und öffnete die neueste Nachricht. Er hatte drei Dokumente geschickt bekommen: die Kontaktliste aus Magdalena Jönssons Handy, den SMS-Verkehr sowie die Einzelverbindungsnachweise. Bill bedankte sich und riss triumphierend den Arm in die Höhe.

«Yes. Jetzt kommen die Dinge ins Rollen.»

Er öffnete die drei Dokumente und suchte die letzten Gespräche heraus.

Im selben Moment piepte Tores Handy. Er setzte seine Lesebrille auf. «Eine Nachricht von der NOA. Da ist anscheinend ein neuer Hinweis eingegangen, der mit dem Balkan zusammenhängt. Ich rufe sofort an», sagte er und verschwand in den Pausenraum.

Amanda und Bill studierten die Listen. Um 08:15 Uhr am vergangenen Morgen hatte Magdalena Jönsson eine Handynummer angerufen – ihr letztes Gespräch.

«Etwa um diese Zeit hat sie die Klinik verlassen», murmelte Amanda und scrollte rückwärts.

«Von derselben Nummer hat sie am Vorabend einen Anruf erhalten», stellte Bill fest und googelte die Telefonnummer.

«Hatte sie ihre persönlichen Gegenstände während des Aufenthalts in der Klinik nicht abgegeben?»

«Doch ... Vielleicht war das, bevor ... Moment mal, die Nummer ist auf eine Firma registriert. Auf Aberdeen.»

«Ein Diensthandy?»

«Magdalena Jönsson arbeitet bei Aberdeen.»

«Dann hat sie mit einem Kollegen telefoniert? Wie schnell können wir herausfinden, wessen Nummer das ist?»

«Klingt nach einem Job für Tore.»

«Schlechte Neuigkeiten», verkündete dieser, als er im nächsten Moment aus dem Pausenraum zurückkam. «In einem ausgebrannten Pkw im Kosovo wurde eine männliche Leiche entdeckt.»

«Ist der Mann schon identifiziert?», fragte Amanda.

«Noch nicht. Aber aller Wahrscheinlichkeit nach handelt es sich um einen Schweden.»

«Woher wollen sie das wissen?», fragte Amanda, der bereits schwante, dass es sich entweder um Jönsson oder um Blom handeln musste. Ihr Verdacht wurde umgehend bestätigt.

«Neben der Leiche lag eine schwedische Polizeidienstmarke.»

38

Um kurz vor halb vier betrat Amanda die Bäckerei «Les Petits Boudins». Falls man nicht ohnehin hungrig hierherkam, war man es spätestens, wenn einem der Duft von frisch gebackenem Brot und Gebäck in die Nase stieg. Sie stellte sich in die Schlange und sah aus dem Fenster. Sie brauchten Ellen – hoffentlich kam sie.

Amanda bestellte zwei Gläser frisch gepressten Orangensaft und zwei belegte Brötchen, bezahlte und setzte sich mit dem Rücken zur Wand und mit Blick auf die Eingangstür an einen runden Tisch.

Zwischen ihrem Tisch und dem Fenster zur Alströmergatan stand ein Rollwagen mit Backblechen. Amanda konnte zwischen den Blechen hindurch auf die Straße hinaussehen, war aber selbst nur schwer zu entdecken. Ihre Unterhaltung sollte wie ein ganz normales Kaffeetrinken wirken; sie wollte Ellen nicht unnötig gefährden. Wer weiß, wozu dieses Sicherheitsunternehmen imstande war, sollte dort jemand herausfinden, dass ein Mitarbeiter der Polizei Informationen zuspielte.

Minute um Minute verstrich, und ein Kunde nach dem anderen wurde bedient. Ellen hatte sich aus freien Stücken bei der Polizei gemeldet; welchen Grund könnte sie haben, jetzt nicht zu erscheinen?

Amandas Handy piepte.

Als sie das Telefon zur Hand nahm, erstarrte sie. Eine SMS von André. Amanda biss die Zähne zusammen, um ihn nicht laut zur Hölle zu wünschen. Sie hatte ihm jeglichen Kontakt untersagt, sobald klar gewesen war, dass er nicht vorhatte, als Vater ihrer gemeinsamen Kinder in Erscheinung zu treten. Warum jetzt dieser plötzliche Eifer?

Sie fuhr mit dem Finger über das Display und las die Nachricht: «Amanda, ich habe dir vor ein paar Tagen einen Brief geschickt. Bitte lies ihn und denk in Ruhe darüber nach. Die Dinge liegen inzwischen anders. Ich würde mich über eine Antwort freuen, wenn auch nur als Bestätigung, dass du meinen Brief bekommen hast.»

Amanda musste an ihr letztes Telefonat mit André zurückdenken. In der festen Überzeugung, dies wäre das letzte Quäntchen Motivation, das er noch brauchte, um seine Frau endgültig zu verlassen, hatte sie ihm von ihrem Verdacht erzählt, in der sechsten Woche schwanger zu sein. Doch er hatte kühl eine Abtreibung vorgeschlagen.

Amanda starrte aus dem Fenster.

Was glaubte er? Dass er in ihr Leben platzen konnte, wie es ihm gerade gefiel? Wann immer es ihm in den Kram passte? Sobald die Dinge «anders lagen»? Was immer das heißen sollte. Er hatte sich entschieden, an seiner unglücklichen Ehe festzuhalten, anstatt den Neubeginn mit ihr zu wagen. Amanda steckte das Handy weg, ohne auf die SMS zu antworten.

Als sie wieder aufblickte, entdeckte sie Ellen. Sie kam die Alströmergatan entlang in Richtung Bäckerei. Ihr grüner Anorak schien ein, zwei Nummern zu groß zu sein und flatterte im Wind. Amanda schickte Bill, der ein Stück entfernt in seinem Wagen saß und den Eingang des «Les Petits Boudins» beobachtete, eine Nachricht.

Als Ellen den Zebrastreifen auf der Fridhemsgatan überquerte, blies ihr eine Böe den Schal ins Gesicht. In der einen Hand hielt sie eine Zigarette, in der anderen einen bunten Stoffbeutel. Dann entdeckte sie Amanda durch die geöffnete Tür der Bäckerei, lächelte und steckte die Zigarette in einen mit Sand gefüllten Blumentopf.

Nachdem sie Amanda die Hand gegeben hatte, setzte sie sich ihr gegenüber.

«Danke, dass Sie gekommen sind», sagte Amanda und musterte Ellen im Licht der Lampen genauer. Sie war ungeschminkt. Ihre schwarzen Haare ließen ihre Haut blass wirken. Sie hatte strahlend weiße, gerade Zähne und breite, perfekt gezupfte Augenbrauen, allerdings lagen nach wie vor tiefe Schatten unter ihren Augen, und auch die entzündeten roten Bläschen um ihren Mund hatten sich noch nicht zurückgebildet. Ellen war eine natürliche Schönheit, schien sich aus ihrem Aussehen jedoch nicht viel zu machen.

«Haben Sie jemandem von unserem Treffen erzählt?»

Ellen schüttelte heftig den Kopf und sah Amanda entsetzt an. «Nie im Leben. Ich würde auf der Stelle gefeuert werden und mir eine Menge Ärger einhandeln, wenn mein Chef herausfände, dass ich die Polizei eingeschaltet habe.»

«Warum arbeiten Sie bei Securus?», fragte Amanda und schob Ellen ein belegtes Brötchen und einen Orangensaft zu.

Ellen hob die obere Hälfte an und musterte den Belag. Sprossen und Salatblätter rutschten von der dicken Käsescheibe.

«Woher wussten Sie, dass ich nicht gerne Fleisch esse?», fragte sie und nahm einen herzhaften Bissen.

Genau wie am Vormittag griff Ellen mit Appetit zu, als wäre das, was Amanda ihr anbot, seit langem ihre erste Mahlzeit.

«Hier gibt es nur vegetarische Gerichte. Aber ich dachte mir, dass Sie Salat vorziehen», erwiderte Amanda.

«Securus, tja ... Nach fünf Jahren in Uniform ohne Gehaltserhöhung und in einer Organisation, die leider nur der Theorie nach funktioniert, war ich es leid. Ich habe Malkolm kennengelernt, als er einen Einbruch in sein Haus meldete. Ich habe die Anzeige aufgenommen. Wahrscheinlich habe ich da einen kompetenten Eindruck hinterlassen. Ein paar Tage später rief er mich an und bot mir einen Job an. Ich bekomme das doppelte Gehalt, arbeite im Großen und Ganzen nur tagsüber und muss mich nicht mit der ... Öffentlichkeit befassen, wenn Sie verstehen, was ich meine.»

Sie schien sich allmählich zu entspannen. Ihre Schultern lockerten sich, und sie redete langsamer.

«Außer wenn Sie nonstop von Belgrad nach Stockholm fahren.»

«Dafür bekomme ich einen Bonus.» Ellen verdrehte die Augen.

«Aber in Ihrem Herzen sind Sie immer noch Polizistin. Sonst hätten Sie sich wohl kaum bei uns gemeldet?»

Ellen nickte und verdrückte den letzten Bissen ihres Brötchens.

«Wie lief's – konnten Sie inzwischen mehr herausfinden?»

«Nach Abschluss des Auftrags wurden dreihunderttausend überwiesen.»

«Dreihunderttausend Kronen? Für den Chrysler auf dem Parkplatz am Schloss Drottningholm?»

«Euro, nicht Kronen.»

Amanda richtete sich abrupt auf. Jetzt wurde die Sache so richtig interessant. Das waren mehr als drei Millionen Kronen! Wofür? Für einen alten Chrysler?

«Was befand sich Ihrer Meinung nach in dem Auto?»

«Ich habe keinen blassen Schimmer.»

«Was wussten Sie über den Auftrag, bevor Sie nach Belgrad geflogen sind?»

«Dieses Unternehmen arbeitet nach dem *Need-to-know-*, nicht nach dem *Nice-to-know*-Prinzip. Insofern: Ich wusste rein gar nichts. Nach der Ankunft in Belgrad hab ich Informationen etappenweise erhalten. Nur das Nötigste – ich hatte keine Ahnung, dass jemand für die Überführung dreihunderttausend Euro bezahlt.»

Offensichtlich verstand sich diese Firma darauf, riskante Aufträge auszuführen. Dass sie eine Briefkastenadresse in der Frejgatan unterhielt, war sicher kein Zufall, dachte Amanda.

«Ellen, in der Regel werden vor allem drei Dinge aus den Balkanstaaten nach Schweden geschmuggelt: Drogen, Waffen oder Menschen – oder alles gleichzeitig.»

«Ich weiß.» Ellen starrte auf den Tisch.

«Hatten Sie den Eindruck, dass der Wagen schwer beladen war?»

«Nein, das ist mir nicht aufgefallen.»

«Wussten Sie, dass der Chrysler mit falschen Nummernschildern ausgestattet war?», fragte Amanda, ohne Ellen aus den Augen zu lassen.

«Das habe ich unterwegs begriffen, als ich das Kennzeichen online in der Datenbank der Kfz-Zulassungsstelle gecheckt habe. Aber ich wollte bei unserer ersten Begegnung heute Morgen nicht gleich die nächste Straftat zur Sprache bringen.» Sie grinste schief.

«Aber Sie haben den Mut aufgebracht, in einem Wagen mit gestohlenen Kennzeichen durch halb Europa zu fahren – noch dazu mit einem Kofferraum, den Sie nicht öffnen konnten. Wenn Sie von der Polizei angehalten worden wären, hätten Sie keine Erklärung gehabt.»

«Ich hatte Glück und ... im Notfall hätte ich meine Polizeimarke vorzeigen können», erwiderte Ellen, ohne Amanda anzusehen.

«Ich dachte, Sie haben bei der Polizei aufgehört?»

«Ja, aber es hat mich nie jemand nach meiner Dienstmarke gefragt. Also dachte ich, ich behalte sie. Hat sich als ... hilfreich erwiesen.»

Amanda platzte vor Neugier, wollte Ellen jedoch nicht mit Fragen über Securus überschütten, auch wenn sie darauf brannte, zu erfahren, wie dort die Arbeitsabläufe aussahen, und vor allem, wie dieser Auftrag im Detail abgelaufen war. Dazu würden sie noch kommen. Lieber machte sie kleine Schritte, um das gerade erst aufkeimende Vertrauen nicht gleich wieder zu verspielen.

«Was glauben *Sie* denn, was sich im Kofferraum befunden hat?», fragte Ellen.

Amanda war überrascht. Sie konnte und wollte Ellen nicht über ihren Entführungsfall ins Bild setzen. Andererseits hing die Überführung des Chryslers mit Jönssons Verschwinden zusammen – es musste so sein. Sie glaubte nicht an Zufälle.

Amanda holte tief Luft. Sie mussten den Fall aufklären.

«Mindestens eine der Waren, die ich eben genannt habe ...»

«Ja, das denke ich auch», seufzte Ellen, schloss die Augen und schluckte.

«Könnten Sie weitere Informationen beschaffen und uns in dieser Angelegenheit unterstützen? Natürlich ohne sich selbst in Gefahr zu bringen.»

Ellens Gesichtsmuskeln entspannten sich, und sie atmete hörbar aus. Sie nickte. Dass ihre Chancen, sich nicht wegen Beihilfe zu einer Straftat verantworten zu müssen, die sie gar nicht hatte begehen wollen, erheblich stiegen, wenn sie mit der Polizei kooperierte, schien ihr klar zu sein. Obwohl sie damit gegen die Regeln verstieß, beschloss Amanda, Ellen zumindest teilweise in ihren Fall einzuweihen; Ellen musste verstehen, wie wichtig weitere Informationen für sie waren.

«Ein schwedischer Staatsbürger ist verschwunden und seine Frau ebenfalls. Es gibt Indizien, die auf eine Verbindung zum Balkan hinweisen – Drogen, größere Geldsummen. Denken Sie als Polizistin. Sie wissen, welche Informationen relevant sein könnten.»

«Wann treffen wir uns wieder?», entgegnete Ellen, wickelte sich ihren Schal um den Hals und stand auf.

«Morgen um zwölf? Ich lade Sie zum Mittagessen ein – im Åhléns-Restaurant am Fridhemsplan. Rufen Sie mich an, wenn wir uns früher sehen müssen», sagte Amanda und schrieb ihre Telefonnummer auf eine Serviette.

Ellen steckte die Serviette in die Tasche und angelte ihre Zigaretten hervor. An der Tür nahm sie die Treppe mit einem Satz und verschwand die Fridhemsgatan hinunter.

39

Bill zog die Chipkarte aus dem Lesegerät, schlug den Tresorschrank zu, drehte den Riegel und wartete auf das Summen. Er wollte nach Hause und mit Sofia und den Kindern gemeinsam zu Abend essen. Als er am Morgen zur Arbeit gefahren war, hatte ein Topf mit eingeweichten Linsen in der Küche gestanden. Wenn er Glück hatte, gab es Sofias selbstgebackenes Sauermilchbrot dazu.

«Sieh dir das an!», rief Tore, der sich hinter zwei Monitoren verschanzt hatte.

Bill ging zu ihm hinüber. Auf einem Bildschirm hatte Tore eine Seite aus dem Meldesystem der Polizei aufgerufen, auf dem zweiten war ein vergrößerter Kartenausschnitt zu sehen. Bill überflog eine alte Anzeige – wegen eines gestohlenen Portemonnaies. Der Diebstahl hatte sich Ende Juni 2016 spät in der Nacht in der Nähe des Stureplan ereignet.

«Hast du's gelesen?»

«Was soll an dem gestohlenen Portemonnaie interessant sein?», fragte Bill.

«Der Typ, der die Sache angezeigt hat, hat dieselbe Telefonnummer angegeben, die Magdalena Jönsson angerufen hat», erklärte Tore und scrollte ein Stück nach unten zu den Kontaktdaten.

David Olofsson. Bill blickte auf den Bildschirm mit der vergrößerten Umgebungskarte. Tore hatte den Namen gegoogelt und drei David Olofssons im Stockholmer Stadtgebiet ausfindig gemacht.

«Wenn wir mal davon ausgehen, dass David Olofsson in der Stadt wohnt, haben wir drei Kandidaten», fuhr Tore fort. Einer davon war in Djursholm gemeldet, der zweite in Haninge, der dritte auf Ekerö.

«Und welcher der drei arbeitet bei Aberdeen und ist mit Magdalena Jönsson bekannt?» Verstohlen sah Bill auf die Uhr.

Möglicherweise befand sich Magdalena gerade an einer dieser drei Adressen und traf sich einfach nur mit einem Arbeitskollegen. Doch angesichts der Indizienlage fiel es ihm schwer, das zu glauben.

«David Olofsson aus Ekerö ist Rentner. Unter seiner Adresse ist außerdem eine Frau mit demselben Nachnamen gemeldet. David Olofsson aus Haninge ist sechsunddreißig, laut Melderegister verheiratet und Vater zweier Kinder. Ich nehme an, dass unser Mann im Ragnaröksvägen 17 in Djursholm wohnt. Laut Melderegister lebt er allein.»

Bill überflog die Personalien, die die Internetsuche zutage gefördert hatte. David Olofsson, achtundfünfzig Jahre alt. Eine Telefonnummer war nicht angegeben.

«Hast du etwas über ihn finden können – irgendeine Verbindung zu Aberdeen?»

«Nein, keine Verbindung, keine Vorstrafen. Er hat zwei Kinder, eines davon ist allerdings vor einigen Jahren gestorben.»

Bill dachte kurz nach. Er würde auf dem Heimweg einen Abstecher nach Djursholm machen und die Adresse überprüfen können. Es würde nicht länger als eine Stunde dauern. Zwar müsste er die Linsensuppe dann wohl alleine essen, könnte aber noch Zeit mit den Kindern verbringen, ehe sie ins Bett gingen.

Er schrieb sich die Anschrift auf, griff nach einer Flasche Mineralwasser und verließ das Büro.

Im Auto drehte er das Radio laut, wechselte auf der E4 auf die linke Spur stadteinwärts und fuhr in Richtung Bergshamravägen. Sofern er vom Feierabendstau verschont blieb, war er in zehn Minuten in Djursholm. Er schrieb Sofia eine SMS und versprach, in anderthalb Stunden zu Hause zu sein. Er würde nicht aus dem Auto steigen, sondern einfach nur am Haus vorbeifahren. Falls es tatsächlich der richtige David Olofsson war, wollte er nicht, dass ein Nachbar oder Anwohner hellhörig wurde.

Warum hatte dieser Mann Magdalena Jönsson um zehn Uhr abends angerufen? Und warum rief die labile Frau ihn als Allerersten zurück, sowie sie die Psychiatrie verlassen hatte? Und falls es sich bei dem Anrufer um denselben Mann handelte, der sie Minuten später an der Klinik abgeholt hatte – musste er dann nicht schon in der Nähe gewesen sein und auf sie gewartet haben? Sofern es sich tatsächlich so abgespielt hatte, sprach alles dafür, dass Magdalena dem Mann vertraute. Außerdem hatte er ein Diensthandy von Magdalena Jönssons Arbeitgeber benutzt und seinen Telefonkontakt mit ihr in keiner Weise verschleiert.

Bill nahm die Ausfahrt 178 und erreichte wenig später den Vendevägen. Hier herrschte umso weniger Verkehr. Er bog erst in den Norevägen, dann in den Belevägen ab, fuhr langsamer, drehte das Radio leise. Jetzt musste er nur noch einmal rechts abbiegen, um auf den Ragnaröksvägen zu kommen. Wenn das Haus direkt an der Straße lag, würde er mit ein bisschen Glück einen Blick in die Fenster werfen können.

Bill blinkte rechts. Die Straße war leer.

Nummer 17 war das dritte Haus auf der linken Seite. Der gelbliche Lichtschein der Straßenlaternen erhellte weite Teile des Bürgersteigs. Schon aus einiger Entfernung sah Bill, dass ein gusseiserner Zaun den Vorgarten umgab. Die Einfahrt schien kürzlich erst neu gepflastert worden zu sein.

Aus der Gegenrichtung näherte sich ein gelber DHL-Lieferwagen und hielt vor dem grünen Metallbriefkasten am Eisenzaun. Eine Frau stieg aus, hielt ein Paket in der Hand, das ganz offensichtlich nicht in den Briefkasten passte. Sie öffnete das Gartentor und lief auf den Hauseingang zu. Als sie an der Garage vorbeikam, sprang eine Außenleuchte an. Dann war die Frau aus Bills Blickfeld verschwunden.

Merkwürdige Lieferzeit, wunderte er sich.

Wie in den Nachbargärten schimmerte bei Olofsson ein abgedeckter Swimmingpool durch die Sträucher. Ansonsten war die Sicht auf das Grundstück von Findlingen und dichtem Buschwerk versperrt. Bill betrachtete die Garage; sie schien erst später zum Haus hinzugekommen zu sein, passte optisch jedoch zum Rest des Anwesens. Da hatte jemand sein Handwerk verstanden.

Das Haus selbst war stattlich, mit weiß gestrichener Holzfassade. Eine typische Zwanziger-Jahre-Villa, dachte Bill und fuhr im Schritttempo weiter.

Im Rückspiegel sah er gerade noch, wie die DHL-Zustellerin zu ihrem Wagen zurückkehrte. Das Paket hielt sie immer noch in der Hand, steckte im Vorbeigehen aber eine Benachrichtigungskarte in den Briefkasten. Die Klappe schien nicht richtig zu schließen. Einen Moment später fuhr der Lieferwagen mit quietschenden Reifen davon.

Bill fuhr weiter die Straße hinunter, ließ die Wohnsiedlung hinter sich und hielt in der Nähe eines Spielplatzes an. Ihm war eine Idee gekommen. Im Haus hatte kein Licht gebrannt, offenbar war niemand dort – zumindest niemand, der einer Paketbotin die Tür öffnete oder den Briefkasten leerte.

Er drehte die Heizung so hoch wie möglich, hielt sein Gesicht in die Lüftung, rieb sich über den nahezu kahlen Schädel, goss sich ein bisschen Mineralwasser in die Hand und benetzte Gesicht und Stirn. Dann schob er den Sitz so weit wie möglich zurück und öffnete seine Tasche.

Zwei Minuten später trug er Sportsachen und eine Mütze und sah aus, als wäre er schon etliche Kilometer gelaufen. Er schloss das Auto ab und begann zu joggen. Wie erwartet waren seine weißen Stan-Smith-Sneakers nicht die besten Laufschuhe.

Trotzdem hielt er in zügigem Tempo auf das Haus zu.

Es war ein Schuss ins Blaue, aber die Neugier ließ ihm keine Ruhe.

Hundert Meter vor dem Haus sprintete er los, als verliefe auf Höhe des Briefkastens die Ziellinie des Stockholm-Marathons. Als er ihn erreicht hatte, hielt er an und stützte die Hände auf die Knie.

Die Straße lag nach wie vor verlassen da; weder Menschen noch Autos waren zu sehen.

Rasch öffnete Bill die Klappe des Briefkastens, nahm den obersten Stoß Post heraus und legte ihn auf den Boden. Er fragte sich, seit wie vielen Tagen der Briefkasten schon nicht mehr geleert worden war. Obwohl er sich wie ein Einbrecher vorkam, nahm er auch noch die restliche Post heraus. Scheppernd fiel die Briefkastenklappe zu.

Ganz oben auf dem Poststapel lag die Benachrichtigung, dass morgen eine Nespresso-Sendung am Postschalter im nahegelegenen ICA-Supermarkt abholbereit sei. Das musste das Paket sein, das die DHL-Botin vorhin hatte zustellen wollen. Der Rest waren Schreiben von Vattenfall und der Kfz-Zulassungsstelle sowie Immobilienzeitschriften. Ein Brief stammte vom Schwedischen Jagdverband. So ein Schreiben hatte Bill auch erhalten; es enthielt die jährlich von der Natur- und Umweltschutzbehörde erneuerte Jagdlizenz.

Er ging in die Hocke, streckte ein Bein aus und zog drei Umschläge hervor, die zwischen den Seiten einer Zeitschrift steckten.

Auf dem obersten sprang ihm ein Stempel ins Auge: Aberdeen. Er nahm die beiden anderen Kuverts unter die Lupe. Sie trugen den gleichen Firmenstempel. Bill klaubte sämtliche Post zusammen, stopfte sie in den Briefkasten zurück und joggte weiter. Er nahm eine Abkürzung zwischen zwei Grundstücken hindurch und war kurz darauf wieder an seinem Auto. Dort rief er Tore an.

«Treffer in Djursholm. Er ist es.»

«Ich habe diesen David Olofsson in der Zwischenzeit genauer durchleuchtet. Er arbeitet schon seit Jahren bei Aberdeen und bezieht dort eine sogenannte Vorstandsvergütung», erwiderte Tore.

«Wie hast du das so schnell herausbekommen?»

«Ich habe mit dem Finanzamt gesprochen. Das Geld wird als Ge-

halt versteuert, dementsprechend schickt Aberdeen ein Lohnsteuer-
bescheinigung ans Finanzamt. Olofsson könnte also einfach nur ein
Kollege sein, der Magdalena Jönsson in einer schwierigen Situation
beisteht.»

«Wenn ihr Telefon nicht im Gras vor der psychiatrischen Notaufnahme gefunden worden wäre, würde ich das auch glauben.»

«Was glaubst du stattdessen – dass die beiden ein Liebespaar sind
und ein Mordkomplott gegen Åke geschmiedet haben, das sie sich
drei Millionen Kronen kosten lassen?»

«Magdalena Jönsson hat nicht die Mittel.»

«Aber Olofsson. Nach den Summen zu urteilen, die mir inzwischen zwei Banken genannt haben, ist er im Prinzip finanziell unabhängig.»

Auf der Rückfahrt von Djursholm verspürte Bill eine bohrende
Unruhe. Er wurde das Gefühl nicht los, dass Magdalena Jönsson sich
inzwischen bei ihm oder ihrer Schwester gemeldet hätte, wenn alles
in Ordnung wäre.

40

Amanda betrat die Åhléns-Filiale durch den Eingang am Drottningholmsvägen und setzte ihre Kapuze ab. Sie musste sich dringend eine neue Goretex-Jacke kaufen. Ihre Haare waren feucht und lockten sich an den Schläfen. Intensiver Parfümgeruch schlug ihr entgegen. Es war Mittagszeit und das Kaufhaus gut besucht.

Sie durchquerte die Kosmetikabteilung und bahnte sich zwischen Rentnern und Jugendlichen einen Weg zum Restaurant. Suchend blickte sie sich nach Ellen um, hoffte aber, als Erste eingetroffen zu sein. Es war eine eiserne Grundregel in ihrer Branche, immer ein paar Minuten vor der festgelegten Zeit am vereinbarten Ort zu erscheinen. Nicht zu früh, aber früh genug, um die Umgebung in Augenschein zu nehmen.

Dass Ellen sich nicht mehr bei ihr gemeldet hatte, deutete Amanda als gutes Zeichen. Bisher war sie immer pünktlich am verabredeten Platz erschienen. Das sprach für ihre Zuverlässigkeit und Glaubwürdigkeit.

Amanda nahm sich eine Speisekarte und setzte sich in einen Sessel mit Blick auf die Abteilung für Damenoberbekleidung. Lachsrosa lag offenbar im Trend. In den Regalen stapelten sich Ponchos, Handtaschen und Schals in ein und demselben Farbton.

Um Punkt zwölf kam Ellen durch den Eingang an der Sankt Eriksgatan und schüttelte ihren Regenschirm so heftig aus, dass Tropfen in alle Richtungen spritzten. Sie trug ihren grünen Anorak und hatte ihren Stoffbeutel dabei. Er schien schwer zu sein. Als sie Amanda entdeckte, nickte sie ihr zu und ging zielstrebig in den Restaurantbereich.

«Ist der Platz für Sie in Ordnung?», fragte Amanda, stand auf und umarmte Ellen – nicht ganz angebracht, aber so fielen sie unter den anderen Restaurantgästen weniger auf.

Ellens Blick flackerte. Sie schien sich nicht wohl in ihrer Haut zu fühlen.

«Haben Sie eine Tasche oder eine Tüte dabei?»

«Den Rucksack, wieso?», fragte Amanda und hielt ihren Rucksack hoch.

«Ich habe einen Umschlag für Sie. Ich möchte ihn nicht länger mit mir herumtragen. Können Sie ihn sofort einstecken?», erwiderte Ellen und reichte Amanda seitlich am Tisch vorbei ihren Stoffbeutel.

Amanda tastete den Umschlag in der Tasche ab und spürte eine Erhebung. Ellen hatte sich an ihre Vereinbarung gehalten; bedeutete das, dass sie sich entschieden hatte und voll und ganz auf der Seite der Polizei stand? Möglicherweise war zwar nicht so sehr ihr Rechtsbewusstsein ausschlaggebend als vielmehr der Wunsch, sich von einer kriminellen Tat reinzuwaschen, aber im Grunde spielten ihre Beweggründe keine Rolle. Dass Ellen glaubwürdig war und weiter mit ihnen kooperierte – nur darauf kam es an.

Ohne einen Blick auf den Umschlag zu werfen, steckte Amanda ihn in ihren Rucksack und gab Ellen den Beutel zurück. Die wirkte augenblicklich deutlich entspannter und sank in ihrem Stuhl zurück.

«Möchten Sie woanders hingehen?», fragte Amanda und hoffte, dass Ellen nein sagte.

Einerseits wollte sie unbedingt erfahren, was in dem Umschlag steckte; andererseits müssten Bill und Tore ihre Posten aufgeben, wenn Ellen darauf bestand, ihre Unterhaltung an einem anderen Ort fortzusetzen. Tore bewachte von seinem Wagen aus den Eingang an der Sankt Eriksgatan, Bill stand an der Bushaltestelle am Drottningholmsvägen und behielt den zweiten Kaufhauseingang im Auge. So wollten sie sicherstellen, dass kein Securus-Mitarbeiter Ellen verfolgte – weder vor noch nach dem Treffen mit Amanda.

«Nein, nicht nötig. Sollen wir bestellen?», fragte Ellen und schlug die Speisekarte auf.

Immer hungrig und immer ohne Umschweife zur Sache. Keine Höflichkeitsfloskeln oder Smalltalk, um die Atmosphäre aufzulockern, dachte Amanda und winkte eine Bedienung heran.

«Ich nehme die Brokkoli-Tarte», entschied Ellen und klappte die Speisekarte zu.

Der Einfachheit halber bestellte Amanda das Gleiche, dazu zwei Mineralwasser. Sie wollte ihre kostbare Zeit nicht mit dem Lesen der Speisekarte vergeuden.

«Falls wir unterbrochen werden, schicke ich Ihnen in einer Stunde eine SMS mit einem Vorschlag für ein neues Treffen heute Abend. Ich tue so, als hätte ich eine Internetannonce geschaltet, auf die Sie sich gemeldet haben. Passt das?»

«Ja, sicher», stimmte Ellen zu und versuchte, ein Pflaster festzukleben, das sich von ihrem Daumen gelöst hatte.

«Und falls jemand von Securus Fragen stellen sollte, erzählen wir, dass wir früher bei der Polizei zusammengearbeitet haben», fuhr Amanda fort.

Sie hatte eine vollständige Aufstellung über die Dienstleistungen der Firma angefordert, aber bis sie die bekam, würde es einige Zeit dauern. Den im Internet und in den polizeilichen Datenbanken vorhandenen Informationen zufolge war Securus in der Sicherheitsberatung tätig. Solche Unternehmen wurden in der Regel von betuchten Privatpersonen oder Konzernen beauftragt, die sich in irgendeiner Weise bedroht fühlten. Häufig forcierten die Mitarbeiter des Sicherheitsunternehmens dieses Gefühl der Bedrohung zusätzlich, um ihre Dienste in Form von Gebäude- oder Personenschutz an den Mann zu bringen. Offensichtlich war Securus unter dem Deckmantel einer seriösen Firma, die jeder Überprüfung ihres Geschäftsgebarens stand-hielt, in kriminelle Machenschaften verwickelt.

Ellen nickte. «Ich habe Material entdeckt», sagte sie dann, «das mit meinem Auftrag zusammenhängen könnte.»

«Was für Material?»

«Filme aus Überwachungskameras», erwiderte Ellen und riss das Pflaster ab, das nicht mehr kleben wollte.

Amanda lehnte sich über den Tisch. Wenn sie Glück hatten, waren auf den Aufnahmen Personen zu sehen, die von Interesse waren. Sie schob die Hand in die Tasche ihres Blazers und schaltete ihr Diktier-gerät an.

«Haben Sie sich die Filme angeschaut?»

«Nur ein paar, aber sie stecken alle in dem Umschlag», erwiderte Ellen und deutete mit dem Kopf auf Amandas Rucksack.

«Und?»

«In den Filmen sind verschiedene Personen zu sehen – überwie-gend junge Frauen, die einen verwahrlosten Eindruck machen.»

«Tauchen einige dieser Personen häufiger auf?», hakte Amanda nach.

«Keine Ahnung. Ich hab die Filme bloß kopiert, wollte aber nicht dabei erwischt werden und stand ein bisschen unter Zeitdruck», ant-wortete Ellen, zog einen Taschenspiegel hervor und betrachtete die Herpesbläschen um ihren Mund.

Die Salbe hatte geholfen, die Rötung ging zurück. Ellen drückte zwei Tabletten aus einem Blisterstreifen.

«Wenn ich unter Stress stehe und zu wenig schlafe, bekomme ich Herpes», erklärte sie und verzog das Gesicht, als sie die Tabletten ohne Flüssigkeit hinunterschluckte.

«Wie haben Sie die Filme entdeckt?»

«Ich war im Büro und habe ein Fernglas zurückgebracht, das ich mir ausgeliehen hatte. Es war niemand da, also habe ich mich ein bisschen umgesehen.»

«Und warum glauben Sie, dass die Filme mit Ihrem Auftrag zusammenhängen könnten?», fragte Amanda und lehnte sich noch ein Stück weiter über den Tisch.

Als Ellen gerade antworten wollte, erschien die Bedienung mit ihrer Bestellung. Amanda fluchte innerlich.

«Zwei Brokkoli-Tartes?»

Amanda nickte. Sie schwiegen, bis die Bedienung wieder außer Hörweite war.

«Malkolm ist sehr gewissenhaft, aber altmodisch. Er mag keine Computer und vertraut der modernen Technik nicht. Zum einen glaubt er nicht, dass technische Systeme lückenlos funktionieren, und zum anderen will er keine ‹digitalen Spuren› hinterlassen, wie er es nennt.» Ellen malte Anführungszeichen in die Luft. Sie aß ein großes Stück von ihrer Tarte und fuhr fort: «Manche Aufträge dokumentiert er nur auf Papier. Er heftet die Unterlagen in Aktenordner und beschriftet die Ordner mit Datum und Namen. Ein Aktenordner pro Job oder Auftrag oder wie auch immer Sie solche Dienstleistungen bezeichnen möchten. Jeder Aktenordner ist in Register unterteilt: Quittungen, Ausgaben, Observationsprotokolle, CDs mit Filmen oder Fotos. Malkolm brennt gerne CDs. Auf CDs lässt sich das Material angeblich nicht so leicht manipulieren wie auf einem USB-Stick.»

Ellen legte eine Pause ein, um sich ihrer Tarte zu widmen, und Amanda tat es ihr gleich. Mit so vielen Informationen hatte sie nicht gerechnet, auch wenn das mit Abstand wichtigste Puzzleteil noch immer fehlte.

«Wo bewahrt Ihr Chef diese Aktenordner auf?», fragte Amanda, damit Ellen mit ihrem Bericht fortfuhr. Andererseits wollte sie Ellen auch nicht zu sehr drängen oder zu wissbegierig wirken. Obwohl sie Ellen teilweise in ihren Fall eingeweiht hatte, wäre es riskant, wenn sie den ganzen Zusammenhang erfasste ... oder das Ausmaß des Falls.

«In einem Sicherheitsschrank. Aber inzwischen kenne ich die Zahlenkombinationen aller Schränke. Und da außer mir niemand im Büro war, habe ich mir den Aktenordner mit dem aktuellsten Datum angesehen. Unter dem Register ‹Ausgaben› waren zum Beispiel die Belege über meinen Flug und die Hotelübernachtung in Belgrad abgeheftet. Unter ‹Auszahlungen› habe ich Post-it-Zettel mit Zahlen gefunden. Ich denke mal, dass sie die Überweisung beziffern, von der ich gestern erzählt habe und über die Malkolm am Telefon gesprochen hat.»

«Okay. Wie heißt der Ordner? Sie sagten, dass Ihr Chef seine Ordner mit Namen versieht?»

«DAO.»

«Was bedeutet das?»

«Keine Ahnung.»

«Und warum glauben Sie, dass die Filme mit Ihrem Auftrag zusammenhängen?»

«Sie sind mit einer Eins beschriftet, und die Unterlagen, die meinen speziellen Auftrag betreffen, mit einer Zwei. Ich habe sämtliches Material aus dem Ordner kopiert, das Sie interessieren könnte. Steckt alles in dem Umschlag.»

So hatten sie in jedem Fall etwas, womit sie weiterarbeiten konnten.

«Ellen, wenn ich mir die Filme und Unterlagen angesehen habe, müssen wir uns wieder treffen, damit ich Ihnen Fragen dazu stellen kann. Ich hole Sie heute Abend um acht mit dem Auto vor dem ICA-Maxi-Supermarkt in der Lindhagensgatan ab. Ist das für Sie machbar?»

«Ja, kein Problem», erwiderte Ellen und trank ihr Mineralwasser in einem Zug aus.

Amanda sah auf die Uhr. Bis acht würde sie eine Menge erledigen müssen. Sie winkte der Bedienung, zog ihre Kreditkarte hervor und sagte leise: «Die wichtigste Frage für uns ist immer noch, wer Securus beauftragt hat. Können Sie uns bei der Beantwortung dieser Frage helfen?»

«Vielleicht, aber das wird sicher riskant», erwiderte Ellen und sah Amanda verunsichert an.

Amanda konnte Ellens Reaktion nachvollziehen. Falls Ellen ihre Zusammenarbeit beendete, würde das für Bill, Tore und sie einen herben Rückschlag bedeuten. Dennoch konnte sie Ellen nicht versichern, dass für sie keine Gefahr bestand; dafür war Ellen zu klug.

«Sie haben recht, es ist riskant. Aber bisher war Ihre Hilfe Gold wert. Ich tue mein Möglichstes, damit Sie nicht in Schwierigkeiten geraten», versprach Amanda und hoffte, dass das reichte, um Ellen zu überzeugen.

«Ich kann es nicht leiden, von anderen Menschen benutzt zu werden. Das mache ich nicht mehr mit – nur damit Sie Bescheid wissen», entgegnete Ellen und zog ihren Anorak an.

Amanda nickte. «Ich bleibe noch ein paar Minuten sitzen, wenn Sie gegangen sind – damit uns auf der Straße niemand zusammen sieht.»

«Danke für Ihre Diskretion und das Mittagessen», sagte Ellen, steckte ihren Schal in den Stoffbeutel und setzte sich die Kapuze auf.

«Was bedeutet die Nummerierung Ihrer Meinung nach?», fragte Amanda noch und goss den letzten Schluck aus der Mineralwasserflasche in ihr Glas.

«Keine Ahnung. Aber die Unterlagen waren im selben Ordner abgeheftet», erwiderte Ellen.

«Und das heißt ...?»

«Dass es derselbe Auftrag war. Derselbe Kunde.»

41

Ellen verschwand in Richtung des Ausgangs zum Drottningholmsvägen. Sobald sie außer Sicht war, wählte Amanda Bills Nummer.

«Sie kommt in deine Richtung.»

«Ja, ich kann sie sehen ... Sie läuft auf die Bushaltestelle zu, an der ich stehe ... Der Bus 69 hält gerade ... Warte ... Sie steigt ein.»

«Folgt ihr jemand?»

«Moment ... Nein. Außer ihr ist niemand eingestiegen. Die Türen gehen gerade zu.»

Amanda atmete auf, sammelte ihre Sachen zusammen und verließ das Kaufhaus durch den Ausgang zur Sankt Eriksgatan. Auch wenn bisher nichts darauf hindeutete, dass jemand von Securus Ellen verdächtigte, gemeinsame Sache mit der Polizei zu machen und die kriminellen Aktivitäten der Firma auszuplaudern, würde sie ein unnötiges Risiko eingehen, wenn sie denselben Ausgang benutzte.

«Wir sehen uns im Torpet. Ich fahre bei Tore mit. Wir müssen heute Nachmittag einiges an Material sichten», sagte Amanda und zog den Reißverschluss ihrer Jacke zu.

Sie überquerte die Straße und steuerte den ICA-Supermarkt gegenüber an, um sich dort Multivitamin-Tabletten zu kaufen. Als sie an der Kasse stand und ihre EC-Karte in das Lesegerät steckte, sagte eine leise, heisere Stimme hinter ihr: «Amanda?»

Sie musste sich gar nicht erst umdrehen, um zu wissen, wer sie angesprochen hatte. Ihr Puls schnellte in die Höhe. Wie wahrscheinlich war ein solches Aufeinandertreffen? Vermutlich kam er direkt von der Arbeit und war auf dem Heimweg – mit neuen Fallakten in der Tasche, in die er sich einarbeiten musste. Auf diese Begegnung hätte sie vorbereitet sein wollen – sofern sie überhaupt hätte stattfinden sollen.

Sie drehte sich um und sagte gepresst: «André ... lange nicht gesehen.»

Er hatte immer noch dieselbe Wirkung auf sie wie zwei Jahre zuvor. Ihr Zwerchfell verkrampfte sich, und ihr Atem ging schnell und flach. Sie musterte ihn von Kopf bis Fuß, ehe sie sich einen Fixpunkt suchte, unsicher, ob sie seinem durchdringenden Blick standhalten würde. Er war für einen Auftritt bei Gericht gekleidet und wie immer nicht dem Wetter entsprechend. Sein dunkler Anzug war nass, und die Herbstjacke, die er über dem Arm trug, viel zu dünn. Auch das Oberleder seiner braunen Schuhe hatte Regen abbekommen.

André warf der Kundin hinter ihnen in der Schlange einen verlegenen Blick zu und sagte dann leise: «Hast du ... meinen Brief bekommen? Dass die Dinge jetzt anders liegen?»

Amanda nickte. Sie konnte der Versuchung nicht widerstehen, sein intensives Aftershave einzuatmen. Der Geruch hatte jedes Mal noch stundenlang in ihrer Wohnung gehangen, nachdem er auf ihrer blauen Chaiselongue gelegen und ihren Klaviersonaten gelauscht hatte.

«Die SMS auch?»

Amanda nickte wieder und biss sich in die Wange. Sie atmete tief durch die Nase ein. Rief sich in Erinnerung, dass die letzte SMS, die sie ihm geschrieben hatte, aus einem einzigen Wort bestanden hatte: *Idiot*.

«Ich weiß, dass du keinen ... Kontakt möchtest, aber ich ... würde gern ...»

Amanda spürte, wie die Wut in ihr hochkochte. Sie hatte das Gefühl, als brodelte das Blut durch jede einzelne Ader ihres Körpers. Sie vergewisserte sich, dass sie den Reißverschluss ihrer Jacke bis zum Kinn zugezogen hatte; nur die Ohren konnte sie nicht verbergen, wahrscheinlich waren sie hochrot. Sie räusperte sich.

«Sag die Wahrheit. Gerade passt es dir in den Kram. Aber versuch ja nicht, mir weiszumachen, du würdest es wegen der Kinder tun. Du hast dich gegen sie entschieden – und gegen mich», fiel sie ihm ins Wort.

Dann zerrte sie ihre Karte aus dem Lesegerät und steckte sie hektisch in ihr Portemonnaie zurück.

«Annika ist ... Sie ist im Frühling gestorben. Sie hat den Kampf gegen den Brustkrebs verloren. Ich würde die beiden wirklich gern ... treffen ... jetzt wo sich die Dinge geändert haben. Vielleicht kannst du ... darüber nachdenken ...»

Amanda wusste nicht, was sie darauf erwidern sollte. Aber auch diesmal hatte sie nicht vor, ihn ausreden zu lassen.

«Ich stecke mitten in einem Fall und muss weiter. Wir können in einer Woche oder so sprechen.»

Eilig verließ sie den Supermarkt und riss die Beifahrertür von Tores Auto auf, das vor der Bibliothek stand. Amanda stieg ein, ließ den Kopf auf die Nackenstütze sinken und schloss die Augen. Bleierne Müdigkeit breitete sich in ihr aus. Tore sagte irgendetwas, aber sie konnte nur an die Zwillinge und André denken.

«Hast du überhaupt gehört, was ich gesagt habe?», fragte Tore.

«Nein, entschuldige.»

«Ich sagte: Wirklich sicherstellen können wir nicht, dass niemand Ellen beschattet. Die Leute haben Regenmäntel an oder verstecken sich unter Regenschirmen, und durch den Regen konnte ich aus dem Auto kaum sehen, wer dort ein und aus gegangen ist.»

«Das habe ich mir schon gedacht», erwiderte Amanda, öffnete ihren Rucksack und versuchte, sich zusammenzureißen. Dann nestelte sie den braunen Umschlag auf und kippte den Inhalt auf ihren Schoß. Ein USB-Stick. Das war die kleine Erhebung gewesen. Amanda wog den Datenträger in der Hand, spürte intuitiv, dass dies der Durchbruch sein könnte. Wie Ellen gesagt hatte, befanden sich in dem Umschlag auch Kopien der Quittungen ihres Flugs nach Belgrad und ihrer Hotelübernachtung, ordentlich mit einer Büroklammer zusammengeheftet und mit einer Zwei beschriftet. Außerdem gab es noch eine Kopie einer handschriftlichen Quittung mit dem Vermerk «Kameramontage» in Höhe von siebentausend Kronen, die mit einer Eins markiert war.

«Hilft uns das weiter?», erkundigte sich Tore.

Er drehte das Radio leiser, wendete und fuhr in Richtung Sankt Eriksbron. Regen prasselte auf die Windschutzscheibe, und er stellte die Scheibenwischer auf die höchste Stufe. Während Amanda im Kaufhaus gewesen war, hatten sich große Pfützen auf den Straßen gebildet.

«Ich glaube ja», erwiderte Amanda und fasste ihr Gespräch mit Ellen zusammen, während sie gleichzeitig die Unterlagen sichtete. Ellen hatte sogar das weiße Ordneretikett kopiert, auf dem in Großbuchstaben das Kürzel DAO stand. «Was könnte das bedeuten?»

«DAO ... die chinesische Lehre?», mutmaßte Tore und hielt am Norrtull vor einer roten Ampel.

Amanda googelte die Buchstabenkombination und las laut vor: «‹Den Weg weisen› und ‹ein Führer sein› oder ‹Weg, den jemand geht› – was glaubst du?»

«Möglich. Aber es könnte genauso gut die Abkürzung für etwas ganz anderes sein», erwiderte Tore und fuhr auf die E 4.

Zehn Minuten später steckte Amanda den USB-Stick in den Computer in Bills Büro und klickte den ersten Film an. Sie brauchte einen Moment, ehe sie begriff, wo die Aufnahme entstanden war. Im Hintergrund erkannte sie das rot-weiße Schild mit der schwarzen Aufschrift «TGI Friday's». Im Vordergrund wimmelte es von Passanten, die Sonnenbrillen trugen und in verschiedene Richtungen eilten.

Aus Springbrunnen sprudelten Fontänen, und auf den Bänken saßen sommerlich gekleidete Touristen und aßen Eis. Die Aufnahme wackelte. Offenbar hatte jemand die Kamera in der Hand gehalten oder eine Bodycam getragen.

Die Person schien einer jungen Frau in langem Rock und weißem Top zu folgen. Sie hatte sich ein Tuch um die kurzen Haare gebunden. Ein Lederrucksack baumelte locker von ihrer Schulter. Der Gang der Frau war alles andere als aufrecht, und die Leute, die ihr entgegenkamen, wichen ihr aus, um ihren fahrigen Armbewegungen zu entgehen. Das perfekte Opfer für einen Taschendieb, dachte Amanda und drückte auf Stopp. Sie war froh über ihre Aufgabe. Sie erforderte ihre volle Konzentration, sodass kein Raum blieb, um über André nachzudenken, über seine verstorbene Frau und die Zwillinge.

In ihr Notizbuch schrieb Amanda: «angetrunkene / unter Drogen stehende Frau im Kungsträdgården», dann fuhr sie mit der Sichtung fort. Die Person mit der Kamera hatte näher zu der Frau aufgeschlossen und schien sich auf eine Bank zu setzen, während die Frau einen Mann ansprach, der von rechts ins Bild getreten war. Der Mann griff sich mit einer schnellen Geste an den Mund; anschließend trafen sich die Hände der beiden.

Amanda drückte erneut auf Stopp und notierte «Heroinübergabe?», gefolgt von einer Personenbeschreibung des Dealers.

Als der Mann verschwunden war, folgte die Person mit der Kamera der Frau erneut. Es geht also eindeutig um sie, dachte Amanda. Die Frau lief zur Jacobs kyrka und weiter in Richtung Galerie. Die Aufnahme brach ab, als sie die Treppen zur U-Bahn hinabeilte.

Amanda klickte den nächsten Film an und fragte sich, wie Jönsson und seine Frau in dieses Bild passten; oder waren die Aufnahmen trotz Malkolms Ordnungssinn bloß im falschen Ordner gelandet?

Auch die zweite Aufnahme zeigte eine Drogenübergabe, diesmal auf der Treppe, die von der Drottninggatan zum Sergels torg hinunterführte. Wieder war die Abnehmerin eine junge Frau mit Kurzhaarfrisur. Sie war blond, stark geschminkt, trug eine enge schwarze Hose und darüber eine luftige Tunika. Und auch dieser Dealer hatte die mit Plastikfolie umwickelte Heroinkapsel im Mund. Eine fließende Bewegung an die Lippen, und im nächsten Moment glitt seine Hand in die schwarze Handtasche der Frau.

Amanda fiel auf, dass weder die Tunika noch die Handtasche besonders billig aussahen. Andererseits finanzierten sich die Junkies in der Innenstadt überwiegend durch Hehlerware aus Laden- und Taschendiebstählen. Amanda drückte die Stopptaste, notierte: «Frau kauft Heroinkapsel auf der Platte», und schloss eine weitere Personenbeschreibung an. Dann schaute sie weiter.

Die Person mit der Kamera folgte der Frau die Treppe zur Drottninggatan hinauf und weiter in Richtung Altstadt. Diesmal war der Abstand größer – vermutlich weil die Frau nicht high war, schätzte Amanda. Jedenfalls noch nicht. Wahrscheinlich wollte sie zu einer abgeschiedenen Stelle, um sich das Heroin zu spritzen. Als die Frau rechts in die Herkulesgatan einbog, brach die Aufnahme ab.

Amanda sah sich sämtliche Filme an. Mit jeder Sequenz sank ihr Mut mehr. Die Szenen erschütterten sie; auf den Aufnahmen waren ausschließlich junge, drogensüchtige Frauen zu sehen, die sich während der Sommermonate in der Stockholmer Innenstadt Drogen beschafft hatten. Die meisten kauften Heroin oder kleine Tabletten. Subutex, argwöhnte Amanda, ein verschreibungspflichtiges Opiat, das in der Drogentherapie eingesetzt wurde. Einige Frauen, die in mehreren Aufnahmen zu sehen waren, schienen sich vor allem rund um den Burger King am Sergels torg und in der Nähe des Centralplan aufzuhalten – einschlägige Treffpunkte in der Stockholmer Drogenszene.

Weshalb filmte jemand diese jungen, schutzbedürftigen Frauen? Warum gab jemand solche Aufnahmen in Auftrag?

Amanda war frustriert. Sie brauchte eine Pause und ging in die

Küche, wo sie nach der Süßigkeitendose griff. Sie war schwer. Der verantwortliche Kollege nahm seinen Job ernst.

Sie nahm sich zwei Snickers, stellte die Kaffeemaschine an, sah nach, ob Milch im Kühlschrank stand, und kehrte an den Computer zurück.

Sie würde auch heute bis in die Abendstunden arbeiten müssen. Aber vielleicht konnte sie die Zwillinge am Nachmittag trotzdem von der Kita abholen und sie nach einer Stunde bei Alva lassen?

Amanda warf einen Blick auf die Uhr und sichtete anschließend die Filme, die noch anstanden. Sie beschloss, kurz durch die Aufnahmen zu klicken und dann Alva anzurufen.

Die nächsten drei Filme unterschieden sich nicht von den vorherigen. Tragische Schicksale, gedreht und aneinandergereiht wie eine schlechte Dokumentation.

Erst als sie eine Aufnahme anklickte, bei der sich die filmende Person offenbar nicht bewegte, bot sich ihr ein anderes Bild. Im Unterschied zu den vorigen Filmen war die Auflösung deutlich schlechter, und es schien auch keine Audioaufnahme zu sein.

Amanda lehnte sich zum Bildschirm vor. Und hielt die Luft an.

Diesmal war die Kamera fest installiert und auf die Eingangstür eines weißen Gebäudes ohne erkennbare Fenster gerichtet.

42

Amanda starrte auf den Bildschirm. Die Frustration, die sie eben noch gespürt hatte, war wie weggeblasen. Das musste Jönssons Haus in Ella gård sein.

Ein Mann in Khakishorts und blauem Poloshirt ging vor einer Frau in Jeans und T-Shirt her. Die Frau hatte kurzes blondes Haar. Mehr konnte Amanda nicht erkennen, ehe die beiden durch eine Tür an der Giebelseite des Gebäudes verschwanden.

Ohne es zu wollen, war Amanda von ihrem Stuhl aufgesprungen.

«Das müsst ihr euch ansehen!», rief sie und wartete, bis Tore und Bill sich zu ihr gesellten.

«Was hast du entdeckt?», fragte Tore.

«Zunächst einmal drogenabhängige Frauen: Sie kaufen Heroin bei verschiedenen Dealern an verschiedenen Drogen-Hotspots in der Stockholmer Innenstadt. Die Aufnahmen sind jeweils fünf bis zehn Minuten lang.»

«Was hat das mit unserem Fall zu tun?», brummte Bill.

Amanda antwortete nicht. Stattdessen startete sie die kurze Sequenz, die sie sich zuletzt angesehen hatte.

«Da hol mich doch der Teufel», platzte Bill heraus, als die Aufnahme zu Ende war.

«War das Jönsson?», fragte Amanda.

«Jedenfalls ist es sein Haus», erwiderte Bill und rief für Amanda und Tore ein Foto von Åke Jönsson auf.

«Er könnte es gewesen sein. Aber aus diesem Winkel ist er unmöglich zu erkennen», sagte Tore.

«Es gibt noch mehr Filme», erwiderte Amanda und startete den nächsten.

Zu dritt rückten sie vor dem Bildschirm zusammen. Eine weitere Aufzeichnung der fest installierten Kamera – sie dauerte nicht einmal eine halbe Minute. Die Tür ging auf, und eine Frau kam heraus. Als Nächstes folgte der Mann, der mit dem Rücken zur Kamera den Fußabtreter zurechtrückte und die Tür abschloss. Als er sich umdrehte, steckte er sich etwas in die Hosentasche. Tore drückte auf Pause und hielt Åke Jönssons Foto neben den Bildschirm. Trotz der schlechten Auflösung bestand kein Zweifel: Der Mann war Jönsson.

«Aber wer ist die Frau?», fragte Tore.

«Jedenfalls nicht seine Ehefrau», erwiderte Bill, der Magdalena Jönsson bisher als Einziger getroffen hatte.

«Könnte es Jönssons Tochter sein?», fragte Tore.

«Vom Alter her schon, aber ich glaube, dass ich die Frau auch in einem der anderen Filme gesehen habe», sagte Amanda und blätterte in ihren Notizen.

Dann spielte sie die Aufnahme ab, in der die Frau mit der Tunika und der schwarzen Handtasche zu sehen war, und drückte nun ihrerseits auf Pause, als die Frau direkt in die Kamera blickte.

«Es *könnte* dieselbe Frau sein, aber die Auflösung ist zu schlecht, um ganz sicher zu sein. Warum in aller Welt filmt jemand drogenabhängige Frauen?», fragte Bill.

«Ich weiß es nicht. Ich hab schon überlegt, ob die Aufnahmen vielleicht im falschen Ordner gelandet sind», erwiderte Amanda.

«Steckt vielleicht doch Magdalena Jönsson dahinter?», warf Tore ein.

«Wohinter?», hakte Amanda nach.

«Sie könnte Securus beauftragt haben, Beweise zu sammeln, dass ihr Mann fremdgeht. Als ihr Verdacht sich bestätigt, lässt sie Jönsson von Ellen nach Schweden holen, ohne dass die davon weiß», erklärte Tore.

«Aber wenn sie es war – wo ist sie jetzt?», fragte Amanda, und dachte, dass dieselbe Frage auch für Åke Jönsson galt.

Konnte ein Mensch wirklich mehr als vierundzwanzig Stunden in einem Auto liegen, ohne das kleinste Geräusch von sich zu geben? Oder war Jönsson tot?

Keiner von ihnen sagte etwas. Nach einer Weile schüttelte Bill den Kopf, ging in die Küche und kehrte mit der Kaffeekanne und einer Tüte Milch zurück. Amanda wickelte ein Snickers aus und biss hinein. Sie war froh, dass sie Alva noch nicht angerufen hatte. Wenn sie Glück hatte, konnte sie Mirjam und Linnea morgen früh in die Kita bringen, aber heute Nachmittag und am Abend musste sie definitiv arbeiten.

«Magdalena war zu Tode verängstigt. Einer derart labilen Frau bin ich schon lange nicht mehr begegnet», sagte Bill.

«Aber sie hat definitiv ein Motiv», gab Amanda zu bedenken und schenkte Kaffee ein.

«Und uns fehlt ein entscheidendes Puzzleteil – ganz gleich wer Securus beauftragt hat. Was ist bei den Entführern im Kosovo passiert? Wieso haben sie sich ihrer Geisel entledigt und behauptet, das Geld bekommen zu haben? Und haben sie die drei Millionen Kronen von Securus erhalten?», ergänzte Tore.

Amanda spielte den nächsten Film ab. Dieselbe statische Kameraeinstellung zu einem anderen Zeitpunkt. Jönssons Haar war jetzt länger und seine Haut von der Sonne gebräunt. Er schloss die Tür auf, ließ einer Frau den Vortritt. Sie trug Rock und Jeansjacke und hatte kurzes, zerzaustes Haar.

«Ist das dieselbe Frau?», fragte Bill.

«Möglich», erwiderte Amanda und klickte die nächste Sequenz an.

Die Filme sahen immer gleich aus. Jönsson betrat mit einer jüngeren Frau das Gästehaus im Garten. Amanda atmete tief durch; sie spürte, dass sie etwas Entscheidendem auf der Spur waren. Sie holte die Beweismitteltüten von der Durchsuchung von Jönssons Haus in Pristina, schob die Kaffeetassen beiseite, um Platz auf dem Schreibtisch zu schaffen, und sagte: «Wir haben insgesamt zwölf Filme, in denen Jönsson zu sehen ist. Zu sechs verschiedenen Zeitpunkten mit jeweils zwei Sequenzen. Eine, in der er das Gästehaus betritt, und eine, in der er es wieder verlässt. Wir wissen nicht, ob ihn jedes Mal dieselbe Frau begleitet oder ob es sich um verschiedene Frauen handelt.»

Tore nickte, und als würde er ihrem Gedankengang folgen, klickte er die Filmdateien nacheinander mit der rechten Maustaste an und notierte den Zeitpunkt der Aufnahme.

«Die Filme stammen allesamt aus den letzten Monaten», sagte er und schrieb die Daten aufs Whiteboard: 14. Juli, 6. August, 25. August, 13. September, 27. September und 3. Oktober.

Amanda griff nach Jönssons Kalender und blätterte ihn ab Juli durch. Treffer.

«Seht euch das an. Er hat hier seine Flüge nach Stockholm eingetragen und die darauffolgenden Tage jeweils mit grünem Filzstift markiert», sagte sie.

«Und das bedeutet?», fragte Tore, der Pfeile an ihren Zeitstrahl setzte.

Amanda prüfte die Aufnahmedaten der Filme ein zweites Mal und verglich sie mit den grün markierten Tagen in Jönssons Kalender.

«An allen grün markierten Tagen hat er sich mit diesen Frauen getroffen – also jeweils am Tag nach seiner Ankunft in Stockholm. Am 14. Juli, am 6. und 25. August, am 13. und 27. September sowie am 3. Oktober. Jedes dieser Treffen ist in seinem Kalender grün markiert.»

«Also ist Jönsson aller Wahrscheinlichkeit nach jedes Mal, wenn er nach Hause kam, in seinem Anbau fremdgegangen», konstatierte Bill.

«An dem benutzten Kondom, das die Techniker auf DNA-Spuren untersuchen, wird definitiv nicht Magdalena Jönssons DNA haften», ergänzte Amanda.

Tore runzelte die Stirn. «Okay, möglicherweise hat Magdalena Jönsson ein Motiv, ihren Mann aus dem Weg zu räumen, aber wo ist sie dann jetzt?»

43

Im Flur des Büros in der Hälsingegatan hängte Ellen ihren Anorak auf und streifte die Schuhe ab. Sofort waren ihre Socken feucht. Jemand war mit nassen Schuhen durchs Büro gelaufen und hatte rings um die Türmatte eine Pfütze hinterlassen. Vorsichtig zog sie den Garderobenschrank auf. Dort standen Malkolms Stiefel. Um die Sohlen hatten sich schmutzige Wasserlachen gebildet. Warum war er bei diesem Mistwetter draußen unterwegs gewesen? So wie er über anfallenden Papierkram und die generell hohe Arbeitsbelastung geklagt hatte, hätte er den ganzen Tag am Schreibtisch verbringen müssen.

Leise schloss sie die Tür und betrat den Büroraum. Als sie Malkolm auf ihrem Platz sitzen sah, blieb sie stehen. Er hatte die Füße auf den Schreibtisch gelegt und hielt einen Stapel Papiere auf dem Schoß.

«Gut, dass du da bist», begrüßte er sie und schob seine Brille auf die Nasenspitze.

«Willst du auch eine Tasse Tee?», fragte Ellen, einfach um irgendetwas zu sagen und so unbefangen wie möglich zu wirken.

Malkolm hatte noch nie auf sie gewartet. Und vor allem saß er sonst immer in seinem eigenen Zimmer – oft bei geschlossener Tür – und nicht im vorderen, offen gehaltenen Büroteil.

«Ja, eine Tasse kann nicht schaden, und dann unterhalten wir uns», erwiderte Malkolm.

«Okay», antwortete Ellen und bemühte sich, ihrer Stimme einen festen Klang zu verleihen.

Tausend Gedanken schossen ihr durch den Kopf. Hatte Malkolm sie observiert – und was hatte er gesehen? Er musste ihr gefolgt sein. Das war die einzige logische Erklärung. Warum sonst hätte er in den Regen hinausgehen sollen?

Den Umschlag hatte sie Amanda im Kaufhaus mit einer raschen Handbewegung am Tisch vorbei überreicht. Das konnte er kaum gesehen haben.

Während sie den Wasserkocher anstellte, Teebeutel aus dem Schrank nahm und ein neues Glas Honig aufschraubte, beschloss sie, sich an die Geschichte zu halten, die sie mit Amanda abgesprochen hatte: dass sie einander aus ihrer Zeit bei der Polizei kannten. Ellen schabte mit dem Löffel in dem harten Honig und rief über die Schulter: «Worüber willst du denn mit mir sprechen?»

Sie stellte Malkolms Tasse auf der Zeitung ab, die auf dem Schreibtisch lag.

«Über den Chrysler.»

«Was soll damit sein?», fragte Ellen und setzte sich Malkolm gegenüber.

Sie rührte in ihrem Tee. Der Honig löste sich vom Löffel und zog goldgelbe Schlieren.

«Er steht jetzt am Karlbergskanal unter der Sankt Eriksbron, soll aber bewegt werden. Die Schlüssel liegen auf dem Tisch», erwiderte Malkolm und nickte in Richtung Besprechungstisch.

«Ich dachte, der Auftrag wäre abgeschlossen», sagte Ellen und sah zu, wie sich auf der Zeitung um Malkolms Tasse ein feuchter Ring bildete. Unter Garantie würde er sich gleich über die welligen Seiten in seiner ungelesenen Zeitung ärgern.

«Korrekt. Es ist auch nur noch eine letzte Sache – um das Projekt abzurunden, sozusagen.»

«Wo soll ich ihn hinfahren?», fragte Ellen und probierte den Honigrest an ihrem Löffel. Ein bisschen zu süß. Aber Malkolm schien die Sorte zu mögen.

«Zu einem Kai in Blackeberg. Da gibt es eine Betonrampe, die direkt ins Wasser führt. An der Stelle ist der Kanal tief genug.»

Ellen nickte, starrte aber weiter in ihren Becher. Sie wollte Malkolm nicht in die Augen sehen. Wollte er, dass sie sich noch tiefer in diese Sache verstrickte?

«Stell den Wagen mit der Motorhaube in Richtung Wasser, schalt in den Leerlauf und löse die Handbremse. Hast du verstanden?»

«Wann?»

«Jetzt gleich. Ich bringe dich zum Chrysler. Wenn du alles erledigt hast, gehst du zu dem kleinen Marktplatz in Blackeberg. Da hole ich dich wieder ab.»

«Soll ich dich nicht lieber anrufen?», fragte Ellen, stand auf und griff nach dem Autoschlüssel.

Sie wusste nicht, ob Malkolm sie bloß testen wollte oder ob er tatsächlich ihre Hilfe benötigte. Aber im Moment wollte sie die Sache nur noch hinter sich bringen und diesen Chrysler nie mehr wiedersehen.

«Nein, lass dein Telefon hier. Je weniger digitale Spuren, umso besser. Du weißt schon.»

Malkolm folgte ihr zur Tür und zog eine Schublade auf. Er hatte sie noch nie angewiesen, ihr Handy im Büro zu lassen. Während er seine Stiefel schnürte, schaltete Ellen ihr Handy aus. Zumindest konnte er es jetzt nicht mehr ganz so leicht überprüfen, falls er das vorhatte. Sie legte das Telefon mit dem Display nach unten in die Schublade und sagte: «Wäre es nicht besser, das heute Nacht zu machen?»

«Ich will den Chrysler sofort loswerden. Und nachts habe ich andere Dinge zu tun.»

«Aber das Risiko, dass mich jemand beobachtet, ist größer ...»

«Es muss jetzt sein», fiel er ihr ins Wort. «Und nimm die Nummernschilder ab, wenn du da bist. Sie sind bloß mit doppelseitigem Klebeband befestigt.»

«Ist der Wagen ... leer ... Ich meine ... Wurde er geleert?» Ellen fragte sich kurz, ob sie ihn auf die gestohlenen Kennzeichen ansprechen sollte, traute sich aber nicht.

Malkolm sah sie an.

«Wenn du meinst, ob der Wagen bereit ist, im Mälaren versenkt zu werden, dann lautet die Antwort Ja.»

Dann öffnete er die Tür.

Zehn Minuten später stand Ellen neben dem Chrysler. Seit sie ihn auf dem Parkplatz am Schloss Drottningholm abgestellt hatte, schien sich nichts daran verändert zu haben.

Dasselbe Kennzeichen.

Malkolm saß ein Stück entfernt am Kungsholms strand in seinem Wagen und wartete darauf, dass sie losfuhr. Ellen drückte auf den Schlüssel, und wie zuvor entriegelten nur die Vordertüren. Im Wageninneren roch es muffig. Die blickdichte Plexiglasscheibe saß noch immer an Ort und Stelle.

Ellen ließ den Motor an und fuhr am Wasser entlang in Richtung Stadshagen. Hier waren weniger Polizeistreifen unterwegs als auf der Fleminggatan. Sie sah auf die Uhr. Viertel nach sieben. Zum vereinbarten Treffen mit Amanda um acht Uhr würde sie es nicht schaffen, und sie konnte ihr auch keine Nachricht schicken.

Malkolm fuhr hinter ihr her. Als sie in Richtung Alvik beschleunigte, beschleunigte er ebenfalls. Ellen streckte sich zur Beifahrerseite und öffnete das Handschuhfach. Bis auf einen Eiskratzer war es leer. Auf der neuerlichen Suche nach dem Fahrzeugschein oder anderen Kfz-Papieren klappte sie die Sonnenblende hinunter.

Aber auch dort immer noch gähnende Leere.

Konnten in einem Auto, das im Wasser gelegen hatte, Fingerabdrücke sichergestellt werden, oder machte sie sich umsonst Sorgen? Möglicherweise würde der Chrysler nie geborgen werden.

Es herrschte nicht viel Verkehr. Hinter dem Brommarondell konnte sie Gas geben. Wenn sie sich beeilte, würde sie sich vielleicht später am Abend mit Amanda treffen können.

Als Ellen auf Höhe der U-Bahn-Station Islandstorget links blinkte, entdeckte sie, dass sich zwischen den Chrysler und Malkolms Wagen ein Pkw eingefädelt hatte. Er blinkte ebenfalls links. Auf dem Blackebergsvägen kamen ihr vereinzelt Autos entgegen. An der nächsten roten Ampel nutzte sie die Gelegenheit, um eine Zigarette aus ihrer Anoraktasche zu angeln und ihre Turnschuhe fester zuzubinden.

Gleich war sie am Kai. Wenn sich niemand dort aufhielt, würde die Sache im Nu erledigt sein.

Ellen bog auf den Blackebergsbacken ab und zündete die Zigarette an. Als sie einen tiefen Zug nahm, stellte sie fest, dass ihre Hand zitterte. Sie atmete durch die Nase ein, um ihre Nerven zu beruhigen. Warum gab Malkolm ihr so offen zu verstehen, dass der Chrysler in ein Verbrechen verwickelt war? Er hätte doch auch jemand anderen beauftragen können, den Wagen verschwinden zu lassen, und sie nicht noch tiefer in die Sache hineinziehen müssen. Oder wollte er so ihr Schweigen erzwingen?

Als sie an dem kleinen Marktplatz vorbei war, konnte sie den Kai vor sich sehen. Hinter ihr fuhr niemand mehr.

Ellen hielt vor einem Gebäude direkt am Wasser. Sie wartete, bis ein Mann, der seinen Dackel spazieren führte, vorbeigegangen war, und stieg aus. Rasch riss sie die Nummernschilder ab. Dann setzte sie sich wieder ins Auto und steckte die Kennzeichen in ihren Stoffbeutel. Sie legte den Gang ein, rollte langsam auf die Betonrampe zu. Der Wind hatte aufgefrischt, und die dunkle Wasseroberfläche kräuselte sich. Was hatte sie bloß in dem Chrysler transportiert, das solche Maßnahmen erforderte? Und wenn der Wagen jetzt leer war – welche Straftat beging sie gerade? Versenkte Autos wurden in der Regel mit Versicherungsbetrug in Verbindung gebracht. Aber in diesem Fall würde es womöglich als Behinderung einer Ermittlung eingestuft? Ellen positionierte den Chrysler mit der Kühlerhaube in Richtung

Kanal, nahm den Gang raus und zog die Handbremse an. Dann griff sie nach ihrem Stoffbeutel, sah sich ein letztes Mal im Wagen um, öffnete die Tür und stieg aus. Von draußen beugte sie sich über den Sitz, löste die Handbremse und wich einen Schritt zurück, damit ihr der Chrysler nicht über die Füße rollte.

Erstaunlich leise traf er auf die Wasseroberfläche. Sekunden später war nur noch die Kofferraumklappe zu sehen. Ellen zog sich die Kapuze tief in die Stirn, ging mit schnellen Schritten davon und zündete sich eine weitere Zigarette an.

Die U-Bahn lag nur einen Katzensprung entfernt, aber Malkolms Anweisung war unmissverständlich gewesen. Er würde sie in seinem Auto zurück ins Büro mitnehmen.

44

Amanda setzte rückwärts in eine Parklücke vor dem Supermarkt in der Lindhagensgatan. Kunden betraten und verließen das Geschäft. Es wäre ihr viertes Treffen mit Ellen innerhalb von zwei Tagen. Amanda legte den Sicherheitsgurt ab, schob den Sitz nach hinten und ging im Kopf ihre wichtigsten Fragen an Ellen durch. Sie verriegelte sämtliche Türen. Nicht weil eine konkrete Gefahrenlage bestand, eher aus Routine. Und um nicht überrascht zu werden. Sie stellte die Seitenspiegel so ein, dass sie Ellen sehen würde, wenn sie kam. Dann zog sie ihren Gürtel enger, damit ihre Sig Sauer dichter am Körper saß und sie sie leichter würde ziehen können. Wie üblich drückte die Waffe auf ihrer Hüfte. Aber damit musste sie leben. Ein weiterer Grund, weshalb sie Beinholster bevorzugte.

Sie öffnete ihre Jacke und tastete über das Magazin, das auf der linken Seite im Halter steckte. Die Bodenplatte wies in die richtige Richtung. Das tat sie jedes Mal, wenn sie den Sitz überprüfte; auch das gehörte zum Ritual. Der schwarze Teleskopschlagstock und die Taschenlampe steckten wie immer in dem kleinen Rucksack. Unter ihrer Zivilbekleidung würden sie an der Taille zu sehr ausbeulen.

Immer wieder spähte Amanda zum Eingangsbereich des Supermarkts und hielt Ausschau nach dem grünen Anorak. Inzwischen war es Viertel nach acht. Sie schickte Tore und Bill, die in ihren Autos saßen, je eine SMS und informierte sie, dass sie immer noch wartete. Inzwischen bereute sie es, mit Ellen keinen Ausweichtermin abgesprochen zu haben. Sie hatten nur vereinbart, dass Amanda den

Parkplatz verlassen und auf eine SMS von Ellen warten würde, falls sie nicht innerhalb von zwanzig Minuten kam.

Amanda wartete zweiundzwanzig Minuten. Dann ließ sie den Motor an, fuhr vom Parkplatz und rief Bill an.

«Kannst du zum Thorildsplan fahren und nachsehen, ob sich jemand in der Wohnung im Drottningholmsvägen 80 aufhält?»

«Hast du den Code für die Haustür?»

«Leider nein. Aber vom U-Bahnsteig aus sieht man, ob dort Licht brennt und sich jemand in der Wohnung bewegt», erklärte Amanda und fuhr in Richtung Hornsbergs strand. Als Nächstes wählte sie Tores Nummer und bat ihn, in die Hälsingegatan zu fahren und die Eingangstür von Securus zu observieren.

Sie selbst hielt am Kai. Wie lange sollte sie auf Ellens SMS warten, bis sie versuchte, den Kontakt herzustellen? Warum hatte sie Ellen nicht eingeschärft, ihre SMS-Konversation zu löschen? Offensichtlich waren nicht nur ihre körperliche Fitness und ihr taktisches Kalkül eingerostet. Aber bislang war Ellen immer pünktlich zu ihren Treffen erschienen. Weshalb war sie diesmal nicht aufgetaucht?

Einen Moment später rief Bill an. «Ellen wohnt im ersten Stock, oder?»

«Ja, direkt über der Pizzeria. Das Fenster geht auf den Drottningholmsvägen und zur U-Bahn hinaus.»

«In der Wohnung ist es dunkel. Das Rollo ist heruntergelassen.»

«Was machen wir jetzt?»

«Ich habe die Leitstelle angerufen. Sie haben mir den Türcode besorgt. Ich gehe ins Haus und horche an der Wohnungstür.»

«In Ordnung.» Amanda spürte, wie ihre Besorgnis wuchs.

Wenn Ellen im Laufe des Nachmittags unvorsichtig geworden war und Malkolm Verdacht geschöpft hatte, traf die Schuld sie, Bill und Tore. Diesen Schuh würden sie sich anziehen müssen. Alles, was Ellen getan hatte, seit sie den Chrysler auf dem Parkplatz am Schloss

Drottningholm abgestellt hatte, war mehr oder weniger auf ihre Anweisungen hin erfolgt – und ohne Sicherheitsvorkehrungen.

Amanda rief Tore an. «Wo bist du?»

«In der Hälsingegatan. Ich behalte die Tür im Auge ... Warte ... Da kommt jemand ...»

«Trägt die Person einen grünen Anorak?»

«Ich glaube ... Ja. Sie steht am Straßenrand ... zündet sich eine Zigarette an ... und zieht ein Handy aus der Tasche ...»

Amanda starrte auf ihr Telefon. Eine Sekunde später vibrierte es, und eine SMS von «E» ging ein. Gott sei Dank, dachte sie. Dann schien alles in Ordnung zu sein.

«Ellen ist nach draußen gegangen, um sich zu melden», sagte sie und fuhr mit der Hand über das Display, um die SMS zu lesen. Sie war knapp gehalten: «Bin im Büro, komme nicht weg.» Amanda schrieb zurück und fragte, ob die Lage unter Kontrolle sei. Ellens Antwort kam postwendend: «Alles okay. Chrysler wurde am Kai in Blackeberg entsorgt. Habe den Namen des Auftraggebers.»

«Amanda», meldete sich Tore zu Wort, «da kommt eine zweite Person aus der Tür ... und Ellen steckt ihr Handy weg. Jetzt gibt sie der zweiten Person Feuer.»

Amanda ballte die Fäuste und fluchte. Eilig schrieb sie an Ellen: «Morgen 09:00 Uhr am ICA.»

«Sie hat den Namen des Auftraggebers», teilte sie Tore mit, «hat ihn mir aber nicht genannt, wahrscheinlich weil sie da unterbrochen wurde», mutmaßte Amanda. Dann informierte sie Tore, was mit dem Chrysler passiert war.

«Wir schicken Taucher hin, um sicher zu sein, dass der Wagen wirklich dort ist. Falls ja, bergen wir ihn. Ellen wirft übrigens gerade ihre Zigarette auf den Boden ... geht wieder ins Haus ... die zweite Person steht immer noch draußen und raucht ...»

«Ellen scheint mir etwas zu schreiben ... Warte ...»

Amanda hatte erneut den SMS-Verlauf mit Ellen geöffnet, und in der linken Ecke des Displays bewegten sich Pünktchen. Hoffentlich würde Ellen ihre Nachricht abschicken können, ehe sie wieder im Büro wäre.

Dann erklang der SMS-Eingangston.

«Wenn Sie mir versprechen, dass keine Anklage gegen mich erhoben wird, nenne ich Ihnen den Namen.»

Amanda zögerte. Für so etwas hatten sie keine Zeit, aber an Ellens Stelle hätte sie vermutlich das Gleiche getan. Dass Ellen sich während der Fahrt vom Balkan nach Schweden mehrerer Straftaten schuldig gemacht hatte, stand für Amanda außer Frage, andererseits würde man ihr keinen Vorsatz nachweisen können. Kein Staatsanwalt der Welt würde auf dieser Grundlage eine Voruntersuchung einleiten. Außerdem würde die Polizei nie davon erfahren – Bill, Tore und sie hatten bereits vereinbart, Ellens Rolle unter Verschluss zu halten, weil sie aus freien Stücken mit ihnen Kontakt aufgenommen hatte. Außer ihnen wusste nur Securus von Ellens Verstrickung – und dort würde sie ja wohl kaum jemand anschwärzen?

«Geht klar», antwortete Amanda und hoffte, dass sie Ellen damit nicht auch Straffreiheit für andere Delikte zugesichert hatte.

Ellens Antwort kam prompt.

«Tore, wir haben den Namen!», rief Amanda, schrieb im selben Moment eilig eine SMS an Bill und fuhr in Richtung E 4.

«Wer ist es?», fragte Tore.

«David Anders Olofsson.»

«Von wegen, ‹den Weg zeigen›.»

«Wovon redest du?» Amanda beschleunigte.

«DAO – es sind Initialen.»

45

Er schob die Tür einen Spaltbreit auf und spähte in den Raum. Magdalena hatte sich zusammengekauert, so weit es ihre Fesseln zuließen. Ihre Augen waren halb geschlossen, Speichelfäden hingen ihr vom Kinn. Als sie ihn sah, versuchte sie, etwas zu sagen, aber die Worte kamen schleppend und unzusammenhängend. Im nächsten Moment fielen ihr die Augen zu.

Er beugte sich über sie. Langsam, kaum sichtbar hob sich ihr Brustkorb. Er legte zwei Finger an ihren Hals und schloss die Augen. Erhöhte den Druck und tastete ein Stück weiter unten nach ihrem Puls. Schließlich spürte er ihn.

Obwohl er ihr den Arm mit einem Fahrradschlauch abgebunden hatte, hatte er erst ihre Armbeuge abgeklopft, ehe er sich getraut hatte, die Spritze zu setzen. Wie bei einem Test – um sich ganz auf seine Aufgabe zu konzentrieren. Um sich seines Handelns voll bewusst zu sein.

Magdalena hatte sich augenblicklich übergeben – vor allem Rührei und Kaffee. Offenbar nicht ungewöhnlich beim ersten Heroinkonsum. Er hatte das Erbrochene aufwischen wollen, dann aber die Reste angewidert liegen lassen.

Ihr Körper war ganz heiß geworden. Auf ihrer Stirn hatte sich ein Schweißfilm gebildet, und an ihrer Oberlippe waren Schweißperlen hervorgetreten. Als er sich jetzt über sie beugte, waren die Tropfen zu kleinen Rinnsalen geworden, die an ihren Lippen entlang am Hals hinabliefen. Sie war schweißgebadet.

Im ersten Moment hatte er befürchtet, ihr eine Überdosis gespritzt zu haben. Gehörte ein derart heftiger Schweißausbruch wirklich zu den üblichen Symptomen? Wäre sie gleich am ersten Schuss gestorben, wäre das ein Desaster gewesen. Nachdem er sich in ein paar suspekten Internetforen informiert hatte, war seine Besorgnis abgeklungen. Der starke Anstieg der Körpertemperatur gehörte offenbar zu den häufigsten Reaktionen bei Heroinkonsumenten.

Bei keiner anderen Droge war die Sterberate so hoch wie bei Heroin, das wusste er. Aber woher sollte man wissen, wie rein das Heroin war oder wie stark es wirkte, wenn man es von verschiedenen Dealern bezog?

Er hatte nicht gewagt, Magdalena noch einmal zu Bewusstsein kommen zu lassen. Der Einfachheit halber hatte er ein Stück vom Laken abgerissen, es mit Äther aus der Glasflasche beträufelt und ihr den Fetzen auf Mund und Nase gedrückt, damit sie nicht aufwachte.

Trotz Schweißfilm und Erbrochenem bot sie in der weißen Bluse und der hellen Leinenhose einen schönen Anblick. Aus unerklärlichen Gründen hatte er ihre Stiefeletten ordentlich nebeneinander auf den Boden vors Bett gestellt. Nachdem er kontrolliert hatte, dass sich in ihrer Handtasche kein Gegenstand befand, mit dem sie sich selbst oder jemand anderen verletzen konnte, hing die Tasche jetzt an einem Pfosten des Bettgestells.

Er schob den Vorhang zur Seite, den er zwischen sie beide gespannt hatte. Im zweiten Bett lag definitiv keine Schönheit. Bartstoppeln wucherten in seinem Gesicht, und das braune Haar war ungewaschen. Seine Augenlider hingen herab, die Gesichtsmuskeln waren erschlafft. Auf den Lippen lag ein schwaches Lächeln. Auch Åke hatte versucht, sich zusammenzukauern. Er fragte sich, ob sie in ihrem Zustand überhaupt realisiert hatten, dass sie beide hier waren.

Vorsichtig platzierte er den Daumen unter Åkes linkem Auge und schob mit dem Zeigefinger das Lid nach oben. Die Pupille war nicht größer als ein Stecknadelkopf. Diese deutlichen körperlichen Symptome von Heroinkonsum faszinierten ihn. Beim rechten Auge bot sich das gleiche Bild. Obwohl beide nicht ansprechbar waren, kam ihm Åkes Körper weniger schlaff vor, und auch sein Atem ging nicht annähernd so flach wie der von Magdalena. Das nächste Mal würde er ihnen nicht die identische Dosis injizieren.

Åkes Hemd klaffte zwischen den Knöpfen auf. Die Hand, an der ein Finger fehlte, war entzündet und angeschwollen. Die Infektion hätte längst mit Antibiotika behandelt werden müssen. Ihn ließ das kalt. Und außerdem wirkte Heroin schmerzstillend. Im Grunde musste Åke ihm also dankbar sein.

Jetzt waren sie beide hier. Jeder in seinem eigenen Teil des Raums. Herr und Frau Jönsson. Im ersten Drogenrausch ihres Lebens.

Vermutlich fühlten sie sich ruhig und entspannt, und all ihre Sorgen waren vergessen. Ahnungslos, wo sie sich befanden, und in glücklicher Ungewissheit, dass sie ihn bald um mehr anflehen würden.

Er zog die Campingtoilette in die Mitte des Zimmers und hängte einen schwarzen Müllbeutel hinein, damit Åke und Magdalena verstanden, wofür sie gedacht war. Anschließend ersetzte er die Kabelbinder durch Seile, die genug Bewegungsfreiheit ließen, damit sie die Toilette benutzen konnten, obwohl sie noch immer an ihre Betten gefesselt waren.

Der Rausch würde vier bis sechs Stunden anhalten. Die nächste Spritze würde er ihnen in fünf Stunden setzen, damit die Wirkung unterdessen nicht nachließ und sie konstant unter Drogeneinfluss standen. Er stellte den Timer seiner Armbanduhr und schloss die Tür hinter sich.

46

Amanda hielt ihre Schlüsselkarte vor das Lesegerät vor der Tiefgaragenzufahrt des Torpet. Das überdimensionale Tor glitt auf, und sie fuhr hinein. Allein die Deckenhöhe konnte einem die Sprache verschlagen, doch spätestens beim Anblick des riesigen Fuhrparks und der unzähligen Ausrüstungsgegenstände reagierten die meisten Besucher mit sprachlosem Staunen. Außerdem waren im Unterschied zu einer normalen Polizeigarage, in der jeder Zentimeter ausgenutzt wurde, weit mehr Parkplätze als Fahrzeuge vorhanden.

Amanda war vor Bill und Tore eingetroffen, sodass sie schon jetzt ihre persönliche Ausrüstung packen konnte.

Sie wollten David Olofsson so schnell wie möglich einen Besuch abstatten, so viel stand fest. Unklar war nur, ob sie sich mit Gewalt Zutritt verschaffen mussten oder ob sie mit ihm in Verhandlung treten konnten.

Sie zog die dünne Kevlarweste aus, die sie getragen hatte, legte sie zu ihren Knieschützern und Stiefeln auf die schwarze Canvastasche und nahm eine schwere Schutzweste und einen Helm aus dem Regal. Das Beinholster samt Magazintaschen lag schon auf ihrer Tasche. Das schwarze Gürtelholster mit der Sig Sauer hing immer noch an Ort und Stelle, und auch Schlagstock und Taschenlampe lagen in ihrem kleinen Rucksack. Mit schnellen Schritten trat sie an den Waffenschrank, holte ihr G36 heraus, ließ die Schulterstütze einrasten und setzte die Laserzielhilfe auf. Die vollen Magazine lagen aufgereiht im Regal, das mit ihrem Namen gekennzeichnet war.

Die Türen der Spinde im Umkleideraum standen in aller Regel offen; dass im Torpet etwas gestohlen wurde, war so gut wie ausgeschlossen. Außer den Mitgliedern der Sondereinsatztruppe hatte hier niemand Zutritt, und sie waren eine überschaubare Gruppe, das Vertrauen untereinander groß. Zudem waren sie ausnahmslos Polizisten.

An ihrer Schranktür hing ein Bild von Linnea, Mirjam und ihrer Mutter. Das Foto hatte sie erst drei Monate zuvor gemacht – im Garten des Pflegeheims. Ihre Mutter saß auf der grün karierten Decke zwischen den Zwillingen im Gras und sah direkt in die Kamera. Ihr Blick war klar und wach, wie er es lange nicht mehr gewesen war.

Amanda fragte sich, wie das Bild ausgesehen hätte, wenn André Teil ihres Lebens geblieben wäre. Er hätte wahrscheinlich ebenfalls Elternzeit in Anspruch genommen und auf dem Foto Shorts und T-Shirt getragen. Womöglich hätte er ihr sogar mit ihrer Mutter geholfen, sodass sie sie umso früher aus dem Pflegeheim abgeholt hätten.

Sie warf einen Blick auf die Uhr und stellte fest, dass es bereits zu spät für einen Anruf bei Eva war. Nach Ansicht der Pflegekräfte war es für ihre Mutter am besten, wenn die Routine nicht gestört wurde, und wenn sie bereits geschlafen hatte, verlief ein Telefonat selten gut.

Ihre Kampfweste hing an der Spindtür. Amanda kontrollierte den Inhalt der Taschen. Die Blendgranate befand sich an Ort und Stelle, ebenso wie die Stirnlampe. In der Erste-Hilfe-Tasche steckten die notwendigsten Dinge, um eine Blutung zu stoppen und Schmerzen zu lindern.

Nachdem sie die Kampfweste und ihre gefüllte Camelbak-Trinkflasche zu ihrer übrigen Ausrüstung gelegt hatte, schrieb sie «Eva» auf ihren Handrücken und ging dann nach oben in den Einsatzraum. Er war verlassen; die reguläre Dienstzeit war schon seit Stunden vorbei. Ein Stockwerk unter ihr summte die Türschleuse, und kurz darauf erklangen Bills und Tores Stimmen.

«Amanda, kannst du die Bereitschaftskräfte informieren, dann sparen wir etwas Zeit», rief Bill bereits auf der Treppe.

«Schon dabei», erwiderte sie und warf einen Blick auf den Bereitschaftsplan am Schwarzen Brett.

Sie folgten einem Rotationssystem, das eine Stunde Eintreffzeit vorsah, wie sie es nannten. Das System hatte sich bewährt. Es wusste jeder, was er in welcher Lage zu tun hatte, und innerhalb weniger Minuten war ein Team ausrückbereit.

Amanda schickte den Kollegen, die derzeit Bereitschaftsdienst hatten, eine SMS und rief anschließend den bereitschaftsdiensthabenden Verhandlungsführer an. Sollte sich Olofsson gesprächsbereit zeigen, würde sie die Verhandlung selbst führen; aber es war immer gut, einen Kollegen als Back-up dabeizuhaben, der übernehmen konnte, falls der Kontaktaufbau misslang oder sich die Verhandlungen in die Länge zogen.

«Mit welchem Straftatbestand haben wir es eigentlich zu tun?», fragte Bill, als er den Einsatzraum erreichte.

«Menschenraub – allerdings mit unklarem Motiv», antwortete Amanda und nahm sich ein Rakel-Funkgerät aus der Ladestation. Über ein zweites Gerät, das sie am Hosenbund befestigte, würde die interne taktische Kommunikation laufen.

«Ich rufe bei der NOA an und frage nach, wie lange die finale Identifizierung von Bloms Leiche in Pristina noch dauert, und kümmere mich dann um die notwendigen Beschlüsse», sagte Tore und verschwand in ihrem Dienstzimmer.

«Können wir ausschließen, dass Olofsson nicht einfach nur ein reicher Mitbürger ist, der helfen wollte?», gab Bill zu bedenken. «Vielleicht haben die Entführer Jönsson ja tatsächlich seinetwegen freigelassen?»

«Ich bin inzwischen überzeugt davon, dass Olofsson das Geld gezahlt hat, damit Jönsson freikam. Allerdings wäre Jönsson wohl kaum im Kofferraum eines Chryslers nach Schweden zurücktransportiert worden, wenn Olofsson nur sein Bestes im Sinn gehabt hätte», erwiderte Amanda und nahm zwei Handys aus dem Schrank.

Eins würde sie selbst benutzen, das zweite war für Olofsson, falls er mit ihr sprechen, aber nicht sein eigenes Telefon verwenden wollte. In diesem Fall stellte sich natürlich die Frage, wie sie ihm das Handy zukommen lassen sollte, aber meistens fand sich für dieses Problem irgendeine Lösung.

Tore kam mit schnellen Schritten aus dem Büro. «Wir haben grünes Licht, Olofsson ohne Vorladung zum Verhör zu holen. Bisher können wir ihm keine Straftat nachweisen, aber vielleicht gelingt es uns, im Verlauf der Befragung unseren Anfangsverdacht zu verdichten, damit wir ihn in U-Haft nehmen können.»

«Und die verbrannte Leiche?», fragte Bill.

«Die Identifizierung läuft noch. Sie warten immer noch auf den Gebissabgleich», erwiderte Tore.

«Was machen wir mit dem Chrysler?», fragte Amanda und überprüfte die Telefonnummern, die sie verwenden würden, falls es zu einer Verhandlung mit Olofsson kam. Dann notierte sie die Nummern auf dem Whiteboard, kreiste sie rot ein und steckte Ladekabel und Powerbank in ihre Tasche.

«Ich denke, der Chrysler sollte bloß verschwinden. Wenn sich darin irgendetwas von Belang befunden hätte, wäre er woanders entsorgt worden», antwortete Bill.

«Die Spurensicherung soll sich den Wagen trotzdem so schnell wie möglich ansehen. Wenn er tatsächlich im Kanal liegt, wäre das die Bestätigung, dass Ellen die Wahrheit sagt», fügte Tore hinzu.

«Die Taucher kümmern sich morgen darum. Wenn sie den Chrysler im Wasser finden, lassen wir ihn bergen», beschloss Bill.

«Aber wo steckt Olofsson? Und wo sind Jönsson und seine Frau?», fragte Amanda, während sie die Webseite der Firma Aberdeen aufrief. Weder Magdalena Jönsson noch David Olofsson waren dort namentlich aufgeführt.

«Olofsson ist zu Hause in Djursholm», antwortete Tore.

«Wie bitte? Im Haus war es dunkel, es hat keine einzige Lampe gebrannt, und der Briefkasten quoll über», entgegnete Bill.

«Zumindest sein Handy befindet sich im Ragnaröksvägen – das habe ich eben geortet», verkündete Tore triumphierend.

«Aber wir können doch nicht einfach an die Tür klopfen. Vermutlich würde er nicht aufmachen – und wir hätten uns zu erkennen gegeben und das Überraschungsmoment verspielt», erwiderte Amanda, deren Finger immer schneller über die Tastatur flogen.

«Uns gewaltsam Zutritt zu verschaffen, wenn wir ihn ‹nur› zum Verhör holen wollen, wäre wohl eine Nummer zu rabiat?», bemerkte Bill.

«Wir schicken erst mal einen Spähtrupp los – so können wir uns vergewissern, dass er wirklich da ist, bevor wir weitere Maßnahmen ergreifen. Außerdem stellen wir fest, ob er eine Verbindung zum Ehepaar Jönsson hat», sagte Amanda, die soeben eine neue Gmail-Adresse eingerichtet hatte.

Sie klickte auf «E-Mail schreiben», tippte magdalena.jonsson@ aberdeen-asset.com in die Adresszeile und schickte eine leere Nachricht ab. Dann starrte sie auf den Posteingang. Nichts passierte.

«Ich habe den Spähtrupp schon angefordert, aber ohne eindeutigen Straftatbestand hat unser Fall untergeordnete Priorität. Die Kollegen sind bei einer Bandenschießerei in Järva im Einsatz. Wir müssen uns selbst darum kümmern», erwiderte Tore.

«Haben alle Bereitschaftskräfte bestätigt?», wandte sich Bill an Amanda.

«Ja, innerhalb von drei Minuten», erwiderte Amanda und klickte erneut auf «E-Mail schreiben». Diesmal gab sie david.olofsson@ aberdeen-asset.com in die Adresszeile ein und schickte eine zweite leere E-Mail ab.

«Tore, könntest du heute Nacht das Haus observieren? Im Garten stehen dichte Büsche und Sträucher, hinter denen du dich positionieren kannst. In einem Tarnanzug bist du der perfekte Laubhaufen.» Bill drückte Tore ein Nachtsichtgerät in die Hand.

Tore nickte, griff nach einem Funkgerät und zog Thermounterwäsche und Fleecejacke aus seiner Tasche.

«Gut, das Einsatzkommando erhält den Namen ‹November 100›. Die Kollegen sollen in der Nähe von Olofssons Haus Stellung beziehen und es auf Befehl stürmen. Amanda, du und ich fahren in einem Auto und positionieren uns vor dem Spielplatz, an dem ich vorbeigekommen bin. Stell dich darauf ein, dass du mit ihm verhandelst.»

Amanda nickte, ohne den Blick vom Bildschirm zu lösen. Sie aktualisierte den Posteingang einmal, zweimal – dann erhielt sie eine Abwesenheitsnotiz: *Thank you for your e-mail. I am currently on vacation and will be back on November 11th. Holiday greetings and kind regards, David Olofsson.*

«Seht euch das an …» Sie klickte erneut auf das Aktualisierungssymbol. Nichts tat sich.

«Was?», fragte Bill.

«Eine Abwesenheitsnotiz von Olofssons Job-E-Mail bis zum 11. November. Magdalena Jönsson scheint keine Abwesenheitsnotiz eingerichtet zu haben.»

«Und was schlussfolgern wir daraus?»

«Dass Olofsson den Anschein erwecken will, er sei verreist.»

«Und dass Magdalena Jönsson nicht geplant hat, von der Arbeit fernzubleiben», schloss Amanda.

47

Als Bill am Spielplatz in Djursholm hielt, suchte sich Amanda eine bequeme Sitzhaltung und griff nach der schwarzen Canvasmappe mit dem Aufdruck «Posse ante factum audere cum convenit» auf der Vorderseite – das Motto ihrer Einheit: bereit sein, bevor es geschieht, und wagen, wenn es eintrifft. Dies war vielleicht nicht die wortwörtliche Übersetzung; aber die Bedeutung war für alle enorm wichtig – vor allem aber die Gewissheit, dass sie alle hinter diesem Motto standen.

Amanda hatte die wenigen Informationen ausgedruckt, die in der Polizeidatenbank über Olofsson vorhanden gewesen waren. In den sozialen Medien hatte sie nichts über ihn finden können. Allem Anschein nach war er ein unbeschriebenes Blatt.

«Hast du was Interessantes entdeckt?», fragte Bill.

«Nicht viel. Er wohnt seit 1990 in dem Haus und ist alleinstehend. Zwei Kinder, beide in den Neunzigern geboren, eins ist verstorben. Die Mutter der Kinder ist nach Dänemark gezogen.»

«Hast du überprüft, welches Auto auf ihn zugelassen ist?»

«Er besitzt einen Audi Q7 und fünf Oldtimer. Teures Hobby.»

«Tore meinte schon, dass er finanziell unabhängig ist. Für irgendwas muss er sein Geld ja ausgeben», erwiderte Bill und funkte Tore an.

Im Lautsprecher klickte es zweimal. Die stumme Bestätigung, dass Tore seinen Beobachtungsposten am Haus bezogen hatte.

«Stehst du unter dem Baum in der nordöstlichen Ecke des Gartens?», fragte Bill und vergrößerte das Satellitenbild auf seinem iPad.

Der Garten war wie geschaffen für eine Observation. Findlinge sowie zahlreiche Büsche auf unebenem Gelände. In einem Tarnanzug mit aufgenähtem Gras- und Blattmaterial verschmolz man auch tagsüber mit der Umgebung.

Wieder kamen zwei Klicks als Antwort.

«Gut. Wir sind am Spielplatz. Tore, übernimmst du die ganze Nacht? So riskieren wir nicht aufzufliegen, wenn dich jemand ablöst. Wir wissen nicht, über welche Ressourcen Olofsson verfügt – und es gibt eine ganze Menge Nachbarn.»

Zum dritten Mal bestätigte Tore mit zweimaligem Drücken der Sprechtaste.

«Das Einsatzkommando positioniert sich südlich der Einfahrt. Amanda und ich sind dein Back-up. Wir warnen dich, sobald jemand an uns vorbei die Straße entlanggeht, aber wir können keinen direkten Sichtkontakt mit dir oder dem Haus halten.»

Tore flüsterte etwas, das sie nicht verstanden.

«Wiederhole bitte», forderte Bill ihn auf.

Amanda schloss die Augen und presste ihr Ohr an den Lautsprecher, um besser zu hören.

«Der Briefkasten ...»

«Was ist damit?», fragte Bill.

«Er ist fast leer», raunte Tore langsam und so artikuliert wie möglich.

«Was steckt noch drin?», hakte Bill nach und schrieb «23:50 Uhr» auf einen Block, der ihm als Logbuch diente.

«Zeitungen, Reklamesendungen und ein, zwei Briefe», flüsterte Tore.

«Verstanden», erwiderte Bill.

«Also hat jemand einen Teil der Post herausgenommen», konstatierte Amanda, öffnete ihre Jacke und lockerte die Klettverschlüsse ihrer Schutzweste.

Die kühle Luft, die unter die Weste zog, war eine Erleichterung.

Das Material verströmte einen leicht süßlichen Geruch, aber er gehörte irgendwie dazu.

«Vielleicht hat Olofsson einen Nachbarn oder jemand anderen gebeten, nach der Post zu sehen? Weil er vereist ist?», argwöhnte Bill.

«Aber warum sollte dieser Jemand dann einen Teil der Post liegen lassen? Nein, es muss Olofsson selbst gewesen sein, der sich im Schutz der Dunkelheit aus dem Haus geschlichen hat. Vielleicht ist ihm eingefallen, dass er ein paar Rechnungen bezahlen muss, wollte aber, dass es weiter so aussieht, als wäre er verreist», gab Amanda zurück und schob die rechte Hand in ihre Jackentasche.

Wie immer lag der Stein an seinem Platz. So lief sie nicht Gefahr, sich in der Jacke zu verheddern, wenn sie ihre Waffe zog. Sie strich mit dem Daumen über die Einkerbungen. EVA.

«Deswegen auch die Abwesenheitsnotiz in seiner Job-E-Mail. Aber in Wahrheit ist er gar nicht im Urlaub, sondern zu Hause. Fragt sich nur, ob er sich alleine im Haus aufhält oder zusammen mit Magdalena Jönsson», fuhr Amanda fort.

«Oder mit Magdalena *und* Åke Jönsson.»

Amanda zoomte das Haus auf dem Satellitenbild näher heran. Die Steinmauer schien um das gesamte Grundstück herum zu verlaufen. Als sie den Kartenausschnitt weiter vergrößerte, wurde die Aufnahme körnig. Auf der Rückseite befand sich offenbar eine größere Terrasse, und der Garten grenzte an einen Wald.

Amanda rief die Webseite des Stadtarchivs auf und gab «Grundriss» und die Adresse von Olofssons Haus in die Suchmaske ein. Kein Treffer. Sie klickte auf den Kontaktlink des Stadtarchivs und schrieb eine Nachricht.

«Was machst du?»

«Ich fordere eine Grundrisszeichnung von Olofssons Haus an. Das Stadtarchiv macht morgen früh um zehn auf. Wenn wir dann direkt auf der Matte stehen, können wir die Zeichnung vielleicht sofort mitnehmen.»

«Haben wir denn Zeit, so lange zu warten?», fragte Bill und funkte Tore an.

Im Lautsprecher klickte es zweimal.

«Das hängt davon ab, wie sich die Lage entwickelt. Aber im Moment spricht nichts für die Erstürmung des Hauses oder für eine Verhandlungssituation; wir wissen ja noch nicht einmal, wie viele Stockwerke und Räume es gibt.»

Bill nickte und drückte die Sprechtaste des Funkgeräts.

«Tore, was siehst du vor dir? Karten und Luftbilder in allen Ehren, aber die Auflösung ist ziemlich miserabel.»

«Es brennt nirgends Licht», antwortete Tore im Flüsterton. «Die Haustür macht einen massiven Eindruck – möglicherweise eine Sicherheitstür. Allerdings zu beiden Seiten verglast – was uns den Zugriff erleichtern könnte. Davor eine Vordertreppe mit drei Stufen.»

«Wie viele Stockwerke hat das Haus deiner Meinung nach? Gibt es einen Keller?»

«Zwei Stockwerke. Aufgrund des Alters des Hauses schätze ich, es ist unterkellert. Alles in allem vielleicht dreihundert Quadratmeter», flüsterte Tore.

«Danke. Und kannst du etwas über die Garage sagen? Ich hatte den Eindruck, sie ist direkt am Haus angebaut worden?»

«Das kann ich von meiner Position nicht genau sehen, aber ich nehme es an. Es ist eine Doppelgarage mit einem Garagentor.»

«Danke für das Update», sagte Bill und funkte das Einsatzkommando an, um sicherzugehen, dass sie alle Informationen erhalten hatten.

Jetzt hatten sie ihr Möglichstes getan, damit eine eventuelle Erstürmung des Hauses so reibungslos wie möglich verlief. Der entscheidende Faktor war immer das Überraschungsmoment, doch je mehr Informationen die Einsatzkräfte vorab hatten, umso besser konnten sie einzelne Aufgaben verteilen und den Zugriff vorbereiten.

«Warum wohnt man alleine in einem so großen Kasten?», fragte Bill.

«Weil man es kann», erwiderte Amanda lakonisch.

«Besitzt Olofsson noch weitere Häuser? Wenn wir von der Hypothese ausgehen, dass er Magdalena gefangen hält, müssen wir alternative Orte ausschließen.»

«Er besitzt Immobilien auf Östermalm und Kungsholmen sowie nördlich der Stadt. Aber er arbeitet in dieser Branche, und im Lauf der Jahre scheint er etliche Häuser gekauft und verkauft zu haben. Ich wüsste nicht, wo wir da ansetzen sollten.»

«Wir hatten schon bessere Ausgangslagen ... Ein Ehepaar ist spurlos verschwunden, und der einzige potenzielle Täter, den wir aufgetrieben haben, besitzt unzählige Gebäude, in die er sie gebracht ...»

Weiter kam Bill nicht, denn Tore betätigte mehrmals hintereinander die Sprechtaste seines Funkgeräts. Das konnte nur eins bedeuten. Als Tore die Sprechtaste losließ, war die Frequenz wieder frei.

«Tore, was ist los?», fragte Bill.

«Vermutlich der Garagenausgang ...», flüsterte Tore und hielt die Sprechtaste gedrückt, um den Funkkanal zu blockieren und ihnen zu verstehen zu geben, dass er noch nicht fertig war.

Doch dann war ein Knistern zu hören. Amanda vermutete, dass Tore versuchte, bessere Sicht zu bekommen. Dann erklang wieder Tores Stimme.

«Das Garagentor geht auf ... wartet ... wartet ... Ein Motorengeräusch aus der Garage ... Ein Wagen setzt rückwärts heraus. Over.»

«Verstanden», antwortete Bill.

«Ein silberfarbener Porsche ... älteres Baujahr ... Das Garagentor schließt sich ... Der Porsche fährt in nordwestlicher Richtung zum Belevägen. Er kommt gleich an euch vorbei.»

48

Amandas Nerven waren zum Zerreißen gespannt, als der Porsche an ihnen vorüberfuhr. Den Angaben der Kfz-Zulassungsstelle zufolge besaß Olofsson zwei Porsche: einen silberfarbenen und einen roten. Außerdem war er als Halter eines Q7, eines Ford Mustang und zweier Volvo P1800 eingetragen.

«Tore, du bleibst, wo du bist, und behältst weiter das Haus im Auge. Wir gehen davon aus, dass Olofsson am Steuer des Porsche sitzt. Amanda und ich folgen ihm mit einigem Abstand», sagte Bill, ließ den Motor an und schaltete die Scheinwerfer aus.

«Okay. Ich kontaktiere die NOA und lasse sein Handy orten», flüsterte Tore.

Solange sie auf kleineren Nebenstraßen mit wenig Verkehr unterwegs waren, konnten sie auf Scheinwerferlicht verzichten. Allerdings kamen sie so nur langsam voran. Die Rücklichter des Porsche verschwanden einige hundert Meter vor ihnen hinter einer Kurve. Bill beschleunigte leicht und informierte parallel das Einsatzkommando: «Der Porsche biegt vom Belevägen rechts auf den Norevägen ab. November 100 – weitere Befehle abwarten! Wenn ihr das Haus jetzt stürmt, laufen wir Gefahr, dass ihr zu viel Aufmerksamkeit erregt.»

Der Einsatzleiter bestätigte, dass sie die Anweisung erhalten hatten.

«Versuch, ein bisschen näher an den Porsche heranzukommen. Sonst sehen wir nicht, ob er am Vendevägen nach rechts oder links abbiegt», sagte Amanda und drehte die Autoheizung runter. Solange sie still dagesessen hatten, war die Temperatur angenehm gewesen, aber wenn der Puls in die Höhe schnellte und Adrenalin durch den Körper schoss, erübrigte sich die zusätzliche Wärme.

«Da er den Porsche genommen hat, denke ich nicht, dass er besonders weit fahren will. Mit so einem Schlitten macht man nur Sonntagsausflüge», sagte Bill.

«Außerdem haben wir uns zur Abwechslung mal eine kleine Glückssträhne verdient», murmelte Amanda und überprüfte ihren Rucksack. Taschenlampe, Schlagstock und Erste-Hilfe-Set lagen an Ort und Stelle.

«Es wäre nicht ganz optimal – aber bist du bereit, ihm zu Fuß zu folgen, falls es nötig ist?», fragte Bill.

Amanda nickte, schnallte ihre Schutzweste enger und richtete ihre Kleidung. Der Porsche hielt an der Kreuzung am Vendevägen und bog dann nach links ab. Bill schaltete die Scheinwerfer an und beschleunigte. Amanda verfolgte ihren Weg auf der Satellitenkarte. Der Schein des iPad-Displays leuchtete das Wageninnere aus, aber da sie weit genug vom Porsche entfernt waren und mit Scheinwerferlicht fuhren, fiel es nicht ins Gewicht.

«Wenn er am Kreisverkehr die gegenüberliegende Ausfahrt nimmt, will er wahrscheinlich auf den Mörbyleden.» Amanda fuhr mit den Fingern über den Bildschirm.

«Wer bitte schön unternimmt um Mitternacht mit einem Porsche aus den Sechzigern eine Spritztour?», fragte Bill.

«Vor allem, wenn auch noch ein Q7 in der Garage steht», ergänzte Amanda und kontrollierte, ob ihr Funkgerät fest in der Halterung steckte und das Mikrophon dicht genug an ihrem Hals saß.

«Er fährt geradeaus», konstatierte Bill.

«In fünfhundert Metern kommt noch ein Kreisverkehr. Bleib so nah wie möglich an ihm dran. Bis dahin gibt es mehrere Nebenstraßen, die er nehmen könnte», sagte Amanda.

«Wenn wir Glück haben, führt er uns zu den Jönssons. Wenn sich die Gelegenheit bietet, schnappen wir ihn uns. In sein Haus darf er jedenfalls nicht zurück.»

«Er blinkt rechts», stellte Amanda fest.

Der Porsche nahm im Kreisverkehr die erste Ausfahrt und bog nach rechts zur Tankstelle Circle K ab. Über dem Eingang des Shops leuchtete ein Vierundzwanzig-Stunden-geöffnet-Schild. Der Porsche hielt direkt vor der Tür, und ein Mann mit dichtem, leicht gewelltem dunklem Haar stieg aus. Er trug Jeans und ein blau kariertes Hemd.

«Das ist er, oder?», fragte Amanda und hielt Olofssons Passfoto hoch.

«Wahrscheinlich. Er sieht älter aus als auf dem Bild», erwiderte Bill, der eine Parklücke zwischen zwei Autos ansteuerte. Amanda stellte den Seitenspiegel so ein, dass sie den Eingang des Shops im Blick hatte.

Olofsson allein mittels Seitenspiegel zu observieren stellte eine Herausforderung dar. Andererseits würde er sie so nicht entdecken.

Der Mann verschwand mit schnellen Schritten im Shop. Amanda notierte das Porsche-Kennzeichen und blätterte in ihren Unterlagen. «Den Angaben in seinem Pass zufolge ist Olofsson eins neunzig groß. Das scheint zu stimmen. Der Pass wurde 2012 ausgestellt. Das könnte erklären, weshalb er älter aussieht.»

«Was ist so wichtig, dass ein Einkauf nicht bis morgen warten kann?», fragte Bill.

Einen Augenblick später kam Olofsson mit einer vollen Plastiktüte aus dem Shop, legte sie in den Kofferraum und setzte sich wieder hinters Steuer.

«Die Tüte sah schwer aus», bemerkte Bill. «Er fährt los – nach Hause oder auf den Mörbyleden, was meinst du?»

«Wir sollten den Kassierer fragen, was er gekauft hat», murmelte Amanda.

«Dafür haben wir jetzt keine Zeit», widersprach Bill und folgte dem Porsche in sicherem Abstand.

Wenn ihnen die Information nützen sollte, mussten sie umgehend herausfinden, was Olofsson gekauft hatte. Ein Anruf in der Tankstelle würde kaum zu etwas führen – es würde ihnen niemand glauben, dass tatsächlich die Polizei am anderen Ende der Leitung war. Da würden sie schon einen Kollegen schicken müssen, der persönlich seinen Dienstausweis vorzeigte ...

Einem spontanen Impuls folgend zog Amanda ihr Handy hervor, öffnete Ellens letzte Textnachricht und schrieb: «Können Sie SMS schicken?»

Die Punkte in der linken Ecke des Displays bewegten sich. Keine Sekunde später kam ein Ja.

Eilig tippte Amanda: «Haben Sie Ihre Polizeimarke noch?» Erneut antwortete Ellen mit Ja.

«Nehmen Sie sich ein Taxi zur Circle-K-Tankstelle am Mörbyleden 15», schrieb Amanda. «Weisen Sie sich aus und erkundigen Sie sich, was der Porschefahrer um 01:40 Uhr gekauft hat. Erzählen Sie denen, dass es um ein Schwerverbrechen geht. ASAP.»

Olofsson fuhr auf dem Vendevägen zurück, bog dann aber nicht in den Norevägen ein.

Auf Amandas Display erschien Ellens Antwort: «Schon unterwegs.» Um diese Uhrzeit sollte Ellen bis zur Tankstelle höchstens zehn Minuten brauchen.

«Siehst du irgendwas auf der Karte, das sein Ziel sein könnte? Oder fährt er einfach nur durch die Gegend, um festzustellen, ob ihn jemand verfolgt?»

«Das werden wir gleich erfahren. Er biegt in den Auravägen ab – am Ymervägen hinter den Tennisplätzen gibt es ein paar größere Gebäude.»

«Wenn er die Nebenstraßen nimmt, sind wir mit dem Auto aufgeschmissen. Bist du bereit? Sonst riskieren wir, ihn zu verlieren.»

«Ich bin bereit», antwortete Amanda. Im selben Moment flüsterte Tore: «Ich habe gerade Rückmeldung bekommen. Olofssons Handy befindet sich immer noch im Haus.»

«Verstanden», bestätigte Amanda.

Ohne zu blinken, bog Olofsson in den Norrängsvägen ab. Bill folgte ihm mit einigem Abstand. Inzwischen hatte er die Scheinwerfer wieder ausgeschaltet. Auf Höhe des Ymervägen verschwanden die Rücklichter des Porsche.

«Er muss links abgebogen sein. Wir fahren über die Kreuzung, vielleicht entdecken wir ihn noch.»

Der Porsche stand mit laufendem Motor fünfzig Meter den Ymervägen entlang vor einer Art Lagerhalle. Das Tor öffnete sich, und Olofsson fuhr hinein.

«Sieht aus wie ein Ort, an dem man ein, zwei Geiseln verstecken könnte. Nah genug am trauten Heim, aber nicht im selben Gebäude», stellte Bill fest und fuhr langsam über die Kreuzung.

«Halt an. Ich steige gleich hier aus. Orderst du das Einsatzkommando her, damit wir ihn festnehmen können?», fragte Amanda.

«Ich stelle das Auto ab und komme nach. Sei vorsichtig.»

Amanda stieg aus und schloss leise die Tür. Die frische Luft kühlte ihr Gesicht, als sie mit schnellen Schritten in Richtung Lagerhalle lief. Das Tor stand immer noch offen, dahinter brannte Licht. Amanda stellte sich am Straßenrand unter einen Baum – nicht zu nah, aber mit unbehinderter Sicht auf das Einfahrtstor.

Hielt Olofsson Åke und Magdalena Jönsson hier gefangen? Aus welchem anderen Grund sollte er sonst mitten in der Nacht hierherfahren?

Ihr Handy vibrierte. Eine Nachricht von Ellen. Schneller als erwartet. Sie versuchte, das Display abzuschirmen und den Lichtschein zu verdecken. Falls Olofsson in ihre Richtung blickte, hatte er das Aufleuchten gesehen; dann wäre sie aufgeflogen.

Amanda deaktivierte die Aufleuchtfunktion des Displays und

drehte sich sicherheitshalber zur Seite, ehe sie die SMS öffnete. Was Olofsson gekauft hatte, konnte von entscheidender Bedeutung für sie sein.

Ellens Nachricht war wie immer knapp: «Binden, Sandwiches, Joghurt, Schokolade und Säfte für fünfhundert Kronen. Um 01:42 Uhr mit Mastercard bezahlt.»

Amanda leitete Ellens SMS an Bill weiter und fügte hinzu: «Bin 100 Prozent sicher, dass sie hier sind und Olofsson für sie eingekauft hat.»

Nachdem sie die Nachricht abgeschickt hatte, steckte sie das Handy in die Jackentasche.

Solange das Garagentor offen stand und Olofsson sich in Sichtweite befand, war eine Erstürmung des Gebäudes für die Geiseln mit weniger Risiken verbunden. Bis das Einsatzkommando Stellung bezogen hatte, würde es allerdings noch ein paar Minuten dauern. Doch hinter Amanda näherten sich bereits Bills knirschende Schritte. Falls es die Situation erforderte, konnten sie zumindest zu zweit in das Gebäude vordringen. Das hatten Bill und sie schon häufiger getan.

Im nächsten Moment erklang ein Quietschen, und das Garagentor glitt zu. Kurz darauf hörte sie ein leises Klicken. Olofsson musste das Tor von innen verriegelt haben.

49

Im Büro in der Hälsingegatan schaltete Ellen die Alarmanlage aus und vergewisserte sich, dass sie allein war.

Es war 02:25 Uhr. Insofern sollte niemand mehr hier sein. Doch nach ihrem Abstecher zu der Tankstelle war sie zu aufgedreht, um im Drottningholmsvägen in ihr Hochbett zu kriechen. Das war mal wieder typisch – bevor sie zur Ruhe kam und einschlafen konnte, musste sie erst sämtliche Eindrücke verarbeitet haben. Unzählige Stunden hatte sie schon in ihrem Bett gelegen und schlaflos an die Decke gestarrt. Wenn ihr Hirn erst mal auf Hochtouren lief und die Gedanken um die Arbeit kreisten, konnte sie nicht mehr abschalten. Im Bett liegen zu bleiben war in solchen Momenten reine Zeitverschwendung. Aber jetzt würde sie hoffentlich etwas Nützliches tun können. Obwohl Amanda sie nicht eigens darum gebeten hatte, wusste Ellen genau, was für die Polizei noch von Interesse war.

Ellen stellte den Wasserkocher an, und während das Wasser zu brodeln begann, ging sie zum Garderobenschrank im Flur und nahm zwei Decken und ein Kissen heraus. Eine Decke breitete sie über das Sofa, das Kissen legte sie auf die Armlehne. Die zweite Decke knüllte sie unordentlich zusammen und deponierte sie am gegenüberliegenden Ende des Sofas. Malkolm würde es nicht gutheißen, dass sie nachts im Büro gewesen war, aber er würde es verstehen, wenn sie ihm weismachte, sie hätte ihren Wohnungsschlüssel verloren. Er wusste, dass Ellen einen Zweitschlüssel bei ihrer Mutter aufbewahrte, aber da diese in Rimbo wohnte, würde er hoffentlich nachvollziehen können, weshalb Ellen die einfachere Alternative gewählt und auf dem Sofa im Büro übernachtet hatte.

Auf der Rückfahrt von Blackeberg hatten sie in Malkolms Auto schweigend nebeneinandergesessen. Keiner von ihnen hatte auch nur mit einer Silbe kommentiert, dass der Chrysler nun an einem Kai in einem westlichen Stockholmer Vorort am Grund des Mälarsees lag. Warum hatte ausgerechnet sie diesen Job erledigen müssen?

Sie goss das kochende Wasser über einen Beutel grünen Tee und rührte einen Esslöffel Honig hinein. Ein bisschen Zucker konnte nicht schaden, wenn sie etwas zuwege bringen wollte.

Dann entsperrte sie Malkolms Bildschirm.

Die Taxifahrt zur Tankstelle und wieder zurück hatte nicht einmal vierzig Minuten gedauert. Der Kassierer hatte keine Sekunde gezögert, als sie ihren Polizeiausweis gezückt und ihn gebeten hatte, den Kassenbeleg über den Einkauf des Porschefahrers aufzurufen. Sie hätte sich gern noch die Bilder der Überwachungskamera angeschaut, um sich einen Eindruck zu verschaffen, wie dieser Olofsson aussah, hatte aber keine Zeit verschwenden wollen, sondern den Kassierer nur gebeten, die Videobänder aufzubewahren, um sich die Aufnahme bei Bedarf später anschauen zu können.

Angesichts von Malkolms PC-Ordnerstruktur verdrehte Ellen die Augen. Unter zig Ordnern auf dem Desktop war das Hintergrund-Landschaftsmotiv so gut wie nicht mehr zu erkennen. In der Hoffnung, etwas zu finden, das ihr einen Hinweis auf Olofssons Motiv geben könnte, klickte sie wahllos einige Ordner an. Diese ganzen Filme von drogensüchtigen jungen Frauen, die installierte Kamera im Garten und die Überführung des Chryslers ... Wie hing das alles zusammen? Und warum hatte Malkolm die Unterlagen mit Eins und Zwei markiert, obwohl es sich um ein und denselben Auftraggeber handelte? Sämtliche Filme waren mit einer Eins beschriftet gewesen und die Teile des Auftrags, in die sie involviert gewesen war, mit einer Zwei.

Die Autofahrt von Belgrad ließ ihr immer noch keine Ruhe. Fast vierundzwanzig Stunden war sie unterwegs gewesen, ohne ein einziges Geräusch zu hören. Sie googelte «Narkose» und «betäubt», aber keiner der Treffer sah auf den ersten Blick vielversprechend aus. Am Ende wählte sie die Nummer der ärztlichen Telefonberatung.

«Ich bin Polizeibeamtin und habe eine hypothetische Frage.»

«Wie kann ich helfen?», erwiderte die Mitarbeiterin am anderen Ende.

«Wäre es theoretisch möglich, einen Menschen für vierundzwanzig Stunden am Stück zu betäuben?»

«Ja – mittels Ketamin beispielsweise, das sukzessiv verabreicht wird.»

«Und wenn man während der vierundzwanzig Stunden, die eine betäubte Person, sagen wir, transportiert werden müsste, keinerlei Kontakt hätte?»

«Im schwedischen Gesundheitswesen ist eine solche Praxis nicht üblich, aber theoretisch wäre es durchaus möglich.»

«Und wie?»

«Mit Hilfe eines Tropfs, der die nötige Menge stündlich zuführt. Aber wie ich bereits sagte, von dieser Praxis wird im schwedischen Gesundheitswesen kein Gebrauch gemacht», erklärte die Frau.

«Ich verstehe. Meine Frage war rein hypothetisch. Vielen Dank.»

Ellen legte auf und klickte sich weiter durch Malkolms Ordner. Vielleicht hatte Olofsson Securus auch noch mit anderen Diensten beauftragt, von denen sie nichts wusste?

Sie öffnete das E-Mail-Programm. Dort war sie überhaupt erst darauf gestoßen, dass Olofsson der Auftraggeber war.

Malkolm hatte Olofssons E-Mails in einen eigenen Ordner mit dem Namen DAO geschoben. Der Ton der kompletten Korrespondenz war freundlich und diskret. Dass sich Malkolm und Olofsson schon länger kannten, konnte Ellen nicht ausschließen, auch wenn nichts dergleichen in einer der Nachrichten erwähnt war.

Der Posteingang war leer.

Sie klickte auf das Aktualisierungssymbol, doch nichts passierte.

Ellen fuhr mit dem Mauszeiger über die Ordneransicht des E-Mail-Postfachs und suchte nach DAO. Der Ordner war nicht mehr da. Das sah Malkolm gar nicht ähnlich.

Ellen klickte das E-Mail-Programm zu. Malkolm musste die E-Mail-Korrespondenz mit Olofsson woanders gespeichert haben, davon war sie überzeugt. Sie ging die Liste der zuletzt erstellten Dokumente durch. Malkolm hatte die Dateien ganz sicher nicht vollständig gelöscht, ohne sie an einem anderen Ort zu sichern.

Gerade erst vor wenigen Stunden hatte er einen neuen Ordner namens «Fahrzeuge» angelegt. Sie klickte den Ordner an und starrte auf die beiden Fotos in Kachelansicht.

Sie waren mit «Ellen1» und «Ellen2» betitelt.

Ihr stockte der Atem. Ihre Haut begann zu kribbeln, und ihre Finger krampften sich um die Maus.

Dann schluckte sie, holte tief Luft und rief «Ellen1» per Doppelklick auf.

Auf dem Foto stieg sie gerade auf Kungsholmen in den Chrysler. Damit hatte sich ihr Verdacht bestätigt – Malkolm hatte einen Bildbeweis gewollt, der sie mit dem Fahrzeug in Zusammenhang brachte. Wollte er dieses Foto als Druckmittel gegen sie einsetzen, damit sie schwieg, oder hatte er andere Pläne?

Eigentlich brauchte sie «Ellen2» gar nicht zu öffnen, um zu wissen, was darauf zu sehen war.

Sie tat es trotzdem.

Auf dem Bild saß sie am Steuer des Chrysler am Kai in Blackeberg.

50

Innerhalb von sechs Minuten hatte das Einsatzkommando entlang der Gebäudewand Stellung bezogen. Es war auffallend still. Unmittelbar vor dem Zugriff war kein Funkkontakt gestattet, um das Überraschungsmoment so lange wie möglich zu gewährleisten. Außerdem gestalteten sich die Abläufe in absoluter Stille reibungsloser – und die Anspannung war für alle Beteiligten leichter zu bewältigen.

Der Einsatzleiter signalisierte per Handzeichen, wer das Garagentor aufbrechen und wer die Blendgranate werfen sollte. Sobald das Tor aufgebrochen war, würden die Männer ins Gebäude eindringen und Raum für Raum einnehmen.

Amanda und Bill postierten sich auf der Rückseite des Gebäudes, damit Olofsson nicht durch den Hinterausgang entkommen konnte. Durch ihr Nachtsichtgerät konnte Amanda die Umrisse einer Metalltür ausmachen. Sie war geschlossen. Die benachbarte Parkanlage mit gepflegten Gehwegen, die zur Straße hinunter und zu einer Bushaltestelle führten, war im grünlich körnigen Bild klar zu erkennen.

Bill signalisierte den anderen, dass die Rückseite gesichert war. Dann rückten sie vor und warteten zu beiden Seiten der Metalltür auf den Zugriffsbefehl des Einsatzleiters. Beide setzten sich ihren Gehörschutz auf.

Amanda tastete die Tür ab. Eine Sicherheitstür war das nicht. Das kalte Metall fühlte sich angenehm kühl unter ihrer schweißnassen Handfläche an.

Fast geräuschlos brachen die Einsatzkräfte das Garagentor auf, während Amanda und Bill sich an die Wand pressten. Im nächsten Moment explodierten im Innern des Gebäudes zwei Blendgranaten. Amandas Brustbein vibrierte von der Detonation. Sie hoffte inständig, dass Olofsson sich immer noch im vorderen Gebäudeteil aufhielt und die Geiseln im hinteren Teil waren ... sofern sie sich tatsächlich in der Halle befanden.

Die Druckwelle, der Lärm und die Lichtblitze würden jeden, der sich im Gebäude aufhielt, in Schockstarre versetzen. Die Granaten waren nicht tödlich, sie sollten den Täter nur momentan außer Gefecht setzen, damit die Einsatzkräfte in die Halle eindringen und die Lage unter Kontrolle bringen konnten. Amanda war einmal in einem Raum gewesen, in dem eine Flashbang, wie diese Granaten auch genannt wurden, explodiert war. Obwohl sie darauf vorbereitet gewesen war und eine Schutzbrille, Ohrstöpsel sowie einen äußeren Gehörschutz getragen hatte, hatte sie erst nach einer vollen Minute wieder normal agieren können.

Im Gebäude wurden Stimmen und Befehle laut. Der Einsatz schien geordnet und ohne Tumult zu verlaufen. Allerdings rief niemand, dass eine Zielperson gefasst oder Geiseln in Sicherheit seien ... und niemand versuchte, durch die Hintertür zu entkommen. Jeden Gebäudeteil, den die Einsatzkräfte gesichert hatten, bestätigten sie mit einem «Sauber!», und kurz darauf rief jemand: «Komplett gesichert – das Gebäude ist leer.»

Wie war das möglich? Amanda nahm ihren Gehörschutz ab.

«Wie um alles in der Welt ist er verschwunden? Gibt es noch andere Ausgänge?», fragte Bill.

«Nur diese Tür und das Tor zur Vorderseite. Nicht ein einziges Fenster. Ich fürchte, ich habe uns verraten», gestand Amanda und berichtete Bill, wie ihr Handydisplay beim Eingang von Ellens SMS aufgeleuchtet hatte.

Langsam und systematisch ließ sie den Lichtkegel ihrer Taschenlampe über die Parkanlage schweifen. Bäume, ein paar Büsche und Sträucher – dahinter eine offene Fläche. Keine Bewegung weit und breit. Ein Einsatzbeamter stieß von innen die Hintertür auf, und Amanda stieg Brandgeruch in die Nase.

«Wenn er das Licht von deinem Handy gesehen und Verdacht geschöpft hat, hatte er noch einige Minuten Zeit, bevor wir uns neben der Tür positioniert hatten und das Einsatzkommando in Stellung gegangen war», sagte Bill und teilte den anderen über Funk mit, dass die Rückseite leer war.

«Aber Olofsson muss nicht zwangsläufig begriffen haben, dass wir vorhatten, das Gebäude zu stürmen», wandte Amanda ein.

«Ich hoffe, dass du damit recht hast. Sag Tore Bescheid – Olofsson kann jeden Moment wieder zu Hause eintreffen», gab Bill zurück und zog die Hintertür auf.

Allmählich lichtete sich der Blendgranatenrauch, und ein kleiner Fuhrpark kam zum Vorschein. Gepflegt wie in einem Museum. Anscheinend brachte Olofsson hier seine Oldtimer unter. Der Mustang, die beiden Porsche und zwei liebevoll gepflegte Volvo P1800. Der silberfarbene Porsche parkte nachlässig vor dem Garagentor, während die anderen Wagen ordentlich innerhalb der vorgesehenen Markierungen standen. Alle Karossen waren perfekt aufpoliert. Man konnte sich im Lack regelrecht spiegeln. Die Fensterscheiben waren heruntergekurbelt – vermutlich damit die Luft zirkulieren konnte und kein muffiger Geruch entstand.

Amanda lief auf den silberfarbenen Porsche zu und warf einen Blick in den Kofferraum und ins Wageninnere. Die volle Plastiktüte von Circle K war verschwunden.

Sie verspürte einen Anflug von Frustration. Magdalena und Åke Jönsson waren und blieben wie vom Erdboden verschwunden; in dieser Lagerhalle hatten sie sich jedenfalls nicht befunden.

Olofsson war alleine gewesen, hatte seine Einkäufe genommen und hatte das Gebäude unbemerkt durch die Hintertür verlassen.

Wenn er auch nur eine Geisel dabeigehabt hätte, hätten sie es gehört.

Amanda sah auf die Uhr. Seit Olofsson das Garagentor geschlossen hatte, waren dreizehn Minuten vergangen, Zeit genug, um es in den Ragnaröksvägen zurück zu schaffen – mit einem Auto, nicht aber zu Fuß. Allerdings hatte sie kein Motorengeräusch in der Nähe der Lagerhalle gehört.

Sie funkte Tore an. Er reagierte erneut, indem er die Sprechtaste drückte. Kein gutes Zeichen. Als Tore die Funksequenz freigab, warnte Amanda ihn augenblicklich: «Es ist schiefgelaufen. Olofsson könnte auf dem Weg zu dir sein.»

Erneut war nur das Drücken der Sprechtaste zu hören.

Amanda eilte zu Bill. «Tore signalisiert, dass bei ihm irgendetwas geschieht und er nicht sprechen kann. Vielleicht ist Olofsson schon da.»

«Wie zum Teufel hat er das geschafft?», fluchte Bill und gab dem Einsatzkommando den Befehl, sich für einen sofortigen Ortswechsel bereitzumachen.

«Was sollte es sonst sein?» Amanda schraubte den Objektivdeckel auf ihr Nachtsichtgerät und steckte es in ihre Brusttasche. Den Trageriemen nahm sie gar nicht erst ab, damit sie das Gerät schnell wieder aufsetzen konnte, ohne Gefahr zu laufen, dass es ihr aus der Hand rutschte. Ohne Nachtsichtgerät war ein Einsatzbeamter bei Dunkelheit buchstäblich blind und konnte seiner Arbeit nicht nachgehen.

«Jemand muss hierbleiben, das Gebäude sichern und vor allem den Porsche genau unter die Lupe nehmen. Wir anderen kehren auf unsere Ausgangspositionen zurück und warten auf Meldung von Tore ...»

Wie aufs Stichwort drückte Tore die Sprechtaste, dann erklang seine flüsternde Stimme: «Ein Mann ist in einem gelben Taxi vorgefahren – BNH 912. Ich wiederhole: Bravo, November, Hotel, neun eins zwei. Er hat die Haustür aufgeschlossen und ist hineingegangen.»

51

Der Mond war hinter einem Nebelschleier verschwunden, und kein einziger Stern erhellte den Himmel, als Bill und Amanda im hüpfenden Schein von Amandas Stirnlampe zum Auto zurückliefen. Der Stoff ihrer Jacken raschelte, und ihre knirschenden Schritte waren deutlich zu hören, doch das war jetzt nebensächlich.

«Der Mann muss Olofsson sein», keuchte Bill, als er auf den Autoschlüssel drückte und die Lichter des Wagens direkt vor ihnen aufblinkten.

«Das können wir leicht überprüfen», erwiderte Amanda, die ihre Stirnlampe ausknipste und die Beifahrertür öffnete.

Sie schnallte sich an und rückte ihre Sig Sauer im Holster zurecht, damit die Waffe so wenig wie möglich an der Hüfte scheuerte. Rasch schickte sie Ellen eine SMS: «Kannst du schreiben?».

Ellen schien mit dem Handy in der Hand dagesessen zu haben. Ihre Antwort kam umgehend: «Ja, bin im Büro.»

Amanda textete zurück: «Olofsson ist möglicherweise in einem gelben Taxi/BNH 912 von den Tennisplätzen in Djursholm zu seinem Haus im Ragnaröksvägen gefahren. Kannst du rausfinden, ob er es war?»

Die drei Punkte in der linken Ecke bewegten sich ein, zwei Sekunden lang, dann war Ellens Antwort da. «Taxiunternehmen 020?»

Amanda schrieb zurück: «Ich glaube ja. Ruf die Servicehotline an und gib dich als Polizistin aus, es eilt.»

«Verstanden», bestätigte Ellen.

Ihr Vertrauen schien beidseitig zu sein, dachte Amanda, als sie ihr Handy in die Tasche steckte. Obwohl Ellen und sie sich im Grunde gar nicht kannten, lief die Kommunikation inzwischen wie selbstverständlich.

In weniger als zehn Minuten waren sie zurück am Spielplatz. Tore meldete, dass im Ragnaröksvägen alles ruhig und still sei.

«Wir warten, bis wir Ellens Antwort kriegen. Sobald sie bestätigt, dass Olofsson der Mann im Taxi war, gehen wir rein», sagte Bill.

«Ich bin mir nicht sicher, ob wir so offensiv agieren sollten, bevor wir genau wissen, wo sich die Geiseln befinden. Die Lage ist mehr oder weniger unverändert – und selbst wenn wir die Bestätigung erhalten, dass Olofsson im Haus ist, ist von Gefahr im Verzug keine Rede, sodass wir kaum etwas erzwingen können», gab Amanda zu bedenken und stellte die Sitzheizung wieder an.

Inzwischen war es fast drei Uhr morgens und der Adrenalinschub verebbt. Sie fröstelte. Der Schweiß auf ihrer Haut kühlte sie zusätzlich aus. Erst jetzt fiel Amanda auf, dass Bill und sie die Rollen getauscht zu haben schienen: Diesmal war sie diejenige, die für Ausdauer plädierte, nicht Bill. Doch Dialog erforderte nun mal Geduld, wenn man Resultate erzielen wollte, daran ließ sich nicht rütteln.

«Wahrscheinlich hat Olofsson sich längst aus dem Staub gemacht, nachdem er uns bei der Lagerhalle entdeckt hat. Der hat seinen Porsche abgestellt und ist durch die Hintertür abgehauen, weil er etwas auf dem Kerbholz hat. So verhält sich doch niemand, der nichts zu verbergen hat.»

«Da gebe ich dir recht, aber unsere Hypothese lautet nach wie vor, dass Olofsson Magdalena Jönsson oder Åke oder alle beide gefangen hält, auch wenn wir immer noch kein Lebenszeichen von ihnen haben. Unser oberstes Ziel ist Leben zu retten. Wir müssen sicherstellen, dass wir die Lage für die Jönssons nicht noch verschlimmern. Wenn die beiden sich in Olofssons Haus befinden und Olofsson spürt, dass sich die Schlinge zuzieht, wird es kein gutes Ende nehmen. Als du sagtest, dass er Jäger ist, habe ich seinen Namen durch das Waffenregister laufen lassen ...»

«Und?»

«Er besitzt eine Schrotflinte und ein Jagdgewehr. Womöglich haben wir es mit einem passionierten Wildjäger zu tun.»

Bill seufzte und informierte das Einsatzkommando und Tore, dass sie vorerst in Warteposition bleiben sollten und Olofsson Waffen besaß.

«Okay, wo stehen wir? Aus einem uns unbekannten Grund hat Olofsson die Firma Securus beauftragt, Åke Jönsson aufzuspüren. Er hat genügend Geld, um die geforderte Lösegeldsumme zu zahlen. Wir gehen davon aus, dass die Empfänger des Geldes diese Entführer im Kosovo waren. Die betrachten die ganze Angelegenheit als erledigt. Aber wie hat Securus überhaupt von Jönssons Entführung erfahren?», überlegte Bill und strich sich über den Bart.

«So ein obskures privates Sicherheitsunternehmen bedient sich vermutlich einer ganzen Reihe unkonventioneller Methoden. Für mich ist die größere Frage, weshalb Securus diese ganzen Filme gedreht hat», erwiderte Amanda, brach eine isotonische Kochsalztablette in zwei Hälften, ließ sie in ihre Trinkflasche fallen und schüttelte sie.

«Um das Ehepaar Jönsson zu überwachen?»

«Die Kamera aus Jönssons Garten hat nicht ein einziges Mal Magdalena gefilmt. Wenn der Sinn und Zweck der Kamera gewesen wäre, Åke auszuspionieren, hätte Securus doch nicht nur eine Kamera installiert, die auf ein einziges Gebäude gerichtet ist. Das wäre ein ziemlich lückenhaftes Überwachungssystem, oder nicht?» Amanda trank einen Schluck von der prickelnden Kochsalzlösung.

Sie war zwar nicht besonders durstig, aber als vorbeugende Maßnahme konnte es nicht schaden. Während eines Einsatzes schwitzte man häufig literweise Wasser aus, ohne es zu merken, und es war nicht immer möglich, den Wasserhaushalt sofort wieder auszugleichen.

Die Brausetablette hatte sich fast vollständig aufgelöst, und das Wasser schmeckte nach Orange. Amanda nutzte die Gelegenheit, um auch eine Alvedon-Tablette zu schlucken. Ihr Nacken schmerzte noch immer vom Nahkampftraining.

«Vielleicht hängen in der Nähe des Hauses ja doch mehrere Kameras. Ich könnte welche übersehen haben», entgegnete Bill und sah Amanda an.

«Nein, irgendwas anderes stimmt da nicht. Wenn noch weitere Kameras vorhanden wären, hätte Ellen auch weitere Filme gefunden. Die Aufnahmen hätten ganz sicher in demselben Ordner gelegen wie das übrige Material – wenn dieser Malkolm wirklich so ein Ordnungsfanatiker ist, wie Ellen sagt. Aber wie passen diese ganzen drogenabhängigen Frauen ins Bild, die Securus gefilmt hat?»

Amandas Handy summte – endlich! Sie las laut vor: «Servicehotline gibt keine Informationen über Taxikunden raus. Bin zur Zentrale von Taxi 020 in Sollentuna und habe mich ausgewiesen. Olofsson hatte wirklich ein Taxi bestellt. Der nächste Wagen hat ihn am Danderydsvägen am Sportplatz abgeholt und ihn in den Ragnaröksvägen gebracht. Bezahlt hat er mit Kreditkarte.»

Bill riss triumphierend den Arm in die Höhe und verkündete über Funk: «Bestätigung erhalten, dass Zielperson im Haus ist. Weitere Befehle abwarten.»

«Moment mal», sagte Amanda und schrieb Ellen gleichzeitig: «Bist du noch in der Taxizentrale?»

Auch diesmal kam die Antwort prompt: «Ja?»

Amanda schrieb: «Kann Taxi 020 den Fahrer fragen, ob Olofsson allein war und ob er etwas dabeihatte?»

Ellen antwortete postwendend, und Amanda las laut vor: «Schon erledigt. Er war allein, hatte bloß eine Einkaufstüte und einen dunklen Gegenstand dabei. Der Taxifahrer hielt es für eine Decke.»

«Dann können wir davon ausgehen, dass zumindest Magdalena Jönsson bei ihm im Haus ist. Aber was könnte das für eine Decke sein?», sagte Amanda und schickte Ellen eine weitere Nachricht: «Gute Arbeit! Weißt du, ob Magdalena im Securus-DAO-Auftrag namentlich erwähnt wird? Und handelt es sich bei den Frauen, die in Jönssons Gästehaus waren, deiner Meinung nach um verschiedene Personen oder jedes Mal um dieselbe Frau?»

Die Pünktchen in der linken Ecke bewegten sich, und einen Moment später kam Ellens Antwort: «Danke. Ich prüf's nach.»

«Du hast recht, das Einsatzkommando soll näher ans Haus heranrücken, damit es bereit ist ...»

Amanda fiel Bill ins Wort: «Und ich versuche parallel, Telefonkontakt mit Olofsson herzustellen. Wenn es nicht gelingt, müssen wir die Lage neu einschätzen. Aber wir müssen versuchen, an die Jönssons heranzukommen – und das machen wir am besten, indem wir mit Olofsson in Dialog treten», beharrte sie. Offenbar war sie die Einzige, die einer Verhandlungssituation eine Chance geben wollte.

Amanda schob ihren Sitz so weit wie möglich zurück und platzierte eine Holzplatte zwischen den Sitzen, damit sie eine Ablagefläche hatte. Bill wies das Einsatzkommando an, sich neu zu positionieren und auf den Zugriff einzustellen, falls das Telefonat nicht in die gewünschte Richtung verlief.

«Was war so wichtig», fragte Bill sich dann laut, «dass Olofsson extra zu dem Lagerhaus fährt, in dem seine Oldtimer stehen? Er wollte doch wohl kaum bloß eine Decke holen.»

«Damit ist er ein Risiko eingegangen», pflichtete Amanda ihm bei. «Bereit?» Sie hatte Olofssons Handynummer in der Telefonliste ihres Handys als «O» abgespeichert.

«So bereit, wie es unter diesen Voraussetzungen möglich ist. Wie fühlst du dich? Bist du für das Gespräch mit ihm gewappnet? Wir sind nicht gerade ausgeruht und haben keine Ahnung, wie es im Haus genau aussieht», gab Bill zurück.

«Ehrlich gesagt bräuchten wir die Grundrisszeichnung – aber darauf müssten wir bis morgen Vormittag warten. Wir legen los.»

Bill nickte und notierte «03:10 Uhr» in sein Logbuch.

Amanda klickte «O» an und schaltete auf Lautsprecher.

Die Leitung war frei. Schon mal gut, dachte sie und warf Bill einen flüchtigen Seitenblick zu. Olofssons Telefon war angeschaltet, und sie wussten, dass es in seinem Haus lag. Es klingelte weiter.

Doch niemand nahm ab.

52

Er wachte in derselben Haltung auf, in der er sich im Kinderzimmer seiner Tochter aufs Bett gelegt hatte. Eigentlich hatte er nicht einschlafen wollen, aber im Großen und Ganzen spielte es keine Rolle. Hauptsache, er war wieder zu Hause.

Im Nachhinein musste er zugeben, dass er mit der Fahrt zur Lagerhalle ein unnötiges Risiko eingegangen war. Nur um die Plane zu holen. Genauso gut hätte er sich im Tankstellenshop eine neue kaufen können.

Wer immer dort draußen gewesen war – er hatte richtig reagiert. Er hatte das Garagentor geschlossen und abgesperrt, sich Einkaufstüte und Plane geschnappt und war durch den Hinterausgang verschwunden. Das Taxi war ein, zwei Minuten nach seinem Anruf da, und kurz darauf war er zu Hause gewesen.

Er setzte sich auf und rollte die Schultern, um wach zu werden. Einerseits fühlte er sich fiebrig und ausgelaugt, andererseits war er gespannt, wie sich die Lage im Keller entwickelt hatte.

Neben dem Bett stand der alte Amerikakoffer. Die Jahreszahl 1997 hatte Inger mit ihrer schönen Handschrift draufgeschrieben. Mit ein bisschen Mühe konnte man immer noch den leichten Lavendelgeruch wahrnehmen. Das Duftsäckchen mit dem aufgestickten hellblauen D steckte immer noch im rechten Seitenfach. Er konnte sich noch genau daran erinnern, wie sie es aus der Schule mitgebracht und es ihm und Inger gezeigt hatte – da musste sie in der vierten oder fünften Klasse gewesen sein.

Er drückte auf die Home-Taste seines Handys, um nachzusehen, wie spät es war. Kurz nach halb vier. Das Display zeigte mehrere verpasste Anrufe von einer Nummer an, die er nicht gespeichert hatte. Der Ton war ausgeschaltet gewesen; wie nachlässig von ihm. Als er die Lagerhalle verlassen hatte, hatte er das Handy auf lautlos gestellt. Wer bitte wollte mitten in der Nacht mit ihm sprechen? *Sie* rief ihn schon seit Jahren nicht mehr an. Genauso wenig wie die Suchtberatung, die Jugendfürsorge und die Polizei. Sie war volljährig.

Er spürte das vertraute Ziehen in der Magengegend. Falls ein Angehöriger informiert werden musste, gab es nur ihn. Aber wenn es um eine Todesnachricht ginge, würde doch wohl jemand persönlich bei ihm vorbeikommen und ihn nicht mitten in der Nacht anrufen?

Er zog seinen Schafwollpullover aus und knöpfte sein Hemd auf. Als er sich übers Kinn fuhr, stellte er fest, dass er sich seit Tagen nicht mehr rasiert hatte. Bei seinem Bartwuchs musste er sich täglich rasieren, um respektabel auszusehen.

Er hatte beschlossen, mit keinem der beiden im Keller zu reden, jedenfalls fürs Erste. Früher oder später verdiente Åke eine Erklärung, weshalb er sich nicht mehr in den Händen der Entführer im Kosovo befand.

Die zweite Dosis zu injizieren war leichter gewesen, als er erwartet hatte. Beide hatten geschlafen; allerdings war der Vorhang zwischen den Betten zur Seite gezogen gewesen. Bedauerlich, dass er den Moment verpasst hatte, in dem sie sich gesehen haben mussten. Er fragte sich, was sie wohl zueinander gesagt und wie sie gemeinsam versucht hatten zu begreifen, wie sie in diesen Raum gekommen waren.

Dieses Mal hatte er Magdalena eine etwas schwächere Dosis gespritzt. Der Einfachheit halber hatte er die Nadel in exakt dieselbe Stelle wie beim ersten Mal gesetzt. Sie hatte leise gewimmert, als er in ihre Haut gestochen hatte, aber das war auch schon alles gewesen. Er hatte sich bemüht, so leise wie möglich zu sein, um keinen von ihnen zu wecken. Nicht dass Magdalena ihm große Schwierigkeiten bereitet hätte; doch wenn es Åke gelang, seine Kräfte zu mobilisieren, könnte er zu einem Problem werden. Zwar war er an Armen und Beinen an die Bettpfosten gefesselt, aber ein bisschen Bewegungsfreiheit hatte er ihm zugestanden.

Er hatte die Spritze aufgezogen und den Inhalt in Åkes Armbeuge injiziert. Mit dem Fuß auf der Bettkante hatte er sich über ihn gebeugt, jederzeit bereit, ihm das Knie auf den Brustkorb zu pressen, falls er Widerstand leisten sollte. Er hätte es sich sparen können. Ein Grunzer und Schnarchen – das war Åkes einzige Reaktion gewesen. Er hatte nicht den geringsten Versuch unternommen, sich zu wehren.

Er griff nach der Plastiktüte, die auf dem Küchentisch stand. Belegte Sandwiches in Plastikboxen von Circle K, Joghurtbecher mit Plastiklöffeln, Säfte, ein paar Tafeln Schokolade und Wasser. Seine Gäste würden nicht hungern müssen. Hunger sollte sie nicht zugrunde richten. Allerdings hatte er nicht vor, für sie zu kochen, und absolut keine Lust auf unnötige Schmierereien. Besser, sie versorgten sich selbst und aßen, wann sie wollten. Sofern sie in der Lage dazu waren.

Schon auf der Kellertreppe schlug ihm der Gestank entgegen. Er reagierte empfindlich auf Gerüche, das war schon immer so gewesen. Was, wenn er es dort unten nicht mehr aushielt oder sich übergeben musste?

Er drehte um, lief ins Bad und suchte nach dem Döschen mit der Erkältungssalbe, die man auf Rücken und Brust auftrug, von wo dann Menthol- und Kampferdämpfe aufstiegen. Als er das Döschen gefunden hatte, rieb er sich die Salbe unter die Nase. Im ersten Moment brannte es auf der Haut, und seine Augen begannen zu tränen, aber er wusste, dass sich das gleich legen würde.

Er benutzte die Salbe sonst immer nach der Jagd, wenn er das erlegte Wild aufbrach. Der Geruch der Innereien und des warmen Blutes widerte ihn so sehr an, dass er die Tiere nicht ausweiden konnte, ohne den Geruch zu überdecken.

Als er den Kellerraum betrat, kauerte Magdalena zusammengesunken in einer Ecke des Bettes an der Wand. Das Laken unter ihr war mit Blutflecken übersät. Aus ihrer Gesichtshaut war alle Farbe gewichen, selbst ihre Lippen waren fahl. Unter ihrer Nase und rings um den Mund klebten eingetrockneter Rotz und Speichel. Die Wimperntusche war zerlaufen. Der Kontrast zwischen den blauschwarzen Streifen und ihrer bleichen Haut verlieh ihr ein geisterhaftes Aussehen. Sie starrte blicklos geradeaus und kratzte sich apathisch an den Unterarmen. Obwohl sie wach war, schien sie sich in einer anderen Welt zu befinden. Gleichgültig, was um sie herum geschah.

Er stellte die Tüte auf den Boden zwischen die Betten, nahm die Packung Binden heraus und legte sie in Magdalenas Reichweite. Dann musterte er Åke, der seitlich auf seiner Matratze lag und die Knie an die Brust gezogen hatte. Er wollte nicht zu dicht an ihn herangehen, falls Åke versuchen sollte, ihn anzugreifen. Åkes Nase lief, das Sekret tropfte ungehindert auf das Papierlaken. Anders als bei Magdalena irrte sein Blick rastlos umher, ohne einen Fixpunkt zu finden. Sein Körper zuckte krampfhaft, und das Gesicht glänzte vor Schweiß.

Er wickelte die Plane auseinander und breitete sie auf dem Boden zwischen den Betten aus. Das hätte er von Anfang an tun sollen, aber er hatte unterschätzt, wie viel Körperflüssigkeiten und andere Hinterlassenschaften im Spiel wären. Neben dem Toilettengestell lag ein zusammengeknoteter schwarzer Müllbeutel, trotzdem kam der Geruch nicht nur von dort. Åkes Bett stank nach Ausscheidungen, und auf dem Laken prangten große rostrote Flecken.

Er brauchte einen Moment, bis er begriff, was das war. Er hatte noch nie einen kalten Entzug aus der Nähe erlebt. Er wusste lediglich, dass es eine Tortur war und der Zustand mehrere Tage andauern konnte. So sah es also aus, wenn jemand mehr brauchte.

So schnell hatte er mit dieser Entwicklung nicht gerechnet. In ein paar Tagen würden die Entzugserscheinungen so stark sein, dass sie bereit wären, alles für den nächsten Schuss zu tun. Aber im Gegensatz zu anderen Süchtigen würden sie nicht wie verzweifelte Tiere auf die Jagd nach Stoff gehen müssen.

53

Die Minuten verstrichen. Amanda hatte schon dreimal auf Olofssons Handy angerufen, aber er ging nicht ran. Bill verteilte den letzten Rest Kaffee aus der Thermoskanne auf zwei Becher. Damit er zumindest lauwarm blieb, verzichtete Amanda auf Milch.

«Wie viele Chancen sollen wir ihm geben?», fragte Bill und gähnte.

«Dass er das Telefon nicht ausgeschaltet hat, ist ein positives Zeichen. Wir wissen nicht, ob er sich absichtlich nicht meldet. Wir warten noch ab», erwiderte Amanda und trank ein paar große Schlucke Kaffee.

Sie öffnete einen Becher Quark und streute getrocknete Beeren und Nüsse hinein. Ihre Gedanken wanderten zu Tore. Hoffentlich hatte er sich auf seinem Beobachtungsposten mit ausreichend Proviant eingedeckt.

«Wenn er sich nicht bald meldet, müssen wir handeln. Gegen sieben geht die Sonne auf, spätestens dann werden die Nachbarn auf das Polizeiaufgebot im Viertel reagieren», sagte Bill und funkte Tore an, um sich zu vergewissern, dass die Lage unter Kontrolle war.

Als Antwort drückte Tore zweimal die Sprechtaste.

«Sollen wir dich ablösen lassen, oder hältst du es noch ein paar Stunden aus?», fragte Bill.

«Kein Problem ... Ich hab's gemütlich hier», flüsterte Tore.

Amanda trank den letzten Schluck Kaffee und verzog das Gesicht. Nicht gerade ein Hochgenuss, aber es würde die Müdigkeit ein wenig vertreiben. Sie sehnte sich danach, sich auf der blauen Chaiselongue in ihrem Wohnzimmer auszustrecken und zuzuhören, wie die Zwillinge auf dem Boden neben ihr spielten. Die ihren Vater nie gesehen und ihn daher auch nie vermisst hatten. Aber wenn ihr Vater sie jetzt tatsächlich treffen wollte ... Was sprach dagegen? Hatte sie wirklich das Wohl der Kinder im Sinn, oder ging es ihr dabei um sich selbst?

«Ich bin André begegnet», sagte Amanda unvermittelt.

«Wie bitte?» Bill starrte sie an.

«Wir sind uns gestern zufällig am Fridhemsplan über den Weg gelaufen. Seine Frau ist gestorben. Wie würdest du dich entscheiden?»

«Wie lauten denn die Alternativen?»

«Du weißt genau, was ich meine. Soll er meine Kinder treffen dürfen oder nicht?»

«Erstens sind Mirjam und Linnea genauso sehr seine Kinder wie deine, auch wenn du das Sorgerecht hast. Die Frage ist wohl eher, ob du deinen Kindern die Möglichkeit geben willst, ihren Vater kennenzulernen, der bislang nie für sie da gewesen ist.»

«Wäre es gut für sie?»

«Sieh es mal von der anderen Seite: Willst du verhindern, dass deine Kinder die Chance haben, eine Beziehung zu ihrem Vater aufzubauen? Lass ihn teilhaben und seinen Teil der Verantwortung übernehmen, wenn er jetzt dazu bereit ist.»

«Aber warum soll ich ihn jetzt in mein Leben lassen, wo ich inzwischen gelernt habe, alleine klarzukommen?», erwiderte Amanda, während sie einen neuen Anruf bei Olofsson vorbereitete und Lautsprecher und Aufnahmefunktion überprüfte.

«Diese Frage hat nichts mit dem Wohl deiner Kinder zu tun.»

Amanda nickte nur. «Okay, vierter Versuch ... Bist du bereit?»

Aus Bills Mund klang es so einfach ... Aber wie würden sich die Dinge weiterentwickeln? Konnte André das gemeinsame Sorgerecht einfordern? Würden Linnea und Mirjam urplötzlich zwei Halbgeschwister haben und dann alle zwei Wochen bei André in seinem großen Haus wohnen? Sie konnte sich ein Leben ohne ihre Kinder nicht vorstellen.

«Ja», erwiderte Bill.

Bitte, lass ihn diesmal ans Telefon gehen, dachte Amanda und zwang sich zur Konzentration.

In ein paar Stunden mussten sie sich über eine Ablösung Gedanken machen – auch für ihren Part. Aber einen Verhandlungsführer kurz nach der Kontaktaufnahme auszuwechseln war undenkbar. Ihre ganze Methode fußte darauf, eine Beziehung zur Gegenseite aufzubauen und diese dazu zu bringen, Vertrauen zu fassen.

Es klingelte in der Leitung.

«Olofsson», meldete sich eine raue, heisere Stimme.

«Amanda Lund hier. Ich arbeite bei der Polizei», sagte sie und hob den Daumen.

Das war gut. Er ging nicht nur ans Telefon, er hatte sogar bestätigt, dass sie mit der richtigen Person sprachen.

In der Leitung wurde es still, doch sie konnte Olofssons Atemzüge hören.

«Ich bin da, um Ihnen zu helfen», sagte sie.

«Ich brauche keine Hilfe», erwiderte Olofsson und räusperte sich. Die Antwort kam schnell. Amanda griff nach einem Blatt Papier und notierte «wütend» und «frustriert», gefolgt von einem Fragezeichen. Bill überflog es und nickte.

«Wie geht es Ihnen?», fragte Amanda. Sie wählte bewusst eine offene Frage, um Kontakt zu etablieren und Olofsson zum Reden zu animieren.

Alles deutete darauf hin, dass Olofsson das Ehepaar Jönsson gezielt ausgewählt und entführt hatte. Bill und sie wussten beide, dass Täter in einer solchen Situation emotional reagierten und das Risiko groß war, dass Beteiligte verletzt oder getötet würden.

«Wen kümmert es schon, wie es mir geht?», knurrte Olofsson im selben Tonfall.

«Mir ist klar, dass irgendetwas vorgefallen ist. Möchten Sie darüber sprechen?»

Olofsson schwieg, schien sich aber im Haus zu bewegen. Eine Tür wurde geschlossen, und es klang, als ginge er eine Treppe hinunter.

«Haben Sie gesehen, dass ich Sie heute Nacht schon ein paarmal angerufen habe?», fragte Amanda.

«Ich habe geschlafen. Weshalb rufen Sie an?»

«Weil ich Ihnen helfen möchte, die Situation zu lösen ...»

Bill griff nach seinem Notizblock und schrieb: «Glaube nicht, dass Olofsson das Einsatzkommando bemerkt hat. Gut für uns.»

Amanda nickte.

«Was denn für eine Situation?»

«Magdalena und Åke brauchen ärztliche Hilfe», sagte Amanda und hielt den Atem an.

In der Leitung wurde es wieder still. Amanda und Bill sahen einander an. Sie deuteten Olofssons Schweigen als positives Zeichen. Je schneller sie von ihm die Bestätigung bekämen, dass Åke und Magdalena Jönsson bei ihm waren, umso schneller konnten sie zur Sache kommen.

«Sind Sie verletzt?», fragte Amanda in dem Versuch, Empathie für Olofsson zu bekunden.

«Nein, und das sind Herr und Frau Jönsson ebenso wenig.»

Volltreffer, dachte Amanda. Jetzt galt es, ihm so viele Informationen wie möglich zu entlocken. Auch wenn Olofsson so gut wie bestätigt hatte, dass Åke und Magdalena bei ihm waren, mussten sie für den bevorstehenden Zugriff wissen, wo genau im Haus sie sich befanden. Alles, was sie über die Villa herausfinden konnten, kam ihrem Einsatz zugute.

«Ich versuche nur zu verstehen, was vorgefallen ist. Möchten Sie mir erzählen, wie es zu dieser Situation gekommen ist?», fragte Amanda.

«Nichts wird mich dazu bringen, an dieser Situation etwas zu ändern. Ich habe das, was ich will. Und ich habe Waffen. Wenn Sie versuchen, in mein Haus vorzudringen, wird jemand sterben.»

«Wir werden nicht in Ihr Haus eindringen, aber wir können auch nicht einfach gehen», gab Amanda zurück. Sie hatte den Eindruck, Olofsson wirkte, was seine Sprechweise anging, trotz allem kontrolliert.

Bill stieg aus dem Auto und wies Tore per Funk an, sich zurückzuziehen und auf schnellstem Wege zu ihnen zu kommen. Anschließend erteilte er November 100 den Befehl, dichter an die Villa heranzurücken. Falls Olofsson aus dem Haus kommen sollte, wären die Einsatzbeamten nah genug an ihm dran, um ihn festzunehmen.

«Ich brauche keine Hilfe mehr. Weder von Ihnen noch von jemand anderem», erwiderte Olofsson.

«Sie sagten: ‹nicht mehr›. Möchten Sie mir erklären, was Sie damit meinen? Damit ich Ihre Situation nachvollziehen kann? Wie kann ich Ihnen helfen?»

«Es ist zu spät.»

«Ich möchte nur verstehen, weshalb Sie sagen, dass es zu spät ist.» Amanda hatte bewusst Olofssons eigenen Wortlaut wiederholt.

Jetzt kam es darauf an, Zeit zu schinden. Wenn ein Täter keine konkreten Forderungen stellte, war das häufig ein Zeichen für erhöhte Gewaltbereitschaft.

«Sie alle hatten zig Möglichkeiten – aber keiner hat etwas getan. Jetzt habe ich die Sache in die Hand genommen und werde das, was ich angefangen habe, zu Ende bringen.»

«Möchten Sie mir erzählen, was wir alle für Sie hätten tun sollen? Damit ich verstehen kann, wie wir in diese Situation geraten konnten?», fragte Amanda, während Bill sich Notizen machte.

Olofsson war bereit zu reden, das spürte sie. Falls er weitererzählte, hätten sie bald konkretere Informationen, zu denen sie gezielt Fragen stellen konnte.

«Was eine Gesellschaft eben tun muss – Verantwortung übernehmen und helfen, solange die Möglichkeit besteht. Aber in all den Jahren haben alle nur mit den Schultern gezuckt. In der Theorie haben sie sich an ihre Vorgaben gehalten, aber in der Praxis keinen Finger gerührt. Ich war derjenige, der sich um alles kümmern musste ... aber das hat nicht gereicht.»

Amanda überlegte, wie oft sie das Wort «ich» einsetzen sollte. Die so genannten Ich-Botschaften waren wichtig, um Vertrauen aufzubauen und Engagement zu signalisieren.

Ihr Mund war trocken, ihre Zunge klebte am Gaumen. Im Lautsprecher knisterte es, als würde Olofsson das Handy aus der Hand legen. Jemand schluchzte. Irgendetwas raschelte.

Amanda stellte den Lautsprecher lauter.

Weinte dort jemand?

Sie warf Bill einen Seitenblick zu, der mit den Schultern zuckte. Im nächsten Moment putzte sich Olofsson die Nase, räusperte sich und ergriff wieder das Wort.

«Ich musste die Last ganz alleine tragen. Und ich meine nicht nur die objektive Last – nein, die Schuldgefühle und die Machtlosigkeit angesichts all dessen, was passiert ist ... Nirgends gab es Hilfe und Unterstützung ... Wenn die Gesellschaft getan hätte, wozu sie verpflichtet ist, wäre all das niemals passiert, und ich hätte Åke und Magdalena nicht da unten einsperren müssen.»

Bill notierte die Uhrzeit und schrieb auf seinen Notizblock: «Keller?»

Langsam, aber sicher kristallisierte sich ein Bild heraus. Ohne dass er etwas sagte, wusste Amanda, dass Bill den Zugriff plante. Wenn Jönsson und seine Frau tatsächlich im Keller waren und sie das bestätigt bekamen, solange Olofsson sich in einem anderen Teil des Hauses aufhielt, würde das Einsatzkommando in die Villa eindringen und ihm den Weg zu seinen Geiseln abschneiden können. So würden sie Åke und Magdalena womöglich das Leben retten. Allerdings bestand nach wie vor die Gefahr, dass Olofsson von seinen Waffen Gebrauch machte.

«Ich kann verstehen, dass Sie wütend und enttäuscht sind, aber können Sie mir sagen, weshalb sich ausgerechnet Åke und Magdalena in Ihrem Keller befinden?», fragte Amanda und forderte Bill mit einer Geste auf, ihr eine Wasserflasche zu geben.

«Damit sie am eigenen Leib erleben, was ich erlebt habe. Erst dann wird die Gesellschaft verstehen», erwiderte Olofsson und legte auf.

54

Es war fast vier Uhr morgens, als Ellen erneut das Büro betrat. Allmählich gewöhnte sie sich daran, ihren alten Dienstausweis vorzuzeigen – und sei es nur wegen der unmittelbaren Wirkung, die sie erzielte, wenn sie die Ordnungsmacht verkörperte und nicht nur einfach «Ellen».

In der Taxizentrale hatte man ihr eine Kopie des Fahrtennachweises von Olofssons Taxifahrt gegeben, und der Fahrer hatte den schweigsamen Mann genau beschrieben.

Ellen stellte die Alarmanlage aus und drehte eine Kontrollrunde durch das Büro. Es war still und verwaist. Das Schloss des Sicherheitsschranks blinkte und piepte in einer Tour, als sie die sechs Ziffern und die Raute eintippte. Zeit, die Batterie zu wechseln.

Sie drehte den Riegel herum, zog die Tür auf und nahm die Batterie heraus, damit das Piepen ein Ende hatte. Dann ging sie sämtliche Regale durch. Wo sonst würde Malkolm seine Geheimnisse aufbewahren?

Für jedes Regal galt ein eigenes Ordnersystem. Auf dem Boden stand eine Kiste für die Dokumente, die vernichtet werden sollten. Malkolm war ein leidenschaftlicher Verwender des Aktenvernichters, der direkt neben dem Sicherheitsschrank stand. Ellen selbst hatte ihn nie benutzt, aber das Geräusch, wenn das Schneidwerk das Papier zerteilte, war ihr bestens vertraut. Malkolms strikte Weigerung, einen Text am Bildschirm zu lesen, führte zu einem Papierverbrauch, der sicher einem Baum pro Woche entsprach. Es spielte keine Rolle, ob Malkolm die jeweilige Information als sensibel einstufte oder nicht: Wenn er den Text nicht mehr benötigte, wurde das Blatt vernichtet.

Sie nahm Malkolms Laptop aus dem Schrank, setzte sich an den Schreibtisch und klappte den Deckel auf. Außer dem Summen des Computers, der leise hochfuhr, war kein Laut zu hören. Ellen ließ den Mauszeiger über die Ordner auf dem Desktop wandern und klickte erneut die Fotos von ihr mit dem Chrysler an. Sie dachte kurz darüber nach, ob sie einen Computer-Crash herbeiführen sollte, aber wie wahrscheinlich war es, dass Malkolm die Fotos nicht auch noch woanders gespeichert hatte?

Sie vergrößerte das erste Foto. Die Aufnahme wurde pixelig, war aber immer noch deutlich genug, um eine Frau mit glatten schwarzen Haaren in einem grünen Anorak zu erkennen, die sich gerade hinters Steuer setzte.

Irgendwann, wenn die Dinge anders stünden, würde sie Malkolm ins Gesicht sagen, was für ein Schwein er war. Dass sie ihm vertraut und geglaubt hatte, er würde Wert auf ihre Fähigkeiten legen, weil er ihr zunehmend wichtigere Aufgaben übertragen hatte. Aber all das war innerhalb weniger Tage zu Bruch gegangen. Gut, in gewisser Weise fühlte sie sich auch von ihren neuen Freunden bei der Polizei ausgenutzt – aber nicht gekränkt. Und das war der Unterschied.

Amanda hatte sie wieder um Hilfe gebeten.

Und sie hatte sich geschworen, das einzig Richtige zu tun.

Ellen klickte den Ordner mit den Filmen an, die sie für Amanda kopiert hatte. Ordnung und Struktur sind das halbe Leben, dachte sie und musste unwillkürlich über Malkolms Ablagesystem grinsen. Jeder Unterordner war in chronologischer Reihenfolge mit dem Aufnahmedatum der Filme versehen. Sie begann mit den Filmen der fest installierten Kamera.

Insgesamt waren es zwölf Stück.

Von sechs verschiedenen Dateien.

Der erste schien im Hochsommer aufgezeichnet worden zu sein. Pflanzen blühten, und der Mann und die Frau trugen leichte Kleidung. Ellen spielte die Sequenz ein zweites Mal ab. Sie prägte sich insbesondere das Äußere der Frau ein und machte mit dem nächsten Film weiter. Immer noch Sommer, aber der Himmel schien bedeckt zu sein. Genau wie in der ersten Aufnahme war eine kurzhaarige Frau zu sehen.

Ellen schaute sich Film für Film an, achtete auf Körpersprache, Kleidung und Verhalten. Bisher schien es sich immer um dieselbe Frau und denselben Mann zu handeln. In der vorletzten Aufnahme trug der Mann eine dicke Jacke und die Frau einen beigen Mantel.

Ellen fröstelte und blickte auf die Uhr. Sie sollte ein, zwei Stunden schlafen. Später hatte sie noch genug Zeit, sich den letzten Film anzuschauen. Sie klappte den Laptop zu und stellte ihn an exakt dieselbe Stelle im Sicherheitsschrank zurück, wo er zuvor gestanden hatte. Ihr Blick blieb an dem DAO-Ordner auf dem untersten Regalbrett hängen. Hatte sie darin beim letzten Mal etwas übersehen? Sie stellte den Wasserkocher an, nahm den Aktenordner mit zum Sofa und legte sich die Decke über die Schultern. Als der Wasserkocher abschaltete, machte sie sich einen Pfefferminztee, nahm sich eine unangebrochene Packung Ballerina-Kekse aus dem Schrank und machte es sich mit Tee und Keksen auf dem Sofa bequem.

Register für Register blätterte sie den DAO-Ordner durch. Nirgends ein Wort zu Magdalena Jönsson. Andererseits wurde auch kein anderer Beteiligter namentlich genannt.

Ellen ging den Ordner ein zweites Mal durch – ohne Erfolg. An keiner einzigen Stelle wurde erwähnt, dass Magdalena Jönsson für den DAO-Auftrag eine Rolle gespielt hatte.

Ellen gähnte. Sie konnte kaum die Augen offen halten. Sie wickelte die Decke fest um ihre Füße und trank ein paar Schlucke Tee, um wieder wacher zu werden. Sie ahnte, dass Malkolm es nicht gutheißen würde, wenn er zur Arbeit kam, ohne zuvor erfahren zu haben, dass sie im Büro übernachtet hatte. Er konnte Überraschungen nicht leiden.

Ellen stellte den Handywecker auf halb sechs, damit sie ihm rechtzeitig vor Eintreffen eine Nachricht schickte.

Als sie den Aktenordner gerade beiseitelegen wollte, entdeckte sie hinter dem letzten Register mit der Aufschrift «Kameraüberwachung» eine zusammengefaltete DIN-A4-Seite. Es handelte sich um einen handschriftlichen Vermerk vom Tag des Einbaus der Kamera am 1. Juli. Ellens Puls schnellte in die Höhe, als sie den kurzen Observationsbericht las: «Blonde Frau, ca. 50, auf Terrasse hinter dem Haus, gießt Blumen. Datum und Uhrzeit: 1. Juli, 23:45 Uhr.»

Diese Frau konnte doch niemand anderes als Magdalena Jönsson sein?

Aber ganz gleich, welchen Zweck diese Kamera erfüllen sollte – der Bericht war mit einer Eins gekennzeichnet. Was bewies, dass Olofsson den Auftrag erteilt hatte. Dann bestand zwischen ihm und Magdalena Jönsson über Securus doch eine Verbindung.

Warum wurde Magdalena Jönsson dann aber nicht häufiger in den Unterlagen erwähnt? Abgesehen von diesem Vermerk tauchte sie weder in den Filmen noch in den anderen Dokumenten auf.

Schlagartig war Ellens Müdigkeit wie weggefegt. Es musste noch weitere Informationen geben – in Malkolms Laptop oder irgendwo anders.

Und wer waren die anderen Frauen aus den Filmen, die in der Innenstadt aufgezeichnet worden waren? Was interessierte Olofsson an ihnen dermaßen, dass er Securus beauftragt hatte, sie zu filmen?

55

Amanda schob die Autotür einen Spaltbreit auf und hielt ihr Gesicht in den kühlen Nachtwind. Durch die warme Heizungsluft spannte ihre Haut und fühlte sich trocken an. Sie atmete ein paarmal tief durch und massierte sich die Augenwinkel, um die Tränenkanäle zu aktivieren. Sie war seit Stunden auf den Beinen. Ihr Körper lief auf Sparflamme. Vierundzwanzig Stunden am Stück zu arbeiten und nach einer kurzen Erholungspause weiterzumachen hatte ihr früher nie Probleme bereitet. Aber das war vor der Geburt der Zwillinge gewesen. Da hatte sie noch durchschlafen und ihr Schlafdefizit nach längeren Einsätzen leicht ausgleichen können.

Nach einer Weile stieg sie aus und streckte sich, stemmte die Hände ins Kreuz und drückte den Rücken durch, bis Wirbel für Wirbel knackte. Jetzt war wohl der Zeitpunkt gekommen, eine der Koffeintabletten aus ihrer Tasche zu nehmen. Dieser Einsatz würde womöglich noch Stunden andauern, obwohl Bill mit Tore, der inzwischen zu ihnen gestoßen war, den Zugriff zu planen schien.

Für ihre gerade erst aufkeimende Verhandlungsbeziehung zu Olofsson wäre das ein Fiasko. Sie würde ihn gleich wieder anrufen und ihn bitten, die Verbindung per Lautsprecher selbst dann zu halten, wenn er nicht reden wollte. Falls er sich dazu bereit erklärte, verbesserte das ihre Voraussetzungen ein wenig – unabhängig davon, wie sich die Lage entwickelte.

Amanda lächelte, als sie im Wagen den vertrauten Klingelton hörte. Tore hatte sich die Melodie von Jack Bauers Cisco-IP-Telefon aus der Serie «24» heruntergeladen. Das war inzwischen zwar schon eine Weile her, aber der Klingelton gefiel ihm offenbar immer noch. Tores Stimme klang formell; dann schien er etwas aufzuschreiben. Amanda schluckte die Koffeintabletten ohne Flüssigkeit hinunter und stieg wieder in den Wagen. Es war zu dunkel, um zu erkennen, was Tore aufgeschrieben hatte. Doch als er weiterredete und Rückfragen stellte, dämmerte ihr, woher der Anruf kam.

Sie knipste ihre Stirnlampe an und richtete sie auf den Notizblock. In der obersten Zeile stand: «VK-ja», darunter «VR-ja». Amanda ließ Tores Hand nicht aus den Augen, während er weiterschrieb: «Daniella af Ottner, Personennummer 940 401-6206». Dann beendete Tore das Gespräch.

«Das war das Forensische Labor in Linköping. Sie haben einen DNA-Treffer. Auf dem Kondom befindet sich DNA-Material von zwei Personen. Bei der ersten handelt es sich um eine Frau, Jahrgang 1994. Ihr Name taucht mehrmals in unserer Datenbank auf – dem Kollegen aus dem Labor zufolge hat die Polizei bereits etliche DNA-Proben von ihr genommen.»

«Um welche Delikte ging es?»

«Das habe ich nicht gefragt. Ich wollte nicht, dass der Name in der Datenbank unnötig oft aufgerufen wird und die Neugier der Kollegen weckt. Besser, ich fahre in die Polhemsgatan und gehe ein bisschen guter alter Recherchearbeit nach. So sieht das Ganze zumindest für die Laborkollegen nach einem gewöhnlichen Fall aus», erwiderte Tore und schälte sich aus seinem ausladenden Tarnanzug.

Er stopfte die khakifarbene Montur in eine Tasche und nahm anschließend eine Zahnbürste und eine kleine Zahnpastatube aus einem Seitenfach.

«Und von wem stammt die zweite DNA-Spur?», hakte Bill nach, während er die Leitstelle anwählte, um für Tore einen Wagen zu bestellen.

«Das DNA-Profil ist nicht in den Datenbanken registriert, dementsprechend hat das Labor auch keinen Treffer erzielt», murmelte Tore mit der Zahnbürste im Mund.

Als er sich anschließend mit einem großen Klecks Alcogel die Hände einrieb, breitete sich der Geruch von Desinfektionsmittel aus.

«Und was ist mit der Kette?», fragte Amanda und griff nach ihrem Handy. Wenn Ellen den Namen und die Personennummer der Frau erhielt, würde sie gezielt nach weiteren Informationen suchen können.

«Die Probe stimmt mit der vom Kondom überein», erklärte Tore und zog sich das Funktionsoberteil über den Kopf. Tannennadeln und ein paar kleinere Zweige, die sich zwischen den Kleidungsschichten verfangen hatten, rieselten auf die Mittelkonsole.

«Es holt dich jemand ab», verkündete Bill im nächsten Moment. «Beschaff uns, so schnell du kannst, sämtliche relevanten Infos über die Frau. Wenn du nichts findest, was dagegenspricht, lasse ich das Haus in einer Stunde stürmen.» Dann schrieb er «Erstürmung 05:15 Uhr» in sein Logbuch.

«In einer Stunde finde ich alles, was unsere Datenbanken hergeben, und kann obendrein noch heiß duschen», erwiderte Tore, stieg aus und lief dem Wagen entgegen, der soeben eintraf.

Amanda schrieb Ellen eine SMS: «Die Frau in Jönssons Gästehaus ist möglicherweise eine Daniella af Ottner, Jahrgang 1994. Kannst du überprüfen, ob sie die Frau in den Filmen ist?»

Sie schickte die Nachricht ab und bereitete anschließend den neuerlichen Telefonkontakt mit Olofsson vor. Sie brauchte etwas Handfestes, das Bill davon abhielt, den Befehl zum Zugriff zu erteilen. Ein Lebenszeichen von den Geiseln genügte; das gäbe Tore und Ellen genug Zeit, Informationen zutage zu fördern, die sie bei ihrem Gespräch mit Olofsson einsetzen konnte.

«Ich bin im Büro. Alle Frauen aus den Filmen sehen älter aus als Mitte zwanzig», antwortete Ellen.

Amanda schrieb zurück: «Junkies sehen meistens älter aus.»

Im selben Moment ging eine weitere Nachricht von Ellen ein: «Ich brauche ein Bild von Daniella.»

Amanda überlegte kurz, ehe sie erwiderte: «Vermutlich in einer Stunde.»

Es war nicht nur unangebracht, Informationen an einen Außenstehenden weiterzugeben – es verletzte auch die in einer Voruntersuchung bestehende Geheimhaltungspflicht. Aber mit Ellens Hilfe würden sie vielleicht zwei Menschenleben retten. Und es eilte. Außerdem konnte Ellen ihnen Informationen direkt von der Quelle beschaffen. Ellens Bedürfnis, einen Beitrag zu leisten, schien mit jedem Kontakt stärker zu werden, dachte Amanda.

«Ellen hilft uns», teilte sie Bill mit.

«Bringen wir sie damit nicht in Gefahr?»

«Je nachdem … Wenn wir mit der Tür ins Haus fallen und die Büroräume von Securus durchsuchen würden – wozu wir in diesem Fall berechtigt wären –, wäre ihrem Chef auf jeden Fall klar, dass sie der Polizei die Information zugespielt hat.»

«Du meinst also, dass es für Ellen weniger riskant ist, wenn sie als unser verlängerter Arm nachts im Büro herumschnüffelt, als wenn wir selbst das Heft in die Hand nehmen?»

Amanda nickte und setzte sich auf dem Beifahrersitz gerade hin, schlug eine neue Seite in ihrem Notizbuch auf und schrieb «04:20 Uhr» in die rechte obere Ecke. Dann kontrollierte sie erneut die Technik: Aufnahmefunktion und Lautsprecher funktionierten.

«Bereit?»

Ohne Bills Antwort abzuwarten, wählte sie Olofssons Nummer. Sie hoffte nur, dass ihm klar war, dass sich seine Lage wesentlich verbesserte, wenn er ranginge. Nicht mehr lange, und Bills Geduldsfaden würde reißen. Und sobald November 100 den Befehl erhielt, das Haus zu stürmen, und Olofsson sich in sicherer Entfernung von den Geiseln befand, würden sie keine Sekunde zögern.

Nach dem vierten Klingeln ging er ran.

«Wenn Sie ins Haus kommen, mache ich von meiner Waffe Gebrauch», sagte er. Seine Stimme klang belegt und leicht kratzig.

Bill schrieb «geweint?» auf seinen Block. Amanda nickte.

«Wir kommen nicht rein – aber können Sie mir den Beweis liefern, dass Åke und Magdalena noch am Leben sind?»

In der Leitung wurde es still. Amanda blickte auf die mitlaufende Stoppuhr und wartete. Nach einer halben Minute ergriff sie erneut das Wort.

«Wenn Sie mir jetzt sagen, dass die beiden leben, glaube ich Ihnen. Allerdings will mein Chef ein Lebenszeichen hören oder sehen.»

Amanda sah die Seite im Verhandlungsführer-Lehrbuch regelrecht vor sich: Bei sämtlichen Entscheidungen grundsätzlich auf den Vorgesetzten verweisen. So baute man eine Beziehung zur Gegenseite auf und verschaffte sich zugleich mehr Zeit.

Olofsson hustete und räusperte sich, sagte jedoch kein Wort. Sein Atem ging schwer, und im Hintergrund klapperte etwas.

«Klingt, als würden Sie im Haus herumlaufen. Möchten Sie sich nicht vielleicht hinsetzen und reden?»

Olofsson schien eine Treppe hinunterzugehen. Amanda sah, wie Bill ins Leere blickte, um sich zu konzentrieren und Olofssons Schritte zu zählen und auf die Anzahl der Treppenstufen zu schließen. Er schrieb «Keller?» auf seinen Block und hielt ihn Amanda hin. Ein quietschendes Geräusch erklang, dann unterbrach Olofsson die Verbindung.

«Verdammt – ruf ihn wieder an!», sagte Bill.

«Das verbessert die Lage nicht. Er könnte sich dadurch zusätzlich unter Druck gesetzt fühlen. Wir warten ein paar Minuten.»

Sie schwiegen. Dies konnte der entscheidende Moment in der Verhandlung sein. Wenn sie das Glück auf ihrer Seite hatten, würde bald Tore anrufen und ihnen irgendetwas mitteilen, das Licht ins Dunkel brächte. Amandas Handy summte.

«Nachricht von Olofsson», sagte Amanda und fuhr mit dem Finger übers Display. «Zwei Videoaufnahmen.»

«Yes!» Bill riss triumphierend die Faust in die Luft.

56

Die erste Aufnahme war körnig. Es rauschte, und die Aufnahme wackelte, als die Person, die die Kamera hielt, auf etwas zuging.

Im nächsten Moment kam ein blasses, schweißüberströmtes Gesicht ins Bild. Die Person hatte blonde Haare; feuchte Strähnen klebten an ihren verschwitzten Schläfen.

«Ist das Magdalena Jönsson?», fragte Amanda.

«Ich glaube ja – und sie scheint in keiner guten Verfassung zu sein», stellte Bill fest, zoomte das Gesicht näher heran und pausierte die Aufnahme.

Magdalenas Lider waren halb geschlossen. Um ihre Augen hatte zerlaufene Wimperntusche dunkle Spuren hinterlassen.

«Weißt du, ob sie eine Krankheit hat?»

«Weder sie noch die Schwester hat etwas in der Richtung erwähnt», erwiderte Bill und ließ die Aufnahme weiterlaufen.

Die Frau hob langsam den Arm vors Gesicht, um sich vor dem Deckenlicht zu schützen. Sie wimmerte, dann brach die Aufnahme ab.

«Geh ein paar Sekunden zurück. Ich glaube, ihr anderer Arm war gefesselt», sagte Amanda.

Schweigend sahen sie sich den Film ein zweites Mal an. Die andere Hand der Frau lag neben einem Metallpfosten.

«Was ist das Schwarze da?», fragte Amanda.

Ein dünner weißer Träger war der Frau von der Schulter auf ein breiteres Band hinabgerutscht, das locker um ihren Oberarm gebunden war.

«Hat er sie unter Drogen gesetzt?», fragte Bill.

«Sieht ganz danach aus. Aber sie ist am Leben», erwiderte Amanda und klickte die zweite Videoaufnahme an.

Ein Mann lag reglos auf einer Pritsche. Seine Gesichtshaut war schlaff. In den Falten schien Blut oder Dreck eingetrocknet zu sein.

«Ist er tot?», fragte Bill.

«Dann würde Olofsson uns den Film nicht schicken», antwortete Amanda.

«So wie der Mann aussieht, können wir ihn unmöglich identifizieren.»

«Hoffen wir einfach, dass Olofsson außer Åke und Magdalena Jönsson nicht noch weitere Personen gefangen hält», gab Amanda zurück und zoomte den Kopf des Mannes näher heran.

Seine Augenwinkel zuckten, doch seine Lider blieben geschlossen. Es sah aus, als wollte er die Augen aufschlagen, hätte aber nicht die Kraft dazu. Dann hielt die Kamera auf seine Brust und den Bauch. Das Hemd strotzte von Schmutz. Die Kamera verharrte kurz und wanderte dann zur Hand des Mannes. Amanda brauchte einige Sekunden, bis sie begriff, was sie vor sich sah: An der Hand fehlte ein Finger. Um das Handgelenk verlief ein Kabelbinder ... Dann brach die Aufnahme ab.

«Das ist Åke Jönsson», sagte Amanda langsam und notierte sich: «mit O über ärztliche Versorgung sprechen.»

Jetzt hatte sie einiges, worüber sie mit Olofsson reden konnte. Magdalena und Åke Jönsson waren beide am Leben, auch wenn keiner der beiden einen gesunden Eindruck machte.

«Die Kidnapper haben Åke Jönsson vor ein paar Tagen den Finger abgeschnitten. Danach wird er in einem Chrysler aus dem Kosovo nach Belgrad und von Ellen bis nach Stockholm transportiert», fasste Bill zusammen.

«Kein Wunder, dass er so aussieht – immerhin hatte er sich schon davor mehrere Tage in den Händen der Entführer befunden», murmelte Amanda und verglich die sichtbaren Metadaten der Videoaufnahmen am oberen Rand des Displays.

Der Aufnahmeort Djursholm und der Aufnahmetag waren identisch. Der erste Film war um 04:31, der zweite um 04:33 Uhr erstellt worden. Der zeitliche Abstand von zwei Minuten sprach dafür, dass Åke und Magdalena sich nicht weit voneinander entfernt befanden.

«Wir sehen uns die Videos noch einmal an und konzentrieren uns auf Hintergrund und Lichtverhältnisse. Wir müssen sicherstellen, dass sie sich im selben Raum befinden und dass dieser Raum im Keller liegt», sagte Bill.

«Aber beide leben – und Olofsson war klug genug, um zu kapieren, dass er uns das beweisen musste. Jetzt weiß er, dass er sich mehr Zeit erkauft hat», erwiderte Amanda.

Zwar kannten sie Olofssons Motiv für die Entführung immer noch nicht, aber es war ihr gelungen, nicht nur einen Kontakt zu etablieren, sondern ihm überdies Informationen zu entlocken. Ganz nach Lehrbuch.

«Wofür sollte er sich Zeit verschaffen? Er hat nichts mehr zu verlieren, und wir haben nichts, woran er interessiert ist. Wir wissen beide, dass Fälle wie dieser immer mit einer Erstürmung enden – es sei denn, der Täter agiert als Erster und dreht durch», sagte Bill. «Er ist bewaffnet – und er scheint seinen Lebenswillen verloren zu haben.»

«Unsere Aufgabe ist es, Leben zu retten – auch das von Olofsson. Wir dürfen nichts erzwingen, Olofsson muss sich involviert fühlen. Lass uns den Dialog fortsetzen, damit wir den Grund für all das verstehen», beharrte Amanda und spielte die erste Videoaufnahme erneut ab.

Sie sahen sich beide Filme mehrfach an. Zwischendurch stoppten sie die Aufnahmen, zoomten Bildausschnitte heran und verglichen die Sequenzen. Amanda blickte auf die Uhr. Seit Olofsson das Gespräch beendet hatte, war eine halbe Stunde vergangen. Wenn er sich nicht von sich aus meldete, würde sie ihn in ein paar Minuten wieder anrufen.

Inzwischen wussten sie zwar sehr viel mehr, aber Olofssons Motivation erschloss sich ihnen immer noch nicht. Amanda hatte ihn nicht weiter unter Druck setzen wollen, als er sagte, Åke und Magdalena sollten am eigenen Leib erleben, was er erlebt hatte, und dass die «Gesellschaft» es erst dann verstehen würde. Was war sein Motiv? Weshalb ließ er seine Wut auf die Gesellschaft am Ehepaar Jönsson aus?

«In beiden Sequenzen herrschen die gleichen Lichtverhältnisse, und Olofssons Schritte klingen immer gleich, wenn er sich mit der Kamera bewegt. Wir können wohl davon ausgehen, dass die beiden im selben Raum sind», konstatierte Bill und funkte November 100 an.

Er setzte die Beamten von den beiden Filmen in Kenntnis und beschrieb den Zustand der Geiseln, damit der Notfall-Sanitäter vorbereitet war. Mehr brauchte Bill nicht zu sagen, damit die Kollegen verstanden, dass der Zugriff bevorstand. Amanda war klar, dass sie die Einzige war, die den weiteren Verlauf jetzt noch beeinflussen konnte. Sie stellte sich darauf ein, Olofsson erneut anzurufen.

«Mach dir keine allzu großen Hoffnungen, Amanda. Du weißt, dass diese Verhandlungssituationen schwierig sind. Olofsson ist frustriert und von Zorn getrieben, den er jetzt gegen seine Opfer richtet. Die Ausgangslage ist denkbar schlecht», sagte Bill.

«Gib mir Zeit, um mit ihm zu sprechen …», entgegnete Amanda noch – als im nächsten Moment ihr Handy klingelte. Bill und Amanda starrten auf das Display. Es war Tore.

«Die Frau, die das Labor identifizieren konnte, hat in der Zwischenzeit ihren Namen geändert.»

Amanda konnte ihre Aufregung nicht unterdrücken. «Und weiter?»

«Vor vier Jahren hat sie den Familiennamen ihrer Mutter angenommen und ihren Nachnamen von Olofsson zu af Ottner geändert», fuhr Tore fort.

«Was bedeutet?», fragte Bill.

«Dass Daniella af Ottner Olofssons Tochter ist», erwiderte Tore.

Amanda spürte ein Kribbeln. Sie sah Bill an, der sich mit der Hand über den kahlen Schädel fuhr und außerstande zu sein schien, etwas zu erwidern.

«Ich schicke euch das erkennungsdienstliche Foto. Es stammt aus dem vergangenen Jahr. Sie ist bei der Polizei als Drogensüchtige einschlägig bekannt und bestreitet ihren Lebensunterhalt mit Diebstählen, Einbrüchen und Dealerei – das Übliche.»

«Wo wohnt sie derzeit?», fragte Amanda.

«Sie hat keine feste Meldeadresse. Ich grabe weiter und melde mich, sobald ich etwas Neues habe», erwiderte Tore.

«Überprüf auch, ob sie in letzter Zeit irgendwo behandelt wurde oder ob es Orte gibt, an denen sie sich öfter aufhält», sagte Amanda und legte auf, ohne recht zu wissen, was sie mit diesen Informationen anfangen sollte, falls es sie gab.

Ihr Handy summte, und Amanda öffnete das Bild, das Tore geschickt hatte. Eisblaue Augen starrten wütend in die Kamera. Die Lippen waren fest zusammengepresst. Hätte Amanda nicht gewusst, dass es sich bei dieser Aufnahme um ein erkennungsdienstliches Foto handelte, das nach einer Festnahme entstanden war, hätte sie die junge Frau niemals für drogensüchtig gehalten.

Sie schickte das Bild an Ellen weiter und fragte: «Ist das die Frau, die auf den Aufnahmen von Jönssons Gästehaus zu sehen ist?»

«Olofssons Tochter ist also drogenabhängig», sagte sie laut. «Die staatlichen Institutionen haben nicht genug getan, um der Familie zu helfen. Das erklärt seinen Hass auf die Gesellschaft – aber es erklärt nicht, weshalb er das Ehepaar Jönsson in seinem Keller gefangen hält.»

Sie massierte sich die Schläfen. Zum Glück taten die Koffeintabletten ihren Dienst. Jetzt würde ihr Körper erst in einigen Stunden wieder Schlaf einfordern.

«Vielleicht hat Olofsson herausgefunden, dass seine Tochter mit Åke Sex hatte?», mutmaßte Bill.

Amanda seufzte und zuckte mit den Schultern.

«Es ist allemal ein neues Puzzleteil», fuhr er fort. «Aber wenn wir mit Olofsson über seine Tochter sprechen, müssen wir sicher sein, dass wir das ganze Bild kennen, sonst riskieren wir, irgendwas auszulösen, das wir nicht mehr unter Kontrolle haben.»

Amandas Handy auf der Mittelkonsole vibrierte.

«Ellen», stellte Bill fest.

«Alles in Ordnung?», fragte Amanda, als sie sich meldete.

«Bis auf die Tatsache, dass ich meinen Arbeitgeber hintergehe, lautet die Antwort Ja.»

Amanda atmete auf. Was hätten sie nur getan, wenn Ellen sich nicht bereit erklärt hätte, mit ihnen zu kooperieren? Andererseits war das wohl Ellens Art, ihre Schuld zu begleichen – im Ergebnis eine Art gegenseitige Abhängigkeit.

«Hast du das Foto bekommen?»

«Ja. Es ist mit ziemlicher Sicherheit dieselbe Frau wie in den Filmen von Jönssons Gästehaus – auch wenn es sich nicht hundertprozentig sagen lässt. Aber deshalb rufe ich nicht an.»

«Okay …», erwiderte Amanda, schaltete das Gespräch auf Lautsprecher und vergewisserte sich, dass Bill zuhörte.

«Ich bin noch mal alle Ordner und Dokumente durchgegangen, die mit den Filmen zusammenhängen. DAO steht nicht für David Olofsson.»

«Sondern?», fragte Amanda und griff nach einem Stift, um mitzuschreiben.

«Es steht für Daniella af Ottner. In Auftrag eins geht es ausschließlich um sie.»

«Und Auftrag zwei?»

«Dreht sich nur um Åke Jönsson. Gibt es eine Verbindung zwischen Olofsson und Daniella af Ottner?»

Amanda warf Bill einen Blick zu. Er nickte. Wenn Ellen weiter mit ihnen zusammenarbeiten sollte, musste sie das verbindende Element kennen.

«Sie sind Vater und Tochter», antwortete Amanda.

«Und Olofsson und Åke Jönsson?», fragte Ellen, ohne zu kommentieren, was sie soeben erfahren hatte.

«Åke Jönsson springt in seinem verdammten Anbau mit Olofssons Tochter Daniella in die Kiste», erwiderte Bill und schob dabei den Fahrersitz so weit wie möglich nach hinten, um die Beine zu strecken. Das stundenlange Sitzen forderte seinen Tribut. Er strich sich über den Bart und rieb sich das Gesicht. Amanda schüttelte zwei Koffeintabletten aus dem Döschen und reichte sie ihm. Bill lächelte dankbar und hob den Daumen.

«Am Anfang hat sich Olofssons Auftrag auf Daniella beschränkt – und alle damit zusammenhängenden Dokumente wurden mit dem Kürzel DAO markiert. Nach einigen Monaten schien der Auftrag abgeschlossen zu sein, doch dann hat Olofsson Securus dafür bezahlt, Åke Jönsson aufzuspüren. Ab diesem Zeitpunkt wurde der Auftrag als ‹DAO2› geführt. Wahrscheinlich hat mein Chef erst im Nachhinein alle Unterlagen, die Daniella betreffen, mit ‹DAO1› beschriftet, um die Ablage zu erleichtern», erklärte Ellen.

«Hast du irgendwas entdeckt, das die Entführung im Kosovo erklären könnte?»

«Ich vermute mal, Securus hat herausgefunden, dass Åke Jönsson verschwunden war. Irgendwie ist es meinem Chef gelungen, Jönsson oder vielmehr die Entführer aufzuspüren. Jemand hat Kontakt zu den Kidnappern hergestellt und ihnen mehr Geld geboten, als sie von Blom bekommen hätten. Ich bin auf ein paar kryptische E-Mails gestoßen, aus denen hervorgeht, dass die Entführer wohl kapiert haben, dass Jönsson Polizist ist – daraufhin haben sie das Angebot akzeptiert.»

«Was hast du über Magdalena herausgefunden?», hakte Amanda nach. Wahrscheinlich waren die Entführer ziemlich froh gewesen, Jönsson auf diesem Weg loszuwerden.

«Nichts – nur dass jemand Magdalena gesehen hat, während er die Kamera im Garten angebracht hat», antwortete Ellen.

«Die drogensüchtigen Frauen wurden also in Olofssons Auftrag gefilmt, um Daniella ausfindig zu machen», schlussfolgerte Amanda.

Vermutlich hatte Securus irgendwann eine Frau aufgespürt, die man für Daniella hielt, und eine Kamera an einem Ort installiert, den die Frau regelmäßig aufsuchte.

Åke Jönssons Gästehaus.

Sie war immer dann vorbeigekommen, wenn er zurück in Stockholm und seine Frau bei der Arbeit gewesen war.

Amanda biss die Zähne aufeinander. Die zweifelhaften Handlungen, zu der ein Polizist imstande war, schienen keine Grenzen zu kennen.

«Aber warum hat sich Olofsson überhaupt an Securus gewandt?», fragte Amanda. Sämtliche Frauen aus den Filmen hatten kurze blonde Haare gehabt und waren in einem ähnlichen Alter wie Daniella gewesen.

«Seid ihr ganz sicher, dass Olofsson Daniellas Vater ist?», fragte Ellen.

«Hundertprozentig», erwiderte Bill.

«Angesichts der Summe, die Olofsson Securus gezahlt hat, würde ich wetten, dass er ein sehr verzweifelter Vater war, der Hilfe bei der Suche nach seiner Tochter benötigte.»

57

Amanda legte auf, ehe Olofssons Mailbox ansprang, und rief erneut an. Diesmal ließ sie es klingeln, bis sie den Mailbox-Text hörte.

Bill hob resigniert die Hände. «Wir können nicht ewig warten.»

«Das weiß ich, aber wir würden uns eines Dienstvergehens schuldig machen, wenn wir es nach diesen neuen Informationen nicht noch mal versuchen», entgegnete Amanda. «Olofsson ist nicht dumm. Und er will reden.»

«Ich sage den Kollegen trotzdem, dass sie vorrücken sollen.»

Sobald sich die Einsatzbeamten neu positioniert hatten, würden sie melden, sobald sie durch eines der Fenster Sichtkontakt zu Olofsson hatten. Wenn zwischen Täter und Geiseln im Keller ausreichend Abstand war, konnte der Zugriff erfolgen.

Amanda wählte erneut Olofssons Nummer.

Diesmal meldete er sich. Seine Stimme klang klar und deutlich. Amanda setzte sich aufrecht hin.

«Sie scheinen ein dringendes Anliegen zu haben», höhnte er.

«Ich mache mir Sorgen um Magdalenas, Åkes und Ihre Sicherheit», erwiderte Amanda, deutete auf Bills skizzierte Einsatzplanung und schüttelte den Kopf.

Für den Vertrauensaufbau zu Olofsson wäre es fatal, wenn er jetzt bewaffnete Einsatzkräfte in dunkler Kampfmontur vor dem Haus in Stellung gehen sah. Bill nickte und erteilte dem Einsatzkommando den Befehl, weiter abzuwarten.

«Haben Sie Ihrem Vorgesetzten die Filme gezeigt?», fragte Olofsson.

«Ja, und ich bin Ihnen sehr dankbar, dass Sie mir ein Lebenszeichen geschickt haben. Das war wichtig für uns», erwiderte Amanda.

«Dann können Sie ja jetzt verschwinden.»

«Wie ich bereits sagte: Wir werden nicht zu Ihnen ins Haus kommen, aber wir werden auch nicht gehen. Es sah aus, als ginge es Magdalena und Åke nicht gut.»

Olofsson schnaubte bloß und klapperte mit einem Gegenstand. Es klang wie Geschirr. Kurz rauschte ein Wasserhahn. Dann war es wieder still.

«Es ging ihnen nie besser. Sie befinden sich gerade beide in einem Glücksrausch.»

«Möchten Sie mir sagen, was Sie damit meinen? Ich hatte den Eindruck, dass sie ärztliche Hilfe benötigen ...»

«Ihre Welt leuchtet in den schönsten Farben. Da, wo sie jetzt sind, gibt es keine Sorgen. Und wenn Sie auf Åkes Hand anspielen – der verdient es nicht, dass ein Arzt danach sieht. Bei ihr liegt die Sache anders. Aber dafür ist es jetzt zu spät.»

«Haben Sie Åke und Magdalena unter Drogen gesetzt?», fragte Amanda.

Die Frage war riskant, aber womöglich brachte sie Olofsson dazu weiterzureden. Sie musste ihn sprechen hören, um seine emotionale Verfassung einzuschätzen.

«Mehrfach. Die Entzugserscheinungen haben schneller eingesetzt, als ich erwartet hatte. Das sauberste Heroin, das man sich nur wünschen kann. In ein paar Stunden wird sie der kalte Entzug um den Verstand bringen», antwortete Olofsson.

Amanda schloss die Augen. Ihre Brust schnürte sich zusammen. Pumpte Olofsson Åke und Magdalena wirklich mit Heroin voll? Worum ging es bei dieser Sache eigentlich? So eine Verhandlungssituation hatte sie noch nie erlebt.

Amanda sah Bill an und wusste, dass sie beide das Gleiche dachten. Niemand von ihnen war imstande einzuschätzen, wie stark das Heroin war – oder welche Menge ein einzelner Mensch vertrug. Wenn Olofsson bei der Dosierung des Heroins keine Erfahrung besaß, bestand die Gefahr, dass er Åke oder Magdalena früher oder später eine Überdosis spritzte. Amanda schrieb «Krankenwagen soll außer Sichtweite warten» auf ihren Block und reichte ihn an Bill weiter, der wiederum sofort Tore informierte.

Amanda atmete tief durch. «Möchten Sie mir erzählen, weshalb Sie Åke und Magdalena in Ihrem Keller gefangen halten und unter Drogen setzen?»

«Weil sie es verdienen, dort unten zu verrotten», antwortete Olofsson.

«Ich verspreche Ihnen, dass Ihnen nichts passiert. Ihre Sicherheit ist uns wichtig. Was kann ich für Sie tun?», fragte Amanda und probierte eine neue Taktik.

Sie musste einen Weg finden, Olofsson in die Lösung der Situation mit einzubeziehen, ihn glauben lassen, er habe Einfluss und steuere die Entwicklung.

«Ich will nichts von Ihnen. Es gab eine Zeit, da habe ich gefleht und gebettelt, dass mir jemand hilft, trotzdem hat mich niemand unterstützt. Damals bestand noch Hoffnung. Da hatte ich noch eine Familie.»

«Ich glaube wirklich, dass ich Ihnen helfen kann», entgegnete Amanda und warf Bill einen Seitenblick zu.

Über ein solches Szenario hatten sie nicht gesprochen. Aber was hatten sie zu verlieren? Immerhin hatte sich Olofsson inzwischen geöffnet und brachte seine Familie zur Sprache.

«Es ist zu spät, das sagte ich doch bereits», erwiderte Olofsson.

«Ich weiß, dass Ihre Tochter Daniella drogenabhängig ist. Aber sie lebt.»

In der Leitung wurde es still. Obwohl der Verhandlungserfolg vor allem von der Fähigkeit des Zuhörens abhing, war die lange Stille beinahe unerträglich.

Nach fünfundvierzig Sekunden fuhr Amanda fort: «Es gibt immer noch Hoffnung. Die Behörden haben damals nicht genug für Sie getan, aber heute können wir anders handeln. Lassen Sie mich Ihrer Tochter helfen.»

Sie konzentrierte sich auf Olofssons Tonfall, um seine Stimmungslage einzuschätzen. Menschen, die unter Druck standen, sagten nicht immer, was sie dachten. Amanda besaß genügend Verhandlungserfahrung, um bei emotional aufgeladenen Themen die unterschiedlichen Nuancen in der Stimme ihres Gesprächspartners herauszuhören.

Olofsson holte tief Luft und schien etwas sagen zu wollen, entschied sich dann aber offenbar dagegen. Er schien etwas zu trinken, hustete und sagte dann nur: «Åke soll leiden, wie ich gelitten habe. Er soll Entzugserscheinungen bekommen, in seiner eigenen Scheiße kriechen und betteln, um an den nächsten Schuss zu kommen. Und genau wie ich soll er dabei zusehen, wie sich ein Mensch, den er liebt, in ein Wrack verwandelt. Und niemand wird ihm eine helfende Hand reichen.»

Bill schrieb «Motiv?» auf seinen Block, in Olofssons Augen sollte anscheinend vor allem Åke Jönsson für das Versagen der Gesellschaft büßen. Warum?

«Wie sind Sie an das Heroin gekommen?» Amanda hoffte, dass er die Frage nicht als zu neugierig empfand.

«Seit mir klar wurde, dass Daniella Drogen nahm, habe ich ihr das Zeug jedes Mal abgenommen, wenn sie zu Hause war. Ich habe es weggesperrt, weil ich nicht wusste, wohin damit.»

«Sie glaubten, dass Daniella die Finger von den Drogen lassen würde, wenn Sie sie ihr wegnahmen?», hakte Amanda nach. Kurz schoss ihr durch den Kopf, dass man als Mutter oder Vater womöglich tatsächlich so naiv war, wenn es um die eigenen Kinder ging.

«Dumm von mir, ich weiß. Aber jetzt habe ich eine Verwendung dafür gefunden», antwortete Olofsson, holte tief Luft und senkte die Stimme: «Und selbst wenn Åke die Sorge, ob seine Frau an einer Überdosis gestorben sein könnte, um den Verstand bringt – wird er mir immer noch dankbar sein.»

«Wofür?»

«Dafür, dass weder er noch Magdalena sich erniedrigen und vor einer Obdachlosenunterkunft Schlange stehen mussten, um am Ende doch abgewiesen zu werden. Oder dass sie nachts nicht durch die Stadt streifen mussten, bis sie einen Hauseingang gefunden hätten, in dem sie hätten schlafen können. Sie müssen auch nicht in einer Suppenküche danke sagen, weil man ihnen dort ein Butterbrot gegeben hat. In meinem Keller haben sie alles, was sie brauchen – Essen, Betten, sogar eine eigene Toilette», erwiderte Olofsson mit Nachdruck.

Amanda fiel auf, dass er langsamer sprach – ein Schritt in die richtige Richtung. Trotzdem musste sie ihn dazu bringen, mehr über sich preiszugeben.

«Ich glaube Ihnen, dass Sie gekämpft und gelitten haben. Aber wie fing das alles an? Ich muss Ihre Geschichte verstehen, um Ihnen helfen zu können.» Sie hoffte, dass ein bisschen Süßholzraspeln und Anerkennung ihre Wirkung nicht verfehlten.

«Niemand hat so sehr gekämpft wie ich – und was hat es gebracht? Ich war machtlos gegen die ständige Angst, dass sie in Schwierigkeiten stecken oder dass sie missbraucht werden könnte … oder vielleicht schon tot ist. Und dann die Behörden! Niemand wollte Mitarbeiter abstellen, um nach ihr zu suchen, als sie verschwunden war … Und als ich der Polizei und dem Jungendamt sagte, dass sie einen Therapieplatz benötigte, war sie entweder zu jung oder zu alt, schon über das kritische Stadium hinaus oder noch nicht abhängig genug … Niemand hat die nötige Behandlung in die Wege geleitet – jedes Mal lag die letztendliche Verantwortung bei jemand anderem», antwortete Olofsson mit belegter Stimme.

«Ich verstehe, dass Sie enttäuscht sind. Sie haben versucht, was Sie konnten.»

Sie hatte ganz ruhig gesprochen. Wenn die Gegenpartei das Gespräch als kontrolliert und stabil empfand, war es schon ein Erfolg.

«Aber am schlimmsten war die ... die ständige Scham, als Eltern versagt zu haben. Das hat an uns gezehrt, und am Ende ... stand ich allein da.» Olofsson schluchzte auf.

Amanda summte leise und sah Bill von der Seite an. Dieser Gesprächsverlauf übertraf ihre Erwartungen.

«Inger hat aufgegeben», sprach Olofsson weiter. «Nicht ein einziges Mal hat sich jemand erkundigt, wie es mir ging. Wie besessen habe ich bei den Behörden angerufen, habe Mieten gezahlt, damit Daniella ein Dach über dem Kopf hatte – und ich weiß nicht, wie viele erniedrigende Gespräche ich mit dem Sozialamt geführt habe. Am Ende ... habe ich ihr eine Wohnung gekauft, damit sie nicht auf die Straße gesetzt würde ... doch irgendwann hielten die Nachbarn es nicht mehr aus. Ich musste verkaufen.»

«Sie haben eine enorme Last ganz alleine getragen», sagte Amanda.

«Aber nicht mal die Gesprächstermine und der Kontakt mit den Behörden waren das Schlimmste. Das Schlimmste war die andere Last, die Selbstvorwürfe ... die ständigen Schuldgefühle. Niemand kann von einem Menschen verlangen, so etwas allein zu bewältigen. All diese Lobgesänge auf den schwedischen Wohlfahrtsstaat mit seinem sozialen Auffangnetz ... Das ist doch alles Augenwischerei! Aber das merkt man erst, wenn man dasteht und tatsächlich Hilfe benötigt.»

«Trotzdem haben Sie nicht aufgegeben.» Amanda spürte, dass sie sich einem entscheidenden Punkt näherte.

«Die Gesellschaft hat aufgegeben, als noch Hoffnung bestand. Alle haben resigniert. Außer mir. Aber jetzt ... Jetzt ist es zu spät», schluchzte Olofsson.

«Was meinen Sie damit? Was ist zu spät?», fragte Amanda so sanft, wie sie konnte.

«Daniella will keinen Kontakt mehr ... Sie hat kein Interesse mehr ... Meine Tochter lebt vielleicht, aber für mich ist sie ... weg. Ich werde nie aufhören, an sie zu denken ... wie es ihr geht ... Die erste Frage, die ich mir jeden Morgen stelle, ist, ob Daniella noch am Leben ist oder ob die vergangene Nacht ihre letzte gewesen sein könnte. Oder noch schlimmer: Dass sie alleine gestorben sein könnte ... und niemand weiß, wer sie ist ...»

Olofsson putzte sich die Nase. Er unternahm nicht einmal mehr den Versuch, seine Tränen zurückzuhalten. Dieses Gespräch hatte eine völlig unerwartete Wendung genommen. Nicht weil sich sein Vorgehen rechtfertigen ließ – aber jetzt hatten sie die Erklärung dafür.

«Woher wissen Sie, dass Daniella Ihre Unterstützung nicht möchte?», fragte Amanda.

«Vor ein paar Monaten wusste ich nicht mehr weiter, ich hatte überall nach ihr gesucht, aber ohne Erfolg. Ich habe ein Sicherheitsunternehmen beauftragt, das sie schließlich gefunden hat», antwortete Olofsson.

Eine Pause entstand. Bill schrieb «Name des Unternehmens?» auf seinen Block. Olofsson dazu zu bringen, relevante Informationen preiszugeben, ohne den Bogen mit hartnäckigen Fragen zu überspannen, war eine Gratwanderung. Obwohl sie wollten, dass Olofsson den Namen Securus von sich aus nannte, beschloss Amanda, nichts zu riskieren. Sie schüttelte den Kopf und wechselte das Thema.

«Sie haben Daniella also getroffen?»

«Ja, aber sie ... Ihr Zustand war schlimmer denn je. Sie brauchte dringend ärztliche Hilfe ... Ich habe ihr alle erdenklichen Vorschläge gemacht, aber ihre Gedanken kreisten nur um den nächsten Schuss und wie sie sich Heroin beschaffen konnte. Sie schrie mich an, dass ich ... dass ich mich nicht mehr einmischen soll.»

«Lassen Sie uns nach ihr suchen. Dieses Mal wird Sie niemand im Stich lassen. Ich habe Daniella einen Therapieplatz besorgt», sagte Amanda, die jetzt alles auf eine Karte setzte. Sie hielt den Atem an und hoffte, dass Olofsson die ausgestreckte Hand ergriff. Tat er es nicht, war es aus.

Sie warf Bill einen Blick zu, der zustimmend nickte. Olofsson schwieg. Amanda drehte den Lautsprecher lauter, um nicht einen Atemzug zu verpassen.

«Aber wenn Sie nach ihr suchen, können Sie nicht weiter mit mir sprechen.»

«Ich bleibe hier bei Ihnen. Meine Kollegen suchen nach Daniella», erwiderte Amanda.

Sie war zu ihm durchgedrungen und hatte eine Lösung herbeigeführt, von der niemand gedacht hätte, dass sie der Schlüssel zum Erfolg werden könnte.

«Es wird nicht funktionieren. Daniella hasst Männer – und Polizisten noch viel mehr.»

«Eine gute Freundin von mir wird Daniella finden. Sie ist keine Polizistin. Ich melde mich in ein paar Minuten wieder bei Ihnen», sagte Amanda und beendete das Gespräch.

Sie schickte Ellen eine Nachricht und rief dann Tore an.

58

Tores Stimme klang erstaunlich munter, als er sich meldete. Normalerweise ging er direkt nach den 22-Uhr-Nachrichten ins Bett und schlief sieben, acht Stunden am Stück. Wer, wenn nicht er hätte deutliche Anzeichen von Müdigkeit an den Tag legen müssen – immerhin hatte er die halbe Nacht als Laubhaufen verkleidet auf der kalten Erde zugebracht. Er ist eindeutig der Zäheste von uns, dachte Amanda und setzte ihn über die neueste Entwicklung ins Bild.

«Ellen wird uns bei der Suche nach Olofssons Tochter helfen. Aber wir benötigen einen Anhaltspunkt. Hast du mehr über Daniella herausgefunden?»

«Unseren Datenbanken zufolge hat sie keinen festen Wohnsitz», kam Tores Stimme aus dem Lautsprecher.

«Wo finden wir sie? An den einschlägigen Drogenumschlagplätzen? Das wäre die sprichwörtliche Suche nach der Nadel im Heuhaufen», warf Bill ein und verdrehte die Augen.

Amanda erschien es irgendwie paradox, an denselben Orten nach Daniella zu suchen, die Securus monatelang observiert hatte, um sie ausfindig zu machen.

«Ich denke, wir können effektiver vorgehen. Ich hab endlich die Einzelverbindungsnachweise für die Telefone bekommen, die ihr in Pristina beschlagnahmt habt. Ich habe mit dem Handy begonnen, das ihr in Jönssons Haus sichergestellt habt.»

Erleichtert sank Amanda in ihrem Sitz zurück, und auch Bill nickte zufrieden. Auf Tore war einfach Verlass.

«Jedes Mal, wenn er nach Hause kam, hat Åke von diesem Handy zum einen Magdalena und zum anderen eine unbekannte Nummer angerufen. Wenn er sich mit Daniella getroffen hat, während Magdalena bei der Arbeit war, dann gehört die unbekannte Nummer aller Wahrscheinlichkeit nach Daniella», schlussfolgerte Tore.

«Aber sie wird doch nie im Leben ans Telefon gehen, wenn wir sie anrufen – geschweige denn mit uns oder mit Ellen sprechen», gab Amanda zurück.

Selbst wenn sie sich nicht als Polizisten zu erkennen gäben – Kriminelle und Junkies waren Fremden gegenüber von Natur aus misstrauisch. Die Wahrscheinlichkeit, dass Daniella mit einer ihr unbekannten Person redete, war verschwindend gering, wenn nicht gleich null.

«Vermutlich nicht. Aber in einer Stunde sollten wir die Daten der Funkzellenauswertung haben», antwortete Tore.

«Wie hast du das nur geschafft? So hätten wir eine Position und könnten Ellen auf die Suche nach Daniella schicken. Wie exakt wird die Ortung sein?», fragte Amanda, die Tore am anderen Ende der Leitung eifrig tippen hörte.

Sie schrieb Ellen eine SMS: «Möglicherweise wissen wir in ein paar Minuten, wo sich D befindet. Mach dich bitte bereit, sofort dort hinzufahren. – Ich melde mich, sobald ich mehr weiß, okay?»

Damit Ellen den Auftrag erfolgreich ausführen konnte, mussten sie ihr sämtliche Informationen an die Hand geben, nicht nur wie bisher einzelne Häppchen.

«Das hängt davon ab, wo sie sich aufhält», antwortete Tore. «In ländlichen Gebieten gibt es weniger Funkmasten, da sind die Abstände größer, wodurch die Ortung unpräziser wird. In der Stadt gibt es mehr Sendemasten. Dort kann man die Position eines Handys bis auf zehn Meter genau eingrenzen – wenn wir Glück haben ...»

«Solange nicht Gebäude im Weg sind, meinst du?», hakte Amanda nach.

Es waren Augenblicke wie dieser, für die sie nur zu gern Tag und Nacht durcharbeitete – von Menschen umgeben zu sein, die ihre Wertvorstellungen teilten, und mit ihnen gemeinsam den Lohn harter Arbeit ernten zu können, war alle Mühe wert.

«Ja, in etwa. Trotzdem müssen wir Olofsson dazu bringen, uns sein Motiv zu nennen – weshalb soll ausgerechnet das Ehepaar Jönsson in seinen Augen die Schuld der Gesellschaft büßen? Wir müssen die Geschichte von seiner Warte aus hören und verstehen – und zwar von Anfang bis Ende», rief Tore ihr in Erinnerung.

«Können wir das nicht hinterher klären? Damit er nicht das Gefühl hat, dass ich Informationen erzwingen will?», gab Amanda zurück. Sie wollte die positive Entwicklung, die das Gespräch mit Olofsson genommen hatte, jetzt nicht gefährden.

«Wir müssen das Geflecht zwischen den Beteiligten verstehen, und zwar bevor wir versuchen, Kontakt zu Daniella aufzunehmen. Wenn wir mit ihr sprechen, müssen wir ihr die richtigen Fragen stellen. Allzu viele Versuche, sie zum Reden zu bringen, werden wir nicht haben», gab Tore zu bedenken.

«Aber was sind die ‹richtigen› Fragen?», erwiderte Amanda. Sie wusste, dass Tore mit seiner langjährigen Ermittlungserfahrung oft den richtigen Instinkt besaß.

Trotzdem wäre der Dialog mit Olofsson ein schmaler Grat. Wenn sie ihn um jeden Preis zum Reden bringen sollte, war die Gefahr groß, dass er die Situation in irgendeiner Form als Gesichtsverlust empfand. Das wäre zum gegenwärtigen Zeitpunkt das schlimmste nur denkbare Szenario.

«Laut Telefonlisten hat Jönsson immer vor einem Stockholm-Flug Daniellas Nummer angerufen, und sie hat seinen Anruf jedes Mal entgegengenommen», sagte Tore.

«Was zum Teufel hat Jönsson gegen sie in der Hand?», fragte Bill.

«Genau da wird es interessant. Ich habe mir Daniellas Anzeigen und die Vernehmungsprotokolle durchgelesen. Vor einem knappen

Jahr hat ausgerechnet Åke Jönsson sie wegen Drogenbesitzes und Hehlerei festgenommen. Damals arbeitete er noch bei der Stockholmer Polizei», sagte Tore, holte tief Luft und fuhr fort: «Kurz darauf wurde die Anzeige fallen gelassen – obwohl der Schnelltest nachgewiesen hatte, dass es sich bei den beschlagnahmten Substanzen in Daniellas Besitz um Heroin und Rohypnol gehandelt hatte.»

«Und was bedeutet das für uns?», fragte Amanda.

Auch wenn es bewies, dass Åke und Daniella sich schon länger kannten, sagte es nichts darüber aus, in welcher Beziehung sie heute zueinander standen.

Ihr Handy piepte. Eine SMS von Ellen. Amanda fuhr mit dem Finger über das Display und hielt es Bill hin: «Bin bereit, bin in der Innenstadt. Ruf an, wenn du kannst.»

«Interessant ist, wer die Anzeige unter den Teppich gekehrt hat», sagte Tore.

«Doch nicht etwa Jönsson selbst? Das ist unmöglich», erwiderte Amanda.

«Es war Blom», sagte Tore.

«Wie bitte?», rief Bill.

Amanda schloss die Augen. Natürlich war es Blom. Der Polizist mit der geringsten Moral, dem sie je begegnet war, schien keine Grenzen gekannt zu haben, was Dienstvergehen anging. Aber das hatte sich gerächt. Er war vermutlich tot, und sein Helfershelfer befand sich in der Gewalt eines vergeltungssüchtigen Vaters und war auf dem besten Weg, ein Heroinjunkie zu werden.

«Du hast richtig gehört. Wenn wir zu der Frage zurückkehren, was Jönsson gegen Daniella in der Hand hat und was das verbindende Element zwischen Daniella und dem Ehepaar Jönsson sein könnte, wette ich, dass es mit diesem Vorfall zu tun hat. Aller Wahrscheinlichkeit nach kannte Jönsson Daniella oder wusste zumindest, wer sie war – immerhin hat seine Frau mit Daniellas Vater in derselben Firma gearbeitet. Klar?»

«Bis hierher können wir dir folgen», erwiderte Bill.

«Jönsson hat Daniella wegen einer Straftat festgenommen, die vermutlich tatsächlich auf ihr Konto ging», fasste Tore zusammen. «Daniella war zu diesem Zeitpunkt auf Bewährung draußen und wäre geradewegs wieder hinter Gitter gewandert, wenn sie wegen einer neuen Straftat verurteilt worden wäre. Meine Hypothese lautet, dass Jönsson – allein oder gemeinsam mit Blom – Daniella einen Gefallen getan hat, indem er die Anzeige unter den Tisch fallen ließ. So war sie ihm eine Gegenleistung schuldig, und das nutzte er aus.»

«Und worin bestand diese Gegenleistung?», fragte Amanda. Endlich tat sich eine Verbindung zwischen Blom und Daniella auf.

«Sex. Ich bin mir sicher, dass hierin Olofssons Motiv liegt», erwiderte Tore.

«Sind seit der Festnahme durch Åke Jönsson noch weitere Einträge in Daniellas VK oder VR hinzugekommen?», fragte Amanda.

Die Abkürzungen für Verdächtigenkartei und Vorstrafenregister waren inzwischen so geläufig, dass sogar die Kriminellen selbst sie verwendeten.

Einen Moment war nur das Klicken der Maus zu hören, gefolgt von Tores leisem Murmeln, als er die Einträge überflog. Dann seufzte er und sagte: «Das kommt mir ein bisschen sonderbar vor ... Die VK ist blütenweiß.» Er hielt kurz inne. «Und ihr VR genauso ... Sie hatte ellenlange Eintragungen ... aber seit Jönsson sie festgenommen hat, sieht es so aus, als hätte sie sich rein gar nichts mehr zuschulden kommen lassen ...»

«Dafür kann es verschiedene Erklärungen geben, aber ein bisschen seltsam ist es schon», stellte Bill fest.

«Wir müssen allmählich Ellen anrufen, damit sie sich auf die Suche machen kann. Tore, gib sofort Bescheid, wenn die Funkzellenauswertung kommt», sagte Amanda und legte auf.

Bill öffnete die Autotür, um frische Luft hereinzulassen. Motorengeräusch näherte sich. Wenn die Nachbarn nicht mitbekommen sollten, dass in ihrem Viertel ein Polizeieinsatz stattfand, würden sie sich bald etwas überlegen müssen.

Im nächsten Moment bog ein Rettungswagen auf den Parkplatz.

«Endlich! Ich setze die Sanitäter ins Bild, während du Ellen anrufst», sagte Bill und stieg aus.

Amanda war klar, dass Ellen ihren Auftrag jederzeit würde ablehnen können, wenn ihr bewusst wurde, was auf dem Spiel stand. Sie hatte jetzt schon mehr getan, als Amanda jemals zu hoffen gewagt hätte. Für lange Überredungskünste war keine Zeit, wenn sie Ellen die Eckdaten durchgeben wollte, ehe Tore sich wieder meldete.

Ellen ging sofort ans Telefon, und Amanda kam ohne Umschweife zur Sache. Sie berichtete ihr von den beiden Videoaufnahmen, die bewiesen, dass Åke und Magdalena Jönsson von Olofsson als Geiseln festgehalten wurden und unter Drogeneinfluss standen.

«Es eilt. Olofsson hat keine Ahnung, wie wenig Heroin der menschliche Körper verträgt. Bei einer Überdosis setzt der Atemreflex schneller aus, als man denkt», erklärte Amanda.

«Wissen wir denn, ob einer der beiden eine Überdosis erhalten hat?», fragte Ellen. Sie schien zu kauen.

Amandas Magen knurrte, und sie sah auf die Uhr. Bald würde Alva die Zwillinge wecken und mit ihnen auf dem Sofa kuscheln. Hoffentlich wäre dieser Einsatz bis zum Nachmittag beendet. So würde sie sich für ein paar Stunden schlafen legen und hinterher noch Zeit mit ihren Engeln verbringen können.

«Nein, keine Ahnung ... Wo bist du gerade?», fragte sie.

«Vor dem 7-Eleven in der Vasagatan. Ich hab mir gerade ein Frühstück geholt», erwiderte Ellen zwischen ein paar Bissen.

«Bist du bereit, zu Daniella zu fahren und mit ihr zu sprechen?», fragte Amanda und erzählte Ellen, weshalb sie Daniella momentan für die Schlüsselfigur hielten.

Ellen hörte schweigend zu. Als Amanda fertig war, fragte sie: «Warum ich und nicht du?»

«Daniella hat nichts für Polizisten übrig – und auch nichts für Männer. Ich muss hierbleiben und mit Olofsson sprechen. Unserer Meinung nach steigen unsere Chancen auf einen guten Ausgang, wenn Daniella mit dir spricht und wir endlich die komplette Geschichte und Olofssons Motiv kennen. Soll ich dir die Informationen in einer SMS schicken, oder reicht es mündlich?», fragte Amanda, die nicht unbedingt versessen darauf war, Ellen die Informationen schriftlich zu übermitteln. Sie setzten sie ohnehin schon genug Risiken aus. Falls Ellens Handy in die Hände ihres Securus-Chefs geriete, konnten sie nicht absehen, was das für Ellens Sicherheit bedeutete.

«Nicht nötig, ich habe alles im Kopf. Was machen wir, wenn sie sich nicht gesprächsbereit zeigt?», fragte Ellen.

«Wir haben Daniella zur Fahndung ausgeschrieben – wegen Eigengefährdung», erwiderte Amanda. Sie registrierte, dass Ellen «wir» und nicht «ihr» gesagt hatte – offensichtlich empfand sie sich inzwischen als Teil des Teams.

«Dann lassen wir Daniella also zwangseinweisen, wenn sie nicht kooperiert?»

«Als letztes Mittel.»

«Verstehe.»

«Eins noch ...», fügte Amanda hinzu. «Wenn diese Sache ausgestanden ist – was passiert dann?»

«Die Frage sollte doch wohl eher ich stellen: Was passiert dann mit mir?», gab Ellen zurück.

«Richtig, und ich meinte auch, was ... hast du vor?»

«Keine Ahnung. Ich warte wohl noch mein Gehalt ab, damit ich meinen Bonus bekomme. Dann kündige ich. Wieso?»

«Ich dachte nur ... Leute wie dich braucht die Polizei. Bei der NOA gibt es Stellen, die sich komplett von deiner früheren Tätigkeit unterscheiden würden.»

«Schon klar», brummte Ellen nur und beendete das Gespräch.

Amanda war überzeugt, dass Ellen ihr Bestes geben würde. Aber die Wahrscheinlichkeit, dass sie Daniella überzeugen konnten, bei einem Polizeieinsatz zu kooperieren, in den ihr Vater involviert war, war nicht besonders hoch.

Um ihr nächstes Gespräch mit Olofsson vorzubereiten, griff Amanda nach ihrem Block und zeichnete eine Mindmap. Sie hoffte inständig, dass sie in dem Schaubild neue Lösungswege erkannte. Ihre Augenlider wurden schwer; sie schüttelte die Thermoskanne – leer. In ihrem Rucksack lagen Bananen und Snickers, aber ihr Körper verlangte nach einer warmen Mahlzeit. Vielleicht würden sie doch bei McDonald's eine Frühstücksbestellung aufgeben müssen, bevor sie wieder bei Olofsson anrief.

Bills Handy summte und vibrierte. Selbst für einen Morgenmenschen wie Sofia wäre es ein bisschen früh. Sie warf einen Blick aufs Display. Es war Tore.

«Bill ist ausgestiegen und spricht mit dem Notarzt, und Ellen ist auf Stand-by», erklärte sie ihm ohne Umschweife. «Hast du was für uns?»

«Die Daten der Funkzellenauswertung liegen vor.»

«Und?»

«Wir konnten Daniellas Handy in dem Gebiet um die Fleminggatan orten. Sie scheint in Richtung Sankt-Görans-Park unterwegs zu sein.»

59

Als Amandas SMS kam, war Ellen bereits vom 7-Eleven in der Vasagatan zur City-Bikes-Station in der Bryggargatan gelaufen und hatte sich ein Leihfahrrad genommen. Über den Lenker gebeugt, las sie die kurze Nachricht. Dann setzte sie die Anorakkapuze auf, schwang sich aufs Rad und fuhr in Richtung Kungsbron. Ihre Schuld sollte es nicht sein, wenn es ihnen nicht gelang, Daniella zu finden.

Die kalte Herbstluft stach ihr in die Wangen und trieb ihr die Röte ins Gesicht. Ihr Herpesausschlag war fast abgeheilt. Noch ein, zwei Tage mit Helosan-Salbe, und ihre Gesichtshaut sähe wieder makellos aus. Sie bereute sofort, dass sie keine Fingerhandschuhe mitgenommen hatte, und versuchte, die Ärmel des Anoraks bis über die Finger zu ziehen.

Sie begegnete einigen Taxis und ein paar Frühaufstehern mit Hunden. Ihre Beine wurden schwer, sie atmete mit offenem Mund. Aber bis zum «Spritzenpark», wie der Sankt-Görans-Park auch genannt wurde – und zwar nicht ohne Grund –, war es nicht mehr weit.

In dem Park fanden regelmäßig Razzien statt, und nur allzu oft lagen dort benutzte Spritzen im Gras. Es würde sie nicht wundern, wenn sie Daniella tatsächlich dort fand, andererseits war es vielleicht noch ein bisschen zu früh, um an einem kalten Oktobermorgen auf einer Parkbank abzuhängen ...

Die Ampel vor dem Trygg-Hansa-Gebäude in der Fleminggatan

stand auf Rot. Völlig unnötig – der Großteil der Stockholmer schlief immer noch, der morgendliche Berufsverkehr würde erst in ein, zwei Stunden einsetzen. Ellen warf einen Blick über die Schulter, um sich zu vergewissern, dass keine Polizeistreife in Sicht war, und überquerte die Kreuzung. Zwar hatte die Polizei Wichtigeres zu tun, als Strafzettel an Fahrradfahrer zu verteilen, aber um diese Uhrzeit waren in diesem Stadtviertel immer unverhältnismäßig viele Streifenwagen unterwegs. Kurz vor Schichtende drehte die Nachtschicht gern noch eine Runde in Kungsholmen und stellte sich dann darauf ein, auf die Minute pünktlich in die Tiefgarage des Präsidiums Kronoberg zu fahren, während im selben Moment die Frühschicht ausrückte.

Hinter der Sankt Eriksgatan warf Ellen einen Blick in die Igeldammsgatan und sprang vom Rad. Wie vermutet befand sich auch dort eine Dockingstation für Leihfahrräder. Sie schob das Rad in den Ständer und stellte sicher, dass die Rückgabe registriert worden war.

Sie tastete über ihre Anoraktasche. Ihr alter Dienstausweis lag an Ort und Stelle. Vielleicht würde er ihr auch in dieser Situation von Nutzen sein. Sie schickte Amanda und Tore eine SMS: «Bin da. Gibt es was Neues?» Ellen überlegte, ob Amanda ihre Bemerkung über ihre berufliche Zukunft ernst gemeint hatte. Bei Securus konnte sie jedenfalls nicht länger bleiben, so viel stand fest.

An der Kreuzung Fleming- und Mariebergsgatan blieb sie stehen und sah zum Park hinüber. Irgendwer lag dort auf einer Bank; sonst schien alles verwaist zu sein. Allerdings stand vor dem letzten Hauseingang in der Fleminggatan ein junger Mann und rüttelte und zerrte an der Türklinke. Die Notunterkunft – im Volksmund «Eule» genannt. Vermutlich brauchte der Mann einen Schlafplatz, oder er hatte dort randaliert und war vor die Tür gesetzt worden, vermutete Ellen.

Mit entschlossenen Schritten lief sie zu der Recyclingstation neben dem Spielplatz, angelte die leere Coladose aus ihrem Stoffbeutel, warf sie in den grünen Container und ließ dabei unauffällig ihren Blick über den Spielplatz schweifen.

Weit und breit war niemand zu sehen.

Sie lief die Treppe hinter der Rutsche hoch und näherte sich der Bank, auf der sie jemanden hatte liegen sehen. Sie hätte einen Hund dabeihaben oder Joggingsachen tragen sollen, damit sie weniger auffiel.

Schon auf Höhe des Sandkastens erkannte sie, dass es sich bei der Person auf der Bank um eine Frau handelte. Sie hatte die Augen geschlossen. Wenn es Daniella war, würde sie behutsam vorgehen müssen. Ein Junkie, der aus dem Schlaf gerissen wurde, war seinem Gegenüber nicht unbedingt freundlich gesinnt.

Vor der Bank stand eine Tasche mit Kleidungsstücken. Die Frau hatte sich in eine blaue Decke gehüllt und eine Mütze tief in ihre Stirn gezogen. Aus dem Kragen der Jacke hingen ein paar lange braune Haarsträhnen.

Ellen trat so dicht an die Frau heran, dass sie deren regelmäßige Atemzüge hören konnte. Eine Hand schaute unter der Decke hervor. Die Haut war rau und rissig und an den Fingerknöcheln aufgeplatzt. Ellen musste keinen Blick auf Daniellas Foto werfen, um zu wissen, dass es jemand anderes war. Die Frau auf der Bank war eine ältere Obdachlose, die vermutlich tagsüber mit einer Blechdose in der Hand vor irgendeinem Einkaufszentrum saß.

Ellen lief zurück zur Notunterkunft. Der Randalierer war inzwischen verschwunden. Eine rüstige Seniorin in einem Windbreaker mit Walkingstöcken in der Hand verließ gerade das Haus. Ellen nutzte die Gelegenheit und schlüpfte an ihr vorbei durch die Tür. Verglichen mit den Gestalten, die normalerweise durch diese Tür kamen, hatte die Frau einen harmlosen Eindruck gemacht, dachte sie. Sie zückte ihren Polizeiausweis und klingelte an der Rezeption.

«Wir sind voll», brummte ein Mann hinter dem Tresen.

«Ich bin auf der Suche nach einer Frau, die Daniella af Ottner heißt», entgegnete Ellen und hielt das Lederetui mit ihrer Dienstmarke hoch.

Der Mann wirkte leicht verlegen und verschwand in einem winzigen Büro. Dort trat er an einen Computer, klickte ein paar Dateien an, studierte kurz den Bildschirm, drehte sich dann zu einem Drucker um und zog ein Blatt heraus.

«Sie war heute Nacht hier, hat aber die Unterkunft gerade verlassen. Wir haben uns noch einen Tee gekocht, als sie einen Anruf bekam. Offenbar war es wichtig. Sie ist sofort gegangen.»

«Kommt sie öfter her?»

«Ab und zu. Ich wechsele immer ein paar Worte mit ihr, war mir aber bei dem Namen nicht sicher, als Sie gefragt haben.»

«Hat sie gesagt, wo sie hinwollte?», fragte Ellen und wandte sich halb Richtung Tür.

«Nein, aber sie wirkte ... entschlossen. Ja, so kann man es wohl ausdrücken. Ich dachte, sie würde noch frühstücken, aber sie ist sofort aufgebrochen.»

Ellen dachte kurz nach. Auf gut Glück würde sie nicht durch die Stadt laufen und nach Daniella suchen können; die Zeit hatten sie nicht. Sie rannte zur Fahrradstation zurück und rief auf dem Weg dorthin Tore an.

«Kannst du Daniellas Handy neu orten?»

«Das würde mindestens eine halbe Stunde dauern.»

«Du hast doch das Telefon, mit dem Jönsson Kontakt zu Daniella gehalten hat?»

«Ja, das ist beschlagnahmt und liegt auf meinem Schreibtisch. Bist du noch in der Gegend?»

«Ja. Könntest du vielleicht nachsehen, ob es SMS von Jönsson an Daniella gibt?

«Ja, allerdings waren die immer recht knapp. Keine Ausschmückungen, meist hat er nur Ort und Zeitpunkt für ein Treffen genannt. Warum?»

«Kannst du Daniella von Jönssons Handy aus eine SMS schicken, damit sie glaubt, die sei von ihm. Schreib, dass er sie treffen will. Ich bin in fünf Minuten bei dir, hole mir das Telefon und übernehme.»

60

Amanda strich über den Stein in ihrer Tasche. In ein paar Stunden würde sie hoffentlich am Altenpflegeheim vorbeifahren können und mit ihrer Mutter eine Tasse Kaffee trinken. Sie umarmen und vielleicht eine Handvoll Wörter in das unfertige Kreuzworträtsel schreiben, das immer auf der Wachstuchdecke auf dem Küchentisch lag. Es würde nur ein kurzer Besuch werden; anschließend würde sie endlich Mirjam und Linnea zu Hause in der Parkgatan in die Arme schließen.

Die Rettungssanitäter waren genauso hungrig gewesen wie Bill und Amanda und hatten ihnen Frühstück mitgebracht. Bill seufzte, als sein Telefon klingelte.

«Wer ist es?», fragte Amanda, als Bill zögerte.

«Irene, Magdalena Jönssons Schwester. Soll ich rangehen?»

«Nein. du kannst ihr ohnehin nicht die Wahrheit sagen.»

Bill drückte den Anruf weg und schrieb Irene, dass er sich später bei ihr melden werde. Dann rührte er in einer breiigen braunen Masse und fragte: «Soll dich jemand ablösen?»

Amanda schüttelte den Kopf. Die Koffeintabletten wirkten noch immer. So kurz vor dem Ziel würde sie die Verhandlungsführung niemals abgeben, und das wusste Bill auch. Sie war dankbar, dass er fragte, aber nach dem warmen Frühstück fühlte sie sich gestärkt – auch wenn es von McDonald's kam.

«Du bist seit zig Stunden im Einsatz.»

«Wir bringen das hier zu Ende. Ellen ist auf der Suche nach Daniella. Aber wenn wir irgendwas herausfinden wollen, das ihr bei der Kontaktaufnahme noch helfen kann, müssen wir Olofsson jetzt anrufen.» Sie untermalte ihre Worte mit einer nachdrücklichen Geste.

«Denk daran, dich mit Informationen über Daniella zurückzuhalten, damit bei Olofsson nicht die Sicherung durchbrennt.»

«Du meinst, er könnte seinen Gästen gegenüber gewalttätig werden?»

«So was in der Art. Wir wissen immer noch nicht, inwiefern Olofsson über die Beziehung zwischen Jönsson und Daniella im Bild ist», erwiderte Bill, schloss den Lautsprecher an und startete die Aufnahmefunktion.

Amanda setzte sich aufrecht hin, legte ihren Notizblock zwischen die Sitze und nickte zum Zeichen, dass sie bereit war.

Olofssons Stimme klang schleppend und verschlafen, als er sich meldete.

«Ich wollte Sie nicht wecken», sagte Amanda.

«Haben Sie Daniella gefunden?», fragte Olofsson. Schlagartig war die Müdigkeit aus seiner Stimme verschwunden.

«Noch nicht, aber die Fahndung nach ihr läuft. Außerdem haben wir einen Therapieplatz für sie – allerdings müsste ich erst einige Dinge besser verstehen, bevor wir mit ihr Kontakt aufnehmen», antwortete Amanda.

«Was sollte das sein? Sie wird nicht mit Ihnen reden, selbst wenn Sie sie finden sollten.»

«Können Sie mir schildern, wie sich Daniella bei Ihrer letzten Begegnung verhalten hat? Als sie high war?», fragte Amanda. Sie ahnte, dass auf dieses Gespräch mit Olofsson vermutlich nicht mehr viele weitere folgen würden.

Wenn alles so verlief, wie sie es sich erhofften, würde er seinen Rachefeldzug abbrechen, aus dem Haus kommen und von ihnen erwarten, dass sie seine Tochter aus der Drogenspirale zogen. Allerdings war sie sich nicht sicher, ob Olofsson wirklich verstand, dass ihm nicht mehr viel Zeit blieb.

«Wie sie sich verhalten hat?», erwiderte Olofsson. «Dazu kann ich nicht viel sagen. Zu dem Zeitpunkt hatte ich sie schon so lange nicht mehr gesehen, dass ich befürchtet hatte, sie wäre abgetaucht. Dann hat Securus mich gebeten, mir ein paar Filme anzusehen. Sie wollten wissen, ob die Frau in den Aufnahmen tatsächlich meine Tochter war. Und sie war es.» Er holte tief Luft.

Bill nickte und schrieb: «Securus bestätigt» und «Bitte O, über die Filme zu reden!»

Amanda wusste genau, worauf Bill hinauswollte. Je schneller sie Olofsson dazu brachten, Jönsson zu erwähnen, umso besser.

«Was ... Was war in den Aufnahmen zu sehen?»

«Åke dieses Schwein, den ich für einen Freund gehalten hatte ... Er hat Daniella regelmäßig mit Heroin versorgt, und im Gegenzug musste sie Sex mit ihm haben. Meine Tochter ... Er hätte ihr helfen müssen! Er kennt sie seit ihrer Kindheit. Trotzdem hat er sie gezwungen ... Und so jemand nennt sich Polizist! Dazu lief das Ganze bei ihm und Magdalena zu Hause ab – können Sie sich das vorstellen?»

Amanda sah Bill an, der den Kopf schüttelte.

«Daniella hat Åke also vertraut?»

«Diesem Schwein! Natürlich hat sie das!»

«Wie ist Ihr Treffen mit Daniella abgelaufen?», fragte Amanda erneut.

«Securus hatte sie ausfindig gemacht. Als sie auf dem Friedhof das Grab ihres Bruders besuchte, habe ich dort auf sie gewartet. Ich dachte, es sei ein geeigneter Platz – ein Ort, der uns beiden wichtig ist. Ich hatte mir ausgemalt, dass wir uns dort aussöhnen und sie mit mir nach Hause kommen würde. Aber ich hatte mich geirrt. Sie wollte nicht mal mehr Geld. Da habe ich aufgegeben und meinen Entschluss gefasst.»

«Welchen Entschluss?»

«Dass Åke, das Schwein, dafür büßen sollte. Er hätte sie retten können – er hätte mir helfen können, meine Tochter zurückzubekommen. Mit mir zusammen kämpfen, so wie ... Freunde es tun. Stattdessen hat er ihr Leben vollends zerstört. Er hat mir die Hoffnung genommen, dass sie eines Tages noch mal clean werden und ... normal weiterleben könnte ... Sie wird nie wieder mit mir reden wollen. Nie eine Familie gründen und Kinder bekommen ...» Olofsson schluchzte und atmete ein paarmal tief durch. Dann fuhr er fort: «Also habe ich Securus beauftragt, Åke aufzuspüren und ihn zu mir zu bringen.»

Bill griff nach dem Block und schrieb: «Auftrag ging erst nur um D, dann um Å. Wann kam Magdalena ins Spiel?»

Amanda nickte. Die Frage würde sie in Kürze stellen.

«Und warum haben Sie nicht gewartet, bis Åke ohnehin nach Stockholm gekommen wäre? Das wäre doch billiger und einfacher gewesen?»

«Securus lagen Informationen vor, dass Åke im Kosovo von einem kriminellen Netzwerk entführt worden war. Ich hatte Angst, er könnte irgendwo dort auf dem Balkan auf Nimmerwiedersehen verschwinden. Das wäre als Strafe viel zu milde für ihn gewesen. Ein paar Tage später rief jemand von Securus an und teilte mir mit, dass sie mir Åke aushändigen könnten, allerdings in ziemlich schlechter Verfassung. Ich habe nie gefragt, wie sie ihn nach Schweden transportiert haben. Das hat mich nicht interessiert.»

«Vor ein paar Stunden haben Sie erwähnt, dass bei Magdalena die Sache anders liege. Möchten Sie mir erklären, was Sie damit meinen?»

«Sie habe ich mir nur geholt, weil ich es konnte – weil es so einfach war! Als mir klar wurde, dass ich Åke in die Finger kriegen würde, beschloss ich, ihn denselben Albtraum durchleben zu lassen, den ich erlebt habe. Er sollte dabei zusehen, wie ein Mensch, den er liebt, leidet. Wie seine Frau sich unter Entzugserscheinungen vor

Schmerzen windet und um den nächsten Schuss bettelt. Und er sollte gleichzeitig in ständiger Angst leben, sie könnte an einer Überdosis krepieren.»

Amanda sah Bill an. Das erklärte, weshalb es bei Securus keinen Auftrag gab, der Magdalena galt.

Das Einsatzkommando war bereit und wartete nur noch darauf, dass Bill den Befehl zum Zugriff gab. Angesichts der körperlichen Verfassung der Geiseln rückte der Moment sekündlich näher.

«Wissen Åke und Magdalena Jönsson, weshalb sie in Ihrem Keller gefangen gehalten werden?»

«Noch nicht. Aber sobald sie einigermaßen ansprechbar sind, zwinge ich Åke, seiner Frau zu gestehen, was er für Untaten begangen hat und warum sie dort sind, wo sie jetzt sind.»

Åke Jönsson hatte in Olofssons Augen nicht nur Daniella Schaden zugefügt, er verkörperte auch die Tatenlosigkeit der Gesellschaft und der staatlichen Institutionen.

«Unsere Familien waren befreundet», fuhr Olofsson fort. «Damals, als ich noch eine Familie hatte. Magdalena und ich sind seit vielen Jahren Arbeitskollegen. Unsere Kinder sind … waren gleich alt.»

Obwohl sie es direkt vor Augen gehabt hatten, hatten sie es nicht gesehen: der gemeinsame Arbeitsplatz, die Kinder auf den Fotos in Jönssons Haus, die im selben Alter waren wie Olofssons Kinder … Das erklärte auch, weshalb Magdalena, ohne zu zögern, vor dem Krankenhaus mit Olofsson mitgegangen war.

Amanda schloss die Augen. Würde ein Therapieplatz für Daniella seinem Rachefeldzug wirklich ein Ende setzen? Die Verstrickungen zwischen den Beteiligten reichten so viel tiefer, als sie angenommen hatten. Und das Gleiche galt vermutlich auch für Olofssons Wunsch nach Vergeltung.

61

Völlig verschwitzt stieg Ellen an der Polhemsgatan 30 vom Fahrrad. Tore öffnete ihr am Haupteingang die Tür. Ansonsten war der Empfangsbereich verwaist.

«Ich habe Daniella von Jönssons Telefon aus eine SMS geschrieben und gefragt, ob sie sich sofort treffen könnten», eröffnete er ihr.

«Hat sie geantwortet?», fragte Ellen und zog den Reißverschluss ihres Anoraks auf.

Sie war nicht mehr in dieser Gegend gewesen, seit sie ihre Dienstwaffe abgegeben und den Polizeidienst quittiert hatte. Abgesehen von einer überquellenden Recyclingstation ein Stück weiter die Straße hinunter sah alles so aus wie früher.

«Ja, und zwar das», erwiderte Tore und reichte Ellen das Handy.

Ellen starrte auf Daniellas Nachricht: «Bist du auch in Sthlm?» worauf Tore zurückgeschrieben hatte: «Was meinst du?»

«Was meint sie mit ‹auch›?», fragte Ellen und stellte sich neben Tore, damit sie die SMS-Konversation zu zweit lesen konnten.

Einen Moment später klingelte Jönssons Telefon.

Ellen sah Tore an. «Wir dürfen nicht rangehen. Sie würde auf der Stelle misstrauisch werden und von der Bildfläche verschwinden.»

«Und wenn ich mich melde und behaupte, die Verbindung sei schlecht? Dann könnten wir die SMS-Konversation fortsetzen», schlug Tore vor.

«Nein», erwiderte Ellen, drückte den Anruf weg und schrieb stattdessen eine Nachricht: «Kann gerade nicht reden, schick eine SMS.»

Die Antwort kam prompt: «Du und B seid normalerweise nicht gleichzeitig zu Hause.»

Ellen starrte Tore an. «Wer ist B?»

«Verflucht, ist das Blom! Jönssons Kollege in Pristina! Ist der Kerl doch am Leben?»

Ellen rief ein paar ältere Textnachrichten auf, um sich einen Eindruck zu verschaffen, wie Daniella und Jönsson ihre SMS formulierten. Sie waren überwiegend knapp gehalten. Zeit- und Treffpunkte, keinerlei Gefühlsschilderungen, kein persönlicher Austausch. Jönsson war Polizist und achtete vermutlich darauf, nichts zu schreiben, was gegen ihn verwendet werden konnte, falls Daniellas oder sein Telefon Bestandteil einer polizeilichen Ermittlung würden.

Daniella schrieb: «Akku ist fast leer. Bin gleich mit B verabredet.»

Tore schüttelte den Kopf. «Das verheißt nichts Gutes. Wenn Blom noch am Leben ist, sollte er besser den Kopf einziehen und sich nicht am frühen Morgen mit Daniella treffen.»

«Daniella scheint aber nicht der Meinung zu sein, dass sie eine Wahl hätte», erwiderte Ellen.

Sie schrieb zurück: «Wo?»

Daniellas Antwort ließ nicht lange auf sich warten: «Auf dem Parkplatz der Pampas Marina. B wartet dort im Auto, will mich kurz vorher noch mal anrufen.»

«Versuch, sie aufzuhalten! Sag ihr, dass es ein Bluff ist. Wenn Blom dahintersteckt, müssen wir ihn festnehmen. Daniella und er dürfen sich auf gar keinen Fall treffen, das könnte die ganze Operation gefährden», sagte Tore und wählte bereits Amandas Nummer.

Ellen schrieb: «Das ist eine Falle, geh nicht hin! Und bestätige mir, dass du verstanden hast.»

Sie hoffte, Daniella weismachen zu können, dass sich die Polizei als Blom ausgab, um einen Beweis oder eine Straftat zu erzwingen – oder ein Drogendealer könnte dort auf sie warten und sie ans Messer liefern wollen.

Daniella antwortete nicht.

Ellen wartete eine geschlagene Minute, dann rief sie an. Es sprang direkt die Mailbox an.

«Ihr Akku ist leer», sagte Tore.

«Was zum Teufel heißt das für uns?», fragte Ellen und schwang sich aufs Fahrrad.

«Ich weiß es nicht – aber Daniella ist unsere einzige Chance, wenn wir wollen, dass Olofsson einlenkt. Wir müssen sie finden, auf der Stelle. Ich hole einen Wagen ...»

«Ich fahre mit dem Rad, so bin ich schneller.»

«Ich kümmere mich darum, dass jemand in Pristina anruft und nachfragt, wer die verbrannte Leiche ist. Sei vorsichtig und beobachte die beiden nur ... Greif nur ein, wenn es absolut notwendig wird. Kapiert?»

Ellen trat bereits in die Pedale und hob nur kurz den Arm zum Zeichen, dass sie verstanden hatte. Sie fuhr den Inedalsvägen in Richtung Kungsholms strand und folgte dem Karlbergskanal. Die Pampas Marina lag mit dem Fahrrad nur ein paar Minuten entfernt; vielleicht kam sie sogar noch vor Daniella dort an.

Der Fahrradweg war frisch geteert, die schwarze Oberfläche glänzte im Nieselregen. Die Luft in den Fahrradreifen ließ zu wünschen übrig. Ellen kam nur langsam voran und spürte jede Unebenheit und jeden Stein auf der Strecke.

Vielleicht konnte sie zwischen den Gebäuden hindurch zum Parkplatz am Hafen gelangen und das Treffen von Blom und Daniella beobachten, bevor Tore eintraf?

Auf dem Hügelkamm am Mariedals Café zerrte der Wind an ihr und brachte sie fast aus dem Gleichgewicht.

Vom Hornsbergs strand drang Sirenengeheul herüber. Wahrscheinlich ein Rettungssanitäter, der gerade erst seine Ausbildung beendet hatte. Um diese Tageszeit waren Sirenen selten erforderlich. Sie rissen bloß die Anwohner aus dem Schlaf. Im nächsten Moment verstummte die Sirene. Ellen raste den Hügel zur Ekelundsbron hinunter.

Sie überlegte fieberhaft, wie sie Daniella vom Hafen weglotsen sollte – als sie im nächsten Moment Blaulicht vor sich sah: Der Rettungswagen stand direkt auf der Zufahrt zur Brücke und versperrte dem übrigen Verkehr den Weg. Ellen fuhr so nah wie möglich heran und sprang vom Rad.

Ein rosafarbener Turnschuh lag mitten auf der Straße.

Ellen hob ihn auf. Warm und klamm. Größe 37.

Ein Stück weiter auf der Brücke knieten Sanitäter vor einer Person. Sie legten ihr eine Halskrause an. Ein Bein war unnatürlich abgewinkelt. Um den Kopf herum breitete sich eine Blutlache aus, und der beigefarbene Mantel färbte sich rot.

Ellen zögerte keine Sekunde und wandte sich an eine Rettungssanitäterin. «Was ist passiert? Kann ich helfen?»

«Die Frau wurde angefahren. Der Fahrer hat sich aus dem Staub gemacht», erwiderte die Sanitäterin und breitete eine Decke über der Frau aus.

«Unfall mit Fahrerflucht? Wird sie überleben?», fragte Ellen, die ein Gespräch in Gang bringen wollte.

«Ihr Zustand ist kritisch. Mehr kann ich nicht sagen», erwiderte die Sanitäterin und rief nach ihrem Kollegen, der mit der Rollbahre kommen sollte.

«Wo bringen Sie die Frau hin?», fragte Ellen. Doch damit war sie offenbar zu weit gegangen. Die Sanitäterin drehte ihr ungehalten den Rücken zu.

«Ich bin Polizistin. Ich habe zwar gerade Urlaub, aber ich will trotzdem helfen», sagte Ellen und zückte ihren Dienstausweis.

Bisher war noch kein Polizeibeamter vor Ort. Für den Moment konnte sie den Sanitätern also noch Informationen entlocken, die sie ihr später nicht mehr geben würden. Die Frau warf Ellen einen raschen Blick zu und nickte.

«Wir bringen sie ins Karolinska. Die Frau scheint auf dem Bürgersteig gelaufen zu sein und die die Brücke in Richtung Solna überquert zu haben ... Der Fahrer war vermutlich alkoholisiert ...»

Ellen ging in die Hocke und hob Make-up und Zigaretten auf, die aus der Handtasche der Verletzten gekullert waren. In der Tasche steckte ein abgegriffener Pass.

Daniella af Ottner.

Ellen schob den Pass in die Handtasche zurück und durchsuchte das innere Seitenfach. Dort steckte ein Handy in einer Lederhülle. Das Display war gesprungen, doch abgesehen davon schien es intakt zu sein. Ellen drückte auf die Home-Taste. Der Akku war tatsächlich leer.

Rasch ließ sie das Handy in ihre Anoraktasche gleiten. Darum würde sie sich später kümmern.

«Sie hat Einstichstellen in den Armen, vermutlich ist sie drogensüchtig», sagte die Sanitäterin zu ihrem Kollegen, der Daniella gerade behutsam einen Kopfverband anlegte.

«Gibt es Zeugen?», fragte Ellen.

«Ein Taxifahrer hat den Unfall gesehen und die 112 gewählt, aber offensichtlich hatte er keine Zeit, vor Ort zu bleiben. Glücklicherweise waren wir gerade in der Nähe. Unglaublich, wie überaus verantwortungsbewusst sich manche Mitbürger verhalten ...», fauchte die Sanitäterin und schüttelte den Kopf.

«Wissen Sie, was der Zeuge gesagt hat?»

«Anscheinend hat die Frau noch versucht wegzulaufen. Das Auto ist auf sie zugerast, hat sie frontal erfasst, und sie wurde in die Luft geschleudert.»

«Wenn Sie nichts dagegen haben, fahre ich mit ins Krankenhaus. Die Frau benötigt Polizeischutz.»

62

Der Himmel wurde mit jeder Minute heller. Inzwischen war es kurz vor sieben, die Sonne ging auf, und die Nachbarn wachten nach und nach auf. Ein Reh querte die Straße, blieb vor ihrem Wagen stehen und starrte Bill und Amanda an. Als Amandas Telefon klingelte, sprang es über die Sträucher und verschwand.

Amanda setzte sich aufrecht hin. Endlich stand das erhoffte «E» in ihrem Display.

«Kannst du reden?», fragte Ellen.

«Ja, Tore hat uns informiert, dass Blom möglicherweise am Leben ist und sich in Stockholm aufhält. Er meinte, ihr wärt auf dem Weg zur Pampas Marina, um Daniella zu treffen. Seid ihr da?»

«Nein, allerdings bin ich bei Daniella.»

Im Hintergrund war eine Stimme zu hören, dann ein Klappern. Ellen murmelte vom Telefon weg etwas Unverständliches, und schlagartig beschlich Amanda ein ungutes Gefühl.

«Was ist passiert?», fragte sie und stellte das Gespräch auf Lautsprecher.

«Ich sitze neben Daniella in einem Krankenwagen. Wir sind auf dem Weg in die Notaufnahme», erwiderte Ellen und schilderte, was auf der Ekelundsbron vorgefallen war.

Amanda stützte den Kopf in eine Hand. Sie waren so nah dran gewesen – und nicht nur das. Sie hatten Blom unterschätzt. Nein, schlimmer noch: Sie hatten ihre Arbeit nicht ordentlich gemacht, sie hatten ihn für tot gehalten, und trotz eines internationalen Fahndungsaufrufs war es ihm irgendwie gelungen, nach Schweden einzureisen. Zu allem Überfluss hatte er Daniella verletzen, wenn nicht töten wollen.

«Wie schlimm ist es?», fragte sie und sah Bill an.

In der Leitung blieb es einen Moment still, dann holte Ellen Luft. «Ihr Zustand ist kritisch.»

«Sag bitte, dass sie überlebt», bat Amanda. Gleichzeitig war ihr klar, dass ihre letzte Chance, Olofsson mit Daniellas Hilfe zur Aufgabe zu bewegen, zunichte war.

«Sie ist bewusstlos. Sie hat eine Schädelfraktur und diverse Knochenbrüche. Organisierst du Polizeischutz, der mich im Krankenhaus ablöst?»

«Ich kümmere mich darum», versprach Amanda und legte auf. Dann lauschte sie kurz den Befehlen, die Bill über Funk erteilte.

Sie hatte noch eine allerletzte Chance, Olofsson zum Einlenken zu bewegen. Doch ihre Erfolgsaussichten waren alles andere als gut. Der einzige Mensch, der ihnen hätte helfen können, wurde mit lebensgefährlichen Verletzungen ins Krankenhaus gebracht.

«Wie konnten wir Blom bloß abschreiben? Und wer ist dann die Leiche aus dem ausgebrannten Pkw?», fragte Amanda, als Bill seine Funkinstruktionen beendet hatte. «Blom und Jönsson haben also die ganze Zeit gemeinsame Sache gemacht.»

«Blom muss davon ausgegangen sein, dass Jönsson die Entführung nicht überlebt und wir Daniella als Zeugin benötigen, um Anklage gegen ihn zu erheben», spekulierte Bill.

Amanda zuckte mit den Schultern. «Wir können nur hoffen, dass Daniella überlebt, damit sie uns vielleicht Aufschluss über Bloms Motiv geben kann.»

Sie legte sich ihre Fragen an Olofsson zurecht. Wenn sie ihm die Wahrheit sagte, liefen sie Gefahr, dass er geradewegs in den Keller ging und die Geiseln hinrichtete. Denn dann wäre sein letzter Funken Hoffnung erloschen.

Amandas Telefon vibrierte. Eine Nachricht von Tore. Sie las sie laut vor: «Obduktion der Leiche immer noch nicht abgeschlossen, wahrscheinlich handelt es sich um den Besitzer des Wagens, einen Kosovo-Albaner. Brandursache möglicherweise ein Verkehrsunfall zwischen Flughafen und Pristina kurz vor unserem Abflug. Wenn du mich fragst, ist Blom dort zufällig vorbeigekommen und hat seinen eigenen Tod inszeniert, indem er seine Dienstmarke in das brennende Auto warf.»

«Und anschließend ist er mit einem falschen Pass nach Schweden geflogen, um Daniella mundtot zu machen», schlussfolgerte Bill.

Amanda schloss die Augen und holte tief Luft. Das war ihr Fehler gewesen. Und womöglich würde er Daniella das Leben kosten.

«Wir rufen Olofsson an. Wenn er nicht aufgibt und aus dem Haus kommt, versuch, ihn in die Küche oder in die Nähe eines Fensters zu locken. Sobald wir das Gefühl haben, er will den Geiseln oder sich selbst etwas antun, gehen wir rein», beschloss Bill.

Würde Olofsson ihr glauben, wenn sie vorgab, sie stünden in Kontakt mit Daniella? Oder würde er verlangen, sie zu sehen oder mit ihr zu sprechen?

Es klingelte. Nach fünf Freizeichen legte Amanda auf und wählte erneut Olofssons Nummer. Geh ran, flehte sie in Gedanken. Das war ihre allerletzte Chance, ihn zum Einlenken zu bewegen.

Beim dritten Anruf ging Olofsson ans Handy: «Haben Sie ... Daniella gefunden?» Seine Stimme klang belegt und angespannt.

«Ja, wir haben sie gefunden – auf Kungsholmen», antwortete Amanda. Bisher sagte sie die Wahrheit.

«Wie ... Wie hat sie reagiert? War sie ... War sie high, oder konnte man mit ihr sprechen?»

Amanda hatte ihre Entscheidung gefällt. Ethik und Moral in allen Ehren, aber so würden sie in dieser Lage kein einziges Leben retten. Es gab nur eine Möglichkeit zu verhindern, dass Olofsson sich des Mordes schuldig machte.

«Sie wirkte fröhlich, und es schien ihr gutzugehen. Sie sah hübsch aus. Daniella ähnelt Ihnen sehr.»

«Woher wissen Sie, wie ich aussehe?»

«Ich habe ein Passfoto von Ihnen gesehen.»

Schweigen in der Leitung. Amanda hatte das bestimmte Gefühl, dass sich ihr Gespräch in die richtige Richtung entwickelte, und wollte jetzt nichts übers Knie brechen. Gleichzeitig lief für die Geiseln der Countdown.

«Daniella kommt nach mir, ihr kleiner Bruder hat meiner Frau Inger geähnelt. Sie waren uns wie aus dem Gesicht geschnitten. Haben Sie Kinder?»

Das war die erste persönliche Frage, die Olofsson ihr stellte. Eigentlich gab sie keine privaten Dinge von sich preis, aber unter diesen Umständen war sie bereit, alles zu tun, was den Dialog positiv beeinflusste.

«Zwei. Sie sehen einander ähnlich, kommen aber eher nach ihrem Vater», antwortete Amanda und musste unwillkürlich an Andrés dichte Wimpern und markante Augenbrauen denken.

«Dann verstehen Sie die bedingungslose Liebe, die ich empfinde? Dass ich alles und mehr für meine Tochter tue?»

«Das kann ich gut nachvollziehen.»

Im selben Moment fasste sie den Entschluss, André anzurufen. Zum Wohl der Kinder. Sie kritzelte ein großes «A» neben den Namen ihrer Mutter auf ihren Handrücken. Nicht weil sie Angst hatte, ihr Gedächtnis könnte sie im Stich lassen, sondern eher als Bestätigung, dass sie eine Entscheidung getroffen hatte.

«Wo ... Wo ist Daniella jetzt? Kann ich ihre Stimme hören?»

«Wir haben sie direkt in eine Therapieeinrichtung bei Norrtälje gebracht. Wenn sie sich dort halbwegs eingelebt und ausgeruht hat, organisieren wir ein Treffen für sie beide.»

Amanda warf Bill einen Blick zu. Der nickte.

Der gute Zweck heiligte die Mittel ... An die grenzenlose Enttäuschung, die Olofsson erwartete, sobald er begriff, dass keins ihrer Worte der Wahrheit entsprach, wollte sie nicht denken. Oder wenn er erfuhr, dass das Leben seiner Tochter am seidenen Faden hing – und aller Wahrscheinlichkeit nach Jönssons Kollege Blom die Schuld daran trug.

«Sie hatten Daniella wegen Eigengefährdung zur Fahndung ausgeschrieben?»

«Ja. Allerdings mussten wir sie gar nicht zwangseinweisen», versicherte Amanda.

«Das ist noch nie vorgekommen», erwiderte Olofsson.

Seine Stimme klang mit einem Mal härter – oder war es Misstrauen? Amanda konnte es nicht mit Gewissheit sagen. Olofsson kannte die entsprechenden Gesetzesregelungen zur Zwangseinweisung Drogensüchtiger in- und auswendig. Er wusste, dass die therapiebedürftige Person nur selten freiwillig mitkam. Immerhin ahnten die Junkies, was sie erwartete: ein sechsmonatiger Aufenthalt in einer geschlossenen Therapieeinrichtung. Kalter Entzug.

«Daniella wirkte ausgeglichen, als wir mit ihr sprachen. Sie ist aus freien Stücken mitgekommen», fuhr Amanda fort – und mit einem Mal hob Bill den Daumen. Er hatte das Zeichen bekommen, dass das Einsatzkommando direkten Sichtkontakt zu Olofsson hatte.

Die Rettungssanitäter sollten näher an das Haus heranfahren, sobald die Kollegen bestätigten, dass die Villa gesichert und Täter und Geiseln unter Kontrolle waren. Wenn Olofsson sich jetzt nicht kooperativ verhielt, würde Bill den Befehl zum Zugriff erteilen, und das Ganze wäre innerhalb weniger Minuten vorbei.

«Was hat sie gesagt? Haben Sie … von mir gesprochen?»

«Meiner Kollegin erschien es zu riskant, Ihren Namen zu nennen. Sie haben ja selbst erwähnt, dass Daniella keinen Kontakt mehr zu Ihnen will. Aber als wir nach einem Angehörigen fragten, den wir informieren sollten, hat sie gesagt, ihr Vater wüsste sicher gerne, wo sie sich befindet.»

Eine neue Pause entstand; Amanda hörte Olofsson atmen. Weinte er? Vielleicht war es ihr zu guter Letzt doch gelungen, eine emotionale Reaktion bei ihm auszulösen.

Amanda warf Bill einen Blick zu, und er nickte. Dieser Moment konnte der Trigger sein, der sie zum Handeln zwang.

«Versprechen Sie mir, dass ... sie die beste Therapie bekommt, die diese Gesellschaft ... ihr bieten kann?»

«Ich werde alles tun, was in meiner Macht steht. Sie haben mein Ehrenwort. Kommen Sie jetzt aus dem Haus, dann können wir uns weiter unterhalten. Niemand wird Ihnen etwas tun. Ich warte hier draußen auf Sie.»

Im Hintergrund war ein Klappern zu hören. Olofssons Atem ging angestrengt. Amanda nahm an, dass er Schuhe trug und über Fliesen oder Parkett lief.

«Können Sie ihr ausrichten ... dass alles möglich ist? Dass sie es schaffen kann, wenn sie nur will», bat Olofsson, als hätte er ihre Aufforderung gar nicht gehört. Sein ruhiger Gesprächston war mit einem Mal verschwunden.

Bill hielt einen Zeigefinger in die Luft und sah Amanda an. Er hatte die Veränderung in Olofssons Stimme ebenfalls bemerkt.

«Lassen Sie zu, dass ich Ihnen helfe. Das alles werden Sie Ihrer Tochter bald selbst sagen können», erwiderte Amanda. Ihr war klar, dass dies womöglich die letzte Lüge war, die sie an Olofsson richtete.

«Richten Sie ihr auch aus, dass ich ... dass ich das, was ich angefangen habe, zum Abschluss bringen musste. Sie wird es verstehen.»

Dann legte er auf.

63

In derselben Sekunde, in der Olofsson das Gespräch beendete, drückte Bill die Sprechtaste seines Funkgeräts: «Zugriff!»

«Verstanden», bestätigte der Einsatzleiter.

Ab jetzt würden sie Olofsson in ihrer Kommunikation als «Tango» bezeichnen und die Geiseln als «Golf». Das war die übliche Terminologie in einer Geiselsituation, um den Einsatz zu erleichtern und Missverständnisse zu vermeiden.

Amanda stieß die Autotür auf. Sie musste den ohrenbetäubenden Lärm hören, wenn die Kollegen ins Haus eindrangen. Vermutlich würden sie die Fenster neben der Eingangstür und ein Fenster auf der Rückseite nutzen und Blendgranaten werfen, damit der Zugriff mit so viel Wucht und in so kurzer Zeit wie nur möglich erfolgte. Genau dieses Überraschungsmoment wurde bei Übungseinsätzen immer wieder trainiert.

Und da war es.

Das Geräusch von zersplitterndem Glas, gefolgt von lauten Detonationen.

Sie tippte auf drei oder vier Flashbangs. Kurz darauf erklangen die Stimmen der Einsatzbeamten über Funk. Kurze, deutliche Kommandos, die bestätigten, dass die Lage unter Kontrolle war.

Mehr brauchten sie nicht.

Der Einsatzleiter hatte die Optionen des Täters im Vorfeld analysiert, entschieden, welche Zimmer im Haus Priorität besaßen, und seine Männer dementsprechend instruiert. Bewegungsmuster und

Taktiken waren blind eingeübt, und der Einsatzbeamte, der sich das beste Lagebild verschaffen konnte, leitete die anderen an.

Mit einem Mal schrien aufgebrachte Stimmen durcheinander. Amanda sah Bill an, der die Namen der acht Einsatzbeamten auf dem Block notiert hatte.

«Polizei! Auf den Boden! *Auf den Boden!*»

Amanda erkannte die Stimme – Erik. Er rief seinen Befehl erneut, dann ging seine Stimme in einem Tumult unter. Die Lage schien außer Kontrolle geraten zu sein. Eine weitere Stimme ertönte, allem Anschein nach ein gutes Stück vom Mikro des Funkgeräts entfernt: «Zurück – oder ich schieße!»

Das konnte nur Olofsson sein. Kein Polizist drückte sich so aus.

Zwei Schüsse waren zu hören. Dann wurde es still, bis der Einsatzleiter verkündete: «Tango am Boden.»

«Verstanden», bestätigte ein anderer, und kurz darauf erklang das Geräusch schwerer Stiefel auf Stein.

Wahrscheinlich drangen die Männer in den Keller vor. Bill stellte das Funkgerät lauter. Nach und nach verkündeten die Einsatzbeamten, sie hätten Teile des Hauses gesichert. Zwar gingen sie nicht davon aus, dass sich außer Olofsson sowie Åke und Magdalena Jönsson noch weitere Personen im Haus befanden, aber so war es nun einmal vorgeschrieben.

«Keller gesichert! Zwei Golf. Schickt die Sanitäter!», rief jemand.

Bill fuhr um die Ecke in den Ragnaröksvägen, dicht gefolgt vom Rettungswagen. Amanda sprang aus dem Auto, noch bevor Bill angehalten hatte. So schnell sie konnte, lief sie den Gehweg zum Haus hinauf. Sie ballte die klammen Finger; ihre Zunge klebte am Gaumen.

Im Gras blitzten Glasscherben im ersten Sonnenlicht. Die Haustür stand sperrangelweit offen, und Amanda nahm die Vordertreppe mit einem Satz. Der Fußboden war mit Holzsplittern aus den Fensterrahmen übersät, und ein Teppich lag zusammengeschoben in einer

Ecke. Der Rauch der Blendgranaten brannte ihr in den Augen, in der Luft hing der gleiche Geruch wie nach einem Feuerwerk.

Amanda lief den Stimmen nach, und die Rettungssanitäter eilten ihr hinterher.

Olofsson lag wie eine Stoffpuppe mit ausgestreckten Armen und Beinen auf dem Rücken auf dem Boden. Unter seinem Oberkörper breitet sich eine Blutlache aus. Ein Einsatzbeamter kniete neben ihm, um ihn herum lag der Inhalt seiner Erste-Hilfe-Tasche. Olofssons Hemd war aufgerissen, und er blutete aus einer Schusswunde direkt unter dem Herzen. Trotzdem versuchte der Einsatzbeamte nicht, die Blutung zu stillen.

«Wie sieht es aus?», fragte Amanda.

Der Einsatzbeamte schüttelte stumm den Kopf.

«War es Notwehr?»

«Ja, das Gewehr liegt dort drüben. Eine abgesägte Schrotflinte. Er hat sie hinter der Tür hervorgeholt, auf uns gezielt und geschrien – unser eigener Notfall-Sani ist bei Golf im Keller.»

Dann sind zum Glück nicht alle tot, dachte Amanda und musterte Olofssons Gesicht. Es war aufgedunsen, als hätte er regelmäßig Medikamente eingenommen; seine Haut war aschfahl. Die Augen starrten zur Decke. Leblos. Das Weiß rund um die Iris war gelblich verfärbt und von dünnen Kapillaren durchzogen. Blut lief aus seiner Nase und an seinen Ohrläppchen hinab. Das Rinnsal war so dünn, dass es fast wie gefärbtes Wasser aussah.

Amanda beugte sich nach unten und schloss Olofsson die Augen. Dann folgte sie den Rettungssanitätern in den Keller.

Am Fuß der Treppe schlug ihr ein nahezu unerträglicher Gestank entgegen. Hier unten waren tagelang Körperflüssigkeiten ausgeschieden worden, ohne dass jemand sie beseitigt oder gelüftet hatte. Die Einsatzbeamten riefen einander Anweisungen zu und vergewisserten sich, dass weitere Sanitäter auf dem Weg waren.

Jemand hatte die Neonröhren an der Decke eingeschaltet, und der

Raum war in grelles Licht getaucht. An gegenüberliegenden Wänden standen Metallbetten. An einem davon herrschte hektische Betriebsamkeit. Jemand stöhnte und weinte. Der Notfall-Sanitäter des Einsatzkommandos sprach beruhigend auf einen Mann ein, während er ihm eine Kanüle setzte. Ein Infusionsbeutel und ein durchsichtiger Schlauch lagen bereit.

«Ist er verletzt?»

«Dehydriert und unter Drogeneinfluss. Außerdem hat er eine Verletzung an der Hand. Nichts Lebensgefährliches», erwiderte der Notfall-Sanitäter.

Am zweiten Bett ging es ruhiger zu. Magdalena Jönssons Füße klemmten zwischen den Metallstreben am Fußende. Auf ihren Zehennägeln schimmerte rosafarbener Glitzerlack. Bill trat ans Kopfende des Bettes und löste die Fessel um Magdalenas Handgelenk, während Amanda behutsam die Hand aufs Bein der Frau legte.

Die Haut war kalt, die Muskulatur darunter immer noch weich.

«Sind wir zu spät gekommen?», fragte sie und dachte, wie furchtbar ungerecht das Leben sein konnte.

«Sie ist vermutlich seit ungefähr einer Stunde tot», antwortete einer der Sanitäter aus dem Rettungswagen.

«Überdosis?»

«Können wir jetzt noch nicht sagen. Aber gut möglich.»

Der Rettungssanitäter deutete mit dem Kopf auf die Einstichstellen in Magdalenas Armbeuge und den schwarzen Fahrradschlauch, der lose um ihren Oberarm hing.

«Dann hat Olofsson bekommen, was er wollte», sagte Amanda und öffnete den Deckel eines weißen Schmuckkästchens.

Eine Melodie erklang, und eine Ballerina begann, sich zu drehen. Neben der Spieldose lagen Seile und Kabelbinder.

«Was meinst du?»

«Jönsson hat erlebt, was Olofsson erlebt hat: Er hat dabei zusehen müssen, wie ein geliebter Mensch leidet.»

EPILOG

Vernommene Person:	**Vorgangsnummer:**
Daniella af Ottner	5000-K540647-16
Die vernommene Person ist:	**Grund des Verhörs:**
Klägerin	Klage
Verhörleiter / in:	**Datum des Verhörs:**
Ellen Engwall, NOA	20.11.2016
Ort des Verhörs:	**Art des Verhörs:**
Karolinska-Krankenhaus	gem. 23.6 Prozessordnung
Abteilung E14	

Zur Last gelegte Tat
Mordversuch durch gezieltes Anfahren der Klägerin mit einem Pkw, der mit überhöhter Geschwindigkeit unterwegs war

Verletzungen
Schädelfraktur, evtl. Trauma; Oberschenkelfraktur, Beckenfraktur sowie Organverletzungen. Aufgrund o. g. Verletzungen lag die Klägerin drei Wochen im künstlichen Koma.

Tathergang aus Sicht der Klägerin

Die Klägerin sagt aus, vom Tatverdächtigen Martin Blom, mit dem sie persönlich bekannt ist, einen Anruf erhalten zu haben. Er forderte sie auf, sich mit ihm an der Pampas Marina, Stockholm, zu treffen. Die Klägerin erinnert sich, in dem Moment, als sie Blom in einem Pkw auf sich zufahren sah, über die Ekelundsbron gegangen zu sein. Ihrem Empfinden nach hielt der Tatverdächtige mit überhöhter Geschwindigkeit direkt auf sie zu. Danach erinnert sich die Klägerin an nichts mehr.

Die Klägerin sagt weiter aus, von Martin Blom und seinem Kollegen Åke Jönsson zum Dealen gezwungen worden zu sein. Falls sie sich weigerte, drohten Blom und Jönsson der Klägerin zufolge, sie im Besitz einer größeren Menge Heroins festnehmen zu lassen. Blom und Jönsson arbeiten beide bei der Polizei, die Klägerin ist seit ihrer Kindheit mit Jönsson bekannt, da Jönssons Frau in derselben Firma wie der Vater der Klägerin arbeitet, vgl. Vorgangsnummer 5000-K540632-16.

Auf die Frage, wie lange sie von den Männern erpresst worden sei, gab die Klägerin zu Protokoll, von Jönsson vor ca. einem Jahr wegen Drogenbesitzes festgenommen worden zu sein. Er habe ihr daraufhin angeboten, die Anzeige im Gegenzug für sexuelle Dienste fallen zu lassen. Nach einiger Zeit versorgte(n) Jönsson und/oder Blom die Klägerin regelmäßig mit Heroin, für das sie als Bezahlung ebenfalls sexuelle Gegenleistungen von ihr forderten. Für die Klägerin, die seit etlichen Jahren drogenabhängig ist, sei dies insofern vorteilhaft gewesen, als sie keine anderen Straftaten habe begehen müssen, um ihre Sucht zu finanzieren.

Die Klägerin sagt weiter aus, dass der Drogenhandel immer größere Ausmaße annahm. Blom und Jönsson schmuggelten Heroin aus den Balkanstaaten nach Schweden und planten, die Anzahl von Dealern, die in ihren Diensten standen, auf die Person der Klägerin zu reduzieren. Als Gegenleistung sollte die Klägerin weiter Heroin für den

Eigenbedarf erhalten. Jönsson und Blom drohten der Klägerin erneut, sie verhaften zu lassen, sollte sie die Zusammenarbeit verweigern. Die Klägerin kam zu dem Schluss, keine andere Wahl zu haben: Es würde ihr niemand glauben, wenn sie jemanden einweihte, zumal Blom und Jönsson bei der Polizei arbeiteten und ihr jederzeit Probleme bereiten konnten.

Auf die Frage, ob sie den Grund kenne, weshalb der Tatverdächtige versucht habe, sie zu töten, gab die Klägerin zu Protokoll, Blom habe sie als Mitwisserin womöglich aus dem Weg räumen wollen. Die Klägerin glaubt, die einzige Person zu sein, die über den vollen Umfang der Drogengeschäfte Bescheid wusste. Blom könnte befürchtet haben, sie spiele der Polizei Informationen zu und plane, als Zeugin gegen ihn auszusagen.

Die Unterzeichnerin teilte der Klägerin mit, dass Blom einen Tag nach dem Mordversuch am Flughafen Bromma festgenommen wurde. Auf die Frage, ob sie im bevorstehenden Prozess gegen Blom als Klägerin und Zeugin auftreten wolle, antwortete die Klägerin mit Ja. Die Unterzeichnerin fragte weiter, ob die Klägerin im anstehenden Gerichtsprozess wegen Vergewaltigung und schwerer Drogenvergehen gegen den in Untersuchungshaft sitzenden Åke Jönsson als Klägerin und Zeugin aussagen wolle. Die Klägerin beantwortete auch diese Frage mit Ja.

Vermerk von Kriminalkommissarin Ellen Engwall
Die Unterzeichnerin übergab der Klägerin ein Schmuckkästchen mit einer Kette, die der Klägerin gehört.

Die Klägerin erwähnte am Ende des Verhörs, dass das Erbe ihres Vaters in den kommenden sechs Monaten, in denen sie sich in einer therapeutischen Einrichtung aufhalten werde, von einem Verwalter betreut werde. Falls erforderlich, ist die Klägerin nach ihrer Entlassung aus dem Krankenhaus zu einer weiteren Aussage bereit.

Ellen Engwall / NOA

DANKSAGUNG

Nächte des Zorns ist nicht über Nacht entstanden – ebenso wenig wie zuvor Vier Tage in Kabul. Nach einem Jahr im Wechselbad aus Selbstzweifeln und Selbstüberschätzung ist der Roman nun endlich fertig. Christian Manfred: ein riesiges Dankeschön dafür, dass du jederzeit für mich da bist, mich ermutigst und immer neue Seiten zum Lesen haben möchtest. Ulrika Åkerlund: Danke für deine Geduld und unsere Brainstormings. Bleibt da für mich! Ohne euch gäbe es kein Buch.

Ich möchte mich überdies bei allen Mitarbeitern von Wahlström & Widstrand und der Hedlund Agency bedanken, die Vier Tage in Kabul betreut haben und auch Nächte des Zorns unter ihre Fittiche nehmen. Erst während der Arbeit an meinem Debütroman im Jahr 2017 wurde mir klar, wie viele engagierte Leute an der Entstehung eines Buchs beteiligt sind, damit so ein Projekt gelingen kann. Tausend Dank!

Das Manuskript hatte viele eifrige Leser, und Freunde und Verwandte haben wertvolle Anregungen gegeben. Mein besonderer Dank gilt Henrik, Mackan und Malin. Ihr habt mir geholfen, die Erzählung voranzubringen. Euer Enthusiasmus war eine unschätzbare Motivation für mich.

Torsten F. steht nach wie vor Pate für Tore. Vielen Dank dafür.

Magnus, Thomas und Stefan: Vielen Dank für eure Unterstützung, als die Arbeit vieler Wochen einem Computerabsturz zum Opfer fiel. I owe you.

In Årjäng gibt es einen weiteren Torsten, der sein Wissen über Landvermessung mit mir geteilt und dafür gesorgt hat, dass ich fortan in Ruhe und mit Blick auf den Västra Silen arbeiten kann. Danke!

Und zu guter Letzt: Johan. Ohne deine unermüdliche Unterstützung wäre dieses Buch nie entstanden. Du hast vom ersten Moment an dieses Projekt geglaubt, und wenn ich selbst es nicht tat, hast du mich überzeugt. Danke, dass du zu Hause all die Dinge erledigst, die ich liegen lasse.

Anna Tell
Vier Tage in Kabul

368 Seiten

Amanda Lund ist für ein Jahr in Afghanistan stationiert. Gerade hat die schwedische Kriminalkommissarin einen Angriff der Taliban überlebt, da erhält sie einen neuen heiklen Auftrag: In Kabul ist ein schwedisches Diplomatenpaar verschwunden, vermutlich entführt. Amanda ist Verhandlungsspezialistin, sie soll vermitteln. Jede Stunde zählt. Bei der Reichskriminalpolizei Stockholm koordiniert Bill Ekman Amandas Einsatz. Die Sache muss unter Verschluss bleiben. Gleichzeitig untersucht Bill den Mord an einem jungen Regierungsmitarbeiter. Obwohl Tausende Kilometer voneinander entfernt, verdichten sich die Hinweise, dass beide Fälle zusammenhängen.

Das packende Thrillerdebüt einer Insiderin: Die Autorin ist Kriminalkommissarin und Unterhändlerin.

«Anna Tell ist eine mitreißende Erzählerin und hat mit Amanda Lund und Bill Ekman zwei tolle Hauptfiguren erfunden.» WDR 2

Weitere Informationen finden Sie unter **rowohlt.de**

Das für dieses Buch verwendete Papier ist FSC®-zertifiziert.